Dawn Powell
Meine ferne Heimat

Zu diesem Buch

Für die drei Schwestern der Familie Willard – die hübsche, sanfte Lena, die kluge Marcia und das ewig plärrende Baby Florrie – ist der Umzug in die nahe Provinzhauptstadt in erster Linie eine spannende Reise in eine neue, unbekannte Welt voller Wunder. Sie ahnen nicht, daß der Wechsel aus dem kleinen Haus in Elmville nach London Junction in Wirklichkeit der Anfang vom Ende ihres Familienidylls bedeutet. Schon bald stirbt die Mutter, und die Kinder werden in der Verwandtschaft herumgereicht, bis der von ewigen Geldsorgen geplagte Vater eine reiche Witwe heiratet ... Beglückend und leicht, aber auch mit großer Melancholie schildert Dawn Powell die Geschichte ihrer amerikanischen Kindheit um die Jahrhundertwende. »Eines der bleibenden Meisterwerke über die Kindheit.« (The New York Times Book Review)

Dawn Powell, geboren 1897 in Mount Gilead, Ohio, gestorben 1965 in New York, avancierte als Verfasserin zahlreicher Theaterstücke, Kurzgeschichten und Romane in den vierziger Jahren zur Kultautorin, bis sie nach ihrem Tod in Vergessenheit geriet. 1987 wurde sie von Gore Vidal wiederentdeckt, der die Neuauflage ihrer Romane anregte. Auf deutsch liegen außerdem vor: »Das Café an der Zehnten Straße« (1992), »Engel auf Toast« und »Downtown Ladies« (beide 1994) und zuletzt »Das Glücksrad« (1999).

Dawn Powell
Meine ferne Heimat

Roman

Aus dem Amerikanischen von
Barbara Heller

Mit einem Nachwort von
Tim Page

Piper München Zürich

Von Dawn Powell liegen in der Serie Piper außerdem vor:
Downtown Ladies (1481)
Engel auf Toast (1482)
Das Café an der Zehnten Straße (1483)

Ungekürzte Taschenbuchausgabe
September 2000

Titel der amerikanischen Originalausgabe:
»My Home Is Far Away«, Charles Scribner's Sons, New York 1944
Neuausgabe: Steerforth Press, South Royalton, Vermont 1995

Umschlag: Büro Hamburg
Stefanie Oberbeck, Katrin Hoffmann
Foto Umschlagvorderseite: Bavaria
Satz: Ebner Ulm
Druck und Bindung: Clausen & Bosse, Leck
Printed in Germany ISBN 3-492-23090-3

Für meinen Cousin Sergeant Jack F. Sherman

ERSTER TEIL

Der Mann im Ballon

I

Es war der Monat der Kirschen und Pfirsiche, der grünen Äpfel hinter der Weinlaube, der kleinen Löwenzahngeister im Gras, des Sauerampfers und der vierblättrigen Kleeblätter, der unbewegten, trockenen Hitze, in der ein Duft von Kapuzinerkresse und verblühendem Flieder hing. Es war von allen Monaten der schönste und auch der schönste Tag. Es war nicht Ostern oder Weihnachten, kein Picknicktag und kein Geburtstag, es war alles zusammen und noch mehr, noch etwas anderes, Wunderbares, nie Gekanntes. Die beiden kleinen Mädchen in den gestickten weißen Sonntagskleidern wußten ihre geheime Freude nicht anders auszudrücken: Sie wirbelten einander über den Rasen, bis ihnen schwindlig wurde. Dazu riefen sie immer wieder: »Wir ziehen um! Wir ziehen um! Wir ziehen nach London Junction!«

Auf dem Fahrweg zwischen dem Haus der Willards und Dr. Birds Buchsbaumhecke rumpelte der Heuwagen mit den Möbeln der Willards heran. Als sie ihr Heim so sahen, alles, was sie besaßen, aus dem vertrauten Rahmen plötzlich wie Milchzähne herausgerissen und über Rädern aufgetürmt, hielten die Kinder inne, schauten, zweifelten. Da waren, hochkant gestellt, ihr kleines Bett aus Fichtenholz, der Babyhochstuhl, der an einem Seil am Eckpfosten des Wagens hing, die große Nußbaum-Frisierkommode, deren Vorderseite sich wie der Bauch eines Witzblattpolizisten wölbte; da waren die beiden großen Wohnzimmerstühle, ausladende, in immerwährendem Grinsen geschwungene Schaukelstühle, mit denen man so herrlich Eisenbahn spielen konnte; da war das Sofa, mit Gutscheinen erworben – hellgelber, faseriger Stoff, über den sich rote und grüne Raupen ringelten, so daß das Möbel lebendig und gefährlich wirkte; da war der Küchenschrank aus Fichtenholz, mit der Rückseite auf dem Eßtisch festgebunden, als hätte man ihn mit Gewalt aus seiner Ecke holen müssen. Ja, das kleine gelbe Haus selbst kam dort gefahren, denn ohne diese Dinge, die sein Inneres gewärmt hatten, bestand das kleine gelbe Haus nur noch aus leeren Türen und Fenstern. Die Kinder sahen, wie die Wagenräder rücksichtslos über die Stiefmütterchenrabatten rollten und tiefe Furchen in dem weichen jungen Gras hinterließen, aber das war nicht weiter schlimm, denn sie wohnten nicht mehr hier. So wie die Möbel, die jetzt unter den überhängenden Zweigen der Peach Street entlangstreiften, schwebten sie frei im Raum, zwischen dem kleinen gelben Einfamilienhaus, Nummer dreiundzwanzig, und den fremden Türmen von London Junction. Daran lag es wohl auch, daß die Zeit stillstand, denn sooft sie auch zu ihrer Mutter liefen, um zu fragen, wie spät es sei, immer war es neun Uhr, kurz vor oder kurz nach neun, jedenfalls noch zu früh, um aufzubrechen. So schwangen sie einander wieder und wieder im Kreis herum, als könnten sie mit ihrem Tempo auch die Minuten antreiben.

»Wir ziehen um, wir ziehen um, wir ziehen nach London Junction!« sangen sie schrill. Jetzt wirbelten sie durch die Lücke in der Hecke in Dr. Birds Vorgarten hinein. Es war ein lauschiger Ort, beschattet von Sträuchern mit blankpoliertem Laub und weit ausgreifenden Robinien, von denen fedriges Grün auf die Farne zu ihren Füßen tropfte. Nie drang ein Sonnenstrahl in diesen Garten oder in das weinüberrankte Haus mit den geschlossenen Fensterläden; es war ein Alteleutegarten, von kühlem Friedhofsgeruch erfüllt, passend für einen alten Mann und eine alte Frau, die niemals weiter aus ihrem Haus hervorkamen als der alte Mann und die alte Frau aus Gips in dem winzigen Wetterhäuschen. Der alte Dr. Bird saß hinter den Weinranken seiner Veranda und hülste Erbsen aus, die er in einen Blechtopf warf.

»Halt, ihr beiden! Was ist los?« rief er mit hoher Zitterstimme.

»Wir ziehen um!« antwortete Lena. »Wir ziehen nach London Junction.«

»Dann kommt mal her, Kinder«, sagte der alte Mann. »Hier habt ihr einen Penny, für jede einen.«

Im Nu waren sie bei ihm.

»Dr. Bird«, fragte Marcia ernst, »wenn ich in London Junction bin, wer hält Ihnen dann die Schnur, wenn Sie etwas verpacken und einen Knoten machen müssen?«

»Niemand«, erwiderte Dr. Bird. »Ich werd's wohl selber tun müssen.«

»Oje! Ich hab immer so gern den Finger auf die Schnur gehalten. Wie wollen Sie das allein bloß schaffen?«

»Es wird schon gehen«, sagte der alte Mann. »Hier ist dein Penny. Lauf, sonst fahren die anderen ohne dich ab.«

»Sagt Dr. Bird auf Wiedersehen«, rief ihre Mutter ihnen aus der Kutsche zu, die in diesem Moment auf dem Fahrweg hielt. »Wir fahren los, Dr. Bird.«

»Sie freuen sich, was?«

»O ja«, erwiderte sie fröhlich. »Ich hab dort Ma und Lois, wissen Sie, und Harry hat beruflich bessere Möglichkeiten.«

»London Junction, London Junction, London Junction!« sangen die beiden Mädchen und wirbelten immer weiter über den Rasen und den staubigen Weg, bis sie lachend in das Geranienbeet fielen. Ihr Vater trat aus dem kleinen gelben Haus, ein schlanker, eleganter Mann mit einem schmalen rotblonden Schnurrbart und einem gepflegten braunkarierten Anzug, auf einem Arm das Baby, im anderen das rote Fernrohr. In diesem roten Fernrohr hatte Dr. Bird ihnen das Baby gebracht. Noch über ein Jahr hatten die beiden Mädchen jeden Morgen gespannt hineingeschaut, um zu sehen, ob nicht wieder ein Baby darin war, aber nach Florrie war bisher keines mehr gekommen.

»Steigt ein, steigt ein!« rief ihr Vater. »Wollt ihr nun nach London Junction, oder bleibt ihr lieber hier?«

Sie kletterten über die Räder auf den Rücksitz. Pferd und Wagen hatte ihr Vater sich vom Busby Hotel ausgeliehen, wo er bis heute Sekretär gewesen war. Es war ein hübsches Bild: die schimmernd schwarze Kutsche mit den hellbraunen Fransen rings um das Verdeck und das glänzende schwarze Pferd, das Papa auf der Wiese hinter dem Hotel selbst eingefahren hatte. Den aufgerollten ledernen Windschutz an den Fenstern konnte man bei Regen herunterlassen, und die silberbesetzte Peitsche steckte in einem silberbesetzten Peitschenschuh. Marcia und Lena waren von dieser Pracht so beeindruckt, daß sie still dasaßen und stolz die Füße in den neuen schwarzen Lackschuhen ausstreckten. Dr. Bird humpelte die Buchsbaumhecke entlang bis an die Gartentür und schaute ihnen nach.

»Grüßen Sie Lois von mir!« rief er. »Bringen Sie sie mit, wenn Sie nach Reunion kommen.«

»Wir kommen ganz bestimmt nach Reunion«, rief ihre Mutter zurück. »Sie wissen ja, das versäumt Ma nie.«

Sie raffte sorgsam ihre Röcke, um das Rad der Kutsche nicht zu berühren, beugte sich vor und nahm ihrem Mann das Baby ab.

»*Wir* wollen sie halten!« bettelte Lena.

Ihre Mutter stand auf und hob das Baby nach hinten. Sie setzten es zwischen sich auf das quastenverzierte hellbraune Polster und packten es in ihrer Aufregung so kräftig an den Armen, daß Tränen der Empörung in seine blauen Augen traten.

»Nicht so grob«, mahnte ihre Mutter. Dann rief sie: »Beeil dich, Harry, sonst kommen wir nie an, bevor es dunkel wird!«

Ihr Vater warf noch einmal einen Blick ins Haus und in die Scheune und ging dann aus irgendeinem Grund in den Geräteschuppen. Vielleicht wollte er Abschied nehmen, so wie die Sonnenblumen neben dem alten Spielhaus, die ihnen einen Abschiedsgruß zuzunicken schienen. In diesem Augenblick kurz vor der Abfahrt standen die Wolken still und hingen so tief, daß es aussah, als könnte man sie vom Wipfel eines Baumes aus berühren. Irgendwo über den Wolken war London Junction, jenseits des fernen Kiefernsaumes, der die Welt hier begrenzte, war London Junction, hinter den westlichen Wäldern, am Rand der Welt, wo auch die Sonne unterging, lag London Junction. Die Augen der Kinder weiteten sich, als die Peitsche knallte und die Reise begann.

»Auf Wiedersehen, Dr. Bird! Auf Wiedersehen, Mrs. Busby!« rief ihre Mutter und schwenkte ihr Taschentuch. Eine magere braune Hand winkte hinter den Spitzenvorhängen des großen grauen Busby-Hauses hervor. Ihre Mutter schwenkte das Taschentuch während der ganzen Fahrt durch die Peach Street, denn wie die Kinder war sie überzeugt, daß alle Welt ihre Abreise verfolgte. Und wirklich – sie sahen Hände, die ihnen aus den Fenstern zuwinkten, am Marktplatz schwenkte Mr. Charles, der Metzger, seine weiße Schürze, Mr. Finney, der Apotheker, lüftete seinen Strohhut, und der Laufbursche des Lebensmittelladens setzte seinen Korb ab und grüßte wie ein Soldat.

»Wo sind denn die Katzenbabys?« fragte Lena plötzlich.

»Denen geht's gut, die sind in der Scheune«, sagte ihr Vater. Das klang verdächtig, und die beiden kleinen Mädchen wechselten einen argwöhnischen Blick.

»Und wo ist Towser?« bohrte Marcia. »Kommt Towser nicht mit nach London Junction? Wir müssen noch mal zurück und Towser holen!«

»Der arme Towser«, seufzte ihre Mutter. »Ach, Harry!«

»Was ist mit Towser?« schrien die Mädchen, und dann fing Florrie an zu brüllen, auf die erschreckend wirkungsvolle Art, die sie mit ihren zwei Jahren zur Perfektion entwickelt hatte. Das Pferd spitzte die Ohren und fiel in Galopp, ihre Mutter faßte eilig nach hinten, um sie zu beruhigen, und Papa fluchte und zog die Zügel an.

»Was soll mit Towser sein, verdammt noch mal!« rief er und versuchte, das Hufgeklapper und das Rumpeln der Räder auf dem Ziegelpflaster zu übertönen. »In London Junction kriegen wir einen anderen Hund.«

»ORTSGRENZE«, las ihre Mutter von einem Schild ab.

»Jetzt sind es noch dreißig Meilen bis London Junction«, sagte ihr Vater.

Die Wälder am Rand der Welt, wo auch die Sonne unterging, lagen jetzt tatsächlich hinter ihnen. Ihre Mutter begann zu singen, und die anderen fielen ein. Sie sangen »Es war ein alter Seemann mit einem Bein aus Holz«, »Wau, wau, bellen die Hunde, die Bettler sind in der Stadt« und »Ein Frosch, der wollte Hochzeit machen«. Das Baby hörte auf zu schreien. Papa behielt die Peitsche in der Hand, und das Pferd trabte munter dahin. Sie winkten zu Farmhäusern hinüber und riefen, wenn sie an einem Heuwagen vorüberkamen, fröhliche Grüße, sie winkten Kindern, die auf Leitern Kirschen pflückten, und Frauen, die am Pumpbrunnen vor der Scheune Gänse zusammentrieben. Sie kannten jeden hier. Mutter war auf einer Farm in der Nähe aufgewachsen, ihre Brüder lebten mit ihren Familien ebenfalls in der Gegend, und Papa stammte zwar aus einem anderen Bezirk, aber durch seine Arbeit im Hotel war er mit allen bekannt, denn jeden Samstag hatten die Farmer ihre Pferde auf dem Platz vor dem Hotel angebunden. Nach einer Weile aber kamen fremde Farmen, und die Menschen auf den Feldern sahen nur auf, ohne zu winken. Ihre Eltern verstummten.

»Ob's uns in London Junction gefallen wird?« fragte ihre Mutter, und ihre Stimme klang verzagt. »Außer Ma, Lois und der übrigen Verwandtschaft kennen wir dort keinen Menschen.«

»Wir werden bald jede Menge Leute kennen«, prahlte Papa. »Interessantere Leute als hier, mit denen man mehr unternehmen kann. In London Junction gibt's Asphaltstraßen und eine Oper und einen Baseballplatz.«

»Aber die Stadt ist so viel größer als Elmville«, sagte Mama. Die Kinder, immer wachsam, sahen, daß sie ihr Taschentuch hervorgeholt hatte. »Ich freu mich natürlich, mit meiner Familie zusammenzusein, aber wenn ich dran denke, wen wir hier alles zurücklassen – Leute, die wir seit Ewigkeiten kennen. Dr. Bird ... «

»Dr. Bird hat jetzt niemanden mehr, der ihm den Finger auf die Schnur hält, wenn er einen Knoten macht«, sagte Marcia. »Gar niemanden.«

Lena hielt Florrie auf dem Schoß und drückte sie so fest an sich, daß sie wieder zu schreien anfing. Ein so mächtiges Gebrüll aus der Kehle dieses kleinen Persönchens brachte ihren Vater zum Lachen, und schließlich lachten alle. Papa beugte sich zu Mama hinüber und küßte sie, worauf die Mädchen aus irgendeinem Grund noch lauter lachen mußten.

»Hier«, sagte Papa und drückte Mama die Zügel in die Hand. »Bei Gott, du kannst besser mit Pferden umgehen als jeder Mann. Sogar besser als ich.«

»Aber Harry, doch nicht besser als du!« protestierte ihre Mutter entrüstet. »Niemand versteht es mit Pferden so gut wie du, Harry – niemand.«

Auch sonst konnte niemand irgend etwas so gut wie Harry, das stand außer Frage. Die Kinder wußten es, ihre Mutter wußte es, und Harry wußte es natürlich auch.

»Na ja, ich mag Pferde eben«, gab er zu. »Und sie mögen mich, das ist alles.«

Das nächste Dorf war Oakville, der Hauptort des Bezirks, und hier hielten sie an, um Papas Vater, Opa Willard, im Soldatenheim guten Tag zu sagen. Die Veteranen saßen auf Bänken oder in Rollstühlen überall im Gelände und unterhielten sich oder lasen und warteten darauf, daß der Gong sie zum Essen, in die Kapelle oder zum Schlafengehen rief. Opa Willard, in voller Uniform und mit dem neuen Holzbein, das seine Kinder ihm geschenkt hatten, saß auf einer Bank und schnitzte eifrig an einer Trillerpfeife.

»Ich denk mir schon seit ein paar Wochen, daß ihr kommt«, sagte er. »Hab für jedes Kind eine Pfeife gemacht.«

»Hast uns wohl vermißt?« fragte Mama.

Opa schob nachdenklich seinen Priem in die andere Backentasche, wo er einen interessanten eiförmigen Höcker bildete.

»Für so was ist hier keine Zeit«, sagte er. »Ich steh früh auf, les ein Buch oder sitz hier draußen und denk nach, oder ich geh herum, Vögel beobachten. Hab gestern da hinten am Bach zwei Rebhühner gesehen. War die reinste Starenplage hier, bis wir auf sie schießen durften. Nein, nein, Kinder, hier gibt's immer genug zu tun, da vermißt man seine Familie nicht.«

Papa gab ihm Tabak, und Mama schenkte ihm ein neues weißes Taschentuch mit den Anfangsbuchstaben seines Namens, das ihm so gut gefiel, daß er es sorgfältig wieder in das Seidenpapier einschlug und erklärte, es sei zu schön, um benutzt zu werden, und er werde es zu seinem »persönlichen Besitz« tun. Er rief einen Pfleger heran, der gerade vorbeiging, stellte ihm stolz alle vor und meinte, über den Besuch seines Sohnes und dessen Familie müsse im *Home Weekly*, dem Wochenblatt des Heims, berichtet werden.

»Bei anderen steht's ja auch drin, wenn die Familie zu Besuch kommt, wieso dann nicht bei mir?« sagte er und nickte energisch.

Papa fragte ihn, ob er noch irgendwelche Wünsche habe, bevor sie weiterführen, und Opa betrachtete mit sehnsüchtigen Blicken Pferd und Kutsche.

»Die Zügel würd ich gern mal zehn Minuten halten«, sagte er. »Seit ich hier bin, hab ich keine mehr in der Hand gehabt. Ist sie ein guter Traber?«

Papa rühmte die Schnelligkeit des Pferdes, sein Maul, sein Fell und seine guten Eigenschaften allgemein. Aber so war es immer: Alles, was in irgendeiner Form mit Papa zu tun hatte, war etwas ganz Besonderes. Dieses Pferd, sagte er, sei das beste im ganzen Bezirk, wenn nicht im ganzen Staat. Würde man es ihm, sagen wir mal, vier Wochen überlassen, könnte er es zum besten Rennpferd Amerikas machen. Das sei gut möglich, meinte Opa ernsthaft. Gemeinsam inspizierten sie die Beine des Tieres, und als Opa am rechten Hinterbein eine Schwellung entdeckte, wurde Papa ein wenig ärgerlich, so daß Opa eilig versicherte, in ein paar Tagen werde sie bestimmt wieder verschwunden sein.

»Weißt du was, Harry?« sagte er. »Schick mir doch eine Ansichtskarte von London Junction. Ein paar von den Burschen hier haben eine ganze Sammlung.«

Nachdem das versprochen war, strich sich der alte Herr über den weißen Schnurrbart und schaute nachdenklich auf die Kinder hinab. Sie strahlten zurück, höchst angetan davon, daß er nur noch ein Auge und ein Bein hatte.

»Harry, hast du vielleicht ein bißchen Kleingeld für mich, damit ich den Kindern was geben kann? Meine Pension kommt erst nächste Woche.«

Ihr Vater faßte in die Tasche und gab ihm ein paar Pennys und ein Fünfcentstück, worauf der alte Mann jedem der beiden älteren Mädchen einen Penny und dem Baby das Fünfcentstück überreichte, das ihre Mutter einsteckte.

»Immer kriegt Florrie am meisten«, sagte Marcia.

Nachdenklich betrachteten sie ihre kleine Schwester.

»Babys brauchen nun mal Geld für Kautabak«, sagte ihr Großvater und zwinkerte mit dem einen Auge.

»Vielen Dank, Vater«, sagte ihre Mutter ernst. »Ich hab ein Sparkonto für Florrie eröffnet, und ob du's glaubst oder nicht: Sie hat schon fast vierzehn Dollar drauf.«

Sie stiegen wieder in die Kutsche, und Opa suchte rasch das Gelände nach Captain Soundso ab, dem Heimleiter – ein netter Mann, wirklich, er würde ihnen gefallen –, konnte ihn aber zu seiner Enttäuschung nirgends entdecken. Er ging noch ein Stück neben ihnen her.

»Wegen der Ansichtskarten mach dir mal keine Umstände, Harry«, rief er ihnen noch zu, »so wichtig ist das auch wieder nicht. Ach ja, und wenn nächste Woche was über euren Besuch im *Home Weekly* steht, schick ich's euch. Da ist auch sonst viel Interessantes drin, also lohnt sich's auf jeden Fall. Ich leg die Hefte immer zu meinem persönlichen Besitz.«

Sie dankten ihm, und als sie abfuhren, stand er da und schnitt sich mit dem Taschenmesser einen Priem ab.

»Ich will auch ein Sparkonto haben«, forderte Lena, aber ihre Eltern hörten nicht hin.

Auch Marcia hatte sich ihre Gedanken gemacht.

»Als ich das Baby war, hab ich nie ein Fünfcentstück gekriegt«, sagte sie vorwurfsvoll. »Sonst würd ich mich bestimmt noch dran erinnern.«

Marcias eigenartige und nutzlose Begabung, sich an alles und jedes zu erinnern, war ihren Eltern eine Quelle des Staunens und der Belustigung. Manchmal holte ihr Vater sie nachts aus dem Bett und brachte sie ins Wohnzimmer hinunter, um Gäste mit diesem Talent zu unterhalten. Sie schütteten sich aus vor Lachen, aber zugleich war es ihnen unheimlich, sie sahen darin einen wenig liebenswerten Zug, rückten respektvoll von dem kleinen Ungeheuer ab und fanden um so mehr Gefallen an Lenas reizender, ungekünstelter Normalität.

»Als ich so klein war«, überlegte sie düster und mit lauterer Stimme, »hat Lena immer die Fünfcentstücke gekriegt, weil sie die ältere war, und ich hab bloß die Pennys abgekriegt.«

Lena kicherte. Ihre Eltern mochten Marcias Worte zwar gehört haben, beachteten sie aber nicht, sondern schwiegen, bis sie Oakville hinter sich hatten. Dann begann ihre Mutter stockend: »Vater hat mir so leid getan, Harry. Keiner von der Familie in der Nähe, keiner von seinen Söhnen läßt ihn bei sich wohnen. Ich finde wirklich, wir sollten ihn zu uns nehmen, wenn wir uns erst einmal in London Junction eingerichtet haben.«

»Ja, aber keinen Tag früher«, gab ihr Vater gereizt zurück. »Nein, nein, er würde uns nur zur Last fallen. Er würde seine Pension vertrinken und den ganzen Tag herumsitzen und Tabak kauen. Was anderes würde er nicht tun.«

»Ich komm mit Vater gut zurecht«, sagte ihre Mutter. »Sei

nicht so hart, Harry. Halbblind und nur ein Bein – der arme Mann!«

Ihr Tonfall weckte auch in Marcia und Lena Mitleid für ihren Großvater. Alles, was ihnen an ihm so wunderbar erschienen war – das eine Auge, das Holzbein, die netten Kameraden, die ähnliche Kuriositäten aufzuweisen hatten –, verwandelte sich durch die mitfühlenden Worte ihrer Mutter in ein trauriges Los. Armer, armer Opa! Und sie hatten vergessen, ihm etwas vorzusingen und sich für die Pennys zu bedanken!

»Brrrr, Bess!« rief ihr Vater plötzlich.

Sie waren an einer Kreuzung angelangt, wo vor einem schmutzigen einstöckigen Haus ein großartiges Schild mit der Aufschrift »Four Corners House« an einen toten Ahornbaum genagelt war, aus dessen Stamm noch ein Siruprohr in einen rostigen Eimer führte. Neben dem Pfosten zum Anbinden der Pferde stand ein steinerner Wassertrog mit Pumpe, und vor einer Hundehütte war ein Wachhund angekettet, der sie bedrohlich anknurrte. Bunte Reklameschilder an der Fliegengittertür und eine Wäscheleine voll roter Tischtücher hellten das düstere Äußere des Hauses auf. Ihr Vater schlang die Zügel um den Pfostenring und trat dann wieder an die Kutsche, um ihrer Mutter herauszuhelfen. Vielleicht war hier ein weiterer Besuch geplant, bei dem auch weitere Pennys winkten. Aber ihr Vater bedeutete den beiden Mädchen mit einer Handbewegung sitzen zu bleiben und machte damit ihre Hoffnungen zunichte.

»Ihr bleibt hier. Das Baby nehmen wir mit rein.«

Ihre Mutter sprang ihm mit einem versteckten Lachen in die Arme. Ihr neuer brauner Matrosenhut fiel ihr vom Kopf, und die gelockten braunen Ponyfransen wehten fröhlich über ihre weiße Stirn, bis sie den Hut wieder festgesteckt hatte. Aus der Art, wie Papa Florrie aus der Kutsche hob und dann eilig ihre Mutter in den Seiteneingang des Gebäudes schob, schlossen die Kinder, daß etwas Lustiges bevorstand, was jedoch den Erwachsenen vorbehalten war.

»Ich weiß, was sie machen«, sagte Lena gelassen. »Sie trinken Bier.«

Marcia sah ihre sechsjährige Schwester an, voll Neid auf soviel überlegenes Wissen.

»Wenn sie zur Seitentür reingehen statt zur Vordertür, dann heißt das, daß sie Bier trinken«, ergänzte Lena großmütig. »Wie in Papas Hotel.«

Der kleine Abstecher war jedoch offenkundig ein Mißerfolg, denn kaum war die Fliegentür hinter ihnen zugefallen, ertönte Florries ungehaltenes Gebrüll. Kurz darauf kam sie auf dem Arm ihrer Mutter triumphierend wieder zum Vorschein, das runde Gesichtchen zornesrot, die Fäuste in den Mund gesteckt, von Mama auf und ab geschaukelt, was sie nur mäßig zu beruhigen schien.

»Verzogen«, sagte ihr Vater.

»Nein, Schatz, sie will nur weiterfahren«, erklärte ihre Mutter. Und wirklich schlief sie, sobald sich die Kutsche wieder in Bewegung setzte, in Mamas Armen selig ein. Bis Venice Corner, das auf halbem Wege nach London Junction lag, hielten sie jetzt nicht mehr an. Venice Corner war ein hübsches kleines Dorf mit einer weißen Holzkirche auf der einen und einer schönen Backsteinkirche auf der anderen Seite der Hauptstraße. In dieser Gegend waren die Backsteinkirchen stets die der Methodisten und die kleineren Holzkirchen die der Episkopalen oder Baptisten. In London Junction würden die Kinder, so hatte man ihnen versprochen, in eine Backstein-Sonntagsschule gehen, obwohl sie in einer der hölzernen Glaubensrichtungen getauft waren.

In Venice Corner gab es keine klappernde Mühle wie in Elmville und keinen kleinen See mit Ruderbooten wie in Oakville, doch wurde das Fehlen solcher Reize dadurch wettgemacht, daß der Ort auf einem Hügel lag, von dem die Häuser ringsum Stufe für Stufe abstiegen, jedes mit einem Heckenschnurrbart und einem roten Schornsteinhut. Inzwischen war es schon nach zwölf, und alle waren hungrig.

»Wenn wir Chris und Isobel besuchen, essen wir besser vorher«, sagte ihre Mutter. »Ich möchte Isobel nicht zur Last fallen.«

Chris war der Vetter ihrer Mutter.

Sie hielten im Schatten eines Baumes auf dem Rasen der Methodistenkirche. Ihre Mutter holte den Essenskorb hervor und verteilte hartgekochte Eier, Hähnchenkeulen und Marmeladenbrote. Sie wischte ihnen mit Papierservietten das Gesicht ab und fütterte Florrie von ihrem eigenen Essen. Papa tätschelte das Pferd und meinte scherzhaft, sie könnten Pferd und Kutsche ja behalten, statt sie den Busbys zurückzuschicken. Ihre Mutter legte das Baby zum Mittagsschlaf in den Wäschekorb und begann sich für den Besuch bei Chris und Isobel zurechtzumachen. Sie nestelte an ihrem weißen Spitzenjabot, das mit einer halbmondförmigen Granatbrosche an ihrem braunweiß karierten Taftmieder befestigt war. Papa zog sie an ihren Ponyfransen, die sie immer von neuem feststeckte, bis sie ihn schließlich anflehte: »Ach, bitte, Schatz!« Sie schob die Haarbänder der Mädchen zurecht und strich ihre zerknitterten blauen Seidenschärpen glatt. Lena trug eine neue blaue Haube mit hellblauen Vergißmeinnicht und Samtbändern. Sie hatte sie bekommen, weil sie die Älteste und Hübscheste war und weil ihr Vater wollte, daß sie wie das rosige, über eine Wiege gebeugte kleine Mädchen auf dem Singer-Nähmaschinenkalender aussah. Marcia hatte das gestickte Kleid an, aus dem Lena herausgewachsen war, und dazu Lenas ausgebleichten Strohhut vom letzten Jahr. Das machte ihr jedoch nichts aus, denn immerhin durfte sie heute ihr Geburtstagsmedaillon tragen, und außerdem hatte sie größere Füße als Lena. Florrie trug, abgesehen von einer nagelneuen blauen Haube mit gerüschter Spitzenborte, die frisch gestärkten, aber verwaschenen Reste der zu klein gewordenen Garderobe ihrer Schwestern, und es zeigte sich auch gleich, wie sinnvoll solche Sparmaßnahmen waren, denn sie sabberte prompt ihr gesticktes weißes Lätzchen voll.

»Das ist die Himbeermarmelade«, sagte ihre Mutter und behob den Schaden.

»Das macht sie dauernd«, kritisierte Marcia. »Auch ohne Marmelade.«

Papa sah stirnrunzelnd zu, wie ihre Mutter sich mit den Mädchen zu schaffen machte.

»Was soll denn das?« fragte er ärgerlich. »Ihr seht doch tadellos aus. Du lieber Himmel, Daisy, du glaubst doch wohl nicht, Isobel hätte irgend etwas, was du nicht hast? Wo ist denn deine Uhr? Warum machst du sie nicht ein bißchen weiter oben fest? Da gibt's nichts, wofür du dich schämen müßtest – dreißig Dollar hat sie immerhin gekostet. Steck sie höher, damit man sie auch sieht.«

Papa erinnerte ihre Mutter häufig an die Uhr, die er, Tante Lois und Oma ihr letztes Jahr zu Weihnachten geschenkt hatten. Wenn er sie Fremden zeigte, vergaß er allerdings, die anderen Geldgeber zu erwähnen. Tatsächlich hatte er sie so vollständig vergessen, daß er gegenüber Tante Lois bei ihrem letzten Besuch damit geprahlt hatte, was für ein schönes Geschenk er Daisy gemacht habe. Tante Lois, rosig, blond und herrlich parfümiert, hatte gelächelt.

»Ja, es ist wirklich eine schöne Uhr, Harry«, hatte sie leise zugestimmt. »Aber Mutter und ich warten immer noch auf deinen Anteil.«

Aus irgendeinem Grund fing Mama daraufhin an zu weinen, und Papa begann zu fluchen, und danach wurde die Uhr nur noch selten getragen, es sei denn, Papa bestand darauf. Jetzt steckte Mama sie gehorsam weiter oben an ihr Mieder, und die Mädchen betrachteten sie wie so oft mit ernster Bewunderung, in dem Bewußtsein, daß man mit dem Erwachsenwerden etwas so Prächtiges erwarb: eine blaue Lilienbrosche aus Email, an der ein blaues Emailmedaillon mit einer Uhr hing, die genau über dem Herzen tickte.

»Du siehst tausendmal besser aus, als Isobel je ausgesehen hat«, sagte Papa stolz und tätschelte Mama.

»Ja, ist denn das die Möglichkeit!« rief Tante Isobel, als sie durch ihre Gartentür traten. »Harry und Daisy und die Mädchen! Chris, komm mal raus! Sieh mal, wer da ist!«

Isobel hatte gerade aus dem Haus gehen wollen, um der Frau des Pfarrers einen Besuch abzustatten. Sie sah so hübsch aus, daß Marcia sich insgeheim wünschte, sie wäre ihre Mutter. Ihre Haut zum Beispiel, ihre Augen und ihr Haar – alles zeigte den gleichen engelhaften, matten Goldton. Sie trug hellbraune Schuhe mit schön geschweiften Blockabsätzen, und ihr zusammengerollter brauner Schirm hatte einen Elfenbeingriff in der Form eines Wolfskopfes mit kleinen grünen Smaragdaugen. Von ihrem Federhütchen fiel ein schöner Schleier über ihr Gesicht, und fortan waren für Marcia lange blonde Wimpern in einem zarten ovalen Gesicht, auf das ein brauner Schleier feine achteckige Schatten warf, der Inbegriff von Schönheit. Noch wunderbarer war es, daß Isobel durch diesen Schleier hindurch ganz normal sprechen und sogar küssen konnte. Während ihre Eltern sich mit Isobel und Chris unterhielten, erfand Marcia zu Lenas bewunderndem Entzücken ein Spiel namens »Isobel«, bei dem sie nichts anderes taten, als sich durch ein Taschentuch und später, nachdem ihnen diese bessere Idee gekommen war, durch die Fliegentür hindurch zu küssen.

Das Ehepaar Wallis wohnte am Fuße eines Hügels, in einem Haus, das kaum größer war als ein Spielhaus. Vom Bürgersteig führten zwei Steinstufen in den winzigen, von Muscheln und roten Geranien eingefaßten Garten hinab. Das kleine Haus hatte seine einstige Farbe vergessen und war jetzt regengrau. Grüne chinesische Rollos und eine grüne Schaukel schmückten die schmale Veranda. Leider ergriffen die Erwachsenen sofort Besitz von der Schaukel, und so gingen die Mädchen ins Haus, um sich umzusehen. Sie erkannten auf den ersten Blick, daß sie, wäre Isobel ihre Mutter und dies ihr Zuhause gewesen, kaum Platz zum Spielen gehabt hätten, weil fast das ganze Wohnzimmer von einem großen Messingbett eingenommen wurde. Die Kissen auf dem schneeweißen Bettüberwurf hatten rotgestickte Bezüge. Auf einem stand »Ich schlief, und mir träumte, das Leben sei Lust«, und zur Veranschaulichung war eine Frau aufgestickt, die einen Rosenstock begoß. Auf dem anderen sah man neben der Inschrift »Ich erwachte und sah, das Leben ist Last« dieselbe Frau mit einem Besen in der Hand. Dr. Bird hatte in seinem Gästezimmer genau die gleichen Kissen gehabt, und man brauchte nicht lesen zu können, um zu wissen, was damit gemeint war, selbst wenn man es nicht verstand. Am Erkerfenster drängten sich Farne in grün marmorierten Blumenschalen, zwei Gummibäume, die so groß waren wie Lena, und ein Tischchen mit Nippes: eine brütende Henne aus Milchglas, ein kleiner Fischerjunge aus buntem Porzellan, der zwei knorpelige braune Fische hielt, ein kleiner Tischläufer und andere Andenken aus Cedar Point, Put-in Bay und Puritan Springs. Hier konnte man unmöglich mit Schaukelstühlen Eisenbahn spielen, ohne etwas umzustoßen. Die Küche war doppelt so groß wie das Wohn-Schlafzimmer. Sie hatte Maserntapeten – zumindest meinte Marcia, die bunten Flecke sähen aus wie Masern – und rotkarierte Vorhänge, den großen Eßtisch bedeckte ein rotkariertes Tischtuch, und auf dem mächtigen Herd stand eine Abwaschschüssel, in der Brotteig aufging, wie eine Kostprobe mit dem Finger ergab. Ein Gutes hatte diese Küche: die stattliche, kopflose Drahtfrau in der Ecke. Ein Stoff mit rotem Karomuster war an ihr festgesteckt, und um ihren Hals hing ein Maßband. Lena und Marcia standen staunend davor, bis Lena sie schließlich für sich vereinnahmte und sagte: »Wenn ich mal groß bin, werd ich Schneiderin und hab auch eine Schneiderpuppe in der Küche.«

»Und ich werd Heizer, so wie Chris«, gab Marcia kühl zurück. »Dann fahr ich die ganze Zeit Eisenbahn.«

Das ließ Lena verstummen, denn Marcia hatte immer die interessanteren Wünsche. Sie fanden einen Stapel Schnittmusterhefte, setzten sich auf den Boden, um sie zu studieren, und wünschten sich sehnlichst, sie könnten die Figuren ausschneiden und als Papierpuppen verwenden. Chris kam herein, um Limonade zu machen. Er war ein schlanker, hochgewachsener junger Mann, leicht schielend, mit dunklem Teint, dichtem, zerzaustem schwarzem Haar und weißen Zähnen. Man mußte lachen, wenn er einem zuzwinkerte.

»Chris ist mein Lieblingsverwandter«, bekannte Lena freimütig.

»Wenn ich mal groß bin, heirate ich ihn«, sagte Marcia, und wieder schmollte Lena. Aber sie war es, die er auf den Schoß nahm, und als er ihnen Schokolade gab, bekam sie das größere Stück. Sie schoß Marcia aus ihren veilchenblauen Augen einen triumphierenden Blick zu, doch Marcia wandte nur hochmütig den Kopf ab und nahm ihr damit von neuem den Wind aus den Segeln.

»Behalt die Schokolade, Chris«, sagte sie gezwungen, obwohl sie so große Lust darauf hatte. »Andere mögen sie vielleicht lieber als ich.«

Sie marschierte auf die Veranda hinaus. Ohne ihren Neid machte es Lena keinen Spaß mehr, auf Chris' Schoß zu sitzen, und sie folgte ihr. Mama und Isobel saßen auf der Schaukel und unterhielten sich flüsternd und kichernd, und ihr Vater verteilte die Limonadengläser und erzählte Witze.

»Ihr müßt uns mal besuchen, wenn wir uns in London Junction eingerichtet haben«, sagte ihre Mutter. »Ich hoffe nur, wir finden so ein schönes Haus wie eures. Ma sagt, alles ist schrecklich teuer dort. Wir werden erst einmal bei ihr und Lois wohnen, bis wir was Passendes gefunden haben.«

»Wahrscheinlich nehmen wir das alte Furness-Haus auf dem Hügel«, sagte ihr Vater. »Da gibt es jede Menge Platz für Gäste.«

»Aber Harry! Das könnten wir uns nie im Leben leisten!«

»Sieh mal, Daisy, ein Haus wie das hier wär doch viel zu klein für uns. Wozu umziehen, wenn man sich dabei nicht verbessert? Hab ich nicht recht, Chris?«

»Das Furness-Haus ist aber ziemlich groß«, gab Chris zu bedenken. »Es ist das größte Haus in London Junction.«

»Eine so hohe Miete könnten wir uns nie leisten«, sagte Mama. »Harry macht nur Spaß.«

»Von wegen!« rief Papa. »Warum willst du einfach nicht glauben, daß wir genausoviel wert sind wie jeder andere in London Junction? Irgendwann krieg ich das größte Haus dort. Auf jeden Fall ein größeres als das von Lois, das garantier ich euch!«

»Das kostet aber Geld, Harry«, wandte Chris ein.

»Ich krieg das Geld schon, da mach dir mal keine Sorgen!« Ihr Vater wurde immer wütender. »Ich brauch nur ein Wort zu sagen, dann kann ich als Handlungsreisender arbeiten und eine Menge Geld verdienen.«

»Aber Harry, du wirst doch nicht Vertreter werden!« hauchte Mama, und ihre Augen weiteten sich angstvoll. »Du hast es mir versprochen!«

»Ich mach das, was am meisten Geld bringt!« sagte Papa, ohne sie anzusehen. »Vielleicht in der Fabrik, vielleicht im Außendienst. Jedenfalls werd ich nicht hinterm Ofen sitzen und zuschauen, wie die anderen das ganze Geld verdienen. Da bin ich nicht der Typ dafür.«

Eine Pause trat ein. Mama starrte ihn mit zitternden Lippen an, doch er erwiderte ihren Blick nicht. Chris und Isobel schaukelten vor und zurück und gaben vor, nicht zu merken, wie aufgebracht ihre Gäste waren. Papa saß auf dem Verandageländer, und plötzlich sprang er auf und zeigte zum Himmel.

»Schaut mal, da oben!« rief er. »Es gibt Regen, wir müssen weiter. Kommt, Kinder!«

Er ging mit Chris zur Kutsche, die Mädchen rannten voraus, und Isobel und ihre Mutter folgten flüsternd.

»Habt ihr von dem Mann im Ballon gehört?« fragte Chris. »Er ist heute morgen auf dem Festplatz gestartet, und am Nachmittag will er in London Junction landen, heißt es.«

Ein Mann in einem Ballon! Lena und Marcia blickten ungeduldig von einem zum anderen.

»Wer weiß, vielleicht müssen wir unterwegs die Einzelteile aufsammeln«, sagte ihr Vater. »In Elmville war letzten Sommer auch einer. Ist vom Gericht aus sechzig Meter aufgestiegen und auf Mortons Kuhweide wieder runtergekommen.«

»Hoffentlich sehen wir ihn diesmal!« rief Marcia. »Vielleicht fällt er ja runter.«

»Die Kleine hier will nichts verpassen!« lachte ihre Mutter und kniff sie ins Ohr.

Sobald sie in der Kutsche saßen, in der Florrie noch immer schlief, ergriff Papa die Peitsche, und sie fuhren sehr schnell los. Niemand sagte etwas, denn der Zorn ihres Vaters hatte sich wie Reif auf sie gelegt. Etwas war vorgefallen, was sie nicht verstanden, und irgendwie war Mama daran schuld. Sie waren jetzt wieder auf dem Land, in der Luft hing der süße, dumpfe Duft des Heus, und später wehte von den tiefen Wäldern und den versteckten Froschteichen ein feuchter, moosiger Hauch herüber. Papa legte den Arm um Mama. Sie lachte leise und rieb ihren Kopf an seiner Wange.

»Ach, Harry, du bringst mich noch ins Grab! Das Furness-Haus! Warum nicht gleich den Buckingham-Palast?«

»Gut, dann den Buckingham-Palast«, stimmte Papa zu und mußte wider Willen lachen. »Du denkst, ich mein's nicht ernst, Daisy. Das regt mich auf, wenn du mir nicht glaubst. Nie willst du glauben, daß ich auch schaffe, was ich sage. Aber du wirst schon sehen.«

»Aber Vertreter wirst du nicht, Schatz, ja?« flehte Mama. »Du hast gesagt, du machst jede andere Arbeit, wenn du nur bei mir bleiben kannst.«

»Ich hab gesagt, ich werde nicht Vertreter«, rief Papa. »Na gut, wenn ich's gesagt hab, bleibt's dabei, und damit basta.«

Plötzlich verdunkelte sich der Himmel, als wäre eine Laterne erloschen. Der Wind frischte auf und rüttelte bedrohlich an den Ledervorhängen. Pechschwarze Wolken wälzten sich über den Horizont, und das Baby begann zu schreien. Sie hielten an, um die Vorhänge festzuknöpfen, aber der Wind peitschte sie ihnen immer wieder ins Gesicht. Blitze zuckten, und das Pferd wieherte angstvoll. Die beiden Mädchen fürchteten sich, doch Mama gebot ihnen, still zu sein. Sie hielt das Baby fest an sich gedrückt, aber es schrie aus Leibeskräften weiter. Das Pferd warf den Kopf hoch und galoppierte in wilder Jagd die Straße entlang, dem dräuenden Gewitter entgegen. Es war noch nicht einmal drei Uhr, und schon war die Erde in Dunkel gehüllt. Pferde wieherten auf den Farmen, an denen sie vorüberstoben, Hunde bellten, Hähne krähten, Glocken läuteten im Wind, und auf den Feldern hörte man Stimmen rufen.

»Bis zum Stadtrand schaffen wir's noch«, rief Papa.

»Seht mal!« schrie Mama.

Über den Himmel flog ein dunkler Gegenstand wie eine Fledermaus, die unter der Zimmerdecke entlangschwirrt.

»Der Ballon! Der Mann im Ballon!« rief ihre Mutter.

Marcia und Lena schauten hoch, eng umschlungen, angstvoll und wie gebannt, und der Ballon schwebte langsam abwärts, haarscharf an einem Scheunendach vorbei. Sie sahen eine dunkle Silhouette in dem Korb, ein Märchen-Ungeheuer, ein Vorzeichen für Donner, Dunkelheit und Alpträume. Dahinter zuckten Blitze wie das Höllenfeuer in Bibelillustrationen, und das Pferd bäumte sich auf. Es war wie auf dem Bild von den drei Pferden in einer Gewitternacht, das in ihrem Eßzimmer gehangen hatte. Die Kinder schauten hilflos zu, erfüllt von grauenvoller Einsamkeit und Angst, so als hätte das Wesen, das dort flog, Wolken und Blitze gebracht und ihnen den wunderschönen Tag verdorben, und niemand, nicht einmal Vater und Mutter, konnten seine finstere Rache abwenden.

»Teufel noch mal, mit dem möcht ich nicht tauschen!« rief ihr Vater. Ängstlich verrenkten sie sich die Hälse nach dem Ballon, den der Wind jetzt im Kreis zurücktrieb, und beim nächsten Blitz sahen sie, daß der Ballonmann die Arme erhoben hatte, als wollte er dunkle Geister beschwören, um noch mehr Angst und Schrecken zu verbreiten. Endlich galoppierte das Pferd auf das Straßenpflaster der Stadt. Sie drehten sich noch einmal um und sahen, wie der Mann im Ballon, Prophezeiungen in den Donner brüllend, höher und höher in den Himmel stieg, bis er sich zwischen den schwarzen Wolken verlor.

»Wir schaffen es!« rief ihre Mutter, denn als die ersten dicken Tropfen fielen, tauchte das Schild mit der Aufschrift London Junction auf. Eisenbahnschienen zogen sich wie eine Straßenbahntrasse durch die Mitte der Hauptstraße, und sie mußten an einem Rangierbahnhof mit Güterwagen und schnaubenden Lokomotiven vorbei, die das Pferd noch mehr erschreckten. Sie kamen durch eine breite Straße, bogen genau in dem Augenblick, als der Regen losprasselte, in eine Einfahrt und fuhren geradewegs in eine Scheune. Ihr Vater hob die Mädchen aus der Kutsche auf den strohbedeckten Boden.

»Schnell, lauft durch die Hintertür ins Haus!«

Sie hatten keine Zeit, Tante Lois' Haus näher zu betrachten, und sahen nur mit einem flüchtigen Gefühl von Stolz, wie groß es war. Sie rannten unter die Weinlaube, dann durch den Holzschuppen und schließlich in die Küche, in der es hell war wie in einer Kirche. Düfte nach frischgebackenem Kuchen und gebratenem Huhn empfingen sie. Tante Lois kam aus dem vorderen Teil des Hauses angelaufen, und in ihrem weißen Musselinkleid glich sie so sehr einem gütigen Engel, daß die Kinder ihr verzweifelt entgegenstürzten. Sie nahm sie in die Arme, und beide weinten gleichzeitig in ihren Schoß.

»Ach, meine armen Kleinen! Hat das Gewitter euch angst gemacht, ja?« Tante Lois tröstete sie und trocknete mit ihrer Schürze ihre Tränen.

»Nein, nicht das Gewitter, der Mann im Ballon«, wimmerte Marcia noch immer zitternd und barg ihr nasses Gesicht am weichen Hals der Tante. »Der Mann im Ballon darf uns nicht kriegen! Bitte! Bitte!«

2

In London Junction weinte Lena jede Nacht, und manchmal wiegte ihre Mutter sie, obwohl sie schon so groß war, in den Armen und sang ihr etwas vor. Manchmal fing Mama auch selbst an zu weinen und beugte sich vor, um ihre Tränen in Lenas blonden Locken zu verbergen, und manchmal weckte das Geschluchze die feinfühlige Florrie, die dann ein anteilnehmendes Gebrüll anstimmte und gleichfalls hochgenommen werden mußte. Marcia stand da und sah sich dieses Schauspiel der Gefühle an, verblüfft und unbewegt.

»Wieso heult Lena denn?« fragte sie immer wieder, und stets lautete die Antwort ihrer Mutter: »Sie hat Heimweh nach unserem Haus in der Peach Street.«

Obwohl sie sich darum bemühte, konnte Marcia das nicht verstehen. Lena war doch ebenso begeistert gewesen wie sie selbst, als sie erfuhren, daß sie nach London Junction ziehen würden. Und jetzt waren sie hier. Ihr Wunsch war in Erfüllung gegangen, so wie sie es sich so oft ausgemalt hatten, wenn sie auf einen Heuhaufen gespuckt oder eine Sternschnuppe gesehen hatten. Aber statt sich zu freuen, heulte Lena. Das leuchtete Marcia nicht ein. Und Mama weinte auch. Florrie weinte sowieso ständig, das zählte nicht.

»Na ja, Towser fehlt mir auch«, gab Marcia nachdenklich zu, doch darüber hinaus blieben ihr die zarten und zweifellos erwachseneren Gefühle ihrer Schwester rätselhaft. Manchmal, in weniger traurigen Momenten, betrachtete sie ihre Schwester prüfend und forschte nach weiteren Anzeichen dieses seltsamen Andersseins, das sie so gern aus der Welt geschafft hätte, wenn sie es nur hätte verstehen können. Manchmal bat sie Lena um eine Vorführung für ihre Freundinnen.

»Mach Georgie doch mal vor, wie du weinst, wenn du Heimweh hast«, drängte sie dann, aber Lena gab nur eine schnippische Antwort und lief errötend weg.

Marcia war jetzt fünf Jahre alt. Sie war fünfzehn Monate jünger als Lena, aber über einen Zentimeter größer, denn sie schlug mehr den Willards als den Reeds nach. Lena mit ihren blonden Locken und den rosigen Wangen galt allgemein als die Hübschere, doch Marcia war stolz darauf, daß sie größere Füße hatte und neue Schuhe deshalb als erste tragen durfte, und darauf, daß sie länger die Luft anhalten konnte. Aber sie bewunderte Lenas ruhige Selbstsicherheit im Umgang mit anderen – Lena hatte keine Angst vor Jungen und stolzierte gelassen und mit hoch erhobener Nase an ihnen vorbei –, und sie beneidete ihre Schwester glühend um ihr Muttermal am Hals, das die Form eines Erdbeerkörbchens hatte und, wie es hieß, der Leidenschaft ihrer Mutter für Erdbeeren zuzuschreiben war. Lena wiederum war eifersüchtig, wenn die Erwachsenen sich um Marcias Gesundheit sorgten und immer wieder feststellten, wie »spitz« und kränklich sie aussehe. Außerdem hatte Marcia ein sehr gutes Gedächtnis, das Lena allerdings eher mit Stolz und Staunen als mit Neid erfüllte. Marcia erinnerte sich an alles, was je vorgefallen war, fast von ihrem ersten Zahn an. Sie wußte noch, was jemand gesagt hatte, ehe sie selbst hatte sprechen können, und sie entsann sich bitterer, demütigender Erlebnisse der Hilflosigkeit. Sie wußte noch, wie ihre Mutter sie einmal auf dem Arm zu einem Treffen mit Verwandten mitgenommen und ihr zum ersten Mal in ihrem Leben Eis angeboten hatte. Marcia hatte angefangen zu schreien, als sie die Kälte spürte, und ihre Mutter hatte gesagt: »Komm, wir stellen es auf den Ofen, Schätzchen, damit es warm wird.« Auch der Dümmste, sogar wenn er noch keine zwei Jahre alt war, konnte sehen, daß es kein Ofen, sondern ein Tisch war. Aus irgendeiner weisen Einsicht aber beschloß die kleine Marcia, den Fall auf sich beruhen zu lassen. Wenn ihre Mutter einen Tisch partout für einen Ofen halten wollte, mußte Marcia eben warten, bis ihr Wortschatz groß genug war, um die Sache mit ihr zu besprechen. Das war der Anfang einer ganzen Reihe ernüchternder Erfahrungen mit dem Verstand der Erwachsenen gewesen, und seither fragte Marcia sich oft, ob sie ein immerwährendes Spiel kränkender Täuschungen spielten oder ob sie einfach nicht so viel wußten. Lena war tief bestürzt, als die jüngere Schwester ihre Zweifel aussprach, und von da an behielt Marcia ihre Gedanken für sich.

Lena besuchte in London Junction die Grundschule und fand es nicht mehr passend, sich vor anderen mit Marcia abzugeben. Den Heimweg legte sie mit einer gleichaltrigen Freundin namens Mary Evelyn Stewart zurück, deren Doppelname Marcia so faszinierte, daß sie sich in Marcia Lily umtaufte, während Lena ihren Namen in Lena Gladys änderte. Sie wollten auch Florrie dazu bewegen, ihren vollen, vornehmen Namen Florence Adeline zu benutzen, doch in ihrem gewohnten Starrsinn schrie sie nur trotzig: »Ich Florrie! Ich Florrie!«

»Na gut, dann bleibst du eben Florrie«, sagte Lena Gladys verächtlich. »Aber dann schieben Mary Evelyn und ich dich nach der Schule nicht mehr im Sportwagen herum.«

Lena und Mary Evelyn führten in der Schule ein glanzvolles Leben, das sie weit über Marcia erhob. Einmal im Monat mußten sie Gedichte auswendig lernen und vor Publikum aufsagen. Da Mary Evelyns Mutter im Fair Store arbeitete, lernten die beiden Mädchen im Willardschen Wohnzimmer. Marcia, von nagender Eifersucht erfüllt, spielte unterdessen für sich allein in einer Ecke und schnitt Papier-Damenpuppen aus, von denen jede zwei Namen bekam. Sie durfte erst nächstes Jahr in die

Schule, obwohl sie fast gleichzeitig mit dem Gehen und Sprechen auch Lesen und Schreiben gelernt hatte. Das waren jedoch, ebenso wie ihr Gedächtnis, zweifelhafte Fähigkeiten, denn es empfahl sich nicht, Lenas und Mary Evelyns Gedichte auswendig zu können, kaum daß sie zweimal stockend vorgelesen worden waren, und taktvoll war es schon gar nicht. Mama, auf jedem Knie ein Schulkind, sah Marcia hilflos an.

»Marcia, du sollst doch mit deinen Papierpuppen spielen!« mahnte sie. »Die beiden können ihr Gedicht noch lange nicht – wieso solltest *du* es dann können!«

»Sie ist noch nicht mal sechs«, wandte Lena Gladys sich betont kühl an ihre Busenfreundin Mary Evelyn. »Also, ich fang noch mal von vorn an. ›Der Pfefferkuchenhund und die gescheckte Katze ...‹«

»›Die sagten guten Tag und gaben sich die Tatze‹«, schrie Marcia, rannte in den Garten und plärrte den Rest des Gedichts hinaus, bis ihre Mutter sie einfing und ihr eine Ohrfeige gab.

Diese unverständliche Züchtigung war beim Gedichtvortrag des nächsten Monats, für den Lena (und natürlich auch Marcia) »Annie das Waisenkind« mit den entsprechenden Gesten auswendig gelernt hatte, längst vergessen. Es war ein aufregender Tag. Mama brachte Florrie zu Oma und ging mit Marcia in die Schule, in den Raum der ersten Klasse. Es roch nach Kreidestaub und frisch geschrubbten Korridoren, Mamas bestes Seidenkleid raschelte, und um den Zweitkläßlern Platz zu machen, saßen an jedem Tisch gleich zwei herumzappelnde Kinder. Marcia und Mama nahmen mit den anderen Müttern und jüngeren Geschwistern auf Klappstühlen an der Seite Platz. Die Lehrerin hatte mit Farbkreide eine Flagge an die Tafel gemalt, und auf ihrem Pult lagen Weidenzweige und Herbstlaub. Als alle saßen, schlug sie einen kleinen silbernen Gong an und sagte: »Bevor wir anfangen, möchte uns vielleicht jemand von unseren kleinen Gästen etwas vortragen?« Das ließ Marcia sich nicht zweimal sagen. Sie glitt vom Schoß ihrer Mutter und marschierte zum Podium, wo sie in rasantem Tempo und mit lässigen Gebärden

»Annie das Waisenkind« herunterschnurrte. Ihre Mutter verfolgte die Vorstellung mit entsetzter Miene, und Lena weinte leise in ihr Lesebuch: »Das ist *mein* Gedicht! Jetzt hab *ich* kein Gedicht mehr!«

Auch nach der Strafe für diesen Verstoß gegen die guten Sitten und ihre unbeirrte Rechtfertigung – »Lena hat es doch sowieso nicht gekonnt!« – nahm Marcia sich immer wieder heimlich Lenas Rechen- oder Lesebuch und arbeitete mühelos ihre Hausaufgaben durch, während Lena geduldig über der Rechtschreibung eines einzelnen Wortes brütete. Marcia begriff nicht, wieso ihre Schwester und Mary Evelyn so lange brauchten, um Dinge zu lernen, die doch wie Süßigkeiten waren: Man sah sie, aß sie auf, und damit war der Fall erledigt. Ebensowenig begriff sie, wieso es nicht gut für sie sein sollte, die Bücher so leicht zu finden, nur weil sie noch nicht zur Schule ging. Es war verwirrend, ausgeschimpft zu werden, weil sie Lenas Aufgaben machte, und dann zu hören, wie ihr Vater sich mit Mr. Friend darüber amüsierte. Aber bestimmt würde sich das alles klären, wenn sie erst selbst zur Schule ging; es hatte also keinen Zweck, sich jetzt den Kopf darüber zu zerbrechen.

Nach dem Sommer bei Oma und Tante Lois wohnten sie in der einen Hälfte eines Doppelhauses neben Friends Lebensmittelladen. Oft gingen die Kinder auf dem Main Boulevard an der Furness-Villa vorbei und malten sich aus, darin zu wohnen, so wie ihr Vater es versprochen hatte. Das große Haus stand leer, und sie konnten durch den Obstgarten streifen und sogar in die Fenster schauen, wenn der alte Hausmeister nicht in der Nähe war. Durch die Gitterstäbe der Kellerfenster sah man eine Bowlingbahn und dahinter ein Gewächshaus mit zerbrochenen Glasscheiben und gesprungenen Blumentöpfen. Die Farne darin waren verdorrt, denn seit die alte Mrs. Furness gestorben war, hatte niemand mehr in dem Haus gewohnt. Sie zogen sich die Schuhe aus und wateten auf der Veranda umher. Der Regen, der durch das Dach tropfte, machte die schönsten Pfützen und verwandelte den Brunnen im Garten in ein Planschbecken. Die große, wuchernde Wiese barg einen wahren Schatz an vierblättrigen Kleeblättern, Maulwurfshügeln, Ringelnattern und Pusteblumen, und beim Pusten konnte man sich etwas wünschen.

»Gut, daß ich nicht die Furness-Villa genommen hab«, sagte Papa zu Mama. »Die Heizung hat zehn Tonnen Kohle pro Winter verbraucht, hab ich gehört, und die Waschküche ist im Keller, da hättest du den ganzen Tag die Treppen rauf und runter müssen. Ein Glück, daß ich mir's anders überlegt hab.«

»Aber Liebling, das wär doch sowieso nicht gegangen – nie und nimmer!« protestierte ihre Mutter sanft. »Ich versteh nicht, wie du überhaupt daran denken konntest.«

Doch dieser Mangel an Vertrauen machte ihren Vater wütend. Er war jetzt häufig schlecht gelaunt und immer müde. Ständig hieß es: »Pst, seid leise, Papa hat bei seiner neuen Arbeit soviel um die Ohren.« Oft kamen abends Tante Lois und Oma, und dann wurde ein Familienrat abgehalten, bei dem es sehr ernst zuzugehen schien. Die Kinder wurden früh zu Bett geschickt, aber sie hörten die Stimme ihres Vaters, die immer lauter wurde und Tante Lois' rasche, angespannte Worte übertönte. Das Kinderzimmer lag über dem Wohnzimmer, und durch die geöffnete Lüftungsklappe konnten die Mädchen die Erwachsenen sehen und hören, ohne jedoch zu verstehen, worum es bei diesen Beratungen ging. Sie merkten nur, daß Papa dabei im Mittelpunkt stand, als tonangebender und zugleich leidtragender Teil. Mama weinte manchmal, und Omas einziger Beitrag bestand darin, daß sie ab und zu ein beschwichtigend glucksendes »Na, na, so kann man das aber nicht sehen!« von sich gab. Papas lautstarke Antworten waren jedesmal die gleichen. Es sei unsinnig, sagte er, daß ein Mann mit Köpfchen sich in einer Möbelfabrik für einen Vorarbeiter abschufte, der nicht einmal Englisch spreche. »Und ich hab Köpfchen. Ich hab Persönlichkeit. Carson ist ein gescheiter Bursche. Er ist der Boß und kennt sich aus. Wenn der Boß meint, ich hab das Zeug zum Außendienst, dann seh ich nicht ein, wieso ihr hier herumredet und mich daran hindern wollt.« Der Streit begann oft schon, bevor Papa nach Hause kam. Mama beklagte sich bei ihrer Mutter und ihrer Schwester darüber, daß Papa dies oder jenes zu tun drohe, doch sobald sie Rat und Mitgefühl anboten, ergriff sie wieder für ihn Partei. Am Ende des Abends gingen Oma und Tante Lois verärgert und verwirrt nach Hause, und durch die Lüftungsklappe sahen die Kinder, wie ihre Mutter Papa zärtlich umarmte und sagte: »Es ist meine Familie, Harry, ich weiß, und sie sind mir wirklich wichtig, aber sie haben kein Recht, dich zu kritisieren.«

»Schon gut«, grollte Papa. »Aber sie schaffen's immer wieder, daß du dich furchtbar aufregst – das ist es, was mich so ärgert. Carson ist verdammt nett zu mir, aber ich hab den Eindruck, du weißt das gar nicht zu schätzen. Er sagt, im Außendienst wär ich für ihn Gold wert. Ich hab ihm gesagt, du willst nicht, daß ich in der Fabrik Nachtschicht mache, und er weiß selber, daß ich viel zuviel Köpfchen für so was hab. Und außerdem: Im Außendienst kommt vielleicht irgendwann die große Chance für mich – vielleicht in Cleveland oder in Pittsburgh oder in Chicago. Es gibt schließlich noch andere Orte auf der Welt als London Junction.«

»O Harry! Eine richtige Stadt?« rief ihre Mutter, doch dann senkte sie die Stimme: »Aber wir sind doch gerade erst hierhergezogen. Ich weiß nicht, ob mir Cleveland gefallen würde.«

Bruchstücke dieser Szenen wurden von Lena und Marcia im Dunkeln unter aufgeregtem Geflüster zu Vermutungen zusammengesetzt und am nächsten Tag in der Pause an Mary Evelyn weitergegeben, mit dem Ergebnis, daß Mary Evelyns Mutter eines Tages im Fair Store zu Lenas Mutter sagte: »Sie ziehen demnächst nach Cleveland? Ihre Tochter hat's meiner Tochter erzählt.« Mama war überrascht und mußte lachen, aber später schimpfte sie mit Lena, weil sie gelogen habe. Lena fing an zu weinen, doch Marcia sagte freiheraus: »Wenn Papa lügt, dürfen wir auch lügen!« Das lenkte Mamas Zorn auf Marcia, und Lena lief erfreut hinaus, um mit Mary Evelyn zu spielen.

Das souveräne neue Leben ihrer älteren Schwester zog

Marcia, die jetzt ständig ausgeschlossen wurde, völlig in seinen Bann. Wenn sie zur Sonntagsschule gingen, hoffte sie Lena für sich allein zu haben, aber selbst dann hatte Mary Evelyn Vorrang. Einmal hatten sie sich in ihren leichten grünen Trägerkleidern, den getupften Blusen und den Filzhüten in Dreispitzform auf den Weg zur First Christian Church gemacht, in jedem der beiden Häkeltäschchen einen Penny, als ihnen an der Ecke Maple und Fourth Street Mary Evelyn begegnete.

»Tag, Mary Evelyn«, sagte Lena.

»Tag, Lena Gladys«, sagte Mary Evelyn.

»Tag«, sagte Marcia atemlos, doch Mary Evelyn nahm keinerlei Notiz von ihr und schaute nur Lena an, so als hätten sie ein Geheimnis miteinander.

»Geh du zur Christian Church«, verfügte Lena, »ich geh mit Mary Evelyn in ihre Sonntagsschule.«

Marcia schnappte nach Luft. »Aber das geht doch nicht!« rief sie. »Mary Evelyn geht in die presbyterianische Kirche, da werden andere Lieder gesungen!«

»Petzt die?« wandte Mary Evelyn sich an Lena, so als wäre Marcia eine Puppe und könnte nicht für sich selbst sprechen. Mary Evelyn war groß für ihr Alter. Sie trug ein Samtkleid und um den Hals ein Medaillon mit einem Opal und einem Stück Asant darin, sie besaß ein Gebetbuch mit Schloß und hatte ein Fünfcentstück für die Kollekte bei sich. Ihre Wangen waren wie Lenas Wangen sehr rot, und über den Rücken hing ihr ein dikker schwarzer Zopf mit dichtgelockten Enden herab. Auf dem Kopf trug sie einen rosa Samthut mit einer großen Schleife unter dem Kinn, denn ihre Mutter bestellte ihre gesamte Kleidung aus einem Katalog. Sie wünschte nicht, mit einem Kind gesehen zu werden, das jünger war als sie, so daß Marcia gezwungen war, ein paar Schritte hinter den beiden älteren Mädchen zurückzubleiben. Da sie ihnen jedoch fortwährend Bemerkungen zurief, fiel sie fast noch mehr auf, als wenn sie neben ihnen hergegangen wäre. Lena drohte, es Mama zu sagen, und brachte sie damit für ein paar Minuten zum Schweigen. Dennoch ließ sie sich lieber dafür abkanzeln, daß sie hinter den beiden herlief, als daß sie ganz allein zur Sonntagsschule der First Christian Church gegangen wäre. Jetzt stand sie, von Schmähungen und Drohungen zermürbt, unglücklich an der Ecke und schaute zu, wie Mary Evelyn und Lena Gladys hochmütig auf die presbyterianische Kirche zustolzierten. Am liebsten wäre sie nach Hause gegangen und hätte gepetzt, um es ihnen heimzuzahlen, aber sie wollte sich nicht ihre Verachtung zuziehen. Es kränkte ihren Stolz, wie ein Baby behandelt zu werden, doch noch stärker empfand sie Lenas rätselhaftes Anderssein. Woher nahm Lena den Mut, unerlaubt eine fremde Kirche zu betreten, obwohl sie wußte, daß sie damit eine Ohrfeige riskierte? Wieso fand Lena mehr Gefallen an Dingen, die verboten waren? Marcia spielte für sich allein ein Hüpfspiel und gab vor, ihren Spaß daran zu haben, für den Fall, daß die beiden sich nach ihr umdrehten. Aber es schien sie nicht zu interessieren, was Marcia tat, wenn sie sie nur in Ruhe ließ. Niedergeschlagen beobachtete sie, wie Lena und Mary Evelyn tatsächlich in den Kirchhof einbogen, ohne sich weiter um sie zu kümmern. Sie hätte jetzt nur umzukehren, die East Maple Street wieder zurück und in die Christian Church zu gehen brauchen, doch die Vorstellung, allein gehen zu müssen, war ihr unerträglich. Plötzlich, atemlos ob der eigenen Kühnheit, setzte sie sich in Bewegung, rannte den beiden anderen nach und stolperte beim letzten Glockenton über die Sandsteinstufen der presbyterianischen Kirche, wobei sie sich am Knie ein großes Loch in ihren Strumpf riß. Ein hochgewachsener fremder Mann mit Schnurrbart hob sie auf und trug sie in den Versammlungssaal, gerade als dort »Ich wusch mir meine Hände, so sauber und so weiß« angestimmt wurde. Der Mann setzte sie auf einen Stuhl, auf dem sie steif sitzen blieb, mit so heftig pochendem Herzen, daß man es unter dem Trägerkleid fast sehen konnte. Ohne den ermutigenden Anblick Lenas, die selbstgewiß neben Mary Evelyn in der ersten Reihe stand, und ohne das geschlossene Tor wäre sie wieder hinaus und in ihre eigene Kirche gelaufen. Als sie sah, daß sie auch noch in einer Reihe mit lauter Jungen saß, unter ihnen einige acht- oder neunjährige Riesen, geriet sie von neuem in Panik. Sie hielt den Blick fest auf Lena gerichtet, die so ruhig dastand und deren blondes Haar sich so hübsch unter dem Filzhut hervor lockte. Schmerzhafter Neid auf diese wunderbare Gelassenheit erfüllte sie. Dann dachte sie daran, was Lena und Mary Evelyn ihr antun würden, wenn sie merkten, daß sie ihnen nachgelaufen war, und dieser Gedanke war noch schlimmer als die Angst, von ihrer Mutter ausgeschimpft zu werden. Sie fragte sich auch, was der Buntglasgott in der First Christian Church wohl tun würde, wenn er sie in einer presbyterianischen Kirche sah. Daß ihrer Schwester das gleiche blühte, war ihr keine Beruhigung, denn Lena hatte offensichtlich keine Angst vor Ihm. George Hollis, der im Haus gegenüber wohnte, schnitt ihr Grimassen, und zu allem Übel las sie ihm auch noch die Worte »Was hast du hier zu suchen?« von den Lippen ab.

Dann nahmen alle Platz, und eine sehr große, sehr alte Frau rauschte aufs Podium. Ihr grau durchsetztes blondes Haar erinnerte an welke Maisfasern und türmte sich in Strängen auf ihrem Kopf, und ihre schlaffen, flaumbedeckten Wangen wabbelten beim Gehen. Zu allem Überfluß ließ sie auch noch eine Reihe funkelnder Goldzähne blitzen, einen Kneifer am schwarzen Samtband, mehrere Broschen an ihrer Rüschenbluse und gebieterisch klimpernde Ketten. Stille trat ein, als ihr Blick über die Zuhörer schweifte. Marcia hoffte, ihr hämmerndes Herz würde ihre strafwürdige Anwesenheit nicht verraten.

»Ich werde euch jetzt von der Sünde erzählen«, sagte die Frau mit süßlich-weinerlicher Sonntagsschulstimme. »Seht einmal, was ich hier habe. Ein Glas klares Wasser, eine weiße Hasenpfote und eine Flasche schwarze Tinte. Die Hasenpfote steht für die Reinheit eurer Seelen, solange ihr noch Kinder seid, die Tinte ist schwarz wie die Sünde, und das klare Wasser ist der Geist des Guten. Können alle es sehen?«

Marcia reckte den Hals und sah die hochgehaltene Hasenpfote.

»Jetzt tauche ich die Hasenpfote in das klare Wasser des Guten. Seht ihr? Sie bleibt weiß wie Schnee. Und jetzt tauche ich sie in die Tinte der Sünde, und was passiert? Die Sünde macht die Seele schwarz.«

Das erwies sich als absolut zutreffend, und ein Murmeln erhob sich, als die Frau die schwarze Hasenpfote vor den verblüfften Zuhörern baumeln ließ. Marcia umklammerte ihren Stuhl. Bei dem Gedanken an ihre eigene Hasenpfotenseele, die sich in ihrem Inneren von Sünde schwärzte, wurde ihr ein wenig übel. Schleppend fuhr die zuckersüße, leiernde Stimme fort: »Nun, Kinder, was verstehen wir unter Sünde?«

Niemand antwortete. Die Frau blickte in die Runde und runzelte ungeduldig die Brauen.

»Kommt schon, Kinder, ihr wißt doch bestimmt, was Sünde ist. Du, Mary Evelyn, du kommst doch regelmäßig in die Sonntagsschule – was ist Sünde?«

»Eis essen«, erwiderte Mary Evelyn hoffnungsvoll.

Jemand kicherte.

»Aber nein, Eis essen ist keine Sünde, außer man tut es unerlaubt«, sagte die Frau scharf. Mary Evelyn schmollte. Mechanisch fuhr Marcias Hand hoch.

»Da ist noch eine kleine Hand. Was ist Sünde, Kind?«

»In die falsche Sonntagsschule gehen«, sagte Marcia vernehmlich.

Das war eine noch schlimmere Antwort als das Eis. Die Frau machte ein böses Gesicht, so als bereute sie es, die schöne Hasenpfote zum Wohle dieser kleinen Dummköpfe beschmutzt zu haben. Noch dazu drehten Lena und Mary Evelyn sich jetzt um und sahen die Missetäterin an. Marcias Gesicht glühte, und im Magen hatte sie ein Gefühl, als sei sie mit der Straßenbahn gefahren. Am liebsten wäre sie tot umgefallen, aber dann ging die Tür auf, und eine Stimme rief: »Sind Sie fertig, Miss Marshall? Die Kinder können jetzt in ihre Klassen. Wir besprechen das Weitere während der Kollekte.«

In letzter Verzweiflung rannte Marcia auf die offene Tür zu, stürzte ins Freie, fiel auf derselben Stufe ein zweites Mal hin und schlug sich das andere Knie auf. Sie stürmte die Straße hinunter, überzeugt, von einer Horde Presbyterianer verfolgt zu werden, und beruhigte sich erst wieder, als sie das Kandy-Kitchen-Schild an der Ecke der Maple Street sah. Bei diesem heiteren Anblick fiel ihr ein, daß sie ja noch ihren Penny hatte, und sie betrat den Laden. An der Süßwarentheke schwankte sie zwischen einer Lakritzschnecke und einem Schokoladenpfefferminz, in dem sich ein Penny verbergen konnte. Schließlich entschied sie sich für das Pfefferminz und wurde auch sogleich dafür belohnt, als sie auf eine Münze biß, von der sie sich noch etwas kaufen konnte. Sie behielt das Pfefferminz so lange im Mund, bis sie ein Heft mit einer wunderbaren Bildgeschichte durchgelesen hatte, das der Kandy-Kitchen-Mann aufgeschlagen auf dem Eiscremetisch hatte liegenlassen. Sie handelte nicht von Buster Brown und Mary Jane, sondern erzählte eine phantastische Geschichte um einen gewissen Little Nemo. Marcia studierte das Heft eingehend und lutschte glücklich an ihrem Pfefferminz. Sie fühlte sich jetzt groß und selbständig und schämte sich, weil sie so kindisch gewesen war, hinter Lena und Mary Evelyn herzulaufen. Plötzlich biß sie auf einen zweiten Penny, ein unerhörter Glücksfall, der sie auf eine Idee brachte.

»Mr. Kitchen«, wandte sie sich an die Glatze auf der anderen Seite der Theke, »haben Sie Hasenpfoten?«

Mr. Kitchen kratzte sich die Glatze und sagte nein, aber wenn er einmal einen Eselhasen erwische, werde er ihr eine von seinen Pfoten als Glücksbringer schenken.

»Ich brauch sie nicht als Glücksbringer«, erklärte Marcia. »Ich will Sünde damit spielen wie bei den Presbyterianern. Aber ich glaub, ich kann mir selber eine machen.«

Sie konnte es kaum erwarten, nach Hause zu kommen und sich aus Watte und Schnur ihre eigene Hasenpfote zu basteln. Die Tinte würde sie aus Papas Schreibtischschublade nehmen, wenn er im Garten den Rasen mähte. Während sie dieses Vergnügen plante, sah sie draußen Lena und Mary Evelyn sittsam um die Ecke biegen. Sie lief hinaus, folgte ihnen in einigen Schritten Abstand und vergaß ihren Vorsatz.

»Klette!« sagte Mary Evelyn laut, ohne sich umzudrehen.

»Pah!« gab Marcia zurück.

»Kümmere dich einfach nicht um sie«, sagte Lena.

»Die kommt nie in den Himmel und wird nie ein Engel, so wie wir«, sagte Mary Evelyn geziert.

»Ist mir doch egal! Dann komm ich eben in die Hölle und spiel mit den kleinen Teufeln«, ereiferte sich Marcia. »Da will ich sowieso viel lieber hin.«

Die beiden Älteren verstummten bestürzt und wechselten einen entsetzten Blick. Marcia war vor ihren eigenen Worten erschrocken und erschauerte vor Angst bei dem Gedanken, daß der Mann im Ballon sie gehört haben könnte.

»Mit der spielen wir nicht Vater und Mutter«, erklärte Mary Evelyn.

»Ist mir doch egal, ist mir doch egal!« rief Marcia schrill. »Bei solchen Babyspielen mach ich sowieso nicht mit. Ich mach mir eine Hasenpfote und spiel Sünde. Jetzt gleich!«

Die beiden anderen, sichtlich neugierig geworden, besprachen sich flüsternd. Schließlich blieb Lena stehen.

»Also gut, du kannst mit uns gehen«, sagte sie gnädig. »Wir spielen auch Sünde. Wie geht das?«

»Kommt mit, ich zeig's euch!« jubelte Marcia. Wäre nicht Sonntag gewesen, sie wären den ganzen Weg nach Hause gerannt, nur um schnell anfangen zu können. Leider machte sich Mary Evelyn Tintenflecken auf ihr Kleid, aber wenn ohnehin alle versohlt wurden, brauchte sie keine Ausnahme zu machen.

3

Die beiden Wohnungen in dem Doppelhaus neben Friends Lebensmittelladen in der Fourth Street waren durch einen dunklen Flur und eine gemeinsame Treppe, die in den ersten Stock führte, voneinander getrennt. Die Räume der Friends lagen auf der rechten Seite, die der Willards auf der linken. Das Baby der Friends war gestorben, aber sein Zimmer mit den vielen Bildern von Maria mit dem Jesuskind war unverändert geblieben, und ab und zu erlaubte Mrs. Friend den Willard-Kindern, sie zu betrachten. Als Marcia jedoch wissen wollte, wieso Jesus, wenn es ihn wirklich gebe, auf jedem der Bilder anders aussehe, wurde Mrs. Friend ärgerlich, und nachdem Marcia auch noch gefragt hatte, ob sie mit den kleinen Madonnen spielen dürften, wies ihre Mutter sie an, auf ihrer Seite des Flurs zu bleiben. Manchmal kam Charlie Friend herüber, ein Neffe, der auf die High-School ging und nach der Schule Lebensmittel für Mr. Friend austrug. Er balancierte in Strümpfen auf dem Geländer und hielt sich dabei mit rudernden Armen im Gleichgewicht, doch als Marcia und Lena es versuchten, fielen sie die Treppe hinunter. Mrs. Friend gab Charlie die Schuld und sagte, er sei zu groß, um mit kleinen Mädchen zu spielen, er bringe sie jedesmal zum Weinen. Charlie wurde wütend, und Lena und

Marcia wurden noch wütender, denn Charlie stibitzte für sie Süßigkeiten und Brausepulver in sechs verschiedenen Geschmacksrichtungen, das man in Wasser auflösen konnte.

Die Friends schenkten Florrie eine große weiße Wiege, und jeden Abend stellten Maria und Lena sich links und rechts davon auf, schaukelten Florrie und sangen aus vollem Halse, bis Florrie aus unerfindlichen Gründen einschlief. Manchmal holte ihr Vater seine glänzende gelbe Gitarre hervor und sang mit ihnen. Er brachte ihnen mehrstimmige Lieder bei, und wenn Mama mit dem Geschirrspülen fertig war, sangen sie im Quartett. Seine vielstrophigen und meist traurigen Lieder handelten von alten Männern, die dem Haus ihrer Kindheit jenseits des Meeres nachtrauerten, von Müttern, die um ihre toten Kinder weinten, und kleinen Mädchen, die sich im Schneesturm verirrten, von schönen, schwindsüchtigen Frauen, die starben, weil sie trotz eines Fieberanfalls einen Ball besucht hatten, von dem armen kleinen Joe in der bitterkalten Nacht und vor allem von dem braven irischen Burschen, der in der Stadt keine Arbeit findet. Das war ihr Lieblingslied, und sie konnten es Wort für Wort auswendig. Es ging so:

Der Hof des Vaters war so klein,
Trug nicht genug für alle ein,
Da mußte einer von uns fort.
So nahm ich Abschied von zu Haus,
Fuhr in die weite Welt hinaus.
Ein Schiff trug mich zum fernen Ort.

New York, so hieß das Ziel der Fahrt,
Doch war das Leben dort sehr hart.
Ich wanderte tagaus, tagein
Durch fremde Straßen hin und her,
Der Hunger plagte mich gar sehr,
Doch Arbeit fand ich nirgends, nein.

Ich bin ein tüchtiger Gesell,
Vom fernen Irland komm ich her.
Gebt Arbeit mir und Lohn und Brot!
Mach alles, was ihr wollt, ihr Herrn,
Ich singe, tanze, spiel auch gern.
Ich bitt euch, lindert meine Not!

Marcia hatte alle Mühe, beim Singen nicht in Mitleidstränen auszubrechen, während Lena von den melodischen Tragödien offenbar völlig unberührt blieb. Wenn Florrie eingeschlafen war, durften die Mädchen noch eine Stunde nach unten und ihre Bilderbücher anschauen, Aschenputtel und den gestiefelten Kater. Am schönsten aber war es, wenn ihre Mutter Geschichten erzählte. Solche Abende machte ihr Vater zum Fest. Er klopfte an die Tür der Friends und lud sie ein, herüberzukommen und zuzuhören. Die Sessel stellte er wie für eine Theatervorstellung vor Mama auf. Er war ein Mensch, der ständig Unruhe um sich verbreitete. Sein Lachen, sein Zorn, seine Bewegungen – alles kam plötzlich. Wut ebenso wie Fröhlichkeit brachen ohne Vorwarnung und ohne erkennbaren Grund aus ihm hervor. Wenn er die Friends einlud, bedeutete das immer, daß er glänzender Laune war, stolz auf seine Familie, beglückt von allem, was Mama sagte oder tat.

»Kommen Sie rein«, sagte er, »Daisy erzählt den Kindern Geschichten.«

Im Grunde aber erzählte sie für ihn. Er zog den Mädchen ihre Nachthemden, die roten Weihnachts-Morgenmäntel und die Häschenpantoffeln an und setzte sie in ihre kleinen Schaukelstühle an dem großen Ofen. Mr. und Mrs. Friend machten es sich in den Sesseln bequem, die er ihnen angeboten hatte, und warteten, bis ihr Gastgeber mit den Vorbereitungen für das Abendessen fertig war, das später serviert werden sollte – Sardinen, Käse und Bier, vielleicht auch ein Austernragout.

»Harry kocht besser als ich«, pflegte ihre Mutter zu sagen. »Wenn er sich anstrengt, kann Harry einfach alles.«

Ihr Vater lachte in sich hinein. »Aber eine Geschichte so erzählen wie Daisy, das kann ich nicht. Beim besten Willen nicht! Da stehen einem ja die Haare zu Berge, sogar Ihnen, Friend, hahaha! Also, fang an, Schatz.«

Mama setzte sich im Schneidersitz in den großen Sessel und pustete sich die gelockten Ponyfransen aus den weit geöffneten, glänzenden Augen. Sie sah aus wie ein kleines Mädchen. Die Geschichten, die sie mit gedämpfter Stimme erzählte, handelten allesamt von Friedhofsgeistern, vom Wind, der huu-uu-uuuh machte, von Hunden, die auf dem Gottesacker heulten, von Toten, die zu den Weisen fiedelnder Gerippe auf ihren Gräbern tanzten. Papa zwinkerte Mr. Friend zu, die kleine, dicke Mrs. Friend packte ihren Mann am Arm und stöhnte »O Gott!«, und Mr. Friend rauchte seine Pfeife. Wenn Mamas Stimme sich kurz vor dem Höhepunkt der Geschichte zu einem Flüstern senkte, nahm er die Pfeife aus dem Mund, hielt sie reglos in der Hand und schüttelte staunend den kahlen Kopf. Schließlich lehnte Mama sich triumphierend zurück, und Mr. Friend stieß kichernd seine Frau an. »Bist du verrückt, Amy? Wer wird denn so was glauben? Kein Mensch hat so was je gesehen. Jetzt sei nicht albern!«

Lena schaukelte vergnügt hin und her, ihre blauen Augen hingen an dem erregten, geröteten Gesicht ihrer Mutter, und sie freute sich über den festlichen Abend und darüber, daß sie das älteste der Kinder war. Für Marcia aber war jedes Wort eine Qual, eine Keimzelle nächtlicher Schrecken. Da sie jedoch nicht hinter Lena zurückstehen wollte, umklammerte sie die Armlehnen ihres Schaukelstuhls und versuchte ihre Ohren vor den Worten ihrer Mutter zu verschließen. Einmal, bei einer Stelle, an der zwei einsame Füße auf einem Baumwipfel tanzten, hielt sie es nicht mehr aus, steckte sich die Finger in die Ohren und rannte aus dem Zimmer. Alle lachten sie aus, so wie sie Mrs. Friend auslachten, und von da an nahm Marcia allen Mut zusammen und lachte, wenn sie Angst hatte. Das täuschte und erfreute ihren Vater, und er nahm sie auf den Schoß.

»Nicht zu fassen!« rief er stolz. »Sie versteht schon, daß alles nur Spaß ist!«

Daraufhin lachte Lena auch, nur Mrs. Friend fürchtete sich weiter, egal, wie oft sie die Geschichten hörte, und jedesmal rief sie »O Gott!« und klammerte sich angstvoll an den Arm ihres Mannes.

»Wollen Sie wissen, warum ich Daisy geheiratet habe?« fragte Papa und legte den Arm um seine Frau. »Ihre Geschichten waren mir lieber als ein Film im Kino.«

Das erzählte Lena voll Stolz Mary Evelyn Stewart, die es ihrer Mutter weitersagte, die meinte, in London Junction gebe es doch gar kein Kino, was Mary Evelyn wiederum Lena erzählte, die es ihrem Vater sagte, der daraufhin verärgert erklärte, es gefalle ihm nicht, daß seine Tochter mit der Tochter einer Frau spiele, die als Verkäuferin arbeite. Das wanderte in umgekehrter Reihenfolge denselben Weg zurück, und zwei oder drei Wochen lang redeten Mary Evelyn und Lena nicht mehr miteinander. Lena strich das »Gladys« aus ihrem Namen – ein Doppelname sehe albern aus – und ging wieder in ihre eigene Sonntagsschule.

Ihr Vater war jetzt Handelsreisender der London Furniture Company. Donnerstag abends kam er nach Hause, und Sonntag abends fuhr er wieder weg. Die Kinder blieben wach und warteten auf ihn. Sie spähten durch die Lüftungsklappe und sahen ihre Mutter unten wartend am Fenster sitzen. Endlich hörten sie Papas Schritt auf der Veranda, Ausrufe, Lachen. Ihre Eltern umarmten sich voll Freude und tanzten umarmt durchs Zimmer, immer schneller und schneller, und ihr Vater machte nicht einmal halt, um Hut und Mantel abzulegen. Schließlich hielten die Kinder es nicht mehr aus. Sie rannten barfuß die Treppe hinunter und kletterten abwechselnd an ihrem Vater hoch, bis er auf jeder Schulter ein Kind sitzen hatte. Es machte Spaß, einen Vertreter zum Vater zu haben, denn er brachte jedesmal etwas mit: Hüte aus Cleveland für Mama, lustige Fächer und Witzbücher, Miniaturkartenspiele, Parfüm, Haarbänder, Pralinen,

Seifenhäschen, Stifte oder Kalender und einmal ein kurzes Pelzcape für Mama. Ein Kollege könne es ihm billig überlassen, wenn es ihr gefalle, sagte er. Mama zeigte es Tante Lois, Oma und Mrs. Friend und gab es ihm dann wieder mit.

»Das ist doch viel zu teuer«, protestierte sie zärtlich. »Die Kinder brauchen Wintermäntel, und einen neuen Teppich müßten wir auch anschaffen.«

»Behalten Sie's lieber, Daisy«, riet Mrs. Friend. »Wenn Sie's nicht nehmen, dann nimmt es Nummer zwei.«

Das war ein Familienscherz. Wenn Papa beim Essen Mama die Fleischplatte reichte, sagte er: »Wenn du's nicht nimmst, dann nimmt es Nummer zwei.« Als er zu seiner großen Tour aufbrach – er bereiste drei Wochen lang die Südstaaten –, sagte Mrs. Friend: »Sie hätten das Pelzcape nehmen sollen. Den Teppich und die neuen Mäntel kriegen Sie ja doch nicht. Sie müssen nehmen, was Ihrem Mann gerade einfällt, denn wenn Sie ihn um etwas bitten, kauft er's Ihnen bestimmt nicht. Typisch Mann!«

»Das Problem mit dem Außendienst«, sagte Mama zu Tante Lois, »ist, daß er mehr Geld verdient, als er hier in der Firma verdienen würde, nur schickt er mir so gut wie nie welches.«

»Du mußt ihm schreiben und ihn darum bitten«, drängte Tante Lois.

Mama schüttelte den Kopf.

»Ich mag ihn nicht kränken. Er ist jedesmal tief gekränkt, wenn ich mit ihm über Geld reden muß.«

»Wie alle Männer«, lachte Tante Lois.

Obwohl Tante Lois sie ziemlich oft besuchte, war es immer aufregend, wenn sie kam. Sie trug hübsche Kleider, Pelze, Glacéhandschuhe, Perlen und schöne Kämme in ihrem blonden Haar, und ihre Haut war glatt und rosig wie bei den großen Puppen im Spielwarengeschäft. Lena sei ihr wie aus dem Gesicht geschnitten, hieß es. Tante Lois hatte schöne Zähne und lachte ständig, vielleicht gerade deshalb. Ihrem entschwundenen Ehemann grollte sie auch aus dem Grund, weil er ihre schönen goldenen Locken als Werbung für sein selbstproduziertes Haarwasser namens »Blair's *Blondina*« benutzt hatte; und seit ihr zu Ohren gekommen war, daß er mit seiner Rezeptur eine hübsche Stange Geld verdiente, war sie noch wütender auf ihn. Jedesmal, wenn sie da war, geriet sie aus irgendeinem Anlaß in einen Zustand der Erregung, der ihre Besuche höchst dramatisch machte. Immer brachte sie etwas mit – Kaugummi, Kuchen, eine Tüte Erdnüsse –, doch wenn sie wieder ging, war regelmäßig Mama oder eines der Kinder in Tränen aufgelöst, einfach aus übergroßer Aufregung.

Halbheiten gab es bei Tante Lois nicht. Entweder sie war von einer Sache hingerissen, oder sie verdammte sie in Grund und Boden; ein bloßes Hinnehmen kannte sie nicht. Mrs. Friend war in ihren Augen eine dumme Gans, und Papas sämtliche Verwandte, allen voran seine Schwester Kit, fand sie eitel und eingebildet. Einmal sagte sie – und sie bleibe dabei –, Mama hätte lieber Mr. Putney heiraten sollen, Mr. Thorburne Putney, den berühmten Redner. Ganz abgesehen von seinen persönlichen und finanziellen Qualitäten sei es doch immer gut, einen bekannten Mann in der Familie zu haben, einen Mann, der die ganze Welt gesehen habe. Mama lachte nur, wenn die Rede auf diesen einstigen Verehrer kam, und rief ihrer Schwester so viele komische Geschichten von ihm in Erinnerung, daß Tante Lois am Ende Tränen lachte.

War Tante Lois in toleranter Stimmung, vertraute Mama ihr ihre Sorgen an. Tante Lois begann daraufhin, Harry zu kritisieren, und sagte, es sei immer schlecht, wenn ein Mann soviel reise, das gebe nur Ärger. Das kränkte Mama, sie hielt sich ein paar Tage von ihr fern und machte Mrs. Friend zu ihrer Vertrauten, bis Mrs. Friend meinte, sie habe es ja gleich gesagt: Wenn ein Mann ständig unterwegs sei, vergesse er darüber seine Pflichten – eine Kritik, die Mama wieder mit Tante Lois vereinte. Es wurde viel über Geld geredet, und meist bestanden Tante Lois oder Mrs. Friend darauf, Mama welches dazulassen. Nach diesen Besuchen war Mama bedrückt, doch kaum klang Papas Schritt auf der Veranda, war alles wieder gut.

»Ach, verdammt«, hörten die Kinder ihn sagen, wenn nach dem ersten ausgelassenen Walzer das Gespräch in Gang gekommen war, »ich hab so viel zu tun, da kann ich nicht an jede Kleinigkeit denken. Red nicht dauernd mit Lois und Mrs. Friend, Schatz, das regt dich nur auf.«

»Ich weiß auch nicht, warum ich's tu, Harry«, gestand ihre Mutter schuldbewußt. »Vielleicht weil ich ohne dich so einsam bin.«

»Einsam!« rief ihr Vater. »Ich bin hier derjenige, der einsam ist! Jeden Abend ein kaltes Hotelzimmer – kein Wunder, daß ich dauernd halb krank bin. Ich bin ein Mensch, der gern zu Hause ist, aber ich mußte diese Arbeit annehmen, weil ich meiner Familie erst einmal ein Zuhause *schaffen* will. Geht das denn nicht in eure Köpfe?«

Als er das nächstemal für längere Zeit verreiste, schickte Mama Marcia und Lena in Kraus' Laden und ließ fragen, ob man dort einmal in der Woche Maismuffins und Brötchen gebrauchen könne. Die Antwort lautete ja, und von da an buk Mama dreimal in der Woche, und die beiden Mädchen brachten die Körbe nach der Schule in den Laden. Mr. Friend gab für sein Geschäft ebenfalls eine Bestellung auf, und auch einige Familien in der Nachbarschaft wollten regelmäßig beliefert werden.

»Aber sagen Sie's nicht meinem Mann«, bat Mama. »Harry ist doch so stolz, er würde mich umbringen.«

Doch sie selbst plauderte das Geheimnis aus.

»Jetzt brauch ich ihn nicht mehr um Geld zu bitten«, sagte sie froh zu Tante Lois. »Bestimmt wird er sich fragen, wie das kommt.«

Es war lustig, ein Geheimnis vor Papa zu haben, aber sie warteten vergeblich darauf, daß er Fragen stellte. Nach einiger Zeit fragte Mama ihn ihrerseits schelmisch: »Findest du's nicht komisch, daß ich gar kein Geld mehr brauche?«

Ihr Vater tätschelte sie zärtlich und sagte: »Du lernst endlich haushalten, Schatz, das ist es. So gefällst du mir!«

Einmal brachte er kandierten Ingwer mit, einen hohen spanischen Kamm und ein Grammophon mit Schallplatten. Abends spielten sie Tante Lois und Oma die Platten vor, doch Tante Lois hatte schlechte Laune und verdarb alles. Mitten in dem Lied »Heute nacht scheint der Mond über Pretty Red Wing« fragte sie: »Was hast du eigentlich für das Ding bezahlt, Harry? Meinst du nicht, deine Familie könnte einiges gebrauchen, was ihr das Leben leichter macht, statt daß du dein Geld für solchen Kram ausgibst?«

Papa sah so bestürzt und beleidigt drein, daß heißer Zorn in Marcia aufwallte und sie mit erstickter Stimme rief: »Uns gefällt das Grammophon aber, Tante Lois! Wir wollen nichts, was uns das Leben leichter macht!«

»Schsch, Liebes«, sagte Mama mit rotem Gesicht.

»Ich an deiner Stelle würde das Grammophon schleunigst zurückschicken, Daisy, und lieber das Geld nehmen«, erklärte Tante Lois entschieden.

»Du bist doch nur neidisch, Lois!« rief Mama hitzig. »Harry liebt mich und bringt mir Geschenke mit, und dein Mann hat dir seit zehn Jahren nicht mehr geschrieben. Ich finde das Grammophon wunderbar! Es ist mir lieber als alles andere auf der Welt, und das weiß Harry auch!«

Sie fiel ihm schluchzend um den Hals, und er streichelte sie, aber seine Miene blieb finster und gekränkt.

»Das hat man nun davon, wenn man anderen eine Freude machen will«, grollte er. »Immer hat jemand was dran auszusetzen.«

Nachdem Tante Lois gegangen war, tröstete Mama ihn und schickte ihn sogar in den Saloon, um eine Flasche Bier zu holen. In dieser Nacht hörten die Kinder ihn noch lange, nachdem sie zu Bett gegangen waren, Gitarre spielen. Er sang »O Bedelia, o Bedelia, von dir, da krieg ich nie zuviel, ja, o Bedelia«, und als das Grammophon wieder »Heute nacht scheint der Mond über Pretty Red Wing« spielte, rollten sie einander in die Arme und schliefen ein, glücklich, weil er wieder glücklich war.

4

Wo immer Oma sich aufhielt, war »Omas Haus«, auch wenn das Haus in London Junction eigentlich Tante Lois gehörte. Der Vater ihres entschwundenen Ehemannes hatte es ihr überlassen, und wegen seiner Größe und der Kosten, die es verursachte, war es ihr eine schwere Last. Während sie, ein Tuch um den Kopf geschlungen, mit Mop und Besen hurtig treppauf, treppab eilte, ständig damit beschäftigt, alles in Ordnung zu halten, saß Oma mit ihrem Stopfbeutel in einem Schaukelstuhl auf der Seitenveranda, schwatzte mit ihren Freundinnen und bot ein Bild freundlicher Muße. Seit sie die Farm in Elmville aufgegeben hatte, redete sie von einer eigenen Wohnung, von »Unabhängigkeit«, wie sie es nannte, doch ihre Töchter ließen es nicht soweit kommen und holten sie abwechselnd zu sich. Bei Tante Lois gelang es ihr noch, sich ein Gefühl der Unabhängigkeit zu bewahren, indem sie Pläne für ein Hutgeschäft, ein Café, eine Schneiderei schmiedete. Immer wieder ertappte Tante Lois sie dabei, wie sie mit leiser Stimme und bei herabgelassenen Verandajalousien mit irgendwelchen heimlichtuerischen kleinen Leuten verhandelte, die einen Laden oder eine Firma zu verkaufen hatten. Tante Lois vermietete neuerdings Zimmer an Lehrerinnen, und eines Tages hatte Oma während ihrer Abwesenheit noch zusätzlich zwei Nachtschichtarbeiter aus der Gießerei als Mieter angenommen.

»Versteh doch, Lois«, erklärte Oma, »tagsüber, wenn die Lehrerinnen in der Schule sind, können die beiden in ihren Zimmern schlafen.«

Auf Tante Lois' Einwand, den Lehrerinnen würde das aber nicht recht sein, meinte Oma: »Sie brauchen ja nichts davon zu wissen. Du liebe Güte, Lois, ehe die Lehrerinnen kommen, könnte ich doch schnell nach oben laufen und die Männer wekken. Mein Gott, Lois, möchtest du denn nicht ein bißchen was dazuverdienen? Ich für mein Teil würde ja nicht gern mein ganzes Leben arbeiten und nichts davon haben! Aber laß nur. Ich hab ja demnächst meine eigene Wohnung.«

Das Schöne an Oma war unter anderem, daß sie keinen Unterschied zwischen Kindern und Erwachsenen gelten ließ. Ihre beruflichen Pläne vertraute sie Marcia und Lena ebenso bereitwillig an wie irgend jemandem sonst, und wenn Oma bei ihnen wohnte, durften sie so lange aufbleiben, bis Oma selbst zu Bett ging. Marcia spielte zu Hause, während Lena in der Schule war, und Oma ließ sie Teig rühren, Kartoffeln schälen oder beim Bettenmachen helfen und erzählte ihr dabei von ihren Projekten.

»Lois hat's schwer gehabt im Leben, mit dem Baby, das sie verloren hat, und Charlie, der ihr weggelaufen ist«, sagte sie. »Aber es gibt auch eine Menge Dinge, die Lois nicht versteht. Man kann sich auf einer Farm die Finger wundarbeiten, den ganzen Haushalt machen und zehn Kinder großziehen, alles für Gottes Lohn, und das ist auch in Ordnung so. Aber wenn man höher hinauswill und trotzdem ständig zurückstecken muß, dann ist das ungerecht.«

»Genau«, stimmte Marcia mit ernster Miene zu. »Das ist ungerecht. Wenn ich du wäre, Oma, ich würde weggehen.«

»Da tu ich auch«, sagte Oma entschieden. »Ich werde nicht mein Leben lang zurückstecken, egal, was mein eigen Fleisch und Blut dazu sagt. Ich hab mehr Elan im kleinen Finger als die alle zusammen. Ich werd's ihnen beweisen.«

Wie Lena hatte auch Oma eine Freundin, eine Mrs. Carmel, die früher in der Stadt ein Hutgeschäft betrieben hatte, jetzt aber in Cleveland wohnte. Mrs. Carmel hatte Oma geschrieben, sie solle nach Cleveland kommen und eine Pension eröffnen, damit sei ein Vermögen zu verdienen. Es wäre ihr eine große Freude, schrieb sie, eine alte Freundin in der Nähe zu haben, und Oma brauche nicht zu befürchten, das Geschäft würde nicht gehen, denn es gebe in Cleveland eine Menge Frauen, die sich in wohltätigen Organisationen engagierten. Immer, wenn Tante Lois Kritik an etwas übte, was Oma tat, ging Oma in ihr großes Vorderzimmer und las noch einmal Mrs. Carmels Brief. Manchmal las sie ihn Marcia vor.

Oma vertraute Marcia überhaupt viel an, ihr und gelegentlich auch ihrer Tochter Daisy, wenn diese gerade böse auf Tante Lois war. Vertrugen sich die beiden wieder, wußte Oma genau, daß es sinnlos war, mit einer von ihnen zu reden, weil sie sich gegen sie verbündeten. Lois schimpfte mit ihr, und Daisy begegnete ihr mit verstecktem Spott. Außenstehende dagegen zeigten ebenso wie Marcia stets Verständnis. Sie fanden es gemein von Tante Lois, daß sie jedesmal wütend wurde, wenn Oma Mr. Sweeney im Vorbeigehen ansprach. Mit Mr. Sweeney redete Oma ganz anders als mit anderen Leuten, und mit der Zeit merkte Marcia, daß alle Erwachsenen gegenüber Angehörigen verschiedener Gesellschaftsschichten auch jeweils einen anderen Ton anschlugen. Mit Mr. Sweeney unterhielt sich Oma in sehr gewählter Sprache. »Meine Tochter Lois und ich, wir sind hier doch recht einsam, Mr. Sweeney, besonders nachts. Es ist nicht einfach für sie, zumal sie Witwe ist, wenn Sie so wollen, und eine hübsche Frau, wie Ihnen jeder bestätigen wird. Eine Frau hat es schwer, Mr. Sweeney, wenn ihr Mann krank ist. Ja, Sir, der Gatte meiner Tochter ist vor zehn Jahren von einer weitverbreiteten Krankheit befallen worden, die sich Lauffieber nennt, und seitdem haben wir nichts mehr von ihm gehört. Es ist schwer für uns beide. Sie wissen ja, wie eine Mutter fühlt, Mr. Sweeney. Es wäre mir eine Ehre, wenn ein liebenswürdiger Witwer wie Sie meiner

Tochter ab und an einen Besuch abstatten würde.« Mr. Sweeney hatte ein rötliches Gesicht und trug stets einen großen Hut mit schwarzem Rand auf dem kahlen Kopf. Er führte einen Spazierstock mit sich, und über der engen gelbbraunen Weste prangte eine schwere goldene Uhrkette. Manchmal hielt er sogar ein Paar dicke Glacéhandschuhe in der Hand, denn seine Geschäfte führten ihn in feine Häuser ferner Städte. Er wohnte im London Junction Hotel. Sein Haus in der Willow Avenue, das er und Oma in weihevollem Ton den »Besitz« nannten, hatte er vermietet. Er hatte auch Besitz in Cleveland und ebenso in Lesterville, wo seine Schwiegereltern sehr gut gestellt gewesen seien.

»Ein wahrer Gentleman«, sagte Oma zu Marcia. »Deine Tante Lois weiß gar nicht zu schätzen, was ich für sie tue. Es könnte einem das Herz brechen!«

»Meine Tochter Lois würde gern wissen, wie Sie die derzeitige Situation beurteilen«, sagte Oma, um Mr. Sweeney noch ein paar Minuten festzuhalten. »Was hat sie kürzlich auf einer Gesellschaft gesagt? Mr. Sweeney ist so ziemlich der einzige hier, mit dem man reden kann, der einzige, der viel herumkommt und sich auskennt.«

Mr. Sweeney trat etwas näher an die Veranda heran und vermied dabei sorgsam die Stelle, an der Gras gesät war, das nie wuchs. Er nahm seinen großen Hut ab, wischte sich bedächtig die Glatze, steckte das Taschentuch wieder in die rückwärtige Tasche und hüstelte. »Es sieht ganz danach aus, als wären die schweren Zeiten noch nicht so schnell vorbei, Mrs. Reed. Aber wir haben ja gute Leute hier in unserem Land: J.P. Morgan, John D. Rockefeller, Andrew Carnegie – auf die ist Verlaß, die werden sich schon um die kleinen Leute kümmern.«

Es ärgerte Oma, daß Tante Lois nur kurz herauskam, um zu sehen, wer da war, und dann sofort wieder ins Haus ging. Das kränkte Mr. Sweeney, er lüftete den Hut und schritt würdevoll davon. Oma ärgerte sich auch, wenn ihre Tochter Daisy sie mit Mr. Sweeney aufzog, als wäre er ihr eigener Verehrer, obgleich sie doch nur versuchte, ihn für Lois zu interessieren. Auch

Marcia mißfiel es, wenn ihre Mutter sich über Mr. Sweeney lustig machte. Sie verteidigte ihn allerdings in erster Linie aus Eigennutz, denn er hatte sie einmal mit einem halben Dollar dafür belohnt, daß sie ihm ein Glas Wasser gebracht hatte. Mit verschwörerisch gedämpfter Stimme sprach Oma mit Mr. Sweeney über Geschäfte und über ihren Plan, in Cleveland eine Pension aufzumachen, wie ihre überaus geschäftstüchtige Freundin, Mrs. Carmel, ihr geraten habe. »Meine Tochter wird dann sehr einsam sein, Mr. Sweeney«, räumte Oma ein. »Aber ich hoffe doch, Sie werden sich ein wenig um sie kümmern, Sie, den sie mehr als jeden anderen bewundert. Sie ist noch jung und unerfahren, wissen Sie.« Tante Lois aber ergriff ungeachtet ihrer angeblichen Verehrung für Mr. Sweeney jedesmal die Flucht, wenn er da war, und später schimpfte sie mit Oma, bis Oma einen roten Kopf bekam und in ihr Zimmer ging, um an andere Verwandte oder – noch besser – an Mrs. Carmel zu schreiben.

Eines Tages wurde die Mutter der Kinder krank. Alle drei, sogar Florrie, wurden zu Oma gebracht, und Tante Lois ging in die Fourth Street, um ihre Schwester zu pflegen. Es waren die schönsten Ferien. Lena schwänzte die Schule, und Oma ließ die Kinder zu jeder Mahlzeit Plätzchen mit Milch, Bananen und Orangen essen. Noch nach Einbruch der Dunkelheit durften sie mit den Nachbarskindern auf der Straße »Lauf, Schäfchen, lauf« spielen. Florrie blieb auf, bis sie von selbst einschlief, und spuckte jeden Keks wieder aus, ohne daß sich jemand darum gekümmert hätte. Auch die Lehrerinnen hatten ihren Spaß, denn Oma ließ zu, daß sie das ganze Haus mit Verehrern füllten und mitten in der Nacht Fudge machten, Karamelbonbons.

»Meine Tochter Daisy ist schwer krank«, sagte sie kopfschüttelnd. »Ich muß Sie bitten, mir im Haushalt zu helfen, solange Lois sie pflegt.«

Die Kinder durften sämtliche Schubladen und Truhen ausräumen, sie durften sich verkleiden, Oper spielen – was immer sie wollten. Sie holten das Familienalbum mit dem grünen

Plüschumschlag, dem eingelassenen rautenförmigen Spiegel und dem quastengeschmückten goldenen Schloß hervor, und Oma ging die ganze Familiengalerie mit ihnen durch. Das hübsche, pausbäckige Mädchen mit den dunklen Locken, dem Spitzenausschnitt und dem Spitzenfächer beispielsweise war Omas Erstgeborene, die bei der Weltausstellung in Chicago gestorben war. Das pummelige, lebhafte, lachende kleine Mädchen mit dem Ball in der Hand war nicht etwa eine Spielgefährtin, sondern die Urgroßmutter der Kinder, die später selbst vier Kinder hatte: Eines raubten Indianer, zwei andere starben. Der gutaussehende, lächelnde junge Mann mit dem hohen Kragen, der karierten Weste und dem dichten, schwarzgelockten Haar war Großonkel Samuel, ein Briefträger, der später den Verstand verlor und an einen Pfosten gekettet in einer Irrenanstalt endete. Er hatte seine Familie in Rhode Island verlassen und in Massachusetts eine neue Familie gegründet. »Amnesie nennt man das heute«, sagte Oma. »Er ist von eurer Großtante Nell und den Kindern fortgegangen und war dreizehn Jahre verschwunden. Er wußte nicht mehr, wie er heißt und wo er wohnt, und als er sich wieder daran erinnert hat, ist er zurückgekommen und mit dem Rasiermesser auf seine Frau und seine Kinder losgegangen. Da mußte man ihn einsperren.«

Die Geschichte ging Marcia noch lange nach – lachende gend, die in Elend und Schrecken endete, Erwachsenwerden, das nicht Lohn, sondern Qual bedeutete. Auch sie konnte verrückt werden, mit Pfosten, Kette und Rasiermesser. Es war schrecklich, das Bild der Urgroßmutter anzusehen, das Bild des kleinen Mädchens mit dem Ball, sich vorzustellen, wie sie durch dunkle Indianerwälder irrte und »Mein Kind! Mein Kind!« rief, wie die Wälder den Ruf zurückgaben: »Mein Kind! Mein Kind!«, wie man in weiter Ferne ein Baby weinen hörte, das für immer verloren war. Wenn sie an ihre Urgroßmutter dachte, sah sie immer das kleine Mädchen mit dem Ball vor sich, nie das traurige, müde Gesicht der gebeugten alten

Frau mit Schultertuch und Haube auf einer späteren Fotografie. »Hat sie denn auch mal was Schönes erlebt?« fragte Marcia. »Sag, Oma, hat sie was Schönes erlebt?«

»Im Armenhaus von Elm County ist sie gestorben«, sagte Oma. »Die Leute hatten damals noch nicht soviel Geld wie heute.« Es erging Marcia wie mit Papas Liedern: Sie fühlte, daß in ihrer Brust nicht genug Raum war, um solchen Schmerz zu ertragen.

»Und wer ist das?« fragte Lena und zeigte auf einen seltsam aussehenden fremden Herrn auf der nächsten Seite, aus dessen Bauch ein Kopf hervorstand.

»Das ist ein orientalischer Prinz.« Omas Stimme hob sich stolz. »Ein siamesischer Zwilling, dem seine Schwester aus dem Bauch herausgewachsen ist. Meine Schwester Rebecca hat ihn auf einer Schiffsreise nach Italien kennengelernt, und er hat ihr freundlicherweise dieses Bild geschenkt.«

»Nein! Nein!« rief Marcia mit erstickter Stimme. »Hör auf, Oma! Sag nichts mehr!«

Sie lief hinaus und rannte in den Holzschuppen im Garten, wo niemand sehen konnte, wie sie sich auf die Augen schlug, um die Tränen zurückzuhalten. Aber die Tränen waren in ihr und riefen: »Baby! Baby! Gebt dem Mädchen sein Baby zurück, ihr Indianer!«

5

Wenn ihr Vater länger fort war, verbrachten die Kinder und ihre Mutter mehr und mehr Zeit bei Oma. Tante Lois kündigte einer der Lehrerinnen, damit ihre Schwester das Zimmer für sich und die Mädchen benutzen konnte, denn noch größer als ihre nächtliche Angst war ihre Einsamkeit. Blieb sie nach einem Streit mit Tante Lois – immer ging es dabei um Papa – für ein paar Tage in dem Haus in der Fourth Street, schlug sie ein Feldbett im Kinderzimmer auf, schob die Kommode vor die Tür und legte Papas Revolver unter ihr Kopfkissen. Dann wickelte sie sich in ihren roten chinesischen Kimono und setzte sich im Schneidersitz aufs Bett, die braunen Locken fielen ihr auf die Schultern, und sie erzählte bis weit über die Schlafenszeit hinaus Geschichten. Kam ein Gewitter, freute sie sich geradezu und verlor alle Angst. In einer solchen Nacht, sagte sie, seien keine Einbrecher unterwegs. Lena und Marcia schrien angstvoll und klammerten sich aneinander, wenn es mitten in der Nacht zu donnern und in Strömen zu regnen anfing, doch ihre Mutter sprang aus dem Bett und schob einen Sessel ans Fenster. »Kommt, Kinder, schaut euch die Blitze an!« rief sie, und manchmal holte sie die beiden Mädchen aus dem Bett und hüllte sie in warme Decken, damit sie mit ihr zusammen in dem Sessel am Fenster sitzen konnten. Nachts aufstehen zu dürfen war etwas ganz Besonderes, und sie versuchten sich der Ehre würdig zu erweisen, aber bei jedem Donnerschlag und jedem Blitzstrahl konnten sie nur mit Mühe einen Schreckensschrei unterdrücken. Sie steckten sich die Finger in die Ohren, machten die Augen zu und warfen nur hin und wieder einen verstohlenen Blick auf die verzückte Miene ihrer Mutter, deren Augen leuchteten, als wäre das Gewitter für sie eine Geschichte oder ein Lied.

»Aber Blitze erschlagen Menschen«, sagte Marcia mit bebender Stimme.

»Die sterben so oder so«, entgegnete Mama. »Wer nicht vom Blitz erschlagen wird, der stirbt an etwas anderem. An unreifen Äpfeln zum Beispiel.«

Es war schön, daß Papa nicht da war, denn er konnte jeden Moment mit irgendwelchen Überraschungen hereinschneien. Außerdem gab es so gut wie nichts, was Mama ihnen nicht erlaubte. Sie zeigte ihnen Kunststücke, die sie ihnen noch nie vorgeführt hatte: wie man sich selbst die Beine um den Hals schlingt, Kartentricks, Mundharmonikaspielen und Tanzen zur Grammophonmusik. Sie ließ sie Tee und Kaffee kosten, erzählte ihnen Witze von zwei Iren und zwei Holländern und schimpfte nicht einmal, als eine Nachbarin ihr hinterbrachte, daß Marcia und Lena beim Brotaustragen mit den Laiben Eisenbahn spielten. Sie banden eine Schnur darum und zogen sie so auf bequeme Art zu dem Laden oder der Familie, die sie beliefern sollten. Mama baute einen kleinen Wagen für sie, ein Brett mit Garnrollen als Rädern, und es gab nichts mehr, worüber sich die Nachbarin beschweren konnte.

Papas längere Fahrten hatten auch einen Nachteil: Die Kinder mußten auf den festlichen Moment verzichten, wenn Samstag abends die Lebensmittelrechnung bezahlt wurde. Papa hatte es sich zur Gewohnheit gemacht, gleich nach dem Abendessen (es gab stets Tee, Toast und Apfelmus) mit allen drei Kindern in Friends Laden hinüberzugehen. Farmer in Gummistiefeln,

Lederjacken und Pudelmützen drängten sich dort und kauften ihren Bedarf für die ganze Woche ein. Marcia und Lena nahmen Florrie in die Mitte und hielten sich dicht bei Papa, um in der Menge nicht verlorenzugehen und auch, um auf die Leckereien deuten zu können, die sie bekommen würden. War die Rechnung bezahlt, nahm Mr. Friend eine braune Papiertüte und eine kleine Blechschaufel und trat zu den Holzkübeln, die mit verschiedenerlei Süßigkeiten gefüllt auf dem Boden standen. Einer enthielt Bonbons, ein anderer ziemlich grau aussehende Pralinen, ein dritter Hustenbonbons. Mr. Friend ließ die Kinder zwar mit großartiger Geste auswählen, aber sie konnten sagen, was sie wollten, immer waren in der Tüte zu viele Bonbons und zu wenige Pralinen. Marcia hob sich die Pralinen bis zum Schlafengehen auf, doch Lena war gewitzter und verspeiste sie sofort, denn später würde Marcia mit ihr teilen müssen, sonst warf Mama ihr vor, sie sei selbstsüchtig. Jetzt aber konnte es passieren, daß es drei Samstage hintereinander keine Leckereien gab, und auch Mr. Friends Großzügigkeit bei anderen Gelegenheiten wog den Verlust der Zeremonie nicht auf.

Mama war unruhig und bedrückt, wenn Papa fort war. Um sie aufzumuntern, versprach Tante Lois ihr eines Tages, mit ihr und einem Freund eine Theateraufführung in Lesterville zu besuchen. In London Junction gab es zwar ein Opernhaus, das jedoch nach der letzten Aufführung eines Tourneetheaters von der Feuerwehr für unbenutzbar erklärt worden war. Die Feuergefahr hatte man freilich erst erkannt, nachdem im Anschluß an den letzten Akt von *Dr. Jekyll und Mr. Hyde* der Hauptdarsteller mit der Nichte des Bürgermeisters durchgebrannt war. Seitdem mußten die Theaterfreunde von London Junction nach Lesterville reisen, um ihrem Vergnügen zu frönen. Tante Lois' Freund war ein Versicherungsvertreter namens Wilson, ein Geschäftsfreund, wie sie sich ausdrückte, der sie hin und wieder zum Essen ausführte, wenn sie zum Einkaufen in Lesterville war. Es werde ihm ein Vergnügen sein, ihre Schwester kennenzulernen. Mama war begeistert und beschloß, eines der Kinder mitzunehmen.

»Mich bestimmt nicht«, sagte Marcia gleichmütig. »Die Mittlere wird ja nie mitgenommen. Immer nur das Baby oder Lena, weil sie die Älteste ist. Die Mittlere wird nie irgendwohin mitgenommen.«

Mama erwog sie Sache ernsthaft, entschied sich aber erst, als Tante Lois sie daran erinnert hatte, daß Florrie die ganze Zeit weinen würde und Lena, von Mary Evelyn angestiftet, sich soeben die Augenbrauen abrasiert habe und komisch aussehe. Endlich hatte die Mittlere einmal Glück. Lena mußte schmollend auf Florrie aufpassen, und Marcia wurde mit einem neuen karierten Haarband, Lenas Mantel, der keine Flicken hatte, und weißen Fäustlingen ausstaffiert, die sicherheitshalber an einer Schnur durch die Ärmel gezogen wurden. Mama und Tante Lois machten sich gegenseitig vor dem Spiegel neue Frisuren und liehen einander Handschuhe und Gürtel, Halsbänder und anderen Putz, denn offenbar konnte man nur in geborgten Sachen schick aussehen und sich amüsieren. Mama trug ihr bestes braunes Kleid aus feinem Wollstoff, mit schwarzen Samtknöpfen und einem kurzen Cape darüber, Tante Lois ein hübsches schwarzes Abendkleid mit schmalem Pelzbesatz an Saum und Oberteil. An ihrer Unterwäsche hatten sie Duftkissen mit Blütenblättern festgesteckt, und Marcia bekam einen Tropfen Parfüm auf ihr Taschentuch.

Lena sah ihnen mit langem Gesicht nach, als sie aufbrachen, und drückte sich die Nase an der Fensterscheibe platt.

»Wenn ihr zurückkommt, hab ich wahrscheinlich schlimme Ohrenschmerzen«, prophezeite sie. »Es tut jetzt schon so weh.«

Sie nahmen die Fünf-Uhr-Straßenbahn. Lange bevor sie im zehn Meilen entfernten Lesterville ankamen, erhellten Flammen den dunklen Himmel wie bei den Feiern zum vierten Juli. Das seien die Stahlwalzwerke, erklärte Mama. Die Bahn hielt an jeder Ecke, um die Stahlarbeiter aufzunehmen, die mit ihrem Eßgeschirr zur Arbeit oder nach Hause fuhren. Durch die Werkstore sah man Männer mit nacktem Oberkörper als dunkle Silhouetten vor blau, rot oder weiß leuchtendem Feuer wie Heilige in bunten Kirchenfenstern. Die Arbeiter, die sich im Wagen drängten, rochen nach Schmutz, Schweiß und Pfeifenrauch, vor allem aber nach Körperkraft. Marcia flüchtete sich in die Arme ihrer Mutter. Sie hatte Angst vor diesen stummen Männern, und es verwirrte sie, daß Tante Lois und Mama keine Notiz von ihnen nahmen.

»Mr. Wilson wollte Karten für *Colonial Dames* im Vortragssaal besorgen«, sagte Tante Lois. »Marcia können wir abwechselnd auf den Schoß nehmen.«

Vor dem White Hotel am Square stiegen sie aus. Marcia war zum erstenmal in Lesterville, der größten Stadt, die sie je gesehen hatte, aber sie wollte nicht, daß man es ihr anmerkte, und hütete sich deshalb, Interesse für ihre Umgebung zu zeigen. Sie traten in einen palmengeschmückten Korridor. An den Wänden waren breite Ledersessel aufgereiht, neben denen Spucknäpfe auf dem Marmorboden standen. Zwei Herren erhoben sich und nahmen mit formvollendeter Verbeugung ihre Hüte ab. Einer von ihnen, eine gepflegte Erscheinung mit dunklem Teint, einem geschweiften schwarzen Schnurrbart und üppig schwarzgelocktem, zu einer Pompadourfrisur zurückgekämmtem Haar, trug einen teuren, säuberlich gefalteten, tiefbraunen Überzieher über dem Arm und eine Blume im Knopfloch. Marcia war so überwältigt von der Eleganz dieses Mr. Wilson, daß sie nur wenig überrascht war, als sie in seinem Begleiter Mr. Sweeney erkannte. Mit der Feierlichkeit eines Mannes, der sich anschickt, die Rolle des Vorbeters zu übernehmen, beugte sich Mr. Sweeney tief über Tante Lois' Hand.

»Ich hatte mit Wilson geschäftlich in Lesterville zu tun«, sagte er, »und als ich hörte, daß Sie und Ihre Schwester kommen, dachte ich, wir könnten doch gemeinsam etwas unternehmen – Sie sind natürlich meine Gäste, wenn Sie erlauben.«

Tante Lois wurde sehr rot und warf Mama einen eindringlichen Blick zu, der offensichtlich Bände sprechen sollte.

»Sweeney hat alles in die Hand genommen, als er gehört hat,

daß Sie kommen«, wandte sich Mr. Wilson lachend an Tante Lois. »Sein Vorschlag: Essen im Chinatown und danach in den Luna Park, zur Gaiety Revue.«

Mama sah hilflos ihre Schwester und dann Marcia an, die außerstande war, ihr Entzücken über Mr. Wilsons Worte und seine eleganten Umgangsformen zu verbergen.

»Ist das Chinatown nicht ein kleines – also, äh...«, stotterte Mama.

»Auf solch eine Gelegenheit warte ich schon lange«, sagte Mr. Sweeney und sah Tante Lois mit bewundernden, verehrungsvollen Blicken an. »Das kommt äußerst gelegen, in der Tat, äußerst gelegen.«

Es stand außer Frage, daß Tante Lois' Schweigen und ihr immer tieferes Erröten nicht Koketterie war, sondern ein Zeichen wachsender Empörung. Ob die Herren sie einen Augenblick entschuldigen würden, fragte sie unheilverkündend, und dann wurde Marcia rasch in die Damentoilette geschoben, wo eine ernste Unterredung stattfand.

»Du bleibst hier, Lois«, entschied Mama. »Marcia und ich, wir fahren mit der Straßenbahn zurück. Ich hatte ja keine Ahnung! Wenn ich gewußt hätte, daß das ein Abend zu viert werden soll – das würde Harry gar nicht gefallen! Nein, ich kann nicht bleiben, unmöglich.«

Gereizt erwiderte Tante Lois, sie habe ebenfalls nicht die Absicht zu bleiben. Sie meine zwar nicht, daß es Harry etwas angehe, wenn seine Frau sich ein harmloses kleines Vergnügen gönne, aber daß dieser alte Esel Mr. Sweeney sich eingemischt habe, mache sie so wütend, daß sie ausspucken könnte.

»Das kann nur Ma gewesen sein«, verkündete sie zornig. »Sie hat ihm gesagt, daß ich hier sein würde. Ich wette tausend Dollar, daß sie das Ganze ausgeheckt hat, sie hält doch so große Stücke auf ihn. Aber ich kann ihn nun mal nicht ausstehen. Er würde jede Geselligkeit ruinieren. Nicht einmal, wenn er der einzige Mann auf der Welt wäre, würde ich mit ihm ausgehen. Ich könnte ihn auf der Stelle umbringen! Walter kann natürlich nichts dafür, aber er hätte immerhin versuchen können, ihn abzuwimmeln.«

Mama sagte, Walter Wilson wirke schrecklich unseriös auf sie, und sie für ihr Teil würde Mr. Sweeney viel eher trauen als Mr. Wilson, aber Harrys wegen könne sie keine Minute länger bleiben. Mit ihrer Schwester und einem Bekannten von ihr ein Theaterstück anzusehen, das sei eine Sache, aber zwei Paare! Tante Lois erwiderte scharf, Mama benehme sich wie eine Schwachsinnige, und fuhr sich mit einem Tuch über das hochrote Gesicht. Walter Wilson sei ein Gentleman vom Scheitel bis zur Sohle, und das sei mehr, als man von Harry Willard je werde behaupten können. Mama versetzte hochmütig, das reiche, vielen Dank, und sie werde mit Marcia auf der Stelle gehen, wenn Lois sich so weit beruhigt habe, daß sie den beiden sagen könne, Marcia sei krank geworden. Tante Lois rückte sich den schwarzen Federhut zurecht, so daß er keck auf ihren blonden Locken saß, doch nicht zu aufreizenden Zwecken, sondern als kriegerische Geste. Dann stolzierten sie zu den Herren zurück, deren besorgte Mienen verrieten, daß sie Wolken am Horizont aufziehen sahen. Mama erklärte ihnen, ihre kleine Tochter habe plötzlich Bauchkrämpfe bekommen und sie müsse sofort mit ihr nach Hause. Mr. Wilson sagte, er hoffe doch, Tante Lois könne bleiben, doch Tante Lois erwiderte steif, sie müsse ihrer Schwester beistehen. Marcia verspürte das Bedürfnis, mit ein paar taktvollen Worten in dieses peinliche Gespräch einzugreifen, und während sie hinausgeschoben wurde, gelang es ihr noch, Mr. Wilson beruhigend zuzulächeln und zu sagen: »Ich bin natürlich nicht in echt krank.«

Sie stiegen in die Sieben-Uhr-Bahn und fuhren an den Stahlwerken vorbei zurück. Marcia drückte die ganze Zeit das Gesicht an die Scheibe und zwinkerte heftig zu dem rot leuchtenden Himmel hinauf, um ihre Tränen zu verbergen. Mama und Tante Lois stritten noch eine Weile darüber, wer schuld an dem verdorbenen Abend sei, Harry, Mr. Sweeney oder Oma. Dann schauten beide Damen mit verkniffenen Mündern in die

Luft und sprachen für den Rest der Fahrt kein Wort mehr miteinander. Marcias Herz war schwer vor Enttäuschung. Der Ältesten oder der Jüngsten wäre das nicht passiert, dachte sie bitter, das konnte nur der Mittleren passieren.

6

Im Frühling verwandelte sich London Junction in eine richtige Stadt. Auf den Straßen wimmelte es von Menschen, und die Züge brachten täglich Leute von außerhalb, angelockt von einem Jahrmarkt, Sells' Zirkus, einer Medizinausstellung und später von einem Zelt, in dem ein Erweckungsprediger Versammlungen abhielt. Da nicht alle Besucher im London Junction Hotel unterkamen, vermieteten die Einheimischen ihre Gästezimmer für fünfzig Cent pro Nacht. Oma riet Tante Lois dringend, Rosetta, die Rosentänzerin vom Jahrmarkt, bei sich aufzunehmen, doch Lois wollte nichts davon wissen. Schließlich erklärte Mama sich bereit, der Tänzerin ihr Schlafzimmer zu überlassen, was weniger Omas Überredungskünsten zu verdanken war als vielmehr dem Umstand, daß Mrs. Willard sich keinen Penny entgehen lassen wollte und daß sie sich ohne ihren Mann, dessen Reisen jetzt so viel länger dauerten, einsam fühlte.

Diesmal war Lena neidisch auf Marcia, die nicht zur Schule brauchte und von der exotischen Untermieterin verhätschelt wurde. Einmal durfte sie sogar einen Nachmittag in der Zeltgarderobe zubringen und sich durch ein Loch in der Leinwand Rosettas Darbietung ansehen. Der Rosentanz war die Glanznummer des Jahrmarkts, doch die Zelte entlang der Straße und auf dem Eisenbahngelände bargen noch viele andere Wunder, die Mama den Mädchen auf einem Erkundungsgang gleich am ersten Tag gezeigt hatte. Da waren das weiße Pferd, das zählen und buchstabieren konnte, die Wahrsagerin in Zigeunerkleidern, der Schlangenbeschwörer mit seiner Boa constrictor, der Schwertschlucker und die Liliputaner. Zwei von ihnen waren wie ein Königspaar gekleidet und saßen in einer von Liliputanerponys gezogenen winzigen Karosse mit Liliputanerlakaien und -kutschern in weißen Perücken und Kniehosen. Jeden Tag zur Mittagszeit fuhren sie durch die Stadt, um sich den Schulkindern zu zeigen. Ihr Anblick versetzte Marcia in solche Aufregung, daß sie fortlief und ihnen durch die Straßen bis zu ihrem Zelt folgte. In ihrer Verwirrung geriet sie jedoch ins falsche Zelt und fand sich vor einem langen Glaskasten wieder, in dem eine riesige Schlange lag. Die Augen der Schlange befanden sich auf gleicher Höhe mit ihren eigenen, und sie stand vor Schreck wie hypnotisiert da, außerstande, den Blick abzuwenden. Schließlich kam Charlie Friend, und sie war gerettet. »Ich bin verloren«, stammelte sie.

»Böses Kind, einfach wegzulaufen!« sagte Charlie. »Komm mit nach Hause und hol dir deine Prügel.«

Rosettas Anwesenheit bewahrte sie vor Strafe, aber die Schlange hatte sie schon genug gestraft. Rosetta gab ihr Popcorn und nannte sie »Darlin'«, und von da an war Marcia ihr verfallen.

Rosetta war eine hochgewachsene, magere Person mit scharfen Zügen, und während ihres Auftritts verwandelte sie sich in eine Märchenprinzessin. Die langen Locken ihrer goldenen Perücke fielen ihr auf die Schultern, ihre Haut war weiß gepudert, und sie hob und senkte den seidenschillernden Rock, um Rosenblätter darzustellen. Eine Geige spielte dazu »Herzen und Blumen«. Einmal ging Mama mit Marcia in ihre Vorstellung. Sie saßen in der ersten Reihe und waren sehr stolz darauf, mit der Künstlerin befreundet zu sein. Mama sagte, sie wünschte, Harry könnte hier sein und diese wunderschöne Darbietung miterleben.

Jede Nacht hörte man um Mitternacht Rosettas Schritte auf der Veranda. Mama war aufgeblieben, um auf sie zu warten, und hatte unterdessen im *Yellow Book* gelesen oder genäht. Ein paar Stunden zuvor hatte sie Tante Lois angerufen und sie gebeten, mit ihr auf den Jahrmarkt zu gehen, doch Tante Lois wollte nicht, und Mama war zu schüchtern, um abends allein auszugehen. Sie und Mrs. Friend saßen zu beiden Seiten des Geländers auf den Stufen der Vorderveranda und sahen sich von weitem die Jahrmarktslichter an. Wenn das Karussell auf dem Eisenbahngelände eine bekannte Melodie spielte, sangen sie leise den Text zu der fernen Begleitung. »Nur weil du mich mit deinen großen Augen angesehen hast«, »Komm nach Hause zurück, Bill Bailey« und »Zwei kleine Mädchen in Blau«. Wenn Rosetta schließlich kam, oft in Begleitung eines Mannes, wurde es unten so laut, daß die beiden älteren Mädchen aufwachten und sich sofort neben die Lüftungsklappe im Boden kauerten. Ein Duft nach frischem Kaffee zog herauf, gedämpftes Tellerklappern war zu hören, als wäre es heller Tag, und manchmal redeten und redeten die Stimmen bis tief in die Nacht hinein. Die Kinder hörten ihre Mutter hin und wieder lachen oder aufgeregt erzählen, immer von Harry, Harry, Harry, dann wieder war Rosettas Stimme zu vernehmen, näselnd, mit ihren »Darlings«, »Honeys« und anderen hübschen Kosenamen, mit denen sie jedermann bedachte. Rosetta war ein Geheimnis. Papa durfte auf keinen Fall erfahren, daß eine Fremde im Haus gewohnt hatte, »ein *Pensionsgast*«, was für eine Schande!

»Ich sag's ihm selbst, wenn er mal guter Laune ist«, versicherte Mama Tante Lois und Oma. »Wenn er's von anderen erfährt, bringt er mich um. Ihr wißt ja, wie Harry über sein Zuhause denkt.«

»Du kannst es ja doch nicht abwarten«, meinte Tante Lois. »Du erzählst ihm doch alles, kaum daß er den Fuß ins Haus setzt.«

Mama lachte schuldbewußt.

»Ja, ja, ich weiß. Vor Harry kann ich einfach nichts verbergen. Und außerdem: Er kommt so viel herum und sieht so viel, da soll er ruhig wissen, daß bei uns auch was los ist. Er wird staunen, wenn er hört, daß ich eine Schauspielerin kenne und daß ich noch nicht mal herumreisen mußte, um sie kennenzulernen.«

Der Jahrmarkt ging am Samstagabend zu Ende, doch auf Mamas Einladung blieb Rosetta noch den ganzen Sonntag. Mama besserte ihr Rosenblätterkostüm aus, und Rosetta zeigte Mama und Mrs. Friend, wie man sich die Haare mit Eiweiß schamponiert. Am Sonntagnachmittag begaben sich die drei Damen in ihren Morgenröcken mit Wassereimern und Schüsseln in den Garten, wuschen sich gegenseitig die Haare und stellten fest, wer die längsten hatte. Rosetta erzählte mit leiser Stimme Geschichten, die Mama zum Lachen brachten und Mrs. Friend voll Bewunderung ausrufen ließen: »Wo in aller Welt schnappen Sie so was bloß auf?« Mrs. Friend als Blondine erhielt außer der Eiweißbehandlung noch eine Zitronenspülung, und Mama als Brünette bekam den Rat, Essig zu verwenden. Rosetta selbst gab Peroxyd ins Wasser und hüllte ihr kurzes Haar in ein Handtuch.

»Jetzt müßte Harry kommen«, sagte Mama immer wieder. »Ich wette, so jemanden wie Rosetta hat er noch nie kennengelernt, was meinen Sie, Mrs. Friend?«

Während die Damen sich im Garten zwischen Holunder und Sonnenblumen das Haar trockneten, probierten Lena und Marcia abwechselnd das Rosenkostüm der Künstlerin an und schwenkten zur Darstellung einer Rose die Arme. Als Marcia jedoch an der Stelle, die Mama ausgebessert hatte, ihren Stiefel durch die Seide stieß, verstauten sie das Kostüm schnell wieder in Rosettas Schrankkoffer. Florrie war unterdessen mit ihrem Laufstuhl umhergeflitzt und hatte von einem frisch gebackenen Kuchen, den Mama zum Auskühlen aufs Fensterbrett gestellt hatte, den Schokoladenguß abgekratzt. Geläutert durch ihre

Vergehen und angesichts der drohenden Strafe, versuchten die Kinder daraufhin, sich die Zeit auf sittsamere Weise zu vertreiben, zum Beispiel mit Geschirrspülen. Als nächstes schamponierten sie Florrie die spärlichen blonden Locken, bis sie in Wutgeschrei ausbrach. Als die drei Damen, noch immer über allerlei Geheimnisse kichernd, ins Haus kamen, war Mama so aufgedreht, daß sie den Schaden, den die Kinder angerichtet hatten, gar nicht bemerkte. Die Frauen setzten sich vor den Frisierspiegel im Schlafzimmer und probierten Frisuren aus, die Rosetta in der Sonntagsausgabe des *Cincinnati Enquirer* für sie auswählte. Mama las aus derselben Zeitung »Durandels Klatschkolumne« und »Clarabelles Frauenseite« vor. Rosetta bestellte Seife aus Mamas Kosmetik-Katalog und eine ausreichende Menge Geranien-Duftwasser, um Mama eine Sonderprämie in Form einer handgemalten Blumenschale zu sichern. Das Geld wollte sie Mama aus Mansfield schicken, wo die Truppe in der folgenden Woche auftreten sollte.

»Sie müssen dort unbedingt Harry besuchen«, sagte Mama. »Bis Mittwoch wohnt er im Parker House. Harry Willard von der London Furniture Company.«

»Aber mit dem größten Vergnügen, meine Liebe«, versicherte Rosetta ihr mit Wärme. »Ich besorge ihm Freikarten für alle Zelte und sage ihm, daß es Ihre Idee war, meine Liebe.«

Mama strahlte, weil sie Harry ein solches Vergnügen verschaffen und vielleicht auch, weil sie dadurch indirekt mit ihm in Verbindung treten würde. Noch lange nachdem der Mann vom Jahrmarkt Rosetta und ihren Schrankkoffer abgeholt hatte, saßen sie und Mrs. Friend in ihren Morgenröcken im Schlafzimmer und unterhielten sich aufgeregt. Sie schnitten den Kuchen an, den Florrie ruiniert hatte, und Mama lachte nur, so sehr begeisterte sie die Vorstellung, wie entzückt Rosetta sein würde, Harry kennenzulernen, und wie überrascht Harry sein würde, einer so ungewöhnlichen Freundin seiner Frau zu begegnen. Bevor es dunkel wurde, wuschen sie sich noch einmal die Haare, um das Eiweiß herauszuspülen, das, wie Mrs. Friend bedauernd meinte, wie Klebstoff antrocknete, was natürlich nicht Rosettas Schuld sei, sondern ihre eigene; sie hätten es falsch angestellt.

An diesem Abend zog Mama wieder in ihr eigenes Zimmer, und Lena durfte bei ihr schlafen, weil sie Ohrenschmerzen hatte. Marcia blieb eine Weile allein oben und ging dann entschlossen hinunter.

»Ich hab auch Ohrenweh«, erklärte sie.

Mama lachte.

»Na, dann komm rein, du Schlingel.«

Doch Mama blieb nicht im Bett. Sie zog ihren Morgenrock an und ging auf die Vorderveranda hinaus, wo Mrs. Friend im Dunkeln in einem Schaukelstuhl saß.

»Irgendwie fehlt mir die Karussellmusik«, sagte Mama zu ihr. »Jetzt ist es hier viel einsamer als vorher, finden Sie nicht auch?«

Drei Tage später kam Papa nach Hause, in einem neuen blauen Anzug, mit karierter Krawatte, Spazierstock und abrasiertem Schnurrbart, so daß Florrie ihn nicht erkannte und nicht zu ihm wollte. Diesmal hatte er eine Muschelkette aus Atlantic City für Mama mitgebracht, zwei weiße Mäuse in einer kleinen Schachtel und ein großes Badetuch namens Gilsey. Die Kinder spielten mit den Mäusen, und Mama saß in dem großen Sessel auf Papas Schoß. An ihr Geheimnis dachten sie nicht mehr, bis Papa plötzlich sagte: »In Mansfield ist mir vielleicht was Komisches passiert! Da kommt doch so eine Schlampe aus einer Jahrmarktsbude zu mir ins Parker House und behauptet, sie kennt mich. Sie sei eine Freundin meiner Frau. Ich wußte gleich, da stimmt was nicht, und bin weg, und dann hab ich gesehen, wie sie das gleiche bei Hartwell von der Eugenia Candy Company probiert hat. Komische Leute trifft man unterwegs!«

»Ach, Harry!« sagte Mama leise. Und dann: »Ich muß dir was erzählen. Ihr Kinder geht jetzt mal ins Bett.«

Marcia und Lena lungerten noch eine Weile herum, weil sie zuhören und mithelfen wollten, in allen Einzelheiten von

Rosettas Aufenthalt bei ihnen zu erzählen, aber Papa hob sie auf seine Schultern, marschierte mit ihnen nach oben und pfiff dazu »Wir marschieren durch Georgia«. Nur Florrie durfte wie immer in ihrem Bettchen unten bleiben.

»Aber wir wollten dir doch von dem Geheimnis erzählen!« protestierte Lena, als er sie auf ihr Bett plumpsen ließ.

»Ich kann Shampoo buchstabieren«, verkündete Marcia. »Und lesen kann ich's auch.«

»Ihr sollt eurer Mutter helfen, das ist alles, was ich von euch verlange«, sagte Papa.

Später hörten sie, wie die Stimme ihres Vaters unten immer lauter und die ihrer Mutter immer flehentlicher wurde.

»Aber irgendwoher mußte ich das Geld doch nehmen, Harry«, sagte sie. »Nur deshalb hab ich das Zimmer an sie vermietet.«

»So, du hast also kein Vertrauen zu mir!« rief ihr Vater. »Ich hab dir hundertmal gesagt, ich schick dir Geld, aber nein, du glaubst mir nicht, du glaubst nur, was dir Lois und deine Mutter und die Nachbarn sagen! Ein Jahrmarktsflittchen ins Haus zu nehmen wegen des Geldes! Als ob dein eigener Mann nicht für dich sorgen könnte! Ich versteh dich nicht, Daisy! Liebst du mich denn nicht mehr, Daisy? Ist es das?«

»Aber Harry, du weißt doch ...« Die Stimme ihrer Mutter klang jetzt gedämpft, wahrscheinlich weil sie das Gesicht an der verzeihenden Schulter ihres Mannes barg. »Ich würde dir doch niemals weh tun. Es ist alles meine Schuld, Schatz. Aber sieh mal – hier sind die drei Dollar!«

»Behalt sie!« gab Papa schroff zurück. »Kauf dir morgen ein Porterhousesteak dafür.«

7

Marcia wunderte sich, daß anscheinend alle eine Freundin oder einen Freund brauchten. Lena mußte unbedingt eine Freundin haben – Mary Evelyn –, Oma mußte eine Freundin haben – Mrs. Carmel –, und sogar Papa hatte einen Freund. Freunde waren immer wieder faszinierend, denn sie machten alles anders als man selbst. Es war eine Ehre, von ihnen besucht oder gelobt zu werden, und man redete voller Stolz von ihnen, weil sie stets reicher, hübscher und klüger waren als man selbst – zumindest anfangs. Von Freunden bekam man gute Ratschläge und manchmal auch Geschenke, und wenn ihnen irgend etwas abging, so mit gutem Grund, und dieser Mangel war in Wirklichkeit ein Vorzug. Papas Freund war eine überaus bedeutende Persönlichkeit namens Hartwell von der Eugenia Candy Company, und da beide Männer »den Osten« bereisten und oft in denselben Hotels übernachteten, trafen sie unterwegs häufig zusammen. Mr. Hartwell wohnte in einem Club in Lesterville. Er war Junggeselle, hatte aber eine feste Freundin, die dortige Kassiererin der Firma, eine sehr schöne Frau, die den Wunsch geäußert hatte, Mrs. Willard kennenzulernen.

»Warum heiraten die beiden nicht?« fragte Mama eines Tages, als Papa von seinem Freund erzählte.

»Sie sind schon so lange zusammen, da hätte das gar keinen Sinn«, erklärte Papa etwas gereizt.

Mr. Hartwell, nach angemessener Frist Hartwell und jetzt Ed genannt, überredete Papa, dem Männerbund der Elks und auch den Freimaurern beizutreten, bei denen er selbst Mitglied des dreiunddreißigsten Grades war. Es sei im Geschäftsleben eine wunderbare Sache, sagte Papa, wenn man den Kunden einen kurzen Blick auf die Anstecknadel werfen lasse und dann feststelle, daß man einen Logenbruder vor sich habe. Die Mitgliedsbeiträge kämen schnell wieder herein, denn seit er diesen Organisationen angehöre, habe er so manchen neuen Kunden gewonnen. Und dann die gesellschaftlichen Vorteile: Rauchabende, Herrengesellschaften, Picknicks, Angelausflüge. Da jedoch diese gesellschaftlichen Vorteile Papas Rückkehr in der Regel verzögerten, beunruhigten sie Mama ein wenig. Sie bezweifelte sogar, ob Hartwell ihr gefallen würde, trotz der schmeichelhaften Dinge, die er dem »Frauchen« durch ihren Mann ausrichten ließ. Hartwell bezog seine Anzüge von einem Versandhaus in Pittsburgh, das ihm nach Angabe seiner Maße Stoffmuster zuschickte, und bald bestellte auch Papa seine Anzüge dort. In London Junction galt Mr. Willard als sehr schick, und Mama und die Kinder waren stolz auf ihn. Als er in seinem neuen Pfeffer-und-Salz-Anzug und dem gleichen steifen Hut wie Mr. Hartwell nach Hause kam, war er so von sich eingenommen, daß er Mama mit den Kindern in den Textil- und Kurzwarenladen schickte, damit auch sie sich neue Kleider kauften.

»Wir sind dir wohl nicht schön genug«, neckte Mama ihn ein wenig kläglich, doch Papa küßte sie und sagte, er habe die hübscheste Frau und die liebsten Kinder der Welt. Für ihn seien sie immer schön, versicherte er, sogar in Lumpen. Er habe in Cleveland, Philadelphia und Buffalo so viele schöne Frauen gesehen, Damen der Gesellschaft, die aber mitsamt ihren Juwelen und Satinkleidern seiner Daisy nicht das Wasser reichen könnten.

Mama ging mit Lena und Marcia und dem Fünfdollarschein, den Papa ihr gegeben hatte, in den Fair Store. Mary Evelyns Mutter arbeitete dort als Verkäuferin, und Mary Evelyn sortierte gerade voll Stolz Bänder für das Samstagssonderangebot in eine Schachtel. Während ihre Mutter sich umsah, standen Marcia und Lena auf der anderen Seite des Ladentisches und verfolgten diese delikate Prozedur mit stummem Neid. Mary Evelyn hatte selbstgefertigte Lockenwickler im Haar und eine schwarzglänzende Rüschenschürze über dem rosakarierten Baumwollkleid. Wie viele Mädchen trug sie die Haare den ganzen Tag über aufgedreht, außer wenn sie zur Sonntagsschule, zu einer Einladung oder zum Gedichtvortrag ging; dann wurde ihr Haar in zwei Halbzöpfe mit widerwillig sich kräuselnden Enden entlassen. Marcia und Lena hatten Naturlocken, hätten sich aber viel lieber ebenfalls die Haare aufgedreht.

Der Fair Store war ein langgezogener, schmaler Raum, der nur ein einziges Fenster hatte. Ein eigenartiger Geruch nach Schuhleder und Wolle hing darin, den die Mädchen in unbestimmte, angenehme Verbindung mit neuen Kleidern brachten. Der Laden gehörte Mr. Brady, einem höflichen Mann, dick, kahlköpfig und immer schwarz gekleidet, dessen Frau vor vielen Jahren gestorben war. Er trat gesetzt und würdevoll auf, denn als Präsident der Handelskammer, Leiter des Schulausschusses und Vorstand der methodistischen Sonntagsschule war er sich seiner Pflichten stets bewußt. Er unterhielt sich eine Weile mit Mama und überließ sie dann mit einer Verbeugung Mrs. Stewart.

»Ich sag's ja, Mrs. Willard, Sie sind die einzige in London Junction, die Mr. Brady zum Lachen bringt«, flüsterte Mrs. Stewart Mrs. Willard zu, während sie einen Stoffballen auf dem Ladentisch entrollte. »Also, da hätten wir Perkal, acht Cent der Meter, aber ich hab auch schöne Bengalseide da, der Meter fünfundvierzig. Ich hab für Mary Evelyn ein Kleid daraus genäht, obwohl ich ihr sonst immer die Kleider aus dem Laden kaufe.«

»Welche Farbe hättest du denn gern?« wandte sich Mama an

Lena. Lena und Marcia wechselten einen verschwörerischen Blick.

»Wir wollen Kleider aus dem Laden wie Mary Evelyn«, sagte Lena.

Ihre Mutter tat so, als hätte sie nichts gehört, und fuhr fort, Stoffe zu vergleichen.

»Vier Paar schwarze Strümpfe für die beiden«, sagte Mama. »Wir nehmen besser erst mal Strümpfe und Unterwäsche. Zwei Hemdhosen aus Gaze.«

»Mary Evelyn trägt aber keine schwarzen Strümpfe«, wandte Lena ein. »Sie trägt Socken. Wir wollen auch Socken haben.«

»Ich trag auch keine Hemdhosen«, verkündete Mary Evelyn, »ich trage Strumpfhalter.«

Mrs. Stewart lachte nachsichtig, aber Mama ließ sich nicht beirren und verlangte zehn Meter Perkal.

»Meine Kusine Lydia in Venice Corner ist Näherin«, sagte sie. »Letztes Jahr hat sie für Mr. Bradys Nichte die ganze Aussteuer genäht. Sie kommt dann mit ihren Schnittmusterbüchern herüber und hilft mir. Sie weiß immer, was gerade Mode ist.«

»Ich will aber ein Kleid aus dem Laden haben«, beharrte Lena. »Ich will ein Kleid aus dem Laden haben und eine glänzige schwarze Schürze.«

»Wir hätten da ein paar ganz entzückende Kleidchen aus Chicago«, sagte Mrs. Stewart beflissen. »Ein blaues würde an Lena Gladys süß aussehen, genau in ihrer Augenfarbe.«

»Ich will aber ein rosa Kleid aus dem Laden«, schaltete Marcia sich ein, die sich ausgeschlossen fühlte. »Ein rosanes mit Ziehharmonikafalten, damit ich einen Rosentanz machen kann.«

»So eins will ich auch!« rief Lena neidisch.

Mama nagte an ihrer Unterlippe.

»Und dann noch zwölf Meter Valenciennespitze für die Borte«, sagte sie, »und sechs Meter Zackenlitze für das Babykleid.«

»Und für Sie selbst, Mrs. Willard?« fragte Mrs. Stewart, nahm eine Schere aus der Tasche ihrer schwarzen Schürze und fing geschäftig an zu schneiden. »Eine hübsche Bluse vielleicht, mit Lochstickerei?«

Mama schüttelte den Kopf. Sie sagte, ihr Mann habe ihr einen besonderen Stoff aus der Stadt mitgebracht, und ihre Kusine Isobel, die eine Nähmaschine und eine Schneiderpuppe habe, werde ihr beim Nähen helfen. Aber die Mädchen bräuchten Sonntagsschuhe, setzte sie hinzu, und diese Überraschung entschädigte Marcia und Lena beinahe dafür, daß sie keine Kleider aus dem Laden bekamen. Mama besah sich die Blusen lange und sagte, vielleicht werde sie später noch einmal wiederkommen und die blaue französische mit den Biesen, den Netzeinsätzen und den Samtschleifen nehmen, aber vier Dollar seien doch eine Menge Geld. Beim Bezahlen zeigte sich, daß die Schuhe und die anderen Einkäufe den gesamten Inhalt ihrer Börse verschlangen, die fünf Dollar und sogar ihr Brotgeld. Übrig blieb nur ein Vierteldollar, von dem sie ein schönes Taschentuch für Papa kaufte. Sie mußten jetzt schnell nach Hause, damit Papa sein Essen bekam. Er wollte diesmal zwei Wochen bleiben und »Inventur machen«. Lena und Marcia wären gern noch geblieben, um Mary Evelyn beim Bändersortieren zu helfen, doch Mary Evelyn lehnte ihr Angebot ab.

»Ich bin die einzige, die weiß, wie man das macht«, sagte sie affektiert. »An die Bänder läßt Mr. Brady niemand anderen heran.«

»Mein Gott, ist das alles teuer geworden bei Mr. Brady«, murmelte Mama, als sie die Fourth Street entlangeilten. »Da braucht man ja ein Vermögen!«

Das erzählte Lena am nächsten Tag in der Pause Mary Evelyn, die es ihrer Mutter weitersagte, die meinte, Leute, die kein Geld hätten, sollten eben nicht in den ersten Geschäften einkaufen, was über Mary Evelyn und Lena wiederum Papa und Mama zu Ohren kam, mit dem Ergebnis, daß Papa einen Wutanfall bekam und ganz allein in Mr. Bradys Laden ging.

Mr. Brady war jedoch Freimaurer wie er, und als Papa an diesem Nachmittag strahlend und triumphierend zurückkam, warf er Mama ein in Papier gewickeltes Päckchen zu. Eine Bluse war darin, nicht die, die sie gewollt hatte, sondern eine schwarze Satinbluse mit Stehkragen und Spitzenausschnitt, außerdem ein Paar weiße Glacéhandschuhe und eine Gürtelschnalle aus Metall mit dazu passenden Schuhspangen.

»Ich möchte, daß du die Sachen nächste Woche beim Elk-Bankett trägst«, sagte Papa, als Mama ihn dankbar und ein wenig bestürzt umarmte. »Niemand in diesem gottverdammten Nest soll sagen können, für meine Daisy sei mir irgendwas zu teuer.«

»Aber wie hast du das gemacht?« rief Mama.

»Ach, weißt du, einem Logenbruder gibt Brady unbegrenzt Kredit«, prahlte Papa. »Ich hätte den ganzen Laden haben können, wenn ich gewollt hätte. Wie sag ich immer zu Hartwell? Für meine Daisy ist mir nichts zu gut.«

Mama mußte vier Monate lang noch mehr backen als sonst, um die Fair-Store-Rechnung bezahlen zu können. Papa aber ließ sie in ihrem neuen Staat fotografieren, weil er das Bild herumzeigen wollte. Es war fast das einzige Mal, daß sie die Sachen trug.

8

Im Sommer machten Papa und Mama mit Hartwell und seiner Freundin eine Reise zu den Großen Seen. Florrie wurde zu Tante Lois und Oma gebracht, die sich allerdings beklagte, daß sie keine Zeit für sie habe, weil sie jeden Moment ihre Sachen packen und nach Cleveland ziehen könne. Lena und Marcia sollten zu Tante Betts und Onkel Louie auf die Farm bei Elmville. Onkel Louie war Omas Stiefsohn und fast genauso alt wie sie, seine Frau war Omas Kusine ersten Grades; sie und Oma waren in dem alten Haus in Medrow County in der Nähe von Bethel wie Geschwister aufgewachsen.

Onkel Louie kam in einem schönen neuen Einspänner mit Gummirädern nach London Junction, um die Kinder abzuholen. Er lud Oma ein, mit ihm zurückzufahren, aber sie sagte, nein, ganz unmöglich, sie werde bald nach Cleveland gehen und sich selbständig machen. Ihre gute Freundin, Mrs. Carmel, sagte sie, und ihr geschäftlicher Berater, Mr. Sweeney, unterstützten ihre Pläne, und es kümmere sie keinen Deut, was Louie, Lois und Daisy oder irgend jemand sonst davon hielten. Es kümmere sie auch keinen Deut, ob sie je wieder den Fuß auf eine Farm setzen werde, denn sie sei ein Mensch, der lieber dort lebe, wo etwas los sei, wo man sich gut unterhalten, etwas lernen und ein bißchen was verdienen könne. Onkel Louie brachte ihr Schweinskopfsülze mit und ein Sandwich mit gebratenen Austern aus dem London Junction Hotel. Er sagte, er mache ihr keinen Vorwurf daraus, daß sie sich nicht um die Farm schere, und seinetwegen könne sie reden, soviel sie wolle.

Onkel Louie war ein drahtiger, magerer Mann mit sandfarbenem Haar, wovon sein dicker Schnurrbart, seine Augenbrauen und das, was ihm aus Ohren und Nase sproß, allerdings mehr aufwiesen als sein Schädel. Er war so groß, daß sein Rücken durch das Sprechen mit einer sehr viel kleineren Ehefrau und anderen Leuten gekrümmt war und sein spitzes Kinn tief auf der flachen Brust ruhte, während sein Nacken fast waagerecht nach vorne abgewinkelt war. Die Augen in dem wettergegerbten, roten Gesicht waren rund und himmelblau, aber rotgerändert und von flaumigen Wimpern gesäumt, die wie Daunenfedern aussahen. Onkel Louie hatte viel von einem Hahn an sich, was bei einem Farmer nur natürlich und immer wieder faszinierend zu beobachten war. Wenn jemand sprach, legte er mit ernster Miene den Kopf schräg und hielt den Blick mit der argwöhnischen Neugier eines Hahns starr auf den Betreffenden gerichtet. Dann zwinkerte er gemessen und kratzte sich den Bauch, als scharrte er nach Körnern. Er redete wenig, hörte aber jedermann aufmerksam zu und konnte ganz unvermittelt in ein markerschütterndes Gelächter ausbrechen, halb Gackern und halb Wiehern, das auch alle anderen zum Lachen brachte. Sein Geld trug er in seinem Stiefel versteckt, aus dem er es erst hervorholen mußte, um das Messingbett zu bezahlen, das er in Papas Firma kaufte. Später, als sie in Richtung Elmville über die Landstraße rollten, zog er den schweren Stiefel von neuem aus, um in der Eisenwarenhandlung in New Amsterdam einen Maisschäler zu erwerben. Brauchte er an einer Bude Münzen für Limonade oder Bonbons, mußte er sein Hemd aufknöpfen, an dessen Innenseite ein baumwollener Tabaksbeutel mit Kleingeld befestigt war. Marcia war von Anfang an sein Liebling, weil sie kein Blatt vor den Mund nahm.

»Du bist mein Mädchen, Muschi«, sagte er und zwinkerte ihr zu. »Pussi hier, die kann dann Betts' Mädchen sein.«

»Gibt's da Kinder zum Spielen?« fragte Lena. »Ich mag nicht die ganze Zeit mit Marcia spielen.«

Onkel Louie gackerte wieder und zog sie an den Locken.

»Na, was denkst du denn, Pussi, da gibt's mehr zum Spielen als im Buckingham-Palast. Billy zum Beispiel, das ist der Ziegenbock, und Old Tom, das ist der Stier, und hundert Schafe, sechs Kühe und Tiddley Winks, den größten Eskimohund, den ihr je gesehen habt, und ein paar hundert Hühner, und dann noch die Enten, Truthühner und Gänse, die Kaninchen, Waldmurmeltiere und Backenhörnchen und Almedy und die zwölf Chapman-Kinder, zwei Meilen die Straße runter.«

Lena machte ein böses Gesicht. Sie konnte es nicht leiden, wenn man sie auf den Arm nahm.

»Und wie alt ist Almedy?« fragte sie.

Onkel Louie überlegte.

»Sie geht auf die Sechzehn zu«, sagte er schließlich. »Bei Kindern aus dem Waisenhaus weiß man das nicht so genau. Deshalb darf Almedy sich ihren Geburtstag selbst aussuchen.«

»Wär das schön, wenn ich mir meinen Geburtstag auch selbst aussuchen könnte!« seufzte Lena. »Was hat sie sich denn ausgesucht?«

»Letztes Jahr den vierten Juli, den Unabhängigkeitstag, und dieses Jahr den dreißigsten Mai, den Volkstrauertag. Als Waise kann sie sich jedes Jahr einen anderen Geburtstag aussuchen.«

»Und du hast wirklich keine eigenen Kinder, mit denen wir spielen könnten, Onkel Louie?« beharrte Lena, noch immer mit finsterer Miene, denn Almedy war viel zu alt.

»Du lieber Himmel, Pussi, unsere Jungs waren seit zehn Jahren nicht mehr zu Hause – Carl ist zehntausend Meilen weit weg, in Mexiko, und Phil ist irgendwo in China, bei der Marine, hat eine chinesische Frau, soviel wir wissen. Von denen hören wir nie was, außer an Weihnachten. Die Mädchen haben beide Familie in Ioway.«

Marcias und Lenas Augen glänzten bei der erfreulichen, wenn auch wenig wahrscheinlichen Aussicht auf chinesische Kusinen, mit denen sie spielen konnten.

»Na ja, wir haben ja unsere Spielkarten mitgebracht, falls niemand zum Spielen da ist«, sagte Marcia und seufzte resigniert. »Wir können ja Muggins spielen.«

»Klar könnt ihr Muggins spielen, und Pit und Old Maid und Croquignole«, pflichtete Onkel Louie bei. »Und eure Tante Betts bringt euch bei, wie man Butter macht, und außerdem könnt ihr Beeren pflücken und reiten. Da kriegt ihr ganz bestimmt kein Heimweh.«

»Lena schon«, sagte Marcia ein wenig neidisch. »Lena kriegt immer Heimweh.«

An dieses Talent erinnert, verzog Lena das Gesicht zum Weinen, aber das Reiten interessierte sie so brennend, daß sie keine Tränen zustande brachte. Die würden später kommen.

Onkel Louie fuhr eine andere Strecke zurück, weil er noch in New Amsterdam und Willardville zu tun hatte. In New Amsterdam gab es Windmühlen und eine holländisch-reformierte Kirche, und die Bedienung in der Eisdiele sprach holländisch. »Und was sind wir?« fragte Marcia.

»Holländisch, walisisch und englisch«, erwiderte Onkel Louie. »Eine gute Mischung.«

Der Schmied des Ortes war ein Verwandter, und so gingen sie über das Kopfsteinpflaster eines kleinen Sträßchens zwischen zwei Läden hindurch zur Schmiede. Onkel Louie winkte sie in den rußigen, dunklen Raum, damit sie sehen konnten, wie die Funken sprühten, während Onkel John ein Hufeisen hämmerte. Es war ein schaurig-schöner Ort wie eine Höhle in einem Koboldwald, der Boden halb Erde, halb Holzbohlen, pechschwarz und mit Sägemehl bedeckt. Die große Esse in der Mitte war wie das Höllenfeuer, Schwefel spuckend, fauchend und brüllend, und der Schmied, zwischen Feuer und Dunkelheit hantierend wie der Teufel selbst. Mauersegler flatterten durch kleine Bogenfenster, die hoch unter dem Dach das Licht einließen, und über dem hinteren Teil des Raumes befand sich ein Zwischenboden, auf dem ein Feldbett, ein Waschgestell und ein Eckschrank aus Kiefernholz standen.

»Kletter in meine gute Stube rauf, Louie, und schenk dir einen Schnaps ein«, brüllte Onkel John durch das Getöse, und Onkel Louie half den Mädchen die selbstgebaute Leiter hinauf. Onkel John war Junggeselle. Er hatte zwar ein Zimmer im Haus einer Nichte, aber er hielt sich lieber in seiner Werkstatt auf. Die Kinder setzten sich auf das Feldbett, sprachlos vor Entzücken. Sie blickten auf Onkel John in seiner Höhle hinab und fragten sich, ob seine Haut von Natur aus schwarz war oder ob sich die Schwärze abwaschen ließ. Die schwarze, ölig glänzende Lokkenmähne und der riesige schwarze Schnurrbart gingen jedenfalls bestimmt nicht ab. Ein halbwüchsiger Junge lief barfuß hierhin und dorthin, holte Wasser und erledigte Botengänge, und auch er war entweder von Natur aus schwarz oder herrlich schmutzig. Nach eingehender Beobachtung erklärte Lena die Farbe für Schmutz, denn er sah immer wieder zu ihr hoch und wischte sich dann mit dem Ärmel die Wange ab, wobei weißliche Stellen sichtbar wurden. Onkel John redete holländisch mit ihm und nannte ihn Hans, und die Mädchen kamen zu dem Schluß, daß es Hans Brinker persönlich sein müsse oder der Junge, der den Deich gerettet hatte. Sie lächelten ihm zu, aber das schien ihn zu erschrecken, denn er rannte die Gasse hinunter und kam nicht mehr zurück. Später, als sie weiterfuhren, sahen sie ihn hinter dem Baum hervorlugen, an dem die Pferde angebunden wurden, und diesmal grinste er und drehte ihnen eine Nase. Onkel John kam schnaufend die Leiter herauf. Er nahm einen Krug aus seinem Eckschrank, und bevor er ein Wort sprach, warf er den Kopf zurück und trank mit gurgelnden Lauten und hüpfendem Adamsapfel. Dann reichte er den Krug Onkel Louie, der einen Schluck nahm, das Gesicht verzog und ausspuckte.

»Brauchst mir nicht zu sagen, wie du deinen Schnaps machst, John«, keuchte er, und beide Männer fingen laut an zu gackern. Onkel John öffnete den Schrank von neuem, nahm einen Steinguttopf mit Hafermehlplätzchen heraus und hielt ihn den Kindern hin. Dann hob er sie hoch, um ihnen noch andere Schätze in dem Zauberschrank zu zeigen, kleine Windmühlen aus Holz, Schiffe mit winzigen Seeleuten, Holzzwerge mit Ambossen aus Nägeln, alle möglichen selbstgeschnitzten oder -geschmiedeten Spielsachen. Marcia hoffte, er würde ihnen etwas davon schenken, aber er staubte sie nur mit einem roten Taschentuch ab und stellte sie behutsam wieder zurück. Bevor sie gingen, hämmerte er aus gekreuzten Nägeln für jedes der Mädchen eine Schere, und so hatte sich der Besuch doch noch gelohnt. In London Junction legten Lena und ihre Freundin Mary Evelyn Stewart oft gekreuzte Metallstifte auf die Straßenbahnschienen hinter der Schule und ließen sie von den Rädern zu Scheren platt walzen, aber die großen Nägel in der Schmiede ergaben viel bessere Scheren. Die Mädchen waren so erfreut, daß sie sich Mühe gaben, Onkel John nicht zu kränken und nicht zu schreien, als er sie nacheinander hoch in die Luft schwang. Noch tagelang hatten sie von seinen Eisenfingern blaue Flecke auf den Rippen.

Dann saßen sie wieder im Einspänner und rollten rasch über das Kopfsteinpflaster der staubigen Landstraße zu. Onkel Louie konzentrierte sich ganz auf das Pferd, das fast durchging, so eilig strebte es dem Stall entgegen. Ab und zu brach er in laute Freudenjodler aus, einzelne Takte eines Liedes ohne Text: »Hei di hei di hei oh di hei di hei do ho oh.« Dann zwinkerte er ihnen zu und sagte: »Wie wär's mit einem Lied, Muschi, na, was ist, Pussi?«

Sie sangen alle Lieder, die sie von Papa, der Sonntagsschule und Lenas Schule her kannten. Sie sangen »Kannst du Kirschenkuchen backen, lieber, guter Bill?«, »Ein Frosch, der wollte Hochzeit machen« und »Drei blinde Mäuse«. Onkel Louie fiel mit einem »hei di hei di hei di ho« ein, und das Pferd wieherte dazu. Als sie sich Willardville näherten, wo Opa Willards gesamte Verwandtschaft wohnte, nahmen sie einen seltsamen Geruch wahr. Das seien die Gummiwerke, erklärte Onkel

Louie. Es gab hier eine große Fabrik, einen großen Laden und eine Reihe kleiner gelber Holzhäuser, die alle gleich aussahen, zwei Saloons und einen Platz mit einem Musikpavillon. Neben dem Bahnhof lag ein neues Backsteinhotel, in dessen Hof ein ausgestopfter Bär auf den Hinterbeinen stand. Am Straßenrand parkte ein rotes Auto, ein seltener Anblick, doch da auch alles andere für die Kinder ein seltener Anblick war, kam es ihnen nicht fremdartiger vor als der ausgestopfte Bär oder der Gummigeruch. Trotz dieser Wunder schien der Ort an einem einzigen Punkt anzufangen und zu enden, alles, was nach Bedeutung strebte, schien sich auf dem Platz zusammenzudrängen, denn die Straßen, die davon abzweigten, waren nicht mehr als Feldwege.

Die Mädchen mußten im Wagen bleiben, als Onkel Louie in den Big Store ging, um einen Topf Essiggurken zu kaufen, einen Sack Schrotmehl, eine große Dose Tabak und für jede von ihnen eine Jungenlatzhose zum Spielen. Er lud alles auf den hinteren Teil des Wagens, wo auch sein Maisschäler festgezurrt war. Außerdem habe er eine Tüte Lakritzbonbons gekauft, sagte er, für Almedy. Da sie ein Waisenkind sei und auf der Farm mitarbeite, esse sie ab und zu gern etwas Süßes. Vielleicht sei sie ja zu groß, um mit ihnen zu spielen, aber sie werde ihnen helfen, ihre feinen Kleider sauberzuhalten.

Sie näherten sich East Elmville Township, wo Onkel Louie wohnte. Jedesmal, wenn sie an einer Nachbarfarm vorüberkamen, egal, wie weit abseits das Wohnhaus und die Farmgebäude lagen, ließ Onkel Louie das Pferd in Schritt fallen, beugte sich weit aus dem Wagen und jodelte: »Hei-ji, Dolpie!« oder »Hei-ji, Charlie!« Und von den fernen Maisfeldern oder aus den Scheunen tönte es zurück: »Hei-ji, Louie!« Der Wind trug diese Rufe meilenweit, und das Pferd ahmte sie nach und wieherte den Nachbarspferden zu, die von den Wiesen her zurückwieherten und an den Weidezäunen entlang bis zum nächsten Gatter neben ihnen hergaloppierten. Der Wind trug auch den süßen Duft des Klees heran, den staubigen Geruch des Weizens, den Duft des frisch geschlagenen Holzes in den grünen Wäldern, versteckter Fischteiche und frisch umgepflügter Erde. Zuletzt kamen sie an der Chapman-Farm vorbei. Haus und Ställe, baufällig und ohne Anstrich, standen windschief aneinandergelehnt und sahen aus, als könnten sie von einem einzigen Grunzen der Schweine, die davor im Dreck umherliefen, umgepustet werden. Onkel Louie schwenkte die Peitsche und rief einen Gruß hinüber. Zahllose Köpfe tauchten über einer Reihe Johannisbeersträucher auf.

»Da ist jemand für euch!« rief Onkel Louie. »Kommt mal her, Kinder!«

Das Antwortgeschrei aus einem Dutzend Kehlen klang wild und höhnisch in den Ohren der Mädchen, schien aber nicht unfreundlich gemeint zu sein.

»Nette Kinder«, sagte Onkel Louie. »Ziemliche Rasselbande.«

Sie bogen in den Weg zu Onkel Louies Farm ein, und jetzt gab es für das Pferd kein Halten mehr. Lena und Marcia schnappten nach Luft und hielten ihre Hüte fest, Onkel Louie stand auf und rief »Hei-ji, Betts, hei-ji!« Eine Frauenstimme erwiderte den Ruf. Das Pferd preschte durch das Tor, das Tante Betts gerade noch hatte öffnen können, und stürmte geradewegs in die Scheune. Den Kindern klopfte das Herz, als Onkel Louie sie vom Wagen hob. Das schnaubende Pferd wieherte seinen Geschwistern triumphierend zu und wurde mit einem Antwortwiehern willkommen geheißen. Hähne krähten, Hennen gackerten aufgeregt. Tante Betts, klein, kugelrund, rosig und schwarzäugig, kam angelaufen, rief ihnen schon von weitem eine Begrüßung zu und schwenkte ihre karierte Schürze über dem Kopf. Die Kühe trotteten zum Melken muhend aus dem Tal herauf, Hunde sprangen bellend um sie herum, der Truthahn kam kollernd herbeigeeilt, die ganze Gegend schrie und sang den beiden Mädchen ein Willkommen zu.

Tante Betts drängte sie rasch zu dem großen, freundlichen Haus, verscheuchte mit der Schürze die Fliegen vom Drahtgeflecht der Küchentür und schob die Kinder in die große Küche. Marcia nahm den Geruch von frisch gebackenem Kirschkuchen wahr, und vom Herd her duftete es köstlich nach Schokolade. In unbändiger Freude begann sie auf und ab zu hüpfen, doch plötzlich gab Lena ein blökendes Geräusch von sich. Ihr Gesicht war verzerrt, die Unterlippe vorgeschoben, die Fäuste hatte sie an die Augen gedrückt. Tante Betts nahm sie auf den Schoß und wiegte sie, als ob sie Florrie wäre.

»Was hast du denn, meine Süße?« fragte sie besorgt. »Wo tut's denn weh? Komm, ich geb dir ein Pfefferminz.«

Marcia besah sich die zärtliche Szene mit kaltem, bösem Blick.

»Sie hat Heimweh«, sagte sie wegwerfend. »Ich hab's ja gleich gesagt.«

Einmal das größte Kuchenstück bekommen! Einmal gewiegt und gestreichelt und meine Süße genannt werden! Wär ich doch nur ein Einzelkind, dachte Marcia bitter; wär ich doch nur ein Waisenkind mit wechselnden Geburtstagen und ohne ein Zuhause.

9

Wonach riecht es unten im Haus?« fragte Lena. Es klang wie eine Rätselaufgabe.

Marcia überlegte einen Moment angestrengt. »Nach Hühnern und in der Küche nach Kuchen«, antwortete sie dann. »Im Wohnzimmer riecht es nach Butterfaß und oben wie in einem Koffer.«

»Tante Betts riecht auch nach Butterfaß«, sagte Lena. »Onkel Louie riecht nach Scheune, und Almedy nach Kühen und Erdbeerbeeten.«

Sie saßen barfuß und mit Strohhüten auf dem Kopf in ihren blauen Latzhosen am Rand des Maisfeldes und sannen über die Welt nach. Marcia war glücklich, weil Lena niemand anderen hatte und wohl oder übel ihre Schwester als Spielgefährtin nehmen mußte. Sie dachten sich Geheimnisse aus und spielten Schule. Schüler waren die Maispflanzen, und manchmal durfte Marcia auch Rektorin statt immer nur Lehrerin sein. Es gab Mädchen- und Jungenreihen, und so viele Schüler wie nur möglich bekamen einen Namen. Die Lehrerinnen hatten ihre Lieblinge, meist die kürzesten Halme ganz vorn, und dann waren da noch die großen Jungen in der letzten Reihe, die man ausschimpfen mußte. Marcia und Lena waren abwechselnd Miss

Browne, die Erstklaßlehrerin, und Miss Sutton, die Rektorin. Sie standen vier Reihen voneinander entfernt vor dem Feld und übten mit den Halmen Rechtschreiben, Singen und Rechnen. Während der Pause führten sie Aufsicht. Miss Brownes Lieblingsschüler hieß Maurice, die Lieblingsschülerin Violet, und in Miss Suttons Klasse gab es wieder andere Lieblinge. Mit ihnen redete man honigsüß, man ließ sie Botengänge machen und lobte sie über den grünen Klee.

»Violet, du darfst den Zettel hier ins Rektorat bringen, Zimmer 42«, sagte die Lehrerin liebenswürdig, um dann in strengem Ton fortzufahren: »Und bis Violet wiederkommt, schreiben wir eine Rechenarbeit.«

Als Lehrerin hatte man auch auf Zehenspitzen die Reihen entlangzugehen und Schüler zu »erwischen«. Mit Ausnahme der Lieblinge war die Klasse ein einziger mogelnder, tuschelnder, unfolgsamer Haufen, der ständig Papierkugeln warf, Kaugummi kaute, Zettel herumschickte und vom Nachbarn abschrieb. Dann trat die gestrenge Zuchtmeisterin auf den Plan. In furchterregend scharfem Ton rief die jeweilige Miss Browne: »George Barnes, zur Rektorin, und zwar sofort!« Bei Miss Sutton erwarteten den Übeltäter die Rute und eine grimmige Strafpredigt. Miss Browne spielte den reuig wimmernden George Barnes, und anschließend wurde eine Pause verfügt, in der die beiden Lehrerinnen von ihren ergebenen Lieblingsschülern mitgebrachte grüne Äpfel aßen. Diese Unterweisung in der Technik schulischer Abläufe – aus Lenas Sicht – bewirkte, daß Marcia es kaum erwarten konnte, bis im September die richtige Schule anfing, obwohl der Reiz des Schulespielens gerade darin lag, Lehrerin zu sein und dabei die Weite der Felder um sich zu haben. Manchmal richteten sie mit weiter entfernten Reihen neue Klassen ein – eine dritte und eine fünfte –, deren Lehrplan jedoch zwangsläufig der gleiche war wie in der ersten, angereichert mit Elementen aus der Sonntagsschule. Die Maisfelder dehnten sich meilenweit, und es war schade, daß nur der Teil, der dem Haus am nächsten lag, unterrichtet werden konnte.

Onkel Louie hatte gesagt, sie dürften zwar im Maisfeld spielen, aber die Halme nicht berühren, und als Almedy einmal sah, wie Marcia einen widerspenstigen Halm wegen Schulschwänzerei versohlte, hätten sie die Schule um ein Haar aufgeben müssen, bis Almedy schließlich versprach, sie nicht zu verraten, wenn Marcia und Lena über ihren Verehrer Stillschweigen bewahrten.

Almedys Romanze machte fast ebensoviel Spaß wie die Maisschule. Jeden Tag gingen sie mit Almedy zum Briefkasten und warteten auf den Briefträger. Er kam in einem kleinen weißen Wagen und läutete vor jedem Tor mit seiner Essensglocke. Gegenüber dem Weg zu Onkel Louis Farm mündete der Weg der Chapmans, und Almedys Verehrer war der zweite Chapman-Sohn, Elbert mit Namen. Er war fast einen Kopf kleiner als Almedy, aber er war nun einmal ihr Verehrer, wie sie sagte. Er kam barfuß auf einem Ackergaul geritten, um die Post zu holen. Almedy versuchte vor ihm da zu sein und wartete dann auf ihn, auch wenn die Post schon gekommen war. Sie ergriff stets als erste das Wort.

»Tag, Elbert«, sagte sie.

»Tag, Almedy«, erwiderte er, und das war das einzige, was er zu ihr sagte.

Er tat so, als nehme er keine Notiz von ihnen, stellte sich dann aber wie ein Zirkusreiter ohne Sattel auf den Rücken seines Pferdes und hüpfte darauf herum. Das weiße Pferd stand still, als wenn nichts wäre, verscheuchte mit dem langen Schwanz die Fliegen und peitschte dabei hin und wieder Elberts nackte Beine, worauf er schlimme Wörter sagte. Manchmal zog er sich auch an einem Ast der großen Ahornbäume links und rechts des Tores hoch, hakte die Knie ein und ließ sich mit dem Kopf nach unten baumeln. »Brrr, Moll, verflucht noch mal!« rief er dann. »Bleib stehen, sonst schlag ich dir den Schädel ein!« Moll, alles andere als das wilde, unzähmbare Fohlen aus Elberts Phantasie, war so dick und alt, daß sie kein Zaumzeug mehr brauchte. Sie stand ruhig da und fraß Kräuter oder knabberte an den Büschen. Während Elbert mit seinem Pferd schimpfte, standen Almedy und die Kinder auf der anderen Straßenseite und schauten aufmerksam zu. Marcia und Lena ließen den Blick zwischen Elbert und Almedy hin und her wandern, mit ernsten Mienen, gebannt von diesem Vorbild für ihr eigenes Verhalten in künftigen Liebesangelegenheiten. Almedy kicherte fortwährend, als wäre Elbert ein Clown, doch Elbert schien nicht zu merken, daß man ihm zusah, denn er schaute nicht zu ihr hin, sondern schrie nur sein Pferd an und machte seine Kunststücke. Endlich ließ er sich auf dem Pferd nieder, meist nach einem mahnenden Zuruf von einem entfernten Feld, beugte sich zum Briefkasten hinunter und nahm den Stapel Post heraus: Farmerzeitungen, Kataloge, Warenproben und was sonst noch gekommen sein mochte. Das metallische Zuklappen der Briefkastentür war für sein Pferd das Signal, sich umzudrehen und den Chapman-Weg zurückzustampfen. Almedy hörte schlagartig auf zu kichern, hielt sich die magere, zerschrammte Hand über die Augen und sah ihm nach, bis er zwischen den Bäumen verschwunden war. Sie blieb noch eine Weile stehen und schaute einfach nur den Chapman-Weg hinab, und plötzlich sah ihr scharf geschnittenes, unansehnliches Gesicht tieftraurig und verzerrt aus, so als hätte auch sie Heimweh. Marcia und Lena beobachteten sie und staunten, daß dieser immer gleiche Ablauf, bei dem sich doch rein gar nichts tat, ihr soviel zu bedeuten schien.

»Woran merkt man denn, wenn ein Junge ein Verehrer ist?« erkundigte sich Lena.

»Na ja, man merkt es eben«, sagte Almedy.

»Aber woran?« beharrte Lena.

»Na ja, auf dem Heimweg von der Kirche oder von einem Picknick, da geht er hinter einem her«, antwortete Almedy schließlich. »Elbert geht auf dem Heimweg hinter mir her.«

»Und was redet man mit seinem Verehrer?« fragte Lena begierig und rannte ein kurzes Stück, um mit Almedys langen Schritten mithalten zu können.

»Nichts«, lautete Almedys Antwort.

»Reden andere auch nicht mit ihrem Verehrer?«

»Nein. Worüber sollte man schon reden?«

Almedy hatte mit Melken, Waschen und bei der Feldarbeit so viel zu tun, daß sie als Spielgefährtin für die Kinder eine Enttäuschung war. Und obendrein verdarb sie ihnen ihre Spiele, genau wie die Jungen.

»Heute hab ich eine Fee im Butterfaß gesehen, die hat die Butter zu Vanilleeis geschlagen«, sagte Marcia.

»Du lügst«, widersprach Lena. »Ich hab die Fee auch gesehen, und sie hat mir gesagt, sie macht Fudge.«

»Hat deine Fee einen lila Hut mit einem Silberglöckchen aufgehabt?« fragte Marcia. »Meine schon, und eine Feder war auch dran, ich hab's genau gesehen.«

»Den Hemdschoß von deinem Onkel hast du um die Ecke flattern sehen!« versetzte Almedy, und damit war das Spiel verdorben.

Almedy war mager und bucklig wie Onkel Louie. Sie hatte ein spitzes Kinn, eine spitze Nase und stechende, verschlagene braune Augen. Wenn sie im Bach badeten, sah sie aus wie ein Junge, weil ihr Haar seit der Typhusepidemie, die das Waisenhaus im Jahr zuvor heimgesucht hatte, noch kurz geschnitten war. Und in ihrem Sonntagsstaat, wenn die Nachbarn sie abholten, weil Onkel Louie und Tante Betts nicht zur Kirche gingen, sah sie noch mehr aus wie ein Junge, denn der hellblaue Strohhut saß ganz oben auf ihrem geschorenen Kopf, und das umgearbeitete, verwaschene blaue Popelinekleid hing schlaff um ihre vogelscheuchenartige Gestalt. Auf dem Rückweg brachten die Nachbarn sie nicht bis nach Hause, sondern ließen sie eine Meile vorher aussteigen, und dann zog Almedy sich die Schuhe aus und trug sie das letzte Stück in der Hand, um sie zu schonen. Marcia und Lena liefen ihr entgegen, aber sie schien sich nicht zu freuen. Sie zeigte ihnen die bunten Sonntagsschulbilder, die sie sammelte, verharrte jedoch den Rest des Weges in düsterem Schweigen.

»Was war denn in der Kirche?« riefen die Mädchen.

»Nichts.«

»Wer war denn alles da?« wollte Tante Betts später wissen.

»Niemand.«

Manche Leute hätten ja Glück mit ihren Waisen, sagte Tante Betts oft zu Onkel Louie, aber mit Almedy habe man doch seine liebe Not. Man bringe nicht mehr aus ihr heraus als aus Tiddley Winks, und nie bekomme man ein Wort der Dankbarkeit zu hören, dafür, daß man ihr ein Zuhause gebe. Auf ihre Art sei sie zwar Gold wert, aber Gesellschaft habe man an ihr keine. Halb so schlimm, meinte Onkel Louie, bei der Feldarbeit sei sie so tüchtig wie ein Lohnarbeiter und beim Melken so schnell, wie er es noch nie gesehen habe. Das müsse man ihr lassen, und das sei mehr, als man von den Waisen anderer Leute sagen könne.

Eine Waise war anders. Sie sah zwar ganz normal aus, aß normal und konnte auch ein wenig sprechen, aber sie war mehr wie ein Pferd oder ein Hund. Waisen waren fast immer undankbar, und wenn man ihnen ein Zuhause gegeben und sie großgezogen hatte, gerieten sie meist in Schwierigkeiten oder brannten mit einem Kerl durch, und man sah sie nie wieder. Marcia und Lena fragten sich, ob Almedy wohl bald mit Elbert durchbrennen würde. Wenn sie sie abends nach dem Essen und Geschirrspülen auf dem Obstgartenzaun sitzen sahen, die dünnen, nackten Beine sicherheitshalber um den Balken gehakt, fragten sie sich, ob sie in dieser Nacht fortlaufen würde. Sie saß mit dem Rücken zum Haus, dem Weg zugewandt, obwohl sie nicht einmal am hellen Tag durch die dichtstehenden Bäume bis zum Tor der Chapmans hätte sehen können. Sie saß einfach nur da, so lange, bis es Zeit zum Schlafengehen war.

Marcia ging zu ihr. »Nach was schaust du denn, Almedy?« fragte sie.

»Nach Schildkröten.«

Marcia schauderte ein wenig, denn tatsächlich krochen unter der Eiche zwei gesprenkelte Schildkröten um einen bemoosten Baumstamm herum.

»Willst du nicht reinkommen und mit uns spielen?« drängte Marcia.

»Nein, ich mag Schildkröten«, sagte Almedy mit steinerner Miene. »Lieber als irgendwas sonst.«

10

Das Schönste am Leben auf der Farm waren die Ferien von den guten Manieren. Niemand senkte hier je die Stimme; normale Lautstärke galt als städtisch affektiert und als ein verdächtiger Versuch, etwas geheimzuhalten. Onkel Louie hörte man auch noch, wenn er in der weit abseits liegenden Scheune mit einem Besucher sprach, und sogar in ein und demselben Raum schrien er und Tante Betts sich an, als wären sie Meilen voneinander entfernt. Möglicherweise bewahrte dieser permanente Lärm sie vor Einsamkeit. Jedenfalls vermittelte die gellende, nasale Stimmlage, die das Paar und alle seine Nachbarn sowohl im Haus als auch im Freien an sich hatten, einen Eindruck von Herzlichkeit und guter Laune, von Offenheit und grundsolider Rechtschaffenheit. Marcia und Lena versuchten beim Reden die gleiche Wirkung zu erzielen, aber offensichtlich gehörte jahrelange Übung dazu, so durch die Nase zu sprechen, und wenn man es versuchte, dann fing der Gaumen an zu schwirren wie eine Banjosaite. Ehrlichkeit und ein gutes Herz schienen so sehr eine Frage der Lautstärke zu sein, daß man bei jedem Geschäftsabschluß mit der Molkerei oder der Fleischfabrik schon aus einer halben Meile Entfernung hörte, wie die braven Männer sich alle Mühe gaben, einander zu übertönen, um zu beweisen, wie ehrlich es bei dem Handel zuging. Auch feine Tischmanieren waren suspekt und ließen darauf schließen, daß man sich für etwas Besseres hielt. Floskeln wie »Kannst du mir bitte die Butter geben?« waren fast eine Beleidigung und konnten von Onkel Louie mit der Frage »Wozu hast du deine Arme?« geahndet werden.

Gegessen wurde in der großen, sonnigen Küche, an einem von grünem Wachstuch bedeckten Tisch mit einem Fliegenfänger als Tafelaufsatz. Gläser mit Eingemachtem, Ketchup, Senfgemüse, Krautsalat, eingelegten roten Rüben und Zucker hatten auf dem Tisch einen Dauerplatz und wurden zwischen den Mahlzeiten mit einem rotkarierten Tischtuch zugedeckt. Wer wollte, konnte seinen Teller auch mit ins Freie nehmen und auf den Küchenstufen essen. Almedy setzte sich nie mit den anderen zu Tisch, sondern ging mit ihrem Teller und einem Kanten Brot ins Kühlhaus. Wie Tiddley Winks, der Hund, mochte sie es nicht, wenn man ihr beim Essen zusah. Durch diskrete Nachforschungen bekam Lena heraus, daß sie alles und jedes mit den Fingern aß, sogar Kartoffelbrei.

Das Essen war hier anders als alles, was die Kinder bisher kennengelernt hatten. Zum Frühstück gab es Hafergrütze, Kartoffelbrei mit Mais und Tomaten darüber, gebratenen Schinken oder Bratwurst mit Bratensoße, Zwieback und manchmal Maismehl-Pancakes und Apfelkuchen. Tante Betts machte sich Sorgen, weil die kleinen Gäste nicht alles hinunterbekamen, was sie ihnen vorsetzte. Sie sahen so schmal aus und müßten dicker werden, meinte sie, doch wenn sie folgsam versuchten, noch mehr in sich hineinzustopfen, bekamen sie nur Bauchweh.

Tante Betts und Onkel Louie hatten so viel Spaß am Essen, daß Lena und Marcia aus dem Kichern gar nicht mehr herauskamen. Tante Betts saß gern am Herd und aß mit einem großen Zinnlöffel direkt aus den Töpfen. Onkel Louies einziges Besteck war sein Messer, das er mit faszinierender Geschicklichkeit handhabte. Wenn er den Teller leer gegessen hatte, rief er: »Jesus, Betts! Mehr, Betts!« Zum Abendessen, das gegen fünf

Uhr eingenommen wurde, stand oftmals ein Krug Apfelwein oder selbstgemachter Holunder- oder Löwenzahnwein auf dem Tisch. Onkel Louie und Tante Betts tauschten Erinnerungen aus und brüllten vor Lachen, bis Tante Betts die Tränen über das runde, rosige Gesicht liefen. Mit unerschöpflichem Vergnügen erzählten sie einander immer wieder die gleichen Geschichten. Einmal zum Beispiel sei eine Quäkerfamilie aus dem fernen England in die Quäkersiedlung an der überdachten Brücke gekommen. Sie hätten auf dem nackten Wohnzimmerboden auf Heu geschlafen, und jede Stunde habe der alte Großvater sie mit dem Ruf »Liverpool! Verpaßt das Schiff nicht!« aufgeweckt.

»Liverpool! Verpaßt das Schiff nicht!« ächzte Tante Betts und hielt sich die Seiten. Ihr praller Busen wogte vor Heiterkeit. »Liverpool – ach Gott, ach Gott! Du lieber Himmel, Louie, hör auf, sonst lach ich mich noch tot!«

Onkel Louie warf den Kopf zurück und gackerte, bis der Hund aus der Scheune gelaufen kam und freudig mithechelnd den Kopf durch die Küchentür steckte. Die Kinder sperrten Mund und Augen auf, ohne den Witz zu verstehen, aber hocherfreut.

Am lustigsten war das Kuchen-Wettessen. Tante Betts schnitt große Stücke für Almedy und die Kinder ab und stellte dann drei Kuchen in der noch heißen Form auf den Tisch. Der Beerensaft trieb noch Blasen durch die knusprige weiße Kruste. Tante Betts und Onkel Louie, jeder mit einem Messer bewaffnet und zitternd vor unterdrückter Wonne, faßten einander einen Moment lang starr ins Auge und riefen dann gleichzeitig: »Los!« Darauf senkten sie ihre Messer in den zunächst stehenden Kuchen und schaufelten ihn in ihre Münder. Wer zuerst an dem mittleren Kuchen angelangt war, hatte gewonnen. Das war meist Onkel Louie, denn Tante Betts bekam vor Lachen keine Luft mehr und mußte ihren Gürtel und sogar ihren Kragen lösen. An einem Abend leerten sie, aus dem Spundloch trinkend, zu zweit das Apfelweinfaß und veranstalteten allem Anschein nach auch noch ein Wettessen in der Speisekammer, denn am nächsten Morgen waren die gebratenen Eichhörnchen und der Maisauflauf verschwunden.

Almedy ging bei Einbruch der Dunkelheit gleichzeitig mit den Kindern in ihr Zimmer hinauf, doch Tante Betts und Onkel Louie hörte man in der Küche oft noch bis spät in die Nacht schallend lachen.

Die Kinder hatten ein Zimmer mit schrägen Wänden, in dem ein Erwachsener nur in der Mitte aufrecht stehen konnte. Das Fenster war sehr klein und mit einem Moskitonetz bespannt, das wie ein Spinngewebe glitzerte, wenn der Mond durchschien. In dem riesigen schwarzen Nußbaumbett lagen die beiden Mädchen wach und lauschten den Lauten der ländlichen Nacht, in die auch Gerüche eingewoben schienen, ein schwüler Geißblattduft oder der Geruch des Regens auf den Zedern, der nassen Ahornblätter und des Taus auf dem Flieder, alles durchsetzt von dem muffigen Mottenkugelaroma des Federbetts. Das Zirpen Tausender von Grillen erfüllte die Dunkelheit, eine Schleiereule schrie, ein junger Bursche lachte, Frösche quakten unten an der Quelle, schlafende Vögel gluckten leise, und manchmal ertönte ein einsames Wiehern.

Es war schade, daß Almedy nicht mit ihnen spielte; niemals sang sie mit ihnen oder erzählte Geschichten.

»Das sind doch alles Lügen«, erklärte sie kurz angebunden. »Lieder und Geschichten, das ist alles eins – nichts als Lügen.«

»Wir könnten doch was spielen«, bettelte Lena. »Wir müssen noch nicht gleich schlafen.«

»Spiele sind Sünde«, sagte Almedy und marschierte in ihre Mansarde. Sie las auch keine Bücher. Nur einmal machte sie mit: als die Kinder mit Bettlaken als Grabtüchern Gespenst spielten. Almedy stürzte sich mit solchem Elan in dieses Spiel, daß die Mädchen vor Angst schlotterten, als sie zu Bett gingen. Später brauchte sie nur noch grimmig zu fragen: »Wollt ihr Gespenst spielen?«, und sie zogen schleunigst ab und überließen sie ihrem liebsten Zeitvertreib, dem Durchsehen ihrer bunten Sonntagsschulbilder.

Im August kam Papa, um die Kinder wieder abzuholen. Der Abschied machte Marcia und Lena so traurig, daß Papa ärgerlich wurde. Sie wollten wenigstens Almedy mitnehmen, als Andenken an die glückliche Zeit. Papa brummte, Almedy könne sie ja besuchen kommen, doch Onkel Louie sagte, sie sei auf der Farm unentbehrlich.

»Möchtest du denn nicht mitkommen, Almedy? Wir haben weiße Mäuse zu Hause und ein Grammophon«, versuchten die Kinder sie zu überreden.

Almedy lächelte schief.

»Wenn ich weggeh von hier, dann nicht auf Besuch«, sagte sie.

Sie fuhren mit dem Zug nach Hause. Die ganze Fahrt über plapperten sie von Onkel Louie und Tante Betts, bis ihr Vater ihnen schroff befahl, den Mund zu halten. Tante Lois, Oma, Mama und Florrie erwarteten sie im Wohnzimmer, als sie ankamen. Nach der ersten Wiedersehensfreude schien ihre Mutter aus irgendeinem Grund besorgt.

»Sie haben ihre ganzen guten Manieren vergessen«, klagte sie. »Richtige kleine Indianer sind sie geworden.«

»Betts ist kein Umgang für Kinder«, pflichtete Papa bei. »Du solltest sie mal essen sehen.«

»Ich kann mit dem Messer essen!« prahlte Marcia.

»Da hörst du's«, sagte ihr Vater. »Wenn wir nächstes Mal verreisen, müssen wir sie woanders unterbringen.«

Alles, was diesen Sommer so verzaubert hatte, war durch die Mißbilligung der Eltern plötzlich getrübt. Nachdem Marcia und Lena zu Bett geschickt worden waren, belauschten sie in düsterer Stimmung den Familienrat, der unten abgehalten wurde.

»Ach was, Betts und Louie sind schon in Ordnung«, beschwichtigte Oma. »Die können doch keiner Fliege was zuleide tun.«

»Hast du nicht mal gesagt, sie seien früher, vor ihrer Heirat, im ganzen Land herumgezogen und hätten keine Wirtschaft ausgelassen?« erinnerte Tante Lois. »Betts hat mit jedem Mann was angefangen, der in die Stadt kam, das weiß doch jeder.«

»Ich hab gehört, die Hälfte von den Kindern auf der Chapman-Farm ist von Onkel Louie«, kicherte Papa. »Sehen ihm auch ähnlich, dem alten Teufelskerl.«

»Wißt ihr noch, damals, als Betts was mit dem alten Junggesellen in Four Corners hatte?« fragte Tante Lois. »Und als er jüngere Frauen wollte, da hat sie ihm ihre eigene Tochter geschickt, damit er in der Familie bleibt. Ede war das, die dann nach Iowa ist.«

»Louie läuft immer noch den Mädchen nach«, sagte Oma. »Schleicht sich heimlich in die Stadt, zu der kleinen Modistin. Aber Louie hat ein Herz, so groß wie die ganze Welt. Er will ihr, glaub ich, nur helfen.«

»Diese Almedy, mit der werden sie noch ihre blauen Wunder erleben, sagen die Nachbarn«, warf Tante Lois ein.

»Was hat denn Almedy damit zu tun?« fragte Papa unwillig. »Die gehört doch gar nicht zur Familie.«

Marcia und Lena lagen im Bett und zerbrachen sich den Kopf über diese Äußerungen, hin- und hergerissen zwischen der Loyalität gegenüber ihren Eltern und der Liebe zu Onkel Louie und Tante Betts.

»Die machen alles kaputt«, grollte Marcia.

Die Leute wollten eben nicht, daß andere glücklich waren, das war es. Wenn Kinder glücklich waren, noch dazu anderswo als zu Hause, dann sagten ihre Eltern, es sei schlecht für sie. Väter wollten, daß man ungehorsam war, damit sie einen tadeln konnten. Mütter wollten, daß man krank oder traurig war, damit sie einen trösten oder beschützen konnten. Marcia sehnte sich danach, schnell erwachsen zu werden. Dann würde sie es ihnen zeigen. Sie würde ein Kleid mit einer Schleppe haben, eine Uhr mit einer Lilienanstecknadel und Unmengen Lakritzbonbons, und sie würde schneller mit dem Messer essen als irgend jemand sonst.

11

Das erste, was Marcia aus der Schule mit nach Hause brachte, waren die Masern, die sie an Florrie weitergab. Im Gegenzug bekam Lena die Windpocken und stellte damit die ganze Familie unter Quarantäne, ein Zustand, der lange andauerte, denn sobald es einer von ihnen besserging, wurde die nächste krank. Mr. Friend deponierte täglich die Lebensmittel vor der Küchentür, zusammen mit einem Topf Suppe oder einem Eintopf, den seine Frau gekocht hatte. Mama hatte sich nicht angesteckt und wollte ihre Bäckerei, entgegen der Anweisung des Arztes, auf keinen Fall einstellen. Damit er es nicht merkte, buk sie zu nachtschlafender Zeit ein Dutzend Brote und legte sie für Mrs. Friend, die sie den Kunden brachte, in den Flur. Als Mrs. Friend durch die geschlossene Tür vorsichtig darauf hinwies, daß das Brot die Windpocken weiterverbreiten könnte, erwiderte Mama empört, gutes, frisches Brot habe noch niemandem geschadet. Sollte der Arzt davon hören und Einspruch erheben, würde sie ihm erklären, daß sie ihre Kunden nicht verlieren dürfe, sonst könne sie seine Rechnungen nicht bezahlen; das werde ihn schon zum Schweigen bringen. Mrs. Friend erfüllte die geheime Pflicht, die in ihren Augen verdorbene Ware auszutragen, nur widerstrebend und fand es nicht sehr komisch, wenn Mama sie mit ihren Bedenken aufzog.

»Hat der alte Mr. Krug schon Flecken?« kicherte Mama durch die Tür. »Seine Glatze sieht mit den Pocken bestimmt lustig aus.«

Mrs. Friend triumphierte ihrerseits, als das Gesundheitsamt Papa bei der Rückkehr von einer Reise zwang, im London Junction Hotel abzusteigen. Jeden Morgen und jeden Abend kam er ans Haus und sprach durch das Küchenfenster mit seiner Familie, machte sich über ihre Flecken lustig und meinte, als nächstes würden ihnen Federn wachsen. Die Trennung machte Mama kränker, als die Windpocken es vermocht hätten. Papas herzhafte Versuche, sie aufzuheitern, blieben wirkungslos. In seinem neuen Wintermantel mit dem Samtkragen, seinem roten Seidenschal, der Melone und den Glacéhandschuhen saß er mit rotgefrorener Nase auf dem umgestülpten Waschkessel vor dem Küchenfenster, und drinnen saß Mama in einem blauen Wollmorgenrock auf ihrem kleinen Nähstuhl. Die Kinder waren mitsamt ihren Betten und allem Drum und Dran ins Eßzimmer umgezogen, um ihrer Mutter die Arbeit zu erleichtern, und auch, weil es dort wärmer war.

»Mach dir nur meinetwegen keine Sorgen, Daisy«, sagte Papa eindringlich, das Gesicht an die Scheibe gedrückt. »Im London Junction Hotel bekommt man ein verdammt gutes Steak für fünfundfünfzig Cent. Ich könnte natürlich auch den Eintopf zu fünfunddreißig nehmen, aber, zum Teufel, die zwanzig Cent haben's in sich. Ich hab fließendes Wasser im Zimmer und schlafe wie in Abrahams Schoß. Gestern abend haben ein paar Fahrdienstleiter von der Bahn und ein paar Vertreter von einer Firma im Osten bei mir reingeschaut, und wir haben bis Mitternacht gepokert. Danach bin ich noch raus und hab beim Griechen einen überbackenen Käsetoast gegessen, wie man ihn im Hotel Statler auch nicht besser kriegt.«

»Ist er dir denn bekommen?« fragte Mama neidvoll.

Papa beruhigte sie lachend. Zur weiteren Aufheiterung erzählte er ihr, sein Boß, Mr. Carson, habe durchblicken lassen, daß er der beste Außendienstmann sei, den er je gehabt habe, und er solle nicht glauben, daß sein überragendes Talent unbemerkt geblieben sei. Das deute auf eine Gehaltserhöhung hin, schloß Papa daraus, denn Mr. Carson sei ein viel zu gewiefter Geschäftsmann, als daß er das Risiko eingehen würde, ihn an eine größere Firma in einer größeren Stadt zu verlieren. Da könne man sagen, was man wolle: Ein Mann, der das Zeug gehabt habe, die London Furniture Company aufzubauen, eine Firma, die in der ganzen Welt, Kanada und Kalifornien eingeschlossen, ja sogar in Grand Rapids, für die hervorragende Qualität ihrer Produkte bekannt sei, ein solcher Mann würde sich einen wie Harry Willard nicht durch die Lappen gehen lassen. Tatsache sei jedenfalls, daß Papa an Ostern als Anerkennung für sein Verkaufsgeschick höchstwahrscheinlich ein Speisezimmer bekommen werde, Nußbaum mit Wurzelmaserung, acht Teile, mit roten Gobelinpolstern.

»Und wo sollen wir das hinstellen?« fragte Mama mißmutig. »Wir haben doch gar keinen Platz.«

»Dann schaffen wir eben Platz. Wir schmeißen alles andere raus«, gab Papa vorwurfsvoll zurück. »Sag bloß, du hättest was dagegen, ein schönes neues Speisezimmer zu bekommen, Nußbaum mit Wurzelmaserung, Empirestil, acht Teile – unsere Nummer 842 A, das beste Angebot im Katalog –, nur weil du einen Haufen altes Gerümpel behalten willst, das wir mal auf einer Auktion in Elmville gekauft haben! Was soll denn Carsons Frau denken, wenn sie hört, daß Harry Willards Frau sich nichts draus macht, wenn Harry dieses Jahr den großen Vertreterpreis kriegt? Daisy, ich muß mich über dich wundern!«

Entweder dieser Tadel oder die wachsende Belastung durch ihre krankenpflegerischen Pflichten trieb Mama die Tränen in die Augen, und das brachte das Faß zum Überlaufen.

»Da komm ich extra her, um dich aufzumuntern, da steh ich hier mit einer Erkältung im Anmarsch vor meiner eigenen Tür in der Eiseskälte und frier mich halb zu Tode, alles nur, um dich aufzumuntern, und was machst du? Du weinst!« rief Papa wütend. »Das ist nun der Dank dafür!«

Aus irgendeinem Grund reagierte Mama auf seinen Wutanfall nicht mit der üblichen Zerknirschung, sondern ließ zu, daß er ums Haus herum und zur Straße lief, ohne ihn zurückzurufen. Schweigend brachte sie den Kindern das Abendessen auf einem Küchenbrett ans Bett und wiegte Florrie in den Schlaf, ohne ihr etwas vorzusingen. Als auch Marcia und Lena fest eingeschlafen waren, kam der Doktor, und später wurde laut gegen die Tür gehämmert. Es war Papa. Er kam herein und schloß Mama trotz ihrer Proteste in die Arme.

»Der Doktor sagt, du könntest dich anstecken!«

»Er braucht ja nicht zu wissen, daß ich da war. Was ist das überhaupt für ein Doktor, der ein verheiratetes Paar auseinanderreißt? Ich muß mich doch um alles kümmern, du schaffst das nicht allein. Da, ich hab euch was mitgebracht. Hab ich gerade bei der Kandy-Kitchen-Tombola gewonnen.«

Es war eine Fünfpfunddose Bonbons, und das schlimmste an den Windpocken war, daß den Kindern schon beim Gedanken an Süßigkeiten speiübel wurde. Marcia war sogar zu krank, um aufzustehen und durch den Türvorhang zu spähen, als Lena berichtete, daß Papa ihre Mutter in Decken gehüllt und in einen Sessel am Ofen gesetzt habe, daß er sie behandle, als sei sie ebenfalls krank, und daß trotz der Quarantäne auch Mrs. Friend da sei und ihr eine Wärmflasche auf den Bauch gelegt habe. Die ganze Nacht gingen Papa und Mrs. Friend auf Zehenspitzen durch das Eßzimmer, das jetzt Krankenzimmer war, zwischen Küche und Wohnzimmer hin und her und brachten Mama dies und jenes. Doch nicht diese befremdlichen Aktivitäten machten den Kindern schließlich zu ihrem Schrecken klar, daß ihre Mutter krank war, sondern der Umstand, daß ihr Vater die Stimme erstmals zu einem Flüstern senkte.

Nach einiger Zeit gewöhnten sie sich an Mamas Krankheitsschübe, die ja auch ihre Vorteile hatten. Isobel kam für ein paar Wochen, um sie zu versorgen, Oma blieb eine Weile bei ihnen, unter wehmütigem Protest, weil ihre Clevelandpläne sich dadurch verzögerten, und wenn Papa zu Hause war, übernahm er das Kochen und die Krankenpflege, weil er der beste Koch und Krankenpfleger war, den Mama je gesehen hatte. Sobald sie unten seine Stimme höre, sagte sie, gehe es ihr gleich besser, und ein paar Monate ging es ihr auch wirklich besser.

12

Sing es noch mal«, bat ihre Mutter.
Und Lena und Marcia setzten sich zu ihr auf den Bettrand und sangen.

Der Hof des Vaters war so klein
Trug nicht genug für alle ein ...

Jeden Nachmittag nach der Schule besuchten sie ihre Mutter, sonst wohnten sie, solange Mama krank war, bei Tante Lois. In der Schule genossen sie ein düsteres Prestige, weil ihre Mutter an Schwindsucht litt, doch Mary Evelyn versuchte ihnen alles zu verderben, indem sie damit prahlte, daß ihr Vater an doppelseitiger Lungenentzündung gestorben sei. Es müsse schon doppelseitige Schwindsucht sein, erläuterte sie, um etwas ebenso Besonderes zu sein.

Die meiste Zeit versorgte Oma ihre kranke Tochter, doch jetzt riet der Arzt, eine ausgebildete Krankenschwester hinzuzuziehen. Mr. Carson hatte Papa gestattet, mit einem anderen Vertreter die Route zu tauschen, so daß er abends nach Hause kommen und Oma ablösen konnte. Er brachte immer neue Heilmittel mit, die ihm irgend jemand empfohlen hatte, und probierte alle an Mama aus, vom Zwiebelpflaster auf der Brust bis hin zur Senfpackung auf dem Rücken. Weil die Mittel nicht halfen, war er gegen jedermann gereizt, und es ärgerte ihn, daß der Arzt eine ausgebildete Krankenschwester verordnet hatte, und auch, daß Mrs. Friend meinte, das bedeute nichts Gutes.

»Das heißt nur, daß es ihr bessergeht«, sagte er. »Der Doktor will eben nicht, daß die alte Dame und Lois sie weiter pflegen. Die machen Daisy nur nervös, das hab ich ihm gleich gesagt. Gestern war ihre Mutter bei ihr, und als ich nach Hause kam, war Daisy eine Zeitlang völlig durcheinander vor Aufregung. Hat mich nicht mal erkannt.«

»Daisy ist eine schwerkranke Frau«, sagte Mrs. Friend feierlich. »Ich hoffe nur, sie kommt durch.«

Bei diesen unheilschwangeren Worten sahen Lena und Marcia ängstlich ihre Mutter an, die auf der Seite lag und unverwandt aus dem Fenster sah, ohne auf die Unterhaltung zu achten. Ihre kleinen Hände wirkten gegen die Laken bläulichweiß, ihre Fingernägel fast grau. Es sah seltsam aus, wie leblos diese Hände neben ihr lagen und bei plötzlichen Geräuschen wie flügellahme Vögel flatterten.

»Vielleicht hat sie eine Delle, wenn sie wieder gesund ist, so wie Florrie«, meinte Lena. »Oder eine Narbe, so wie Marcia von den Windpocken.«

»Ihr armen Kinder«, sagte Mrs. Friend und strich ihnen übers Haar. »Ich werde ganz fest zur Jungfrau Maria beten, vielleicht bringt die Krankenschwester sie dann durch.«

»Wir sind aber nicht katholisch«, entgegnete Lena kühl. »Das würde überhaupt nichts nützen, wenn Sie für uns zu Maria beten.«

Ihre Mutter wandte sich ihnen wieder zu, bat die Kinder, ihr noch etwas vorzusingen, und versuchte sogar mitzusingen. Papa lief voll überschwenglicher Freude über ihre gute Verfassung aus dem Haus, um ein Geschenk für sie zu kaufen, und kam mit mehreren Päckchen wieder zurück, die er stolz auf das Bett legte.

»Mach auf«, forderte er sie händereibend auf. »Ich hab den ganzen verdammten Fair Store leer gekauft, Schatz. Du wirst staunen!«

Mama schüttelte lächelnd den Kopf, und Mrs. Friend mußte die Päckchen öffnen.

»Du meine Güte, Harry Willard! Seidenstrümpfe!« rief sie atemlos. »Und ein Nachthemd aus echter Seide und ein handgesticktes rosa Unterkleid! Und ein Goldlamétäschchen! Das muß ja ein Vermögen gekostet haben!«

»Brady ist Logenbruder, das ist alles.« Papa strahlte vor Stolz. »Probier die Sachen an, Daisy, dann fühlst du dich gleich besser.«

Die Kinder hüpften vor Freude über den festlichen Moment auf dem Bett auf und ab, doch ihre Mutter konnte nicht einmal mit Mrs. Friends Hilfe den Kopf heben. Immerhin streckte sie ein Bein unter der Decke vor, und sie zogen ihr einen der Seidenstrümpfe an. Dann aber drehte sie teilnahmslos das Gesicht zur Wand und wimmerte: »Wo ist Harry? Sagt Harry, ich will in die Peach Street zurück.«

»Die Kinder gehen jetzt besser zu ihrer Tante. Es geht ihr wieder schlechter.«

»Wenn sie sich das Goldtäschchen erst mal genauer ansieht, wird sie sich besser fühlen«, erklärte ihr Vater mit Nachdruck. »Ich bin zwar kein Arzt, aber ich kenne meine Daisy. Das wird schon wieder, nicht wahr, Schatz? Hör zu, Daisy: Hartwells Freundin hat sich nach dir erkundigt. Nett von ihr, was? Sie sagt, ihr Bruder hatte mal genau das gleiche, und jetzt wiegt er zwei Zentner. Hörst du mir überhaupt zu, Liebling?«

»Ich will nach Hause«, sagte ihre Mutter wieder und schaute matt aus dem Fenster, »ich will in die Peach Street zurück. Ich will zu Harry.«

»Aber ich bin ja da, Schatz.« Papa beugte sich über sie, doch sie schaute an ihm vorbei, als sei der Harry, nach dem sie verlangte, ganz woanders. Die Kinder glaubten schon, ihre Mutter habe ein neues Spiel für sie erfunden, doch ihrem Vater schien dieses Spiel gar nicht zu gefallen, denn er machte ein böses Gesicht, nahm die Geschenke vom Bett und verstaute sie in einer Schublade.

»Im Moment ist sie einfach zu krank«, tröstete Mrs. Friend. »Aber wenn sie wieder gesund ist, wird sie sich bestimmt über die Sachen freuen.«

»Man müßte sie nur nach unten bringen, so daß sie im Sessel sitzen kann, dann wär sie im Nu wieder in Ordnung«, sagte Papa. »Wenn's nach mir ginge, würde ich sie hier rausholen, egal, was der Doktor sagt, aber ich kann ja machen, was ich will, jedesmal kommt Lois daher und regt sich furchtbar auf. Behauptet, der Doktor müßte es am besten wissen.«

»Lassen Sie den Doktor mal machen«, erwiderte Mrs. Friend. »Muntern Sie sie nur immer auf, das ist das wichtigste.«

Papa nickte nachdenklich. »Wetten, sie käme schnell wieder auf die Beine, wenn ich das Speisezimmer kriegen würde, das ich ihr versprochen hab? Da würde sie am liebsten aus dem Bett springen, so würde sie sich freuen, wenn die acht Teile hier reinkämen.«

Mrs. Friend sagte, er solle sich wegen der neuen Möbel keine Gedanken machen, jetzt müsse erst einmal die neue Krankenschwester kommen.

Am nächsten Tag holte Papa die ausgebildete Krankenschwester vom Zug aus Columbus ab, und da Tante Lois ganz in der Nähe wohnte, brachte er sie als erstes zu ihr, damit sie die Familie kennenlerne. Sie war eine schlanke kleine Person von Ende Zwanzig mit einem spitzen, schmalen, totenblassen Gesicht und farblosen Wimpern und Brauen, die ihre Augen wie dunkelgraue Murmeln schimmern ließen. Unter dem blauen Umhang trug sie eine adrette weiße Schwesterntracht, deren eng geschnallter Gürtel ihre Wespentaille betonte. Ihre Hände waren im Gegensatz zu ihrer zierlichen Figur groß, grob und rot. Das war ihr offensichtlich auch bewußt, denn sie schob sie alle Augenblicke unter ihre Schürze oder spielte nervös mit der langen Kette, an der ihr Kneifer befestigt war. Ihr fahlblondes Haar dagegen schien ihr ganzer Stolz zu sein, denn es war mit Löckchen hier und dort und mit zahlreichen Kämmen zu einer kunstvollen Pompadourfrisur zurechtgemacht. Papa war sehr stolz auf sie und legte sich mächtig ins Zeug, um sich bei der Städterin in ein günstiges Licht zu setzen. Seine Bemühungen trugen ihm ab und zu ein Lächeln ein, das einzige, wozu sie sich herbeiließ.

»Darf ich euch mit der zweiten Mrs. Willard bekannt machen?« Mit diesen Worten hatte er sie vorgestellt, sehr zu Tante Lois' grollendem Mißfallen.

In Wirklichkeit hieß sie Hawkins und mit Vornamen Idah mit h am Ende, bitte sehr. Sie sprach leise und verhalten und sagte, sie hoffe, helfen zu können, aber Gott gebe, und Gott nehme nun einmal. Jedenfalls wolle sie nicht zum Essen bleiben, sondern sogleich zu ihrer Patientin eilen und alles tun, was in ihrer Macht stehe, wenn sie natürlich auch nur ein Mensch sei und nicht das Unmögliche möglich machen könne.

»Ich hab ein besseres Gefühl, seit sie da ist«, bekannte Papa voll neuer Zuversicht, doch Oma und Tante Lois betrachteten den Eindringling, die ausgebildete Krankenschwester, die mehr als sie beide von Daisy wußte, mit feindseligen Blicken.

An diesem Abend durfte Florrie, die ununterbrochen und mit einem geradezu erwachsenen Verständnis für Mama geweint hatte, in Mrs. Friends Obhut zu ihr. Marcia und Lena waren schon im Bett, als das Klingeln des Telefons sie wieder weckte. Ihre Tante kam herauf und sagte, sie sollten sich anziehen, ihre Mutter fühle sich plötzlich so einsam und wolle sie sehen, jetzt gleich. Eine so ungewöhnliche Aufforderung so spät am Abend war schrecklich aufregend und konnte nur bedeuten, daß ihre Mutter sich wieder einmal eine Überraschung für sie ausgedacht hatte. Sie fuhren in ihre Kleider und zogen sich Überschuhe und Ledergamaschen an, denn es schneite stark. Sie wollten ihre Weihnachtsschlittschuhe mitnehmen, mit denen sie allerdings noch gar nicht laufen konnten, doch Tante Lois wies diesen Vorschlag schroff zurück. Sie werde sie auf dem Schlitten ziehen, sagte sie, wenn nicht schon zuviel Schnee liege.

Die Nacht draußen war wie verzaubert, mit hell funkelnden Sternen, Schneehauben auf den Häusern und weiß verschneiten Bäumen. Tante Lois zog den Schlitten in der Mitte der vereisten Straße, denn die Bürgersteige waren von Schneewehen bedeckt. Es war für Marcia der Inbegriff des Erwachsenwerdens: draußen zu sein, obwohl längst Schlafenszeit war, mitten in der Nacht und mitten auf der Straße. In eine Decke gehüllt saßen sie auf dem Schlitten, Lena hatte von hinten die Beine um Marcia geschlungen, und ihr Atem kräuselte sich wie Rauch in der eisigen Luft. Auch die Geräusche waren um diese Zeit erwachsene Geräusche: das ständige Tuten der Lokomotiven, ein warmer, fröhlicher Laut, der wie das Begrüßungsbellen eines Hundes durch Schneesturm und Dunkelheit drang. Tante Lois' Überschuhe knirschten eilig über den Schnee, und die Flocken wirbelten wie kleine Sterne um die Straßenlaternen. Jetzt sahen sie ihr Haus, in dem alle Lichter brannten, unten ebenso wie im ersten Stock, als wäre Weihnachten. Nachts war es draußen am schönsten, dachten sie, besonders im Winter und in London Junction, wo sich der Rauchgeruch der Züge mit der scharfen, schneeflockengesprenkelten Luft mischte und sie in der Nase kitzelte. Dunkelheit, Schnee, Rauch und Sterne ergaben einen ganz eigenen London-Junction-Geruch, und ihre Fäustlinge und die vom Kauen feuchten Wollschals, fest um den Hals gewickelt und bis zur Nase hochgezogen, schmeckten ganz leicht nach Schneebällen.

An der Haustür wurden sie von Mrs. Friend empfangen, die sogleich den Finger an den Mund legte. Miss Hawkins stand steif am Bett ihrer Mutter, und Doktor Andrews hielt mit ernster Miene Mamas Handgelenk. Oma saß auf dem Nähstuhl in der Ecke. Stumm wiegte sie Florrie, und über ihre Wangen liefen Tränen.

»Mama will nicht, daß Florrie gewiegt wird«, erklärte Lena. »Sie ist zu groß, um jede Nacht in Schlaf gewiegt zu werden, sagt Mama. Damit verwöhnt man sie nur, stimmt's, Papa?«

Niemand beachtete sie. Papa saß auf der anderen Seite des

Bettes und sah Mama mit einem bestürzten und gequälten Ausdruck an. Es war offenkundig, daß etwas Schreckliches im Gange war, aber es schien nicht Mama zu betreffen, sondern Papa.

»Sollen wir dir was vorsingen, Mama?« fragte Lena. Marcia war stolz auf Lenas Tüchtigkeit. Lena wußte besser als die Erwachsenen, was zu tun war. Als ihre Mutter nicht antwortete, wiederholte Lena ihre Frage mit lauterer Stimme, und diesmal wandte ihnen die kranke Frau das ausgemergelte Gesicht zu.

»Meine Kleinen«, sagte sie, »kommt, springt auf den Wagen, meine Kleinen, wir fahren zurück in die Peach Street.«

Begeistert von dem Spiel kletterten sie neben ihr aufs Bett.

»Gib dem Pferd die Peitsche, Harry, wir müssen ankommen, bevor es dunkel wird«, drängte ihre Mutter. »Haltet euch fest, meine Kleinen, es geht los. Schneller, schneller, schneller!«

Sie spürten förmlich, wie sich das Bett in die Lüfte erhob, wie ein fliegender Teppich im Märchen. Sie hielten sich ganz fest, doch ihr nervöses Kichern erstarb zu einem Wimmern, als sie sahen, was für ein seltsames Gesicht ihr Vater plötzlich machte. Er kniete neben dem Bett nieder und vergrub das Gesicht in den Händen.

»Nicht, Daisy, nicht«, flüsterte er. »Ich fahr auch nie mehr fort. Und ich kauf dir das Furness-Haus, ich schwör's dir. Dann laß ich gleich das Speisezimmer aufstellen. Ich tu alles, was du willst, Daisy.«

»Fallt nicht runter!« rief ihre Mutter rauh. »Wo bist du, Harry? Schau!« Sie richtete sich auf die Ellenbogen auf, und ihre Augen blickten starr geradeaus. »Schau, da ist der Mann im Ballon! Schau nur!«

Papa nahm sie in die Arme und bettete sie wieder in die Kissen. Plötzlich zog Miss Hawkins die Kinder vom Bett fort, schob sie in den Flur hinaus und schloß die Tür hinter ihnen. Sie hörten, wie Florrie in panisches Schluchzen ausbrach.

»Es ist soweit«, hörten sie den Doktor sagen, doch mehr erfuhren sie nicht, denn Mr. Friend brachte sie gleich darauf in Tante Lois' Haus zurück. Bis spät am nächsten Tag wußten sie nicht, was »soweit« war.

13

Plötzlich war das Haus in der Fourth Street voll von Trauergästen. Ihre fremden, düsteren Gesichter spukten durch die dunklen Flure unten und im ersten Stock, ihre gedämpften Trauerstimmen hoben und senkten sich wie das Seufzen des Windes, und sie tappten auf Katzensohlen geschäftig hin und her. Kaum hörte ein Herz auf zu schlagen, tauchten diese Gestalten auf wie auf ein Stichwort, das sie zum Leben erweckte, und erst das letzte Rasseln des eisernen Friedhofstors scheuchte sie wieder in Tapetenmuster und Schatten hinter Türen zurück. Als erste erschien eine große, unförmige, ausschließlich im Flüsterton redende Frau in schwarzem Serge, mit krausem schwarzem Haar und ebensolchen Augenbrauen, fleischigen, feuchten Händen, schuppigen roten Wangen, geschwollenen Beinen (unter den schwarzen Baumwollsocken trug sie Gummistrümpfe) und einem mächtigen schwarzen Regenschirm, der ebensogut ihr Transportmittel von Beerdigung zu Beerdigung hätte sein können. Bei Todesfällen sei sie eine unschätzbare Hilfe, sagten alle. Sie brauchte nicht eigens gerufen zu werden, denn sie besaß einen sechsten Sinn, der ihr sagte, daß und sogar wo jemand gestorben war. Wie der Habicht über dem sterbenden Schaf, so kreiste Tante Lizzie über kranken Verwandten, um dann im richtigen Moment herabzustoßen. Bereits vor einer Woche habe sie ihren Koffer für Daisys Beerdigung gepackt, erzählte sie, und wie immer habe ihr etwas gesagt, daß es jetzt soweit sei. Sie eilte sogleich ans Totenbett, und nach einer zischelnden Unterredung mit Mr. Frazer, dem Leichenbestatter, nahm sie sich Daisys an, wusch sie, frisierte sie und ließ niemanden mehr ins Zimmer, nicht einmal Papa oder Oma. Marcia hörte sie reden und steckte mit großen Augen den Kopf durch die Tür, um zu sehen, ob Mama wieder zum Leben erwacht sei.

»Ich rede immer mit ihnen«, sagte Tante Lizzie behaglich. »Vielleicht hören sie's ja.«

Die Kinder sollten wieder zu Tante Lois, aber Marcia versteckte sich unter dem Wohnzimmersofa, um die Trauerkatzenpfoten hin und her huschen zu sehen. Tante Lizzie erkannte man an den weichen flachen Ziegenlederschuhen mit den Öffnungen für entzündete Fußballen, aber auch mit geschlossenen Augen wußte Marcia, daß sie es war, wenn ihr der Modergeruch in die Nase stieg, den Tante Lizzies schwarze Röcke verströmten.

»Wie Kellerratten«, dachte Marcia und schnupperte noch einmal, um festzustellen, ob nicht auch ein Hauch Schafstall dabei war. Sie hörte die eindringlichen Fragen: »Was soll jetzt aus den Kindern werden? Wer soll die Kinder nehmen?«

Isobel und Chris kamen, Opa Willard kam, Tante Betts und Onkel Louie kamen, und alle hatten Begräbnismienen aufgesetzt, so daß es war, als hätte man diese liebsten Verwandten nie näher kennengelernt als die zahllosen anderen Onkel und Tanten.

»Wir wollten in eurem Leid bei euch sein«, sagten alle zu Papa, Oma und Tante Lois.

Das also war Leid. Leid roch nach Nelken, Kellerratten und Kartoffelsalat. Man saß in der Küche und aß zu jeder Tages- und Nachtzeit Kartoffelsalat, so schnell Tante Lizzie ihn im Waschkessel nur zubereiten konnte. Leid sonderte einen von allen anderen Menschen ab, und Leid war ein Rätsel ohne

Lösung. Leid war weder schlecht noch gut; es war einfach da und machte jeden einzelnen fremd und einsam. Leid bewirkte, daß Lena fortwährend schniefend und mit verzerrtem Gesicht herumlief, so als täte ihr etwas weh.

»Wo tut's denn weh?« fragte Marcia verwundert. »Ist es, wie wenn man gehauen wird?«

»Es tut nicht direkt weh«, erwiderte Lena. »Es ist mehr, wie wenn man Heimweh hat. Du solltest auch weinen. Die Leute sagen, sie finden es komisch, daß du gar nicht geweint hast.«

»Ich hab nicht geweint, weil ich mich gefreut hab, daß Tante Betts und Onkel Louie gekommen sind«, sagte Marcia. »Wenn man nicht weinen kann, dann kann man's eben nicht.«

Florrie machte in ihrem Kummer mehr Lärm denn je. Sie schrie in einem fort, und Mrs. Friend fürchtete schon, sie könnte Krämpfe bekommen. Ihr kleiner Körper versteifte sich, ein Ausdruck wilder Angst trat in ihr Gesicht, und wenn jemand sie füttern wollte oder sie auch nur anfaßte, schrie sie. Das schien die Trauergäste sehr zu befriedigen, denn Marcia hörte viele von ihnen sagen: »Das Baby hat als einziges von den Kindern begriffen, was passiert ist. Die Mittlere hat überhaupt keine Gefühle.«

Es war besser, Gefühle zu haben, denn dann ging es einem schlecht, und das war es ja, was alle wollten. Marcia musterte Florrie und dann Lena, um das Geheimnis der Gefühle zu ergründen, doch ihre einzige Empfindung war ein grenzenloses Staunen darüber, daß andere so anders waren als sie. Vielleicht war sie verhext, dachte sie, denn sie wußte, daß ihr geheimes Ich, jenes Ich ohne Gefühle, aber mit intensiven Empfindungen, etwas völlig anderes war als das kleine Mädchen mit dem blauen Haarband und dem Namen Marcia Willard. Das kleine Mädchen namens Marcia konnte man kneifen oder stoßen, ohne daß es Schmerz empfand, denn es war von dem betäubenden Duft des Todes erfüllt, der schon an sich etwas Unermeßliches war wie das ferne Pfeifen einer Lokomotive oder ein Echo im Wald. Es kamen keine Menschen darin vor, nicht einmal Mama, ob lebend oder tot. Aber niemand wußte davon. Niemand wußte davon, nur Marcias geheimes Ich, und es bewirkte, daß sie zum Bersten angefüllt war mit einem solchen Wirrwarr verzweifelten Staunens, daß für nichts anderes mehr Raum war.

Miss Hawkins blieb noch zur Beerdigung, »ohne Extrabezahlung«, wie Papa voll Hochachtung jedermann erzählte. So als gehörte sie zur Familie, trug sie sogar ein schwarzes Kleid, das sie für alle Fälle gleich mitgebracht hatte. Am meisten berührte Papa, daß Mr. Carson, der Direktor der London Furniture Company, ein rosa Nelkenkissen geschickt hatte, mehr ein Beweis seiner Wertschätzung für Papa als ein Zeichen der Ehrerbietung für die Tote. Papa zeigte es den Mädchen mit Tränen in den Augen.

»Ihr sollt wissen, Kinder, was für ein Mann das ist, für den euer Papa arbeitet. Ihr sollt euch daran erinnern, wenn ihr groß seid, und wenn Mr. Carson einmal einen Freund braucht, und ich bin nicht da, dann sollt ihr meinen Platz einnehmen.«

Das Schlimmste an der Beerdigung war für Marcia, daß sie auf Tante Lizzies rutschigem Schoß sitzen mußte (es gab darauf keinerlei ebene Fläche) und daß sie Erwachsene weinen sah. Jetzt hatte sie Gefühle, dachte Marcia, als Papas Logenbrüder im Quartett »Schlaf in der Wiege der Tiefe« sangen, aber es ärgerte sie, Gefühle zu haben und die fremdartige Empfindung des Leids zu verlieren. Es gefiel ihr auch nicht, daß Papa an Tante Lois' Schulter weinte, denn vor lauter Gefühlen hatte er anscheinend ganz vergessen, daß er Tante Lois nicht mochte.

Ihr Vater hob die Kinder eines nach dem anderen hoch, damit sie ihre Mutter sehen konnten, die auf dem Nelkenkissen lag, in den Kleidern, die Papa ihr damals im Fair Store gekauft hatte.

»Sieht eure Mama nicht schön aus?« fragte Tante Lizzie hinter ihnen in schmachtendem Ton.

»Mir gefällt sie so nicht«, sagte Marcia steif. »Ihre Frisur gefällt mir nicht.«

Zum Friedhof durften sie nicht mit, weil Florrie immer noch schrie und die beiden anderen sie im Kinderwagen herumschieben mußten. Die Leute vom Beerdigungsinstitut kamen und holten die geliehenen Stühle ab. Tante Lizzie bereitete einen letzten Waschkessel Kartoffelsalat zu, und dann verschwand sie mitsamt ihrem mächtigen Regenschirm und ward in London Junction nie wieder gesehen. Florrie wurde rasch wieder zu Tante Lois gebracht, und Marcia und Lena durften sich in Mamas Bett legen. Es roch nach Desinfektionsmittel und Nelken, und Marcia konnte nicht schlafen. In der Nacht wußte sie plötzlich, was sie sich wünschte. Sie wünschte sich, Mama hätte sie mitgenommen und sie dürfte auf dem Nelkenkissen liegen. Aber natürlich wäre es nicht dazu gekommen. Florrie und Lena hätten mitgedurft, denn die Mittlere wurde nie irgendwohin mitgenommen.

ZWEITER TEIL

Die Schäferin in der Schneekugel

14

Die Hodge Street war das größte Abenteuer seit dem Tag, an dem sie nach London Junction gezogen waren. Die Straße lag in Cleveland und war von Mrs. Carmel in ihrer unendlichen Weisheit als der ideale Ort für Omas Plan, »sich selbständig zu machen«, ausersehen worden. Es verdroß die alte Dame ein wenig, daß ihr in ihrer neuerworbenen Unabhängigkeit die junge Verwandtschaft auf den Leib rückte, aber von Harry ließ sie sich eben immer wieder breitschlagen, wie sie Mrs. Carmel seufzend anvertraute. Irgend jemand mußte sich schließlich um die armen Kinder kümmern. Nach der Beerdigung ihrer Mutter hatten sie sich daran gewöhnt, daß man sie mit einem betrübten Kopfschütteln als »ihr armen Kinder« anredete. Sie hatten sich daran gewöhnt, daß ihre Probleme, wo immer sie hinkamen, offen besprochen wurden, und stellten erstaunt fest, daß ihre Zukunft nicht eine Frage ihrer eigenen Wahl war, sondern davon abhing, wer »bereit« war, sich um sie zu kümmern.

Verwirrt mußten sie zur Kenntnis nehmen, daß ihre Lieblingsverwandten auf den Vorschlag, sie zu sich zu nehmen, nicht eingingen. Man debattierte darüber, ob es besser sei, sie zu trennen oder alle drei zusammen in Pflege zu geben. Lena war für eine Trennung, weil sie dann vielleicht zu Isobel und Chris kommen würde, den heißgeliebten Verwandten in Venice Corner, doch für Marcia war diese Vorstellung unerträglich. Papa sagte, das komme nicht in Frage, ihre Mutter hätte es auf keinen Fall gewollt. Während dieser Beratungen drängten sich die Kinder aneinander, und selbst Florrie schwieg, betäubt und überwältigt von dem Gefühl ihrer neuen Wichtigkeit, das keinen Raum für Kummer ließ.

Schließlich erklärte sich Tante Lois bereit, die Kinder zu sich zu nehmen, bis Harry eine endgültige Lösung finde, auch wenn es ihr widerstrebe, ihm einen Gefallen zu tun. Die arme Daisy würde sich im Grab umdrehen, sagte sie, wenn ihre Kinder ins Waisenhaus müßten, und auf nichts anderes würde es hinauslaufen, wenn man sie Harry überlasse, denn er würde sie mit Sicherheit ebenso vernachlässigen, wie er Daisy vernachlässigt habe.

Lena nutzte ihre Autorität als neues weibliches Familienoberhaupt und schlug Onkel Louie vor, der jedoch bedauernd ablehnte: Er und Tante Betts seien zu alt, um noch einmal Kinder großzuziehen. Außerdem, so meinte Tante Lois, könnte für ihre Mama im Himmel oben nichts schlimmer sein, als wenn sie bei Onkel Louie zu unzivilisierten Barbaren würden. Sie selbst habe mit ihrer Arbeit für die Schulkommission und mit ihren beiden Untermieterinnen zwar reichlich zu tun, aber sie werde sich um Harrys Familie kümmern, vorausgesetzt, Harry könne sich dazu verstehen, »das Richtige zu tun«. Hätte er in der Vergangenheit »das Richtige getan«, wäre die arme Daisy noch am Leben. Diese Worte ärgerten Papa gewaltig, und er sagte, nichts wäre für Daisy im Himmel oben schlimmer als die Vorstellung, daß die Kinder von Lois herumkommandiert würden. Hätte Lois sich mehr um ihre Schwester gekümmert, als Papa sie, durch die Umstände dazu gezwungen, der Obhut ihrer Familie anvertraut habe, wäre die arme Daisy noch am Leben. Und deshalb werde Mrs. Friend seine Kinder betreuen, verkündete er großartig, bis er eine geeignete Haushälterin gefunden habe.

Mit Isobel habe er vereinbart, daß sie für jedes von ihnen ein Kleid und einen Mantel nähen werde, aus einem Ballen lila Serge, den er in Columbus eigens zu diesem Zweck einem Kollegen abgekauft habe. Außerdem beabsichtige er, Lena Musikstunden geben zu lassen, wie die arme Daisy es sich immer gewünscht habe. Mrs. Friend ermahnte er streng, Florrie nach Möglichkeit das Nägelkauen abzugewöhnen und Marcia beizubringen, daß sie zu antworten habe, wenn man sie rufe, anstatt sich taub zu stellen.

Mrs. Friend, von so viel Vertrauen tief bewegt, übernahm ihre neue Aufgabe mit Tränen in den Augen. Die beiden Wohnungen wurden zusammengelegt, und die Kinder blieben in ihren alten Zimmern. Mrs. Friend verhätschelte Florrie, beugte sich Lenas Autorität als der Ältesten und versuchte, aus allen dreien gute Katholiken zu machen. Papa kam nur einmal im Monat nach Hause, und um sich aufzuheitern, brachte er meist Mr. Hartwell mit. Als Mrs. Friend ihn nach ein paar Monaten bat, den Kindern Schuhe zu kaufen und ein wenig zu ihrem Unterhalt beizutragen, war Papa rechtschaffen empört. So tief kränkte ihn dieser Mangel an Vertrauen, daß er den Kindern befahl, sofort ihre Sachen zu packen.

»Blut ist dicker als Wasser, Mrs. Friend«, verkündete er würdevoll, verfrachtete Florrie postwendend zu Isobel nach Venice Corner und brachte die beiden älteren als Überraschung zu ihrer Großmutter nach Cleveland.

Er gab zwar keine nähere Erklärung für seinen Bruch mit den Friends ab, deutete aber religiöse Gründe an.

»Sie wollte die Kinder zu Katholiken machen«, sagte er, und die ebenfalls anwesende Mrs. Carmel war noch entsetzter als Oma und versprach ihm, daß seine Töchter hier vor jeglichem Pfaffentum sicher sein und andererseits jede Möglichkeit haben würden, die schönen neuen Kirchen der Christian Scientists und der Spiritualisten zu besuchen. Papa schärfte den Kindern ein, in eine Sonntagsschule nach Omas Wahl zu gehen – aber bitte keine Rosenkränze für Mama –, und machte sich davon, zu einer geschäftlichen Besprechung mit seinem Freund Hartwell, dessen Firma – ein glücklicher Zufall – in derselben Straße lag.

Die Hodge Street war nur fünf oder sechs Blocks vom Public Square und nicht weit von den Docks am See entfernt. Kritische Geister hätten sie (einschließlich Hodge Lane, Hodge Court und Hodge Alley) nicht gerade als einen geeigneten Ort für heranwachsende Kinder betrachtet, doch Marcia und Lena fanden es dort ideal. Sie liebten den ständigen Eisenbahnlärm, der sie an London Junction erinnerte, die quäkenden Schiffspfeifen und den Duft der Eugenia-Süßwarenfabrik, die selbst die Luft, die sie atmeten, mit süßen Schokoladenschwaden erfüllte. In den Seitenstraßen der Hodge Street gab es zahlreiche Pensionen mit den unterschiedlichsten Bewohnerinnen, von der vornehmen Beamtenwitwe bis hin zu den Frauen mit den schrillen Stimmen, die bis Einbruch der Dunkelheit in japanischen Kimonos und Lockenwicklern auf der kleinen Veranda saßen. Die »Selbstversorgerinnen« nannte Oma sie. Die Verandarollos blieben diskret herabgelassen, und sobald ein Mann sich näherte, rafften sie hastig ihren Kimono zusammen, wenn auch solch lobenswerte Sittsamkeit nie so weit führte, daß sie ins Haus gegangen wären und sich angezogen hätten. Denn dadurch hätten sie womöglich eine Äußerung der Nachbarin oder gar einen Verkehrsunfall verpaßt oder sie selbst wären zum Gegenstand von Klatsch und Tratsch geworden. Die Damen wahrten ihren gesellschaftlichen Rang, indem sie voneinander als Mrs. M., Mrs. B. oder Mrs. R. sprachen, so als wäre es unziemlich, den vollen Namen zu benutzen. Die meisten waren in mittleren Jahren, und obwohl sie, was ihre Vergangenheit anbelangte, wohlerzogene Diskretion walten ließen und niemals etwas »preisgaben«, schienen ihre Erfahrungen doch grundlegende Gemeinsamkeiten aufzuweisen, die ihnen die gleichen Geschmäcker und Gewohnheiten aufgeprägt hatten. Ging auf der Straße jemand vorbei, verstummten sie, doch kaum war der ein wenig befangene Passant außer Hörweite, wurden seine

Kleidung und seine Haltung bis in die kleinste Einzelheit besprochen. Die strengen Maßstäbe dieser Damen in Fragen der Mode und Figur waren um so verwunderlicher, als sie selbst kaum jemals ein Korsett oder ein Kleid trugen, obgleich man angesichts ihrer allmorgendlichen kritischen Beurteilung der May-Company-Reklame hätte glauben können, sie stünden im Begriff, noch am selben Tag eindrucksvolle Einkäufe zu tätigen.

Oma pflegte, wenn sie Besorgungen zu machen hatte, durch eine der Seitenstraßen hin- und durch eine andere zurückzugehen, um mit möglichst vielen der Damen ein Schwätzchen halten zu können. Zu ihrem Bedauern waren dem Spektrum der Gesprächsthemen ihrer eigenen Mieterinnen durch die läuternde Gegenwart ihrer Enkelinnen Grenzen gesetzt. Mrs. Myers und Mrs. Benson (besser bekannt als Mrs. M. und Mrs. B.) verfielen in grämliches Schweigen, wenn Marcia und Lena die Veranda zum Spielplatz machten. Mit bloßen, meist von Hühneraugenpflastern gezierten Füßen in schiefgetretenen, verschlissenen Schlappen kamen sie häufig bei Oma angeschlurft und beklagten sich, daß die auf der Veranda verstreuten Puppenkleider, Bananen- und Orangenschalen »wirklich keinen guten Eindruck« machten, zumal man doch in der Hodge Street selbst und nicht etwa in einer der billigeren Nebenstraßen wohne.

Tante Lois kam zu Besuch, um zu hören, ob Harry sich überlegt habe, was mit den Kindern geschehen solle, und wollte von ihrer Mutter wissen, wovon ihre Mieterinnen lebten, was Oma ihr sehr übelnahm. Kühl erwiderte sie, daß die Frauen durch Gesetz oder Tod ihre Männer verloren hätten und zu distinguiert seien, um eine Arbeit anzunehmen oder in einem Provinznest wie London Junction zu versauern. Auf Tante Lois' Frage, ob und wie Mrs. B. oder Mrs. M. ihre Miete zahlten, antwortete Oma empört, beide Damen erhielten alle paar Wochen einen eingeschriebenen Brief, woraus wohl auch der Dümmste ersehen könne, daß sie irgendwo Besitz oder irgendein Einkommen hätten.

»Zahlen sie denn?« beharrte Tante Lois unerbittlich. »Bekommst du etwas von diesem großartigen Einkommen zu sehen?«

Oma entgegnete, in Cleveland mache man Geschäfte nicht auf diese Art, da belästige man distinguierte Leute (wie Mrs. M. und Mrs. B.) nicht ständig, sondern gebe Kredit, sonst verliere man seine Kunden, das könne ihr auch Mrs. Carmel sagen. Tante Lois solle zu Mr. Sweeney gehen und sich das bestätigen lassen, schlug Oma vor, denn Mr. Sweeney sei in London Junction der einzige Mann mit ein bißchen Verstand. Sie geriet immer mehr in Hitze und sagte, sie führe jetzt ihr eigenes Leben, endlich sei sie eine unabhängige Frau, Gott sei Dank, und da werde sie sich von ihrer Tochter nicht dreinreden lassen, denn wenn diese Tochter so verdammt schlau sei, wieso sei es ihr dann nicht gelungen, einen Ehemann zu halten? Tante Lois wurde rot und wechselte das Thema. Ob Harry ihr gesagt habe, was er mit den Kindern vorhabe, und ob er ihr Geld für ihren Unterhalt geschickt habe? Ob er ihnen die Schuhe gekauft habe, die sie brauchten? Ob er zu Hause bleibe, wenn er in Cleveland sei oder sich wie üblich mit Ed Hartwell bei der Eugenia Candy Company herumtreibe? Oma erwiderte, Harry sei für sie wie ein Sohn, mehr noch als ihr eigen Fleisch und Blut, und es sei ein Vergnügen, ihn im Haus zu haben, ihn und auch Mr. Hartwell, einen wahren Gentleman, der ihr die Ehre erwiese, ein Zimmer bei ihr zu nehmen, wenn Harry in der Stadt sei, denn die beiden seien die besten Freunde, und einen nobleren Mann habe es nie gegeben, außer vielleicht Mr. Sweeney.

»Mrs. Reed«, habe Mr. Hartwell erst vor ein paar Tagen zu ihr gesagt und ihr ganz ernst die Hand gegeben, als er spätabends nach Hause gekommen sei, »ich muß mich für meinen Zustand tausendmal entschuldigen. Ich verspreche Ihnen, einer Dame und Mutter – Gott segne Sie –, daß sie mich nie wieder in einer solchen Verfassung sehen werden.«

»Das heißt, er war betrunken«, sagte Tante Lois befriedigt.

»Und Harry natürlich auch. Keinerlei Respekt vor Daisy, dabei ist sie noch kein Jahr tot. Ich wünschte, die beiden würden jetzt hereinspazieren. Denen würde ich was erzählen!«

Keine zehn Minuten später spazierte ihr Schwager tatsächlich herein, mit weißen Seidenschals für seine Töchter und in Begleitung seines Freundes Hartwell, beide im löblichen Zustand würdevoller Nüchternheit. Das brachte Tante Lois aus der Fassung. Oma fuhr fort, an einer grünen Jacke für Mrs. M. zu strikken, und verbarg ein sprödes Lächeln, als Mr. Hartwell seinen männlichen Charme auf Tante Lois richtete. Es war nicht zu leugnen, daß Papas Freund mit seinen breiten Schultern, dem eckigen Kinn und den großen weißen Zähnen, dem sorgfältig pomadisierten, gewellten braunen Haar und dem großen Diamantring der Freimaurer am Finger eine gute Figur machte. Sein getupfter roter Schlips, nach der neuesten Mode gebunden, wölbte sich genau im richtigen Maß aus seiner Weste hervor und war mit einer dezenten, mit Diamantsplittern gefaßten Onyxnadel festgesteckt. Kragen und Manschetten waren steif und blütenweiß, wenn auch nicht weißer als Papas, wie Marcia eifersüchtig registrierte, und nach der Art zu schließen, wie die mit einem Elchzahn geschmückte Uhrkette auf seiner Weste ruhte, war Mr. Hartwell auf dem besten Wege, sich ein ebenso vornehmes Embonpoint zuzulegen wie Mr. Sweeney. Papa war stolz auf die elegante Erscheinung seines Freundes und ganz besonders auf seinen volltönenden Bariton. Voll Bewunderung beobachtete er die Wirkung dieser magischen Stimme auf Tante Lois, die ihr Vergnügen an den schmeichelnden Klängen nicht verhehlen konnte.

»Willard, warum hast du mir nie gesagt, daß die Schwester deiner Frau Lillian Russell zum Verwechseln ähnlich sieht?« rief Hartwell in ehrfurchtsvollem Ton. »Der gleiche Teint, das gleiche flachsblonde Haar, die gleiche Figur! Sicher werden Sie auf der Straße dauernd angestarrt, Mrs. Blair, weil die Leute Sie für Lillian Russell halten. Eine jüngere Lillian natürlich!«

Tante Lois kicherte errötend und schüttelte den Kopf, und

Oma zwinkerte ihrem Schwiegersohn, dem eine Standpauke erspart blieb, verschmitzt zu.

»Ach, apropos: Im Hippodrom tritt Eddie Foy auf«, sagte Hartwell. »Tust du mir einen Gefallen, Willard? Erlaubst du, daß ich deine Schwägerin heute abend dorthin ausführe? Anschließend könnte man noch zu einem Imbiß ins Hofbräu.«

Von Mr. Hartwells Charme gebannt, vergaß Tante Lois ihren Vorsatz, Papa »was zu erzählen«, und über ihren Bemühungen, ihr Haar wie Lillian Russell zu frisieren, vergaß sie sogar, Omas Geschäfte zu überprüfen.

Lena und Marcia waren erleichtert, daß Tante Lois sie nicht mitnahm und daß sie nicht mit Papa schimpfte. Es bekümmerte und verwirrte sie, wenn man ihm vorwarf, er vernachlässige seine Kinder, wo er ihnen doch außer den Schals auch noch eine Tüte Orangen mitgebracht hatte und eine Schachtel Eugenia-Pralinen, die allerdings schon ein wenig alt und deshalb aus Mr. Hartwells Süßwarensortiment ausgemustert worden waren.

Papa ging mit ihnen in die Küche und ließ Hartwell bei Oma und Tante Lois zurück. Ohne den Glanz seines Freundes verstummte er sofort, und seine Miene verdüsterte sich. Marcia und Lena versuchten ihn aufzuheitern. Es gefalle ihnen in Cleveland, sagten sie, und es wäre schön, wenn Florrie auch käme und sie alle drei hier wohnen könnten. Sie bräuchten nichts, egal, was Tante Lois sage. Um ihn ihrer Loyalität noch nachdrücklicher zu versichern, streckte Marcia ihren ramponierten Schuh vor.

»Die sind noch gut, Papa«, sagte sie ernst. »Und Lenas auch. Die Löcher kleben wir mit Papier zu. Wir brauchen keine neuen Schuhe, weil wir hier sowieso nicht in die Sonntagsschule gehen.«

»Einen schönen braunen Anzug hast du«, sagte Lena, um ihm ebenfalls eine Freude zu machen. »Jetzt hast du einen blauen Anzug, einen grauen Anzug und einen braunen Anzug, genau wie Mr. Hartwell.«

Papa tätschelte ihr trübsinnig den Kopf.

»Wenn ich nächstes Mal komme, werdet ihr beide neu eingekleidet, von Kopf bis Fuß«, versprach er. »Ich hatte eurer Großmutter gesagt, sie soll mit euch zur May Company gehen und euch anständige Sachen kaufen, egal, was es kostet. Ich selber hab zuviel zu tun. Sie hätte ja anschreiben lassen können.«

»Vielleicht schreiben sie in Cleveland nicht an«, vermutete Lena.

Jetzt bemerkte Papa, in welchem Zustand sich Lenas Haar befand, und er sagte mißbilligend, es sehe schmutzig aus und sei nicht mehr gelockt.

»Weil niemand mich bürstet«, erklärte Lena prompt. »Meine Haare waren so verfilzt, daß Marcia sie an zwei Stellen abschneiden mußte. Und Marcia hat Flöhe.«

Marcia strahlte.

»Keine Flöhe, Läuse«, verbesserte sie. »Wir haben Läuse in der Matratze, von den Arbeitern, die hier gewohnt haben.«

»Die haben gesagt, im Bett sind Wanzen, und dann haben sie die Rechnung nicht bezahlt«, erläuterte Lena. »Oma hat die Polizei geholt, aber da waren sie schon weg. Dann haben wir die Läuse entdeckt, und jetzt müssen wir das Bettzeug ganz fest schütteln, wenn wir die Betten machen.«

»Oma und Mrs. M. haben Benzin auf die Matratze getan«, ergänzte Marcia vergnügt. »Jetzt riecht's die ganze Nacht nach Benzin.«

Das Gesicht ihres Vaters nahm einen zutiefst verärgerten Ausdruck an. Er stand auf, ging in der Küche auf und ab und rieb sich das Kinn.

»Wie lange bleiben wir denn hier? Kommen wir wieder nach London Junction? Wann gehen wir wieder in die Schule? Können wir bei dir wohnen?«

Angesichts dieser Flut von Fragen warf ihr Vater ungeduldig die Hände in die Luft.

»Also gut, ich werde eine Haushälterin einstellen, wenn euer eigen Fleisch und Blut nicht besser für euch sorgen kann«, erklärte er feierlich. »Irgend jemand muß sich schließlich um euch kümmern. Ich wundere mich über eure Großmutter. Ihr müßtet doch zur Schule gehen! Mein Gott, es ist doch wirklich eine Schande, daß man sich auf niemanden verlassen kann! Aber sprecht ihr nur schön weiter euer Nachtgebet, auch wenn ihr nicht in die Sonntagsschule geht, und vergeßt nicht, auch für Mama zu beten.«

Sie fragten ihn, wo seine Gitarre sei und ob er ihnen nicht etwas vorsingen könne. Die sei bei den Friends, sagte er, und im Moment habe er keine Zeit zum Singen, weil er bis über die Ohren in Arbeit stecke. Er müsse für zehn arbeiten, denn Mr. Carson sei absolut auf ihn angewiesen, wenn das Geschäft so weiterlaufen solle wie bisher. Marcia und Lena zermarterten sich das Hirn nach weiteren intimen Einzelheiten aus dem Leben bei Oma, doch plötzlich strich er ihnen übers Haar und schlenderte auf die Veranda hinaus. Draußen hörten sie ihn, plötzlich wieder vergnügt, mit Mrs. M. und Mrs. B. schäkern. Wieso bei zwei so gutaussehenden Frauen nicht ein halbes Dutzend Burschen in der Nähe herumlungerten und ob sie schon den von dem Schlagzeuger und der Chorsängerin gehört hätten? Mrs. M. und Mrs. B. lachten leise, auf die besondere, verschwörerische Art, die auf bestimmte Witze folgte, und schließlich rief Mrs. M. kokett, er solle aufhören, sonst lachten sie sich noch tot.

»Hast du gehört, was Mrs. M. zu Papa gesagt hat?« flüsterte Lena ihrer Schwester später verwundert zu. »Sie hat gesagt, er hätte die süßesten kleinen Töchter, die sie je gesehen hätte, und jede Frau könnte sich freuen, ihre zweite Mutter zu werden!«

»Vielleicht verjagt sie uns jetzt nicht mehr von der Veranda«, sagte Marcia hoffnungsvoll, »und hackt nicht mehr auf uns herum.«

Obwohl Marcia und Lena während Papas kurzer Unterredungen mit Tante Lois und Oma an allen Schlüssellöchern lauschten, fanden sie nicht heraus, was weiter mit ihnen geschehen sollte. Immerhin entnahmen sie diesen Gesprächen, daß Oma nicht die Absicht hatte, sie für immer bei sich zu behalten, und daß Tante Lois sie nur unter der Bedingung zu sich nehmen würde, daß Harry »klare Verhältnisse schaffe und das Richtige tue«. Anscheinend bedeuteten sie eine große, unerwünschte Verantwortung. Bis es Zeit zum Schlafengehen war, saßen sie düster brütend auf den Stufen vor der Hintertür, wobei Marcia das Signal für die bedrückte Stimmung von Lena übernommen hatte, die finster schweigend vor sich hin starrte.

»Ich bin stinksauer«, sagte sie schließlich geheimnisvoll.

»Ich auch.« Marcia wußte zwar nicht, weswegen, wollte sich aber Lenas Stimmung anschließen und keinesfalls so einfältig erscheinen, ein Jacks-Spiel vorzuschlagen, wenn Trübsal am Platze war.

»Alle hacken sie auf Papa rum«, sagte Lena. »Was meinen sie bloß damit, daß er uns nicht richtig behandelt? Er hat uns doch Orangen mitgebracht, und dazu noch Pralinen.«

»In meinen war ein Wurm drin.«

»Geschieht dir recht, weil du die größeren genommen hast. Komm, wir gehen freiwillig ins Bett, dann ärgern sie sich.«

Natürlich hofften sie, ihr Vater würde noch hereinkommen, bevor sie endgültig schlafen gingen. Ihre Niedergeschlagenheit hielt sie nicht davon ab, wie üblich erst noch auf dem Bett herumzuhüpfen, gefolgt von der gewohnten Kissenschlacht. Später weckte sie ein Gewitter, und sie stürzten zusammen ans Fenster, um sich die Blitze anzusehen. Bei jedem Donnerschlag klammerten sie sich ängstlich aneinander. So fand ihr Vater sie, als er hereinkam, um ihnen gute Nacht zu sagen.

»Eure Mutter hat Blitz und Donner so gern gehabt«, sagte er.

»Deswegen schauen wir auch raus«, sagte Lena. »Das machen wir seitdem immer.«

Er nahm die Mädchen auf den Schoß, und sie saßen im Dunkeln und beobachteten schweigend das Gewitter, so wie Mama es getan hatte.

15

Solange sie bei Oma waren, brauchten die Kinder nicht zur Schule zu gehen. Allerdings machte sich Marcia Sorgen um ihre Versetzung, und wenn der Schulinspektor kam, mußten sie sich verstecken. Als er sie dennoch sah, erklärte Oma, die Kinder ihrer Tochter seien für ein paar Tage bei ihr zu Besuch und gingen dann wieder in ihre Schule in London Junction; die armen Kleinen hätten ihre Mutter verloren. Auch andere Inspektoren kamen regelmäßig, zum Beispiel der Gasinspektor. Die Kinder mußten dann schnell durchs ganze Haus laufen und die Mieter warnen, denn die Gummischläuche, mit denen ihre einflammigen Gaskocher an die Gasleitung angeschlossen waren, verstießen gegen die Feuerschutzbestimmungen und mußten rasch entfernt werden. Der Polizeiinspektor erschien, nachdem ein gewisser Mr. Barmby bei Tagesanbruch verschwunden war, ohne die Rechnung zu bezahlen, und einen Koffer mit einem Revolver und mehreren in einem nahe gelegenen Geschäft gestohlenen Ballen Brokat zurückgelassen hatte. Beim nächsten Mal kam die Polizei, um mit Oma über die beiden rotwangigen jungen Damen im Vorderzimmer zu reden, bei denen es sich keineswegs um junge Ehefrauen handelte, wie sie behaupteten, sondern um vierzehnjährige Mädchen aus Chicago, die von zu

Hause durchgebrannt waren. Solche Dinge passierten immer bei Oma, und die alte Frau freute sich wie eine Schneekönigin und tuschelte in den Fluren mit Mrs. B. und Mrs. M., lauschte an den Türen auf verdächtige Geräusche, wieselte herum, machte sich hier und dort zu schaffen und beriet sich mit ihrer Freundin, Mrs. Carmel. Sie lebte in der ständigen Furcht, Tante Lois könnte eines Tages hereinplatzen, wenn sie gerade Ärger mit einem Mieter hatte, einem Polizisten ein kleines Problem erläuterte oder auch Mr. Hartwell oder Papa die Schuhe auszog, weil sie spätabends so erschöpft nach Hause kamen, daß sie in Kleidern auf dem Bett oder auf dem Boden einschliefen. Tante Lois hätte womöglich die ganze Familie zusammengetrommelt und Oma gezwungen, zu dem wohlanständigen Leben einer Privatperson in London Junction zurückzukehren, eine ziemlich reizlose Perspektive für eine Frau, die ihre Unabhängigkeit inzwischen über alles liebte. Wenn nur Daisy noch lebte, seufzte sie manchmal. Daisy hätte ihr neues Leben gutgeheißen; Daisy hätte niemals an ihrer Mutter herumgenörgelt; Daisy wäre gekommen und hätte ihr geholfen; Daisy hätte gesungen und Geschichten erzählt, wie Mrs. B. und Mrs. M. noch nie welche gehört hätten. Komm, Marcia, erzähl mal, erzähl Mrs. B. eine von Mamas Geschichten!

Die Kinder durften richtige Erwachsenenaufgaben übernehmen, Bettenmachen zum Beispiel, nur die Bettwäsche durften sie nicht wechseln, was aber ohnehin nur selten nötig war, denn von einer kleinen Falte oder ein bißchen Schmutz sei noch niemand gestorben. Die groben Arbeiten erledigte unter dem stetigen Strom von Omas Anweisungen ein irisches Mädchen namens Mary.

Besonders faszinierend an Omas Haus war, daß es mit dreizehn anderen, genau gleich aussehenden zweistöckigen Holzhäusern auf einem gemeinsamen Fundament stand. Zwischen den Kellern gab es Verbindungstüren, die es den kleinen Gästen in ihrem Forscherdrang ermöglichten, fast einen ganzen Block zu durchwandern, in einem unterirdischen Labyrinth von

Kohlenkästen, Marmeladenschränken, grauen Heizkesseln mit mannigfaltigen Rohren, Holzstößen, kaputten Möbeln, Kisten und Rattenfallen.

Die Hinterhöfe der Häuser waren durch hohe, verwitterte Lattenzäune voneinander getrennt. Hier gab es Mülleimer, Aschenhaufen und Wäschepfosten, auf deren durchhängenden Leinen gräuliche Wäsche trocknete. Magere Katzen huschten umher, Stadtkatzen, die so beschäftigt waren, daß sie sich nicht streicheln ließen. Manchmal saß auf einer der schräg abfallenden Kellertüren ein Landstreicher vom Rangierbahnhof und verzehrte seine Almosen. Oma meinte, die Landstreicher in Cleveland hätten weniger Stil und Bildung als die in London Junction, denn dort hätten sie sich entweder mit Holzhacken oder mit lehrreicher Konversation über die Regierung ihr Geld verdient.

Im Keller von Omas Haus wohnte Onkel Wally, Omas ältester Bruder, der nach mehrjähriger Wanderschaft durch den Mittelwesten plötzlich nach Hause zurückgekehrt war. Seine Töchter und Söhne in Elmville weigerten sich, ihn aufzunehmen, weil er auf seinen Reisen Unitarier geworden sei, und so hatte er sich bei Oma einquartiert. Seine Absicht zu bleiben hatte er dadurch bekundet, daß er sich unmittelbar nach seiner Ankunft eingehend mit dem Heizkessel befaßte und anschließend die Waschmaschine reparierte, um dann, nachdem er sich mit einem Feldbett im Heizungskeller eingerichtet hatte, keinen Finger mehr zu rühren. Er war jetzt sechsundfünfzig Jahre alt, und außer einem warmen Bett und literweise Kaffee – er hatte stets eine Kanne kochend heißen Kaffee auf dem Kessel stehen – gab es wenig, was ihn noch interessierte. Auf dem breiten Sims des vergitterten Kellerfensters bewahrte er seine Schätze auf: einen Satz schmuddeliger Patiencekarten, eine zerfledderte alte Bibel und einen steifen Kragen für seine Beerdigung. Neben dem Feldbett stand ein großer Lehnstuhl und unter dem Bett ein Nachttopf mit einer rosa Häkelhaube, ein Spucknapf und eine Tabaksdose. Wenn die Kinder durch den

Keller streiften, saß Onkel Wally, die Hände auf den Knien, meist auf dem Bett und starrte ins Leere. Machten sie zuviel Lärm, knurrte er sie an, doch sonst schenkte er dem betriebsamen Leben, das ihn umgab, wenig Beachtung. Papas Besuche munterten ihn auf, und meist sagte er dann irgend etwas, über das Papa lange in sich hineinlachte.

»Martha hat mal gesagt, ein Mann ist zu schmutzig fürs Haus. Man muß ihn im Keller oder in der Scheune halten, hat sie gesagt. Teufel, ja, vielleicht hat sie ja recht gehabt«, so lauteten die philosophischen Worte, die er eines Tages von sich gab. »Jeder Mann hat nun mal eine Frau am Hals, die Ehefrau oder die Tochter; entweder er gewöhnt sich dran, oder er haut ab, so wie ich. Hauptsache, man bewahrt Ruhe, bleibt aus der Schußlinie und behält den Hut auf.«

Neben Onkel Wallys Heizungskeller lag die Waschküche mit den Waschzubern, dem Bügelbrett und der Mangel. Es roch darin stets nach dampfender Seifenlauge und nassen Wollsachen. Die Kinder hatten Angst, in die Mangel zu geraten, wovor Mrs. Myers sie auch immer wieder warnte, doch wenn die Zuber geleert wurden und sich die Gelegenheit bot, barfuß im Wasser zu waten, das über den Zementfußboden abfloß, konnten sie nicht widerstehen. Oma tappte in den Pantoffeln, nach denen ihre schmerzenden Füße verlangten, ein und aus und ermahnte Mary, schnell, schnell zu machen, oben warte noch eine Menge Arbeit. Manchmal kam ein Mieter oder eine Mieterin mit einem Hemd oder einem Nachthemd herunter und rief: »Kannst du das bitte noch mit reintun, Mary, wo du schon mal dabei bist?« Die Kinder hatten die Erfahrung gemacht, daß sie überall, wo Frauen an der Arbeit waren, wegen jeder Kleinigkeit ausgeschimpft wurden. Andererseits hatten sie, wenn Frauen an der Arbeit waren, an anderer Stelle freie Bahn für allerhand Unfug und Abenteuer. Sie spielten auf den Haustürstufen Jacks und vertrieben sich so die Zeit, bis am Ende der Straße der Eismann mit seinem Wagen auftauchte. Dann beauftragte Lena ihre Schwester, in Omas Zimmer zu schleichen und zwei Pennys aus der Untertasse mit dem Wechselgeld auf der hohen Nußbaumkommode zu nehmen. Selber mochte sie nicht gehen, denn das sei Diebstahl. Nachdem sie sich das Geld gesichert hatten, rannten sie in einer Horde schreiender Kinder, die mit ihrem Penny fest in der hochgereckten Faust aus Gassen, Gossen und aus dem Nichts hervorbrachen, die Straße hinab. Der Wind trug den frischen Duft des Sees heran, den Rauch von Dampfern und Lokomotiven, einen Geruch nach Weizenstaub und Kaffeespeichern, durchsetzt vom fernen Lärm des Docks.

»Könnten wir nur für immer hierbleiben!« seufzte Marcia. »Es ist so schön, wenn man tun kann, was man will.«

»Aber daß Mrs. M. und Mrs. B. uns dauernd herumkommandieren, gefällt mir überhaupt nicht«, wandte Lena ein. »Außerdem will ich bei Papa und Florrie sein. Ich will wieder in London Junction wohnen und Mary Evelyn sehen.«

Immer, wenn sie Papa fragten, ob er schon eine Haushälterin gefunden habe, sagte er, sie sollten still sein und aufhören, einen vielbeschäftigten Mann zu plagen, der völlig erschöpft davon sei, ihren Lebensunterhalt zu verdienen. Bei seinen seltenen Besuchen saß er lachend und schäkernd mit Mrs. M. und Mrs. B. auf der Veranda. Manchmal brachte ein neuer Mieter eine Gitarre mit, und dann hörten die Kinder Papa singen: »Der Hof des Vaters war so klein, trug nicht genug für alle ein …« Mrs. M. und Mrs. B. sagten immer wieder, was für ein origineller Mensch ihr Vater sei und daß es ihm bestimmt nicht schwerfallen werde, eine Mutter für seine Kleinen zu finden. Mrs. M. war der Meinung, drei sei die ideale Kinderzahl, weil sie gegenseitig auf sich aufpassen könnten, so daß die Eltern, die vielleicht noch sehr unternehmungslustig seien, zusammen ausgehen und sich amüsieren könnten. Außerdem könne man die Kinder ja jederzeit zu ihren Verwandten bringen. Mrs. B. sagte, so elegant wie Mr. Willard sei, müsse er doch ein ganz hübsches Einkommen haben und es sich leisten können, jemanden für die Kinder zu engagieren, so daß die neue Mutter einkaufen oder in ihre Kartenclubs gehen und sich um das gesellschaftliche Leben kümmern könne. Beide waren sich einig, daß die kleinen Mädchen unbedingt die Fürsorge einer Mutter brauchten. Brachte Papa allerdings Ed Hartwell mit, gingen die beiden Männer schnurstracks in die Stadt und beachteten die Mieterinnen kaum.

Einmal flüsterte Mr. Hartwell Papa zu, Mrs. B. und Mrs. M. seien Xanthippen, und als Marcia kurz darauf Mrs. M. fragte, was eine Xanthippe sei, handelte sie sich eine saftige Ohrfeige ein. Die Mädchen versuchten wach zu bleiben, bis Papa kam, doch schließlich übermannte sie der Schlaf. Wenn sie ihn morgens weckten, wurde er böse, und oft ging er weg, ohne auf Wiedersehen zu sagen. »Ohne Daisy ist er wie ein Huhn, dem man den Kopf abgehackt hat«, sagte Oma zu Mrs. Carmel. »Er weiß nichts mit den Kindern anzufangen, weil er selbst wie ein Kind ist.«

16

Ihr erstes Jahr in der Hodge Street sei ein voller Erfolg, sagte Oma oft, und sie könne ihrer Freundin, Mrs. Carmel, gar nicht genug für ihren ausgezeichneten Rat danken. Niemand, der um ein Zimmer nachsuchte, wurde je abgewiesen, obwohl alte Mieter dann manchmal gezwungen waren, ihr Bett an neue abzutreten oder es mit ihnen zu teilen. Wohn- und Eßzimmer wurden mit Wandschirmen oder Kattunvorhängen abgeteilt und in Schlafräume für drei oder vier Personen umgewandelt, und wenn besonders viel Betrieb war, schlief Oma mit den Kindern in dem Klappbett im Eßzimmer, denn an ein eigenes Zimmer war dann nicht mehr zu denken. Trotz der vielen Mieter schien Oma ständig in finanziellen Nöten zu sein. Sie hegte widerstreitende Befürchtungen: daß Tante Lois kommen und merken könnte, daß sie in ernsten Schwierigkeiten steckte, oder aber daß Tante Lois nicht kommen und ihr aus der Klemme helfen könnte. Tante Lois erschien einmal im Monat, schimpfte mit Oma und zwang sie zuzugeben, daß nur sehr wenige Mieter es für angemessen hielten, ihre Rechnungen zu begleichen. Tante Lois sagte, es sei einfach unerhört, daß Harry keinen Cent für sich oder die Kinder bezahle, und er könne sich auf etwas gefaßt machen. Diese Vorwürfe weckten in Lena und Marcia düstere

Vorahnungen, die auch nicht dadurch gemindert wurden, daß Tante Lois ihnen mit der Bemerkung »Euer Vater muß mir das Geld zurückgeben« Schuhe und Unterwäsche kaufte. Marcia sah Unannehmlichkeiten für ihren Vater voraus und behauptete steif und fest, sie bräuchten nichts und wenn, dann werde Papa es ihnen schon kaufen. Als ihr Vater von Tante Lois' Vorgehen erfuhr, ärgerte er sich über die darin enthaltene Kritik.

»Außerdem drücken die Schuhe«, beeilte Marcia sich zu versichern. »Und die Unterwäsche ist auch anders als die, die Mama uns immer im Fair Store gekauft hat.«

Papa ging auf der Stelle mit ihnen los und kaufte ihnen neue Hüte und Haarbänder, solche, sagte er, wie sie ihrer Mutter gefallen hätten. Später belauschten sie ein langes Gespräch zwischen ihm und Oma, in dem darüber beraten wurde, was mit ihnen geschehen sollte. Papas Pläne waren ebenso aufregend wie verworren: Er wolle ein Haus in London Junction mieten und eine Haushälterin engagieren, er wolle die Kinder im London Junction Hotel in Pension geben, er wolle sie auf ein Internat schicken, er wolle nach Kalifornien ziehen und sie mitnehmen, und er wolle zusammen mit Ed Hartwell in Lesterville eine Wohnung mieten, wo Eds Freundin sich um sie kümmern könne. Diese widersprüchlichen Absichten stellten Oma zufrieden, und die fünf Dollar, die er ihr zum Zeichen seines guten Willens gab, überzeugten sie vollends.

»Harry und ich, wir haben uns schon immer gut verstanden«, sagte sie zu Mrs. Carmel. »Harry und ich, wir hatten noch nie Schwierigkeiten miteinander.«

Sie vernahm mit Befriedigung, daß Mrs. Carmel Harry respektiere und sich mit Oma darin einig sei, daß Lois einfach zu streng sei. Mrs. Carmel erinnerte Oma daran, daß Lois immer versucht habe, sich ihr in den Weg zu stellen, und sie hoffe doch, Oma habe nicht vergessen, daß das Cleveland-Unternehmen ganz allein ihre, Mrs. Carmels, Idee gewesen sei.

»Ich bin schließlich selbst Geschäftsfrau«, sagte Mrs. Carmel. »Ich merke sofort, wenn jemand Geschäftssinn hat, und

Sie haben welchen. Das will Ihre Tochter nur nicht wahrhaben.«

Oma war so geschmeichelt, daß sie keine Veranlassung sah, Tante Lois' unentbehrlichen Beitrag zu ihrem geschäftlichen Erfolg zu erwähnen.

Mrs. Carmel betrieb im Osten der Stadt ein Putzmachergeschäft. Sie war eine hagere, dunkelhaarige Frau und stets in unzählige schwarze Umhängetücher, Capes, Schleier und raschelnde Röcke gehüllt, die sich wie Fledermausflügel entfalteten, wenn sie durch die Straßen eilte. Die Ellenbogen hielt sie steif weggestreckt, als wollte sie sich vom Wind vorwärts treiben lassen, doch der eigentliche Grund waren die vielen Taschen an ihren Armen, große schwarze Häkel- und Samttaschen, alle randvoll mit alten Briefen, entwerteten Sparbüchern, Quittungen und Rezepten, Gummibonbons, Nähzeug, Brokatmustern, Elfenbeinhaarnadeln, Mandarinen, Schnittmustern, Schlüsseln zu längst vergessenen Zimmern in längst verlassenen Häusern, Fotografien von eulenhaften Kindern – nackt auf einem Bärenfell oder dick eingemummt auf Bambusstühlen, in jedem Falle aber inzwischen längst erwachsen –, Adressen, Briefmarken, aus dem Verkehr gezogenen Münzen, Straßenbahnfahrscheinen, Bänderresten, Nadelkissen und vielen anderen nützlichen Dingen, die man diebischer Hausmädchen wegen nicht in Schreibtischschubladen aufbewahren konnte. Mrs. Carmel schwenkte und schnurrte wie aufgezogen um die Ecken, so daß es den Anschein hatte, als könnte nur ein Zusammenstoß mit einem unbeweglichen Objekt sie zum Stehen bringen. Ihr wunderliches Motorengeräusch waren gemurmelte Selbstgespräche, bei denen ihre verdorrten Lippen schmatzten und ihre falschen Zähne klapperten. Dieses Murmeln hatte ebenso dokumentarischen Charakter wie der Inhalt ihrer Taschen. »May Company, Baileys, Taylor Arcade, Woodland, eine halbe Tasse Zucker, Ansichtskarte«, vernahmen die Passanten, wenn Mrs. Carmel an einem Bordstein zum Flug über die Straße ansetzte, und viele warfen noch einen zweiten Blick auf die Adlernase unter dem schwarzen Hut mit dem Schleier, die pralle Warze mit den Ringelhaaren an ihrem Kinn, die buschigen schwarzen Augenbrauen und die wachen, unruhigen Augen. Abergläubische Leute bekreuzigten sich sogar oder wünschten sich etwas, wenn sie vorbeifegte, doch ungeachtet ihres merkwürdigen Aussehens und Benehmens behauptete Oma, Mrs. Carmel sei blitzgescheit und habe ein Herz so groß wie die ganze Welt. Ihre Mädchen würden sich für sie die Finger wundarbeiten und bekämen, wenn sie »ihre Tage« hätten, einen kräftigen Schluck Gin von ihr, wie ihn Mrs. Carmel aus medizinischen Gründen auch selbst zu sich nehmen müsse, um bei Kräften zu bleiben. Es war erstaunlich, daß Mrs. Carmel von ihrem Geschäft leben konnte, daß sich irgendwo irgendwelche Käufer für die Hüte fanden, die sie ebenso üppig mit allem möglichen Firlefanz ausstattete wie ihre Taschen.

Ihr Laden war so winzig, daß er zwischen zwei größeren Geschäften fast verschwand. Es gab darin nur einen einzigen Ladentisch, auf dem sich ebenso wie in den Regalen Hüte jeden Alters und für jede Jahreszeit stapelten. Eine große Kiste in der Ecke enthielt unzugeschnittene Filzstücke, und trotz des überwältigenden Kampfergeruchs, den sie verströmte, tummelten sich dicke, schmutzigfarbene Motten auf diesem immerwährenden Bankett. Daß der Raum so dunkel und der Spiegel so klein und trübe war, förderte den Absatz zweifellos, und da Mrs. Carmel niemals neue Ware kaufte, sondern lediglich ihre alten Preßformen und Bänder jahreszeitlich umschichtete, konnten die Unkosten nicht hoch sein. Manche Leute, unter ihnen auch Oma, waren überzeugt, daß sich in einer der schwarzen Taschen ein geheimer Schatz verbarg, und glaubten so fest an diese versteckte Sicherheit, daß sie Mrs. Carmel die fünfzig Cent gern gaben, die sie nach geschäftigem Kramen in ihrer Handtasche und den einleitenden Worten »Ich glaub, ich hab ein bißchen wenig Bargeld bei mir« von ihnen erbat.

Mrs. Carmel, von Oma »Em« genannt, gab selten lautere Töne von sich als ein rauhes, heiseres Flüstern oder bestenfalls ein Krächzen, denn alles, was sie sagte, war streng vertraulich. Größere Menschenansammlungen mochte sie nicht, und selbst in kleinem Kreis rang sie rastlos die Hände, und ihre vorstehenden Zähne nagten an ihrer Unterlippe, bis ihr die ausschließliche Aufmerksamkeit einer einzigen Person zuteil wurde, bei der es sich gewöhnlich um Oma handelte. Die Zähne waren übrigens einst für den längst verblichenen Mr. Carmel erworben worden, im selben Jahr, in dem er starb, und aus Sparsamkeitsgründen hatte seine Witwe sich postwendend die eigenen Fänge ziehen lassen und trug seitdem die neuen Zähne, die zwar nicht perfekt saßen, ihren Platz aber leidlich behaupteten und Mrs. Carmel etwas bessere Dienste leisteten als das nackte Zahnfleisch. Zudem verliehen sie ihren Worten einen interessanten Zischton und verstärkten so die Aura des Geheimnisvollen, die ihre Äußerungen umgab. Mitten im Satz pflegte sie sich im Zimmer umzusehen und zu flüstern: »Sie lauscht doch nicht etwa an der Tür?« Nach der Begrüßung begannen die Geheimnisse, eingeleitet von einer Wendung wie etwa: »Also, inzwischen habe ich den Betreffenden endlich gesehen und ihm erzählt, was ich über unseren Freund gehört habe. Sein Gesicht hätten Sie sehen sollen!« Das war ein Spiel so recht nach Omas Herzen und eines der Dinge, die sie an Mrs. Carmel so faszinierten. »Nein!« rief sie und rückte ihren Stuhl näher heran. »Wie schade, daß ich nicht dabei war! Wie hat er es denn aufgenommen?« Mrs. Carmel klapperte mit den Zähnen und gestattete sich ein aufgeregtes Kichern. »Sie haben mich ganz komisch angeschaut, und dann hat der andere gesagt, daß der Besitz soundsoviel kosten soll – wenn sie das erfährt!« Oma freute sich wie ein Kind über dieses Geheimnis. Es fehlte nicht viel, und sie hätte bei jeder weiteren Einzelheit in die Hände geklatscht.

»Sie meinen, sie wußte nichts davon, daß der Besitz verkauft wird?«

Mrs. Carmel nickte zweimal bedächtig. »Sie geht immer noch in dieses Haus, von dem ich Ihnen erzählt habe.«

»Nein!« Oma lief vor Aufregung rot an. »Woher in aller Welt wissen Sie das?«

»Ich hab den Brief gesehen«, flüsterte Mrs. Carmel mit einem vorsichtigen Blick zur Tür. »Bei dem Vortrag traf ich den Anwalt von dem anderen, der hat ihn mir gezeigt.«

Jetzt war es an Oma, eine Bombe platzen zu lassen, und sie lehnte sich, wie um die Wirkung zu erhöhen, in ihrem Stuhl zurück.

»Also, sagen Sie's nicht weiter, aber diese Frau aus Akron, von der ich Ihnen erzählt habe, die hat gestern gesagt, sie weiß ganz sicher, daß das Testament zu *seinen* Gunsten geändert worden ist.«

»Unmöglich«, widersprach Mrs. Carmel entschieden. »Ich weiß nicht mehr, wer's mir erzählt hat, aber ich versichere Ihnen, daß an dem Testament nichts, aber auch gar nichts geändert worden ist, nicht ein Jota.«

»Sie meinen doch nicht etwa ...!« Oma schnappte nach Luft, ihre Augen funkelten, und sie begann freudig mit ihrem Schaukelstuhl zu wippen. Verschlüsselte Mitteilungen dieser Art wurden zwischen Mrs. Carmel und ihrer Freundin bei jedem ihrer Besuche ausgetauscht, und ihre Gesichter glühten von nur halb enthüllten Geheimnissen. Die Kinder, manchmal zu spät in einem Wandschrank oder unter dem Sofa entdeckt, konnten sich keinen Reim auf das Gehörte machen, ebensowenig wie ein erwachsener Eindringling es vermocht hätte, so daß Mrs. Carmels übergroße Furcht vor Lauschern ganz unbegründet war.

Gegen manchen, mit dem Mrs. Carmel sonst zu tun hatte, hegte sie Groll. Mit dem Vermieter ihrer winzigen Wohnung beispielsweise befand sie sich in permanentem Kriegszustand, weil er ständig irgend etwas tat, was ihr »heißes französisches Blut« in Wallung brachte. Durch ihre Heirat war sie Französin, und sie war stolz darauf. An dem Tag, als die Kinder bei Oma eingezogen waren, hatten sie mit offenen Mündern nebeneinander dagestanden und Mrs. Carmel angestarrt, halb betäubt von dem Kampfer- und Lavendelduft, den ihre Gewänder verströmten. Ihr Kinn hatte zu ihrem ununterbrochenen Krächzen und Zischen fortwährend gewackelt, und schließlich hatte Mrs. Carmel sie mit ihren knochigen Klauen in die Wangen gekniffen und gegluckst: »Mit kleinen Leuten versteh ich mich gut. Nein, wirklich, mit Kindern hab ich keine Schwierigkeiten, kein bißchen, nicht ein Jota.«

Ein Gummibonbon für jede, mit schwachem Mottenkugelaroma, und schon schwirrte sie in die Nacht hinaus. Marcia und Lena drückten die Nase an die Fensterscheibe und sahen die nebelhaften schwarzen Flügel unter der Straßenlaterne entlangflattern und dann plötzlich ins Dunkel tauchen. Niemand sonst vermochte solchen Glanz in Omas arbeitsames Leben zu bringen oder einen solch angenehmen Nachgeschmack diskret-verschwiegener Vertraulichkeit zu hinterlassen.

Leider ergriff Mrs. Carmel schließlich Tante Lois' Partei und meinte, die Kinder seien für Oma eine zu große Last. An einem Wochenende fand eine lautstarke Konferenz statt, bei der alles um die arme Daisy weinte, Tante Lois strenge Vorwürfe erhob, Oma sich nicht entscheiden konnte und Mrs. Carmel erklärte, Oma könnte in dem Zimmer, das jetzt von den Kindern besetzt sei, einen kleinen Laden eröffnen und eine Menge Geld damit verdienen. Mehrmals fiel das Wort »Zumutung«.

Noch am selben Abend packten sie ihre Sachen, und Papa, rotäugig und verzweifelt, ging mit ihnen zum Bahnhof. Erschüttert stellten sie fest, daß ihr plötzlicher Aufbruch niemanden zu betrüben schien.

»Geht nur mit eurem Papa«, sagte Onkel Wally. »Vielleicht kehrt hier dann endlich Ruhe ein. Und putzt euch immer die Nasen!«

Auch Mrs. M. und Mrs. B. zeigten keinerlei Gemütsbewegung.

»Hoffentlich bringt euch jemand Manieren bei«, sagte Mrs. M. »Die Jüngere – so was von unverschämt! Xanthippe!«

»Sehen wir jetzt Florrie wieder?« bestürmte Marcia ihren Vater, als er mit ihnen durch den Bahnhof eilte. »Fahren wir nach London Junction?«

Papa kaufte die Fahrkarten nicht gleich, sondern kaute erst noch ein paar Minuten nachdenklich auf seiner Zigarre herum. Bis zu dem Augenblick, als sie den Zug bestiegen, wußten sie noch nicht, wohin sie fahren würden, aber sie waren froh, wieder mit Papa zusammenzusein.

17

Was ich mache, das mach ich richtig«, verkündete Papa mehrmals und zunehmend von sich überzeugt. Das konnte niemand leugnen, am wenigsten seine drei Töchter, die ihn ohnehin vergötterten. Fast wie durch Zauberei – so rasch hatte Papa gehandelt – fanden sie sich im London Junction Hotel wieder, unter der Obhut von Mrs. Purdy, der Frau des Direktors. Papa war mit ihnen zum Schulinspektor gegangen und hatte sie prüfen lassen, um festzustellen, in welche Klasse sie gehörten, und Florrie war in den Kindergarten aufgenommen worden. Im Fair Store waren sie auf Kredit prächtig ausstaffiert worden, und in der Hotelküche hatte man ihnen einen eigenen kleinen Holztisch zur Verfügung gestellt. Papa und Mr. Purdy hatten bis spät in die Nacht zusammengesessen und einander bei einer Flasche Whiskey Freundschaft geschworen, denn Freundschaft biete Männern Schutz vor der Grausamkeit der Frauen und des Schicksals. Mr. Purdy versicherte, er habe in den ganzen zwanzig Jahren seiner Tätigkeit im Hotelfach noch nie einen so anständigen Kerl wie Harry Willard kennengelernt, das könne man ruhig laut sagen. Es sei einfach eine Schande, daß das Leben ihm so übel mitgespielt und ihn und seine Kinder hilflos zurückgelassen habe, aber das Leben sei nun mal wie ein

Kartenspiel, wie es in dem Stück heiße. Dieser Vergleich erschien den beiden Männern so treffend, daß sie, um ihn zu überprüfen, bald mit zwei Schuhvertretern aus Chicago in einem abseits liegenden Zimmer verschwanden. Die Mädchen, noch ganz geblendet von der raschen Konsolidierung ihrer Lage, bekamen Papa eine Woche lang nicht wieder zu Gesicht, doch die Purdys, ja, das ganze Hotel sorgten gut für sie.

Das London Junction Hotel lag in der Stadtmitte, die Eisenbahnschienen führten direkt vor dem Eingang vorbei, und der Fahrkartenschalter öffnete sich von der Hotelhalle aus nach draußen. Das Frachtbüro und der Rangierbahnhof lagen etwas weiter entfernt und waren mit dem Fahrkartenschalter durch einen langen überdachten Gang verbunden. Gegenüber dem Schalter hatte ein Selbstbedienungsrestaurant die ganze Nacht geöffnet, und hier gingen jene Eisenbahner ein und aus, deren Kleidung nicht dem Standard des Hotel-Speisesaals entsprach. Die Eisenbahn aber war hier wie dort Hauptgesprächsthema: die Fahrpläne von Nummer neun, Nummer vierundsechzig, Nummer sechs und so fort – alles wurde diskutiert, als handelte es sich nicht um Lokomotiven, sondern um Rennpferde. Tatsächlich schickten die Maschinen ihr Keuchen und Schnauben so freudig durch die Türen des London Junction Hotels, als wären sie gehätschelte Zuchthengste, die sich in der Hoffnung auf ein anerkennendes Streicheln vor ihren stolzen Herren produzieren. Ihre Fahrtberichte hingen gut sichtbar sowohl in dem Selbstbedienungsrestaurant als auch in der Halle und wurden von jedermann eingehend studiert, unabhängig davon, ob er eine Reise plante oder nicht. »Haben Sie schon gehört? Der Sechsundzwanziger ist zweiundzwanzig Minuten hinter Columbus liegengeblieben. Mußte zurücksetzen und repariert werden, hatte eine Stunde und vierzig Minuten Verspätung. Shorty war am Kessel, der alte Hank im Führerhaus.« Die Handelsvertreter wollten alles über die Züge wissen, um ihr Verkaufsgespräch damit zu würzen.

Das Hotel war ein dreistöckiges rotes Backsteingebäude. In

der Halle lehnten die Gäste in ihren Sesseln und sahen sich durch die Glasfront die vorbeifahrenden Züge an oder, wenn sie aus ihrem Blickfeld verschwunden waren, den Marktplatz jenseits der Schienen. Mr. Purdy, der Besitzer und Geschäftsführer des Hotels, war ein schlanker Mann von vierzig Jahren, mit Adlernase, Glatze und näselndem Ostküstenakzent. Sein weltläufig-distinguiertes Erscheinungsbild verdankte er einem akkurat gestutzten braunen Schnurrbart, randlosen Augengläsern an einem schwarzen Band und einem Überzieher mit Pelzkragen. Seine Frau wie auch sonstige familiäre Einzelheiten hielt er irgendwo im hinteren Teil des Hauses versteckt, und jedermann kannte den eisigen Blick, den er ihr zuwarf, wenn sie sich bis zur Tür der Halle vorwagte. Sie hatte den Hintereingang zu benutzen, und während Mr. Purdy und auch Mrs. Hazy, seine Wirtschafterin, mit den Gästen im Speisesaal aßen, wurde Mrs. Purdy mit ihrem Sproß in einer Ecke der Küche vom geschäftlichen Geschehen abgeschirmt. Weit davon entfernt, sich daran zu stören, sonnte sie sich in dem besonderen Schutz, den man ihr angedeihen ließ, und nahm es keineswegs übel, daß das Hotel von ihrem Geld erworben worden war und sie somit ein Wörtchen mitzureden gehabt hätte. Ihr isoliertes Dasein hing auch damit zusammen, daß der zwei Jahre alte Purdysproß für jedermann außer der Mutter sichtbare Zeichen von Schwachsinn zeigte, wenn auch auf stille, unauffällige Art.

Papa hatte seine Kinder in einem geräumigen Eckzimmer untergebracht, in dem zwei große Messingbetten standen, so daß er, wenn er nach Hause kam, ebenfalls dort schlafen konnte. Morgens half ihnen das Zimmermädchen, sich für die Schule zurechtzumachen. Florrie wurde mittags von den beiden älteren Mädchen vom Kindergarten abgeholt und durfte dann für den Rest des Tages am Rockzipfel des Zimmermädchens hängen. Auch Mrs. Purdys Nichte Bonnie, die Kassiererin, zeigte ein persönliches Interesse an Florrie und ließ sie unter ihren liebevollen, aber nachlässigen Augen in der Halle spielen. Florrie saß reihum bei den diversen Gästen auf dem Schoß, vertilgte

Unmengen von Bonbons und Plätzchen und setzte sich in Szene.

»Wo ist denn deine Mama?« fragten die Herren, und Florrie zeigte himmelwärts. Das hatte unfehlbar zur Folge, daß jemand ihr eine Münze zusteckte, Taschentücher hervorgezogen wurden und mehrere gefühlvolle Junggesellen sich ostentativ die Nase schneuzten. Wie der häufig anwesende Mr. Sweeney sagte: »Manchmal braucht ein Mann sich nicht zu schämen, ehrliche Tränen zu vergießen.«

Bonnie Purdy war eine hübsche, selbstzufriedene kleine Person. Sie war sehr schick, denn sie hatte auf allen Eisenbahnstrecken freie Fahrt und konnte jederzeit im ganzen Land umherfahren und sich Filme ansehen, Hüte kaufen oder auf Feste gehen. Sie galt als äußerst lebhaft, und man bewunderte ihre keck wiegenden Hüften, ihren stolzen Gang, wenn sie sich feingemacht hatte, und die drallen Rundungen ihrer Beine, die man unter den Röcken ahnte. Sie sei kein Flittchen, sagten die Männer respektvoll, sondern ein sehr nettes Mädchen mit High-School- und College-Abschluß, eine kleine Dame, obwohl sie beruflich mit lauter Männern zu tun habe. Sie kannte stets die neuesten Schlager, brachte sie Marcia und Lena bei und begleitete die Mädchen auf dem Klavier im Speisesaal. Einmal nahm sie die beiden sogar zu einer Veranstaltung mit und ließ sie dort vorsingen. Sie selbst war eine ernsthafte Künstlerin, die sich auf musikalische Vorträge spezialisiert hatte. Für ihre Auftritte machte sie sich besonders sorgfältig zurecht. Sie trug ein weißes Wollkleid im griechischen Stil mit einem roten Kragen, der ihr glattes, in der Mitte gescheiteltes und madonnenhaft zurückgekämmtes schwarzes Haar zur Geltung brachte. Sie hatte volle Wangen, große, ausdrucksvolle Augen und einen auf kindliche Art hübschen, aber ernsten Mund. In einem breiten Lehnstuhl saß sie auf dem Podium und trug »Sandolphin, der Engel der Gnade, Sandolphin, der Engel des Gebets« vor, und eine Logenschwester spielte auf dem Klavier das Blumenlied dazu. Die Darbietung galt als äußerst niveauvoll. Bonnie brachte den Kindern jeden Abend Gläser mit Milch, sagte ihnen gute Nacht und versicherte ihnen eindringlich, daß es nichts gebe, wovor sie sich fürchten müßten. Aber man konnte sich gar nicht fürchten, denn die ganze Nacht tosten die lieben Züge durchs Zimmer – so schien es zumindest –, und aus der Hotelhalle oder vom Bahnsteig draußen klangen freundliche Männerstimmen herauf.

Florrie weinte nachts noch immer nach ihrer Mutter, und auch Marcia hatte einen wiederkehrenden Traum von ihr, in dem sie, gebeugt unter der Last eines großen Kartoffelsacks, eine Straße überquerte und so erschöpft aussah, daß sie nicht einmal lächelte. In einem anderen Traum trug sie, ebenfalls tief gebeugt wie eine alte Frau, ihr Bett auf dem Rücken. Nie lächelte sie, und immer ging sie unter einer schweren Last gebeugt. Marcia fürchtete diese Träume und war froh, wenn Florrie sie mit ihrem Weinen weckte. Dann erzählte sie ihr Geschichten und schaffte es auf diese Weise, sie ruhig zu halten. Es waren endlose Geschichten, in deren Verlauf sie schließlich beide einschliefen. Sie handelten von einem Jungen namens Niky, der eine Million Jahre alt war und in einem Baum wohnte, zusammen mit einer Pfeif-Fee, die ihn, sobald er pfiff, an jedem beliebigen Ort in jede beliebige Gestalt verwandeln konnte. Wenn Florrie quengelte, versprach Marcia ihr das Blaue vom Himmel herunter, zum Beispiel, daß Niky in eigener Person erscheinen werde; im entscheidenden Moment hatte ihn die Fee dann allerdings in die Mandarine verwandelt, die Florrie gerade verzehrt hatte. Da Lena solche Geschichten kindisch fand, hob Marcia sie nach Möglichkeit für jene Nächte auf, in denen Lena bei ihrer Freundin Mary Evelyn schlief.

Wie nicht anders zu erwarten, war Tante Lois über Harrys Lösung seiner familiären Probleme beunruhigt, doch wußte sie ebensogut wie die anderen Verwandten, daß sie die Verantwortung selbst hätte übernehmen müssen, wenn sie eingegriffen hätte, und sie hatte mit Oma schon genug um die Ohren. Sie bestand jedoch darauf, daß die Kinder die Wochenenden bei ihr verbrachten, und schrubbte sie dann von Kopf bis Fuß, besserte ihre Sachen aus und ließ sich ihre Zeugnisse vorlegen. Florrie hätte sie gern zu sich genommen, so wie alle Florrie gern zu sich genommen hätten, sogar Isobel und Chris, die doch so arm waren, denn Florrie war ein »Püppchen«, wie es immer hieß. Papa aber erklärte feierlich, die arme Daisy hätte niemals gewollt, daß die Mädchen getrennt würden. Außerdem umsorgte Florrie ihn und bemühte sich, alles zu tun, was ihre Mutter für ihn getan hatte: Sie brachte ihm Streichhölzer und Aschenbecher, bewunderte seine Krawatten, machte sich Sorgen, wenn er düsterer Stimmung war, und lispelte ihm Trost zu.

»Sie ist eine zweite Daisy«, sagte Papa zärtlich. »Nicht für eine Million würde ich sie hergeben.«

Das Küchenpersonal im Hotel sorgte für ungezwungene Unterhaltung und gelegentlich auch für Erziehungsmaßnahmen. Liebesgeschichten und die Skandale in Hotel und Stadt wurden freimütig erörtert und später von Marcia und Lena in die Schule getragen und als Pausengeheimnisse ihren Klassenkameradinnen anvertraut. Mrs. McGuire, die Köchin, Pete, der Konditor, und Kitty und Fanny, die beiden Küchenhilfen, wußten über alles Bescheid, was in der Stadt vor sich ging, und nahmen in ihren Kommentaren kein Blatt vor den Mund. Manchmal durfte Lena Freitag abends mit Kitty und Fanny zu den Tanzveranstaltungen der Kolumbusritter in der Eagle Hall, wo sie dann in der Nähe des Orchesters saß und den tanzenden Paaren zuschaute. Wenn sie Zeit und gute Laune hatten, brachten die beiden Küchenhilfen den Kindern Walzer, Twostep und Schottischen bei, und zweimal nahmen sie alle drei zu einem Tanzabend mit, um vorzuführen, wie Marcia und Lena miteinander tanzten und alle drei zusammen »Trennung läßt die Liebe wachsen« sangen. Nach der Schule durften sie auf dem Rangierbahnhof in den Loks mitfahren und in der Telegraphenstation mit Oley, dem schwedischen Telegraphisten, spielen. Wenn der Aufseher oder der Fahrdienstleiter nicht in der Nähe war, erlaubte er ihnen sogar, sich mit zwei Drähten elektrische Schläge zu versetzen.

»Ich hab gehört, ihr kriegt eine neue Mama«, sagten die Eisenbahner und die Küchenmädchen oft. »Ist es das Flittchen in Newark, mit dem euer Papa zur Zeit geht?«

»Euer Papa ist hinter Bonnie her, was?« fragten die Küchenmädchen neugierig, und auf Marcias erstauntes Nein bohrten sie weiter: »Was hat er dann letzten Sonntag mit ihr beim Luna-Park-Picknick gemacht? Wieso kümmert sie sich dann um euch? Für Geld ja wohl nicht.«

Alle paar Wochen zog ihr Vater die Kinder zu einer ernsten Unterredung auf seinen Schoß.

»Würdet ihr Papa gern den Haushalt führen?« fragte er sie dann.

Begeistert stimmten sie zu. Darauf zog er eine kleine Fotografie aus der Tasche und fragte: »Hättet ihr die Frau hier gern als neue Mama?« Von einschneidenden Veränderungen immer angetan, äußerten sie jedesmal ihr Einverständnis, auch wenn es sich um sehr unterschiedliche Damen handelte, von jener, die mit wallendem Haar in einem langen weißen Gewand an einer Harfe saß, bis hin zu einer glotzäugigen rundlichen Brünetten mit einem schwarzen Florentinerhut, die sich auf einen Sonnenschirm stützte. Wenn sie Bonnie dann aufgeregt von den Damen berichteten, wurde Bonnie ärgerlich, und einmal brach sie sogar in Tränen aus. Die Kinder wußten nicht, was mit ihr los war.

»Da sieht man's wieder«, weinte Bonnie. »Man tut, was man kann, und was hat man davon? Man wartet verzweifelt auf ein liebes Wort, aber wen interessiert das schon?«

»Papa mag dich, Bonnie«, versicherte Florrie ihr eines Tages ungefragt.

»Dein Papa haßt den Boden unter meinen Füßen«, gab Bonnie düster zurück. »Das kannst du ihm ruhig sagen.«

Oft kam Mr. Hartwell zu Besuch, manchmal mit seiner Freundin Mabel. Papa lieh sich dann von Mr. Purdy einen Wandschirm, stellte ihn vor das Bett der Kinder und spielte den Gastgeber für seine beiden Gäste und Bonnie, die nach Dienstschluß ebenfalls heraufkam. Mabel war entschieden korpulent –

an ihr sei »was dran«, meinte Papa – und hatte blondes Haar mit dicht gelockten Ponyfransen, ein rosa-weißes Gesicht und zwei Goldzähne. Sie war seit zehn Jahren Mr. Hartwells Freundin und angesichts seines Einflusses auf sie noch immer teils geblendet und teils wütend, so daß sie ihm in einem Augenblick mit ihren pummeligen Händchen das pomadisierte Haar zerzauste und »Na, wer ist mein süßer Schatz?« gurrte und ihn im nächsten anfuhr: »Ach, halt doch die Klappe, du alter Angeber! Sei still, hab ich gesagt!« Mr. Hartwell blieb gewöhnlich bei der einen wie bei der anderen Behandlung höflich, da er, wie er oft sagte, zuviel Achtung vor einer wahren Dame wie Miss Purdy und vor seinem Freund Willard habe, um ihr den Allerwertesten zu versohlen und ihr den Laufpaß zu geben, wie ein weniger kultivierter Mann es bei einer solchen Provokation vielleicht tun würde.

An diesen vergnügten Abenden wurde ein Kartentisch aufgestellt, und man widmete sich bei Brezeln, Käse und einem Krug Bier mit Genuß dem Spiel. Papa neckte Bonnie mit ihren zahlreichen Verehrern und begegnete Mabel mit dem vorsichtigen Respekt, den der Umgang mit der Freundin eines guten Freundes erforderte. Manchmal holte er seine Gitarre hervor und begleitete Bonnie bei einem Gedichtvortrag oder einem Lied, doch oft brach er dann plötzlich ab und stellte die Gitarre wieder weg. »Bestimmt erinnert ihn das an Mama«, schlossen Marcia und Lena daraus, die lauschend im Bett lagen, sich aber wohlweislich schlafend stellten.

Mabel übernachtete bei solchen Gelegenheiten in Bonnies Zimmer, und Mr. Hartwell teilte sich mit Papa das zweite Messingbett. Sie schnarchten und verpesteten mit ihrem Bier- und Zigarrendunst das ganze Zimmer. Nachts taumelte Florrie zu ihrem Vater, und er und Mr. Hartwell wachten davon auf, daß sie sich unruhig wälzte und ihnen die Füße ins Gesicht oder in den Bauch stieß. Die Kinder genossen es, an Papas Leben teilzuhaben, doch am nächsten Morgen war er jedesmal schweigsam und verdrossen. Bonnie fand immer einen Vorwand, bei ihm hereinzuschauen, aber wenn keine anderen Gäste da waren, schien ihn das nicht zu freuen.

»Und, wie geht's Mr. Willard heute?« fragte sie munter. »Bestimmt kann keine Macht der Welt ihn dazu bewegen, ein armes Mädchen heute abend zum Tanzen nach Lesterville auszuführen.«

»Ein alter Familienvater wie ich hat auf dem Tanzparkett nichts verloren«, erwiderte Papa. »Ich kann mich ja kaum an Krücken fortbewegen.«

»Sie bräuchten ja nicht zu tanzen«, beharrte Bonnie. »Ich mach mir selber nichts draus, aber für gute Musik hab ich was übrig. Vielleicht haben Sie ja Lust, nach Dienstschluß mit mir zum Platzkonzert zu gehen. Das muntert mich immer auf.«

»Ich mag nicht aufgemuntert werden, ich hab zuviel um die Ohren. Gehen Sie doch mit einem von den jungen Eisenbahnern hin. Was wollen Sie denn mit einem alten Kerl wie mir?«

»Aber Mr. Willard, Sie sind doch erst knapp über dreißig«, protestierte Bonnie zaghaft. »Mich finden Sie mit meinen zwanzig wohl auch zu alt! Sie müssen nicht immer so tun, als wären Sie mein Vater.«

»Sie sind ein nettes Mädchen, Bonnie. Amüsieren Sie sich gut.«

»Ich hab Ihren Anzug gebügelt, Mr. Willard.« Bonnie wollte nicht ohne ein freundliches Wort gehen und blieb in der Tür stehen. »Nein, nein, das kostet nichts. Ich mußte sowieso bügeln, da hab ich's gleich mitgemacht. Bis dann!«

Aber sie ging noch immer nicht. Papa legte auf dem Bett eine Patience und gab vor, Bonnies Unsicherheit nicht zu bemerken. Die Kinder saßen über ihren Hausaufgaben und schauten neugierig auf. Sie verstanden nicht, weshalb Papa in größerer Gesellschaft so vergnügt und zu ihrer geliebten, fröhlichen Bonnie allein so unfreundlich war.

»Diesmal sind Sie, glaub ich, drei Wochen unterwegs«, fuhr Bonnie fort und spielte nervös mit ihren Schlüsseln. »Vielleicht fahr ich nächsten Samstag auch nach Columbus.«

»Tatsächlich?« fragte Papa desinteressiert.

»Ach, noch etwas.« Bonnie beobachtete ängstlich sein Gesicht. »Die Loge macht nächsten Donnerstag unten in der Halle eine Vorführung, und da dachte ich, die Mädchen könnten als Zugabe ›Schlaf, mein kleines Negerkind‹ und ›Hallo, Zentrale‹ singen. Sie würden fünfzig Cent dafür kriegen.«

Jetzt strahlte Papa und sah seine Töchter stolz an.

»Da würde ihre Mama sich aber freuen!« rief er. »Donnerwetter, aus den beiden werden noch richtige Künstlerinnen!«

»Die Lieder hab ich ihnen beigebracht«, erinnerte Bonnie. »Ich dachte, bei dem ersten könnten sie Florrie in einer Wiege schaukeln, das würde süß aussehen.«

»Schwarz angemalt wie ein Negerkind?« fragte Marcia aufgeregt.

»Die ist doch viel zu groß für eine Wiege«, wandte Lena ein.

»Überhaupt nicht!« schrie Florrie und hängte sich an Bonnies Röcke. »Ich will machen, was Bonnie sagt!«

Bonnie tröstete sie und half ihrem eigenen vagen Unbehagen dadurch ab, daß sie sie auf den Arm nahm, um mit ihr nach unten zu gehen.

»Sie haben doch hoffentlich nichts dagegen, wenn ich mich beim Mittagessen zu Ihnen an den Tisch setze?« fragte sie kokett, und als Papa nur den Kopf schüttelte, ging sie mit Florrie auf den Schultern summend davon.

»Bonnie ist furchtbar lieb zu uns, Papa«, sagte Lena. »Manchmal erinnert sie mich an Mama.«

»Schsch! Niemand ist wie Mama«, gab Papa schroff zurück. Er stand auf und setzte seinen Hut auf. »Ihr beide macht jetzt eure Hausaufgaben und albert hier nicht herum!«

Wenn er mit ihnen allein war, mochte er noch so niedergeschlagen sein – in größerer Gesellschaft hob sich seine Stimmung schlagartig. Sie schlichen sich auf Zehenspitzen die Hintertreppe hinunter, um an der Tür zur Halle oder zum Speisesaal zuzuhören, wie er Geschichten erzählte oder mit den anderen Männern und den Bedienungen scherzte. Es mochte in einem Raum noch so still sein – sobald Papa eintrat, wurde es laut und lustig. Seine Töchter kauerten an der hinteren Wand der Halle und lauschten dem schallenden Gelächter der anderen und dem ansteckenden leisen Lachen ihres Vaters, ohne zu wissen, worum sich seine Scherze drehten, aber voll Stolz, wenn jemand rief: »Donnerwetter! Harry Willard ist einfach unschlagbar! Das soll ihm erst mal einer nachmachen!«

Das Hotel und das enge Zusammenleben mit Papa waren eine Zeitlang aufregend, doch dann begannen die Kinder sich einsam zu fühlen, denn je länger er fortblieb, um so unfreundlicher wurden sie behandelt. Mrs. McGuire und die Küchenhilfen fanden, sie stünden ihnen ständig im Weg, und schimpften sie aus, bis sie sich nur noch dadurch zu helfen wußten, daß sie Plätzchen und Orangen aus dem Kühlschrank stibitzten, damit es einen triftigen Grund zum Schimpfen gab. Lena bot diesen ständigen, wenn auch nicht wirklich böse gemeinten Nörgeleien hochmütig die Stirn und betrachtete sich als Erwachsene, die nicht mit ihren jüngeren Schwestern in einen Topf zu werfen sei. Sie führte mit ihrer Freundin Mary Evelyn ein respektables Privatleben und machte Tante Lois und den Friends persönliche Besuche, bei denen sie Familienangelegenheiten mit ihnen besprach und ihrem fortgeschrittenen Alter angemessene Belohnungen wie etwa kleine Schmuckstücke, Münzen, neue Hauben oder Bänder entgegennahm. Wenn Mrs. Purdy sie beauftragte, auf ihr schwachsinniges Kind aufzupassen, erklärte sie stolz, sie sei kein Kindermädchen, und blieb zwei Tage bei Mary Evelyn. Die Aufgabe fiel dann Marcia zu, und obwohl Mrs. Purdy ihr fünfundzwanzig Cent pro Woche zahlte, war es doch demütigend, von ihren Klassenkameradinnen dabei ertappt zu werden, wie sie das Purdy-Baby in einem Seitengäßchen auf und ab schob. Ein Trost war immerhin, daß Florrie, von allem fasziniert, was Räder hatte, neben ihr herlief und darum bettelte, den Wagen schieben zu dürfen. Schließlich ersann Marcia ein System, das sie nach und nach zur Perfektion entwickelte: Florrie schob draußen den leeren Wagen umher, und sie selbst ließ das

Baby, sobald Mrs. Purdy die Wohnung verließ, um sich zu ihrem Missionskomitee zu begeben, auf den Wohnzimmerboden plumpsen und verbarrikadierte es mit Stühlen, setzte sich dann außerhalb dieses Stalls auf einen Schemel und las Mrs. Purdys sämtliche Bücher. Die Hausaufgaben waren so leicht, daß sie sie langweilten, doch hier, in Mrs. Purdys mit Möbeln vollgestopfter guter Stube, war die Kultur von Jahrhunderten versammelt. *Die letzten Tage von Pompeji,* die Werke Emma Southworths, *Lucille,* die Bücher von Dinah Mulocks, *Das Geheimnis der alten Mamsell, Die drei Musketiere, Wenn ich König wär, Wormwood,* Geschichten von George Henty und die Werke von Horatio Alger – alles verschlang Marcia in einem Zustand der Ekstase, der auch nicht dadurch getrübt wurde, daß Sprache und Sinn dessen, was sie las, manchen für sie unverdaulichen Brocken enthielten. Der erregende Reiz lag im Lesen selbst. Florrie warnte sie getreu, wenn Mrs. Purdy im Anmarsch war, so daß Bücher und Stühle rechtzeitig wieder an ihren Platz gestellt werden konnten. Marcia wartete dann mit der jederzeit verfügbaren Erklärung auf, sie habe das Baby ins Haus gebracht, weil es geschrien habe. Wenn sie gerade nicht damit beschäftigt waren, die Tage bis zu Papas Rückkehr zu zählen, wanderten Florrie und Marcia vor Mary Evelyns Haus auf und ab und warteten darauf, daß Lena herauskommen würde.

Hatten sie das Glück, ihre Schwester tatsächlich zu Gesicht zu bekommen, stolzierte Lena meist mit Mary Evelyn (beide in Kleidern, die einander so ähnlich waren, wie die ganz und gar ungleichen Reize der beiden Freundinnen es erlaubten) an ihnen vorbei, und wenn sie überhaupt etwas zu ihnen sagte, dann war es alles andere als freundlich. »Geh heim und wasch dir das Gesicht«, kommandierte sie beispielsweise schroff. »Dein Unterrock schaut vor – schäm dich, so herumzulaufen! Bring um Himmels willen Florrie nach Hause und putz ihr die Nase! Und dann kommt bloß nicht wieder her und lauft uns nach, sonst sag ich's Papa.«

Geknickt, aber nicht entmutigt, wischten Marcia und Florrie

sich mit dem Ärmel übers Gesicht, zupften an den beanstandeten Röcken und zogen sich die Strümpfe hoch. Dann schauten sie, wie weit ihre vornehme Schwester mit ihrer hochmütigen Freundin inzwischen voraus war, und folgten den beiden unverdrossen, zutiefst beeindruckt von dem vielbeschäftigten Leben, das Lena sich geschaffen hatte. Lena und Mary Evelyn machten Spaziergänge, um Veilchen zu pflücken oder Pilze zu sammeln, sie besuchten die Versammlungen der Epworth League, traten der Loyal Temperance Legion bei, einer mysteriösen Temperenzler-Geheimgesellschaft, deren Mitglieder nach Einbruch der Dunkelheit Lieder sangen und sich schriftlich verpflichteten, niemals einen Tropfen Alkohol anzurühren. Lena und Mary Evelyn lernten zusammen für die Schule, machten Fudge und nähten auf der Nähmaschine. Marcia und Florrie waren zwar ein wenig unglücklich über Lenas Eigenleben, zugleich aber stolz auf ihren staunenswerten Unternehmungsgeist. Sie versuchten sich Spiele auszudenken, die mit Mary Evelyns Angeboten zu konkurrieren vermochten, doch das einzige, was Lena zum Bleiben bewegen konnte, war Marcias letzter, verzweifelter Vorschlag, ihren Vierteldollar für Eis auszugeben, statt ihn für das *St. Nicholas Magazine* aufzusparen. Wenn Papa kam, war Lenas Freundin abgemeldet, und Lena blieb zu Hause, für den Fall, daß Papa sich etwas Schönes für seine Töchter ausdachte. Außerdem fühlte sie sich für ihre Schwestern verantwortlich und widmete den ersten Abend mit Papa gewöhnlich ernsthafter Berichterstattung über deren schlechtes Benehmen. Marcia habe in der Schule zweimal nachsitzen müssen, weil sie keine Antwort gegeben habe, sie sei von ihrer Lehrerin nach Hause geschickt worden, um sich die Hände zu waschen, und sie habe eine Ohrfeige bekommen, weil sie die Lehrerin ein Flittchen genannt habe. Florrie habe in der Sonntagsschule die ganze Zeit gebrüllt und dürfe deswegen nicht mehr kommen, und sie sei so lange auf dem Bett herumgehüpft, bis die Latten gebrochen seien. Anschließend holte Lena ihr Zeugnis mit dem Sehr gut in Betragen hervor, das ihrer Meinung nach die schlechteren Noten in den Lernfächern ausglich, ein Argument, das Papa zumindest so weit überzeugte, daß er bei Marcia nur noch die schlechte Note in Betragen und nicht die guten in den anderen Fächern sah.

»Ich mag Betragen eben nicht«, erklärte Marcia trotzig. Ihrerseits konnte sie Papa mitteilen, daß Lena andauernd zu Tante Lois gehe und ihr alles erzähle, was Papa mache, so daß Tante Lois wütender auf ihn sei als je zuvor. Außerdem fluche Lena neuerdings, fügte Marcia hinzu, und sage »Mein Gott« und »Du lieber Himmel«, genau wie Mary Evelyn. Lena war von dem strategischen Talent, das ihre Schwester mit dieser Vergeltungsmaßnahme bewies, so beeindruckt, daß sie volle drei Tage auf gleichem Fuße mit ihr verkehrte.

Diesmal blieb Papa über einen Monat zu Hause, doch wenn Mr. Hartwell kam, feierten sie nicht wie sonst, sondern führten bis tief in die Nacht leise Gespräche. Um Mitternacht kam Bonnie Purdy und brachte Kaffee und belegte Brote, die sonst angeblich im Kühlschrank verdorben wären. Papas Anfälle von Schweigsamkeit und die Briefe, die er schrieb, sagten den Kindern, daß etwas Ungewöhnliches im Gange war. Eines Morgens kam Bonnie bei Tagesanbruch im Morgenrock ins Zimmer und weckte Papa, damit er den Zug nach Chicago nicht verpaßte. Er blieb zwei Tage fort, und als er zurückkam, hatte er den Hut wieder schräg auf dem Kopf und lachte über jede Kleinigkeit. Bonnie kam hinter ihm ins Zimmer gelaufen und küßte ihn voll Wärme.

»Ich hab doch gewußt, daß Sie's schaffen!« rief sie. »Sie könnten alles kriegen, was Sie wollen, Harry Willard, wenn Sie nur auf mich hören würden!«

In Ermangelung sonstigen Publikums mußte Papa seinen Bericht vor seiner kleinen Familie abgeben. Die Daumen in seine Weste gehakt, schritt er im Zimmer auf und ab und sagte, Gott sei Dank brauche er sich jetzt nicht mehr für einen Flachkopf wie Carson abzuschuften, einen Menschen, der einem langjährigen Angestellten mißtraue und dessen Spesenabrechnungen beanstande, einen Pfennigfuchser, wie man ihn in einer erstklassigen Firma niemals finden würde. Er sei froh, daß er sich jetzt auf seinen Reisen nicht mehr zu schämen und hinter seinen Kollegen zurückzustehen brauche, den Vertretern erstklassiger Firmen, wie die London Furniture Company mit einem Trottel wie Bert Carson an der Spitze nie eine sein werde, diesem herumspionierenden, argwöhnischen alten Knicker, der keine Ahnung habe, was für eine verdammte Menge Mumm dazu gehöre, sich im Außendienst eine Position aufzubauen. Er, Papa, hätte vor zwei Jahren auf Hartwell hören und von sich aus kündigen sollen, statt diesen Tritt in den Hintern abzuwarten. Aber Harry Willard sei nicht unterzukriegen, nein, da kenne man Harry Willard schlecht! Er sei jetzt bei der Emperor Mausoleum Company in Chicago, die mit Grabmälern handle, und arbeite für Colgate Custer, einen der Größten in dem Geschäft überhaupt.

»Sag das ruhig deiner Tante Lois, wenn sie dich nächstes Mal ausquetscht«, instruierte er Lena. »Sag ihr, dein Vater verdient jetzt doppelt soviel wie vorher und arbeitet für Colgate Custer. Nächste Woche schau ich bei eurer Oma rein und sag's ihr. Sie ist mein einziger Freund in dieser ganzen verdammten Familie.«

Am nächsten Tag fuhr er in bester Stimmung ab, ohne zu sagen, wann er wiederkommen würde. Mr. Purdy wollte ihn sprechen und war überrascht, daß er fort war.

»Hat er was hinterlassen?« fragte er Lena.

Lena verneinte, und Mr. Purdy sah sich nachdenklich im Zimmer um, strich sich übers Kinn und ging wieder hinaus.

»Bestimmt hat Papa die Rechnung hier auch nicht bezahlt«, sagte Lena mit gerunzelten Brauen. »Ich hab's so satt!«

Florrie und Marcia erstarrten angesichts dieser Demonstration aufkeimender Illoyalität gegenüber Papa.

»Tante Lois sagt, wir haben überall in der Stadt Schulden«, fuhr Lena fort. »Und Mary Evelyns Mutter sagt, Papa hat noch nie im Leben eine Rechnung bezahlt, und die Purdys lassen uns nur deshalb hier wohnen, weil Bonnie in Papa verknallt ist. Tante Lois sagt, für den ersten Monat hat er sich von Mr. Sweeney fünfzig Dollar geliehen, und seitdem hat er keinen Cent mehr bezahlt.«

Florrie fing an zu weinen, und auch Marcia tat jedes Wort, das Lena sagte, weh. Selbst wenn es stimmte, konnte man so etwas doch nicht einfach sagen, jedenfalls nicht, nein, um keinen Preis, wenn es dabei um Papa ging. Lenas hübsches, rosiges Gesicht war zornig verzerrt, ihr Mund fest zusammengekniffen. Sie wirkte fast erwachsen und sah mit ihrem gelockten, zu einem Knoten zurückgekämmten Haar Tante Lois ungeheuer ähnlich.

»Das glaub ich Mary Evelyns Mutter nicht«, sagte Marcia. »Die ist doch bloß Verkäuferin.«

Diese überhebliche Attacke überraschte und beeindruckte Lena von neuem, und sie sah Marcia wider Willen respektvoll an. Von ihrem Erfolg beflügelt, erkühnte sich Marcia, Bonnie in Lenas Beisein rundheraus zu fragen, ob Papa dem Hotel sehr viel Geld schulde.

»Er wird schon zahlen, macht euch mal keine Sorgen«, erwiderte Bonnie entschieden. »Ihr solltet euch schämen, euren Vater zu kritisieren. Euer Vater ist einer der großartigsten, nettesten Männer, die es je gegeben hat.«

»Was macht Mr. Purdy mit uns, wenn Papa die Rechnung nicht bezahlt?« fragte Marcia.

Bonnie fuhr den beiden Mädchen nur durchs Haar und blickte liebevoll auf sie hinab.

»Ihr armen Kinder, daß ihr euch solche Sorgen machen müßt!« rief sie aus. »Aber beunruhigt euren Papa nicht damit, er hat schon genug um die Ohren. Drei mutterlose Kinder und lauter fremde Leute, die sich um sie kümmern. Der arme Mann!«

Das ging natürlich gegen Lenas Stolz.

»Wir haben massenhaft Verwandte, wir brauchen keine fremden Leute!« Sie warf den Kopf zurück. »Wir haben Chris und

Isobel und Onkel Louie und Opa Willard und noch ganz viele andere Verwandte.«

»Aber von denen kommt uns nie jemand besuchen«, bekannte Marcia freimütig. »Und als Papa ihnen geschrieben hat, daß wir zu ihnen kommen wollen, haben sie nicht geantwortet.«

»Die hatten eben Angst, daß sie euch dann für immer auf dem Hals haben«, vermutete Bonnie. »Drei Kinder großzuziehen, das kostet Geld, und vielleicht wußten sie nicht, ob sie sich das leisten können.«

»Aber wir wollten sie doch nur besuchen«, wandte Marcia ein. »Das hatte Papa ihnen auch gesagt.«

»Wahrscheinlich haben sie's ihm nicht geglaubt«, sagte Lena.

Bonnie drohte ihnen mit dem Finger.

»Jetzt aber kein Wort mehr über euren Vater! Hör nicht auf diese böse Mary Evelyn, Lena. Euer Vater tut, was er kann. Er ist ein wunderbarer Mann, vergeßt das nicht.«

Lena war über diese beruhigende Versicherung ebenso erfreut wie die beiden anderen. Sie strafte Mary Evelyn damit, daß sie zu Hause blieb und Marcia erlaubte, ihre zehn Cent für Nougat auszugeben, das sie bei einem Kartenspiel auf dem Fußboden verzehrten.

18

Marcia stellte mit Staunen fest, daß andere Kinder geradezu unbegreiflich anders lebten als sie selbst. Da sie nur selten mit ihren Klassenkameradinnen zusammen war, dauerte es sehr lange, bis sie sich dieser Tatsache bewußt wurde. Die anderen spielten in der Pause alberne Spiele, bei denen viel geschrien und herumgerannt wurde, dabei konnte man die Zeit ebensogut in der Schulbibliothek zubringen und nicht empfohlene Bücher lesen oder in dem großen Wörterbuch Begriffe nachschlagen. Lena legte den Nachhauseweg stets mit Mary Evelyn und einer neuen, älteren Freundin namens Myrtle Chase zurück, die vor kurzem von Detroit nach London Junction gezogen war und von Lena und Mary Evelyn gleichermaßen verehrt wurde. Marcia ging allein nach Hause und führte imaginäre Gespräche mit Figuren aus den Büchern, die sie gerade las. Die anderen Kinder gaben Geburtstagseinladungen, die Marcia eine vage Furcht einflößten, weil sie als einzige nicht wußte, wie man sich dabei zu verhalten hatte, und weil sie nie ein Geschenk mitbringen konnte. Man machte Eierlaufen, und die Mütter sagten den Kindern, was sie sonst noch spielen sollten und daß sie die Festschleifen für ihre »Andenkenalben« – was immer das sein mochte – mitnehmen sollten. Die anderen Kinder hatten schöne

Zimmer, Puppenhäuser, kleine Klaviere, alle möglichen Geschichtenbücher, manchmal auch Fahrräder und im Garten Ponys oder Kaninchen. Sie wohnten am Main Boulevard oder am Park Square, weit entfernt von der Eisenbahn, sie hatten jeden Samstag Ballettunterricht bei einer Miss Brumby und nahmen Geigen- oder Klavierstunden bei Miss Cory aus Oberlin. Ihre Väter blieben zu Hause und besaßen einen Lebensmittelladen, eine Immobilienagentur oder ein Haushaltswarengeschäft, oder sie waren leitende Angestellte der Möbelfabrik, einer Bank oder der Telefongesellschaft. Meistens passierte auf diesen Einladungen etwas ganz Schreckliches. Die Mutter fragte Marcia beispielsweise, wo ihr Taschentuch sei, und ging dann, da Marcia keines hatte, mit ihr nach oben, um ihr eines zu leihen. Oder sie rief sanft: »Aber wie ißt du denn, Kind? Jetzt sieh dir nur dein Kleid an – oder war der Fleck schon vorher da?« Teller zerbrachen, sobald sie in Marcias Hände gelangten, und gewöhnlich nahm einer der Erwachsenen sie irgendwann beiseite und sagte: »Das ist aber kein schönes Wort für ein kleines Mädchen«, worauf Marcia sich schmollend den Kopf zerbrach, was an dem Wort auszusetzen sei. Sie wußte nur, daß die Küchenhilfen und der Mann am Empfang immer kicherten, wenn sie es gebrauchte.

In der Schule wurde sie argwöhnisch beäugt, und ihre prompten Antworten hatten meist zur Folge, daß die anderen sie tuschelnd der Schummelei verdächtigten, so daß sie sich angewöhnte, gar nichts mehr zu sagen. Lena schämte sich ihrer unverhohlen, verteidigte sie jedoch tapfer, als die Lehrerin sie einmal wegen Abschreibens bestrafte und nicht glauben wollte, daß Marcia ganze Seiten fast auf den ersten Blick Wort für Wort im Gedächtnis behielt. Kraft ihrer Autorität als Älteste appellierte Lena an Marcias Lehrerin, die Strafe zurückzunehmen, und erklärte würdevoll, ihre jüngere Schwester sei das gescheiteste Mädchen in der Klasse, und wenn die Lehrerin nicht aufhöre, auf ihr herumzuhacken, werde sie, Lena, zur Rektorin gehen. An diesem Glückstag hielt Lena auf dem Heimweg schützend Marcias Arm gefaßt und brachte ihr als eine besondere Gunst das Häkeln bei.

In den Sommerferien brachte Papa alle drei Kinder auf ihre dringenden Bitten zu Onkel Louie aufs Land. Bis sie zurückkämen, sagte er, werde er vielleicht ein Haus haben. Diesmal war alles anders. Onkel Louie hatte eine schlechte Ernte gehabt, Tante Betts' Rosenallergie artete in ein hartnäckiges Asthma aus, und Almedy mußte so viel arbeiten, daß sie keine Zeit für die Kinder hatte. Sie vermißten die Freiheit und Ungezwungenheit des Lebens im Hotel, und nach den erwachsenen Vergnügungen in London Junction erschienen ihnen die ländlichen Spiele albern. Florrie bekam einen Ausschlag, als sie auf dem Hosenboden einen Heuhaufen hinunterrutschte, und alle drei zogen sich eine Vergiftung durch Giftefeu zu. Onkel Louie und Tante Betts waren nicht mehr so lustig wie früher und schienen über ihren Besuch nicht sehr erfreut.

»Was hat euer Vater gesagt, wie lange ihr hierbleibt?« fragte Onkel Louie nach einer Woche.

»Solange wir wollen«, beruhigte ihn Lena.

»Dacht ich mir's doch«, sagte Onkel Louie mürrisch. »Er hat nämlich eure ganzen Wintersachen eingepackt, Handschuhe und sogar Schlittschuhe. Der denkt wohl, jetzt sind wir für euch zuständig.«

»Na, na, Louie«, schnaufte Tante Betts, »die Kinder können doch nichts dafür. Bestimmt haben sie gar nichts davon gewußt. Paß auf, gleich fängt Florrie an zu weinen.« Denn Florrie weinte immer, wenn jemand Papa kritisierte.

»Sieht ganz so aus«, räumte Onkel Louie ein. »Aber Harry hat doch wirklich Nerven! Fragt nicht mal, ob's auch recht ist! Wenn er's nicht schafft, seine eigenen Kinder großzuziehen, warum gibt er sie dann nicht ins Heim? Ich hab sie gern, klar, aber ich laß mir von Harry nichts aufzwingen.«

Marcia fühlte sich bei diesen Diskussionen nur ein wenig unbehaglich, doch Lena war wieder einmal in ihrem Stolz gekränkt und schrieb mit viel Mühe einen Brief an Papa und einen anderen an Tante Lois, in dem sie wissen ließ: »Wo uns keiner haben will, da wollen wir nicht bleiben, also schickt uns bitte Fahrkarten.« Tante Lois hatte jedoch mit der Regelung von Omas Angelegenheiten in Cleveland alle Hände voll zu tun, und Papa war im Westen, und nach ein paar Tagen ungeduldigen Wartens verkündete Lena, daß sie noch am selben Tag nach London Junction zurückfahren würden. Onkel Louie war beschämt und wollte sie überreden, noch zu warten, bis Papa schreibe, doch Lena ließ sich nicht umstimmen. Sie packte eigenhändig den großen Koffer und sorgte dafür, daß Marcia und Florrie ihre Reisekleider anzogen.

»Du mußt uns die Fahrkarten kaufen, Onkel Louie«, sagte sie steif, als er sie zum Zug fuhr. »Papa schickt dir dann das Geld.«

Ihre plötzliche Abreise beunruhigte Onkel Louie, andererseits aber wollte er nicht durch ein Verbot das Schicksal herausfordern. Sie brauchten dann gar keine Fahrkarten, denn ein Güterzug mit einem Lokführer und einem Bremser aus London Junction kam angezuckelt, und sie durften umsonst im Dienstabteil mitfahren. Die ganze Strecke über sangen sie, zur Erbauung der beiden anderen Insassen, des Bezirkssheriffs und eines dunklen Herrn in Handschellen auf der Fahrt zum staatlichen Gefängnis. Der dunkle Herr wurde animiert, »Santa Lucia« und »Funicula« auf italienisch zu singen, und brachte ihnen die Lieder bereitwillig bei, so daß sie die Fahrt äußerst lohnend fanden.

»Und was machen wir, wenn wir da sind?« fragte Marcia, als der Zug in den Rangierbahnhof einfuhr. »Mr. Purdy hat doch gesagt, er braucht unser Zimmer diesen Monat für das Tourneetheater.«

»Du wirst schon sehen«, sagte Lena geheimnisvoll.

Florrie und Marcia sahen ihre kompetente Führerin befriedigt an. In London Junction winkte sie einem Taxi.

»Fahren Sie uns bitte zu Mrs. Lois Blair«, wies sie den Fahrer an. Und nachdem sie eingestiegen waren, sagte sie: »Die Rechnung geht an Mr. Harry Willard.«

»Sollen wir nicht schnell rein und Bonnie besuchen?«

Lena schüttelte den Kopf.

»Nein. Wo uns keiner haben will, gehen wir nicht hin«, verkündete sie. »Ich hab's so satt! Tante Lois muß uns einfach behalten, sie ist schließlich unsere Tante.«

Sie waren ganz aufgeregt bei der Vorstellung, in Tante Lois' großem Haus zu wohnen, und ganz entzückt zu sehen, wie souverän Lena die Situation meisterte. Tante Lois, soeben aus Cleveland zurückgekehrt, war in der richtigen Stimmung, als sie ankamen. Sie zeigte sich sehr beeindruckt von den italienischen Liedern und lachte anerkennend, als Lena ihr die überstandenen Schwierigkeiten aufzählte. Sie hätten genau das Richtige getan, sagte sie. Wann immer sie Probleme hätten, sollten sie nur gleich zu ihr kommen, sie werde dann schon eine Lösung finden.

19

Tante Lois war zu dieser Zeit vierunddreißig Jahre alt, drall und hübsch und, wie Papa zugeben mußte, bestimmt zehntausend Dollar schwer! Sie besaß nicht nur das Haus, auch ihre Aktien der Lesterville-Stahlwerke warfen einiges ab, wenn sie auch ständig von sämtlichen Verwandten um Darlehen (die nie zurückgezahlt wurden) angegangen wurde. Sie genoß ihre Stellung als Familienoberhaupt und leitete aus ihrer Großzügigkeit das Recht ab, über das Leben der von ihr Abhängigen zu bestimmen. Sie stand auch mit der Verwandtschaft im nördlichen Ohio in Verbindung und informierte die anderen über deren Heiraten, Ausbildungen, Diäten, Arbeitsstellen, Vergnügungen und Kleider. Jedes Jahr pflegte sie ein anderes Hobby, das sie auch der übrigen Familie aufnötigte. In einem Jahr schwor sie auf Ground-Gripper-Schuhe als Heilmittel für jegliche Art von Leiden, in einem anderen war es ein vorn zu schnürendes Korsett, das sie am liebsten auch den Männern aufgedrängt hätte. Dann kamen das Kochkisten-Jahr, das Backen-in-Pergamentpapier-Jahr, das Linoleum-im-ganzen-Haus-Jahr, das Zementveranda-Jahr und das Duschbad-Jahr, und jede dieser Manien wurde mit der leidenschaftlichen Hingabe einer neuen Religion betrieben, stahl sich in jedes Gespräch, egal, worum es sich drehte, und wurde mit fast magischen Kräften zur Erlangung von Gesundheit, Wohlstand und Glück ausgestattet. Die Verwandten hatten, da sie ja in ihrer Schuld standen, die Vernunft ihrer Ratschläge zu würdigen, und wenn sie ihnen lange genug zugesetzt hatte, befolgten sie ihre Anweisungen, zumal sie in ihrem Eifer mit weiteren Darlehen nachhalf.

Die einzigen rebellischen Familienmitglieder waren ihre Mutter und ihr Schwager. »Mutter ist aalglatt«, sagte sie. »Sie streitet sich nicht lang herum, sie sagt zu allem ja und amen, und dann geht sie her und macht genau das, was sie will.« Sie brannte darauf, Ordnung in das Leben ihres Schwagers zu bringen, und es war ihr ein Ärgernis gewesen, daß die Kinder durch den Aufenthalt im Hotel ihrer Kontrolle entzogen waren. Jetzt aber befanden sie sich unter ihrem Dach, sie waren von ihr abhängig und verschafften ihr damit Einflußmöglichkeiten auf ihren Vater. Sie schrieb ihm umgehend, daß sie die Kinder bei sich behalten werde, daß sie »die verheerenden Auswirkungen des Lebens im Hotel auf ihre Manieren und ihre Ausdrucksweise korrigieren« werde und von ihm regelmäßige Beiträge zu ihrem Unterhalt erwarte. Als Antwort schickte Papa den Kindern eine große Dose Sahnebonbons aus Atlantic City und dazu Fotos von sich und Mr. Hartwell, auf denen die beiden Männer Pappnasen und schräg aufgesetzte Klappzylinder trugen. Tante Lois teilte die Begeisterung der Kinder über das Päckchen nicht.

Sie vermißten zwar die frühere Freiheit, andererseits aber war das neue Leben luxuriöser, als sie es sich in ihren kühnsten Träumen vorgestellt hatten, und verschaffte ihnen einen deutlichen Zuwachs an Prestige. Sie waren überzeugt, daß es nichts Komfortableres auf der Welt gebe als Tante Lois' Haus. Tante Lois vermietete jetzt keine Zimmer mehr, verdiente aber Geld durch den Verkauf von Versicherungspolicen. Einem ihrer jüngsten Spleens folgend, hatte sie ihre alten Möbel verkauft und das ganze Erdgeschoß in stilvoller dunkler Eiche eingerichtet. In dem großen Wohnzimmer gab es einen gasbefeuerten Kamin mit Kohlenattrappen, ein elektrisches Klavier, einen vornehmen Kronleuchter aus regenbogenfarbenem Glas mit roter Perleneinfassung, die Büste eines Mannes (möglicherweise Ulysses A. Grant), ein Goldfischglas mit einem Märchenschloß darin, Lederpolster mit eingebrannten Bildern von Indianermädchen, ein Regal mit den Walzen für das Klavier, Notenblättern aus den Sonntagsbeilagen der Zeitung, einem Heft mit Etüden sowie alten und neuen Zeitschriften. In den meisten von ihnen hatte Tante Lois etwas angestrichen, und ihre bevorzugten Gedichte und Epigramme lernte Marcia auswendig, um nachts darüber nachzudenken. »Die Liebe ist eine Blume, die Leidenschaft ein Unkraut«; »Der Mann liebt die Frau, die Frau liebt die Liebe«; »Götter weinen, Halbgötter können nur lachen«. Diese sinnreichen Sprüche gaben Marcias Eindruck von Tante Lois' Haus einen angenehm theatralischen Hintergrund. Lena und Florrie waren mehr von der Kochkiste und dem elektrischen Klavier beeindruckt, auf dem Lena mit Tante Lois' Hilfe den »Schäfertanz«, den »Wieselwalzer« und »Dorothy, ein ländlicher Tanz« spielen lernte.

Die Kinder waren höchst überrascht, als sie feststellten, daß Tante Lois Mr. Sweeney neuerdings nicht nur erträglich zu finden schien, sondern sogar regelmäßig seinen Besuch empfing. Sie schärfte den Kindern ein, ihrem Vater nichts davon zu sagen, weil er sich garantiert etwas Schlechtes dabei denken würde, und als zusätzliche Sicherheitsmaßnahme schickte sie die Mädchen nach oben, wenn Mr. Sweeney kam. Entgingen sie dieser Verbannung, weil sie still in einer Ecke saßen und lasen, waren ihnen seine Reden um nichts weniger rätselhaft als die von Mrs. Carmel. Mr. Sweeney blieb immer erst einen Augenblick in der Tür stehen, lüftete den Hut und verneigte sich, als wagte er die geheiligten Gefilde lauterer Weiblichkeit kaum zu betreten. Er nahm Tante Lois' Hand, beugte sich tief darüber und trat dann würdevoll und gemessen ein. Hut, Stock und Handschuhe legte er auf den Tisch im Flur und überreichte Tante Lois mit einer weiteren Verbeugung eine große bändergeschmückte Konfektschachtel oder auch eine Tüte gesalzene

Mandeln. Waren diese Rituale absolviert und von Tante Lois hinreichend gewürdigt worden, rückte er einen Stuhl in ihre Nähe, und sie beschwor ihn, doch in dem großen Sessel Platz zu nehmen. Ihre dringenden Bitten, ebensosehr dem Gebot der Höflichkeit wie dem seines Körperumfangs verpflichtet, obsiegten schließlich über seine bescheidenen Wünsche, und mit einem »Gestatten Sie, daß ich rauche?« lehnte er sich bequem zurück. Tante Lois, die ihre Hände nicht stillhalten konnte, häkelte oder stopfte, und man hörte die beiden mit leiser, verschwörerisch vibrierender Stimme murmeln: »Sechs Prozent«, »Stammaktien«, »zweihundert Vorzugsaktien«, »Aktionärsversammlung«, »Dividende«. So viel Erregung und geheime Lust schwangen in den Stimmen mit, daß kaum jemand auf den Gedanken hätte kommen können, das Gespräch drehe sich um Geld und nicht um Liebesangelegenheiten. Tante Lois' blonder Kopf neigte sich atemlos Mr. Sweeneys geröteten Hängebacken zu, und wenn er gegangen war, saß sie mit entrücktem Lächeln über ihrer Arbeit, als schwebten in der Luft noch Worte der Liebe und nicht solche des schnöden Profits. Als Marcia sie daran erinnerte, wie sie und Mama sich früher über Mr. Sweeneys gespreiztes Benehmen lustig gemacht hatten, wurde sie rot und versetzte scharf, manchmal dauere es eben länger, bis man den Wert eines Menschen erkenne.

»Aber sag das nicht deinem Vater«, fügte sie hinzu.

Jeden Samstag fuhr Tante Lois geschäftlich nach Lesterville, und dann besuchte Papa seine Kinder, wenn er in der Stadt war. Er wohnte nicht im Hotel, sondern bei den Elks, denn im Hotel, sagte er, sei die Luft zu dick.

Einmal fragte Lena ihn kühn, ob er eigentlich die Absicht habe, den von Tante Lois geforderten Beitrag zu ihrem Unterhalt zu zahlen. Ein überraschter und beleidigter Ausdruck trat auf sein Gesicht, und er sah seine Tochter vorwurfsvoll an. Dann zückte er sein Scheckbuch und schrieb einen Scheck über zwanzig Dollar aus. Später sagte Tante Lois, der Scheck sei nicht gedeckt gewesen, was Papa noch tiefer kränkte.

»Manchen Leuten kann man's wohl nie recht machen, und wenn man sich noch soviel Mühe gibt«, sagte er wehmütig, und sogar Lena schämte sich für ihre Dreistigkeit. Er brachte ihnen rote Baskenmützen mit, Stiefel mit Pelzbesatz für Florrie und ein Musterbuch berühmter, von seiner Firma in allen Teilen der Welt errichteter Grabmäler. Als Lena sagte, daß Tante Lois der Meinung sei, Mama müsse einen Grabstein haben, sprach er davon, auch für sie ein solches Grabmal zu bestellen. Von Bonnie gab er ihnen ein Liederbuch, riet ihnen, ihrer Tante nicht zu sagen, von wem es sei, und brachte ihnen »Nimm mich mit zum Baseballspiel« bei. Als er ging, waren sie verwirrt und traurig, weil er Tante Lois kritisiert hatte und ihre Gefühle wegen Tante Lois' ständiger Attacken gegen ihn ohnehin schon durcheinandergeraten waren. Nur Florrie blieb standhaft und erklärte feierlich ihre uneingeschränkte Bewunderung für Papa, der auch ihre Zuneigung zu Tante Lois keinen Abbruch tat. Lena aber war zwischen beidem hin- und hergerissen.

Noch mehr Geheimnisse mußten gehütet werden, als sich eines Tages niemand anderer auf dem Wohnzimmersofa rekelte als Mr. Hartwell, Papas Freund. Er gab jedem der Kinder einen Vierteldollar und sagte, daß sie Papa unter keinen Umständen von seinem Besuch erzählen dürften, und Tante Lois ermahnte sie streng, Mr. Sweeney nichts davon zu sagen. Mr. Hartwells Besuche fanden bald regelmäßig statt, meist wenn die Kinder in der Schule waren, und gestalteten sich ganz anders als die von Mr. Sweeney. Tante Lois lachte über alles, was er sagte, und er folgte ihr beim Kochen auf Schritt und Tritt, tätschelte ihr die Schulter und zog sie an ihren blonden Locken. Auch er brachte Süßigkeiten mit. Er sammelte Bilder von Lillian Russell, um Tante Lois zu zeigen, wie ähnlich sie ihr sehe, und nannte die Errötende seinen Abendstern. Er fühlte sich ganz wie zu Hause, hielt in dem Schlafzimmer im Erdgeschoß ein Schläfchen, wenn er von einer Reise zurückkam, und bediente sich aus dem Kühlschrank. Nach seinen Besuchen war Tante Lois jedesmal schlecht gelaunt, schimpfte mit den Kindern, weil sie den Kuchen gegessen hätten, den sie für ihn aufgehoben habe, und beklagte sich darüber, daß sie so angebunden sei, in einem Alter, da sie sich eigentlich ein schönes Leben machen könnte. Irgendwie hatten Mr. Hartwells Besuche etwas Geheimnisvolles an sich, und er benutzte oft die Hintertür, weil das praktischer sei, wie er sagte. Einmal rief eine Frau an und wollte ihn sprechen, und Tante Lois sagte, sie kenne keinen Hartwell. In seiner Gegenwart veränderte sich ihr Verhalten in einer Weise, die keinem der Mädchen gefiel. Normalerweise stolz und würdevoll, schäkerte, kicherte und errötete sie jetzt auf eine alberne, für eine nicht mehr ganz junge Frau höchst unpassende Art. Lena sagte, sie habe gute Lust, Papa alles zu erzählen, doch als sie es tatsächlich tat, brach Papa zu ihrer Verblüffung in schallendes Gelächter aus.

»Dieser Schlawiner!« rief er und konnte gar nicht wieder aufhören zu lachen. »Na warte, wenn ich den erwische! Ich sag ihm, ich hab's von Mabel. Geschieht ihm recht, dem Schlitzohr!«

Als es dann soweit war, verliefen die Dinge nicht in dieser, sondern in einer für ihn sogar noch befriedigenderen Form. Tante Lois war zu Hause, als er eines Tages »sternhagelvoll«, wie sie es Mr. Sweeney später beschrieb, bei ihr auftauchte. Sofort attackierte sie ihn wegen seines schicken neuen Überziehers, wo doch die Kinder etwas zum Anziehen bräuchten; sie wolle wissen, ob er ernsthaft vorhabe, Lena Klavierstunden nehmen zu lassen, wie Daisy es sich immer gewünscht habe; sie wolle wissen, was an dem Gerede dran sei, daß Bonnie Purdy im ganzen Land herumfahre, um sich mit ihm zu treffen – das sei ja bereits Stadtgespräch –, und daß sie in Cleveland und Toledo im selben Hotel gewohnt habe wie er; was für ein Vater er sei, daß er sich nach einer wunderbaren Frau wie Daisy mit einem Flittchen wie Bonnie Purdy abgebe, so daß seine Töchter mit einem schlechten Namen aufwachsen müßten.

Papa wurde ganz blaß, und für einen Augenblick verschlug es ihm die Sprache.

»Was kann ich dafür, wo Bonnie hinfährt?« fragte er schließlich mit zitternder Stimme. »Wenigstens nehm ich sie keinem anderen weg. Du hast es gerade nötig, Lois, du mit deinem Ed Hartwell. Du weißt genau, daß Mabel seine Freundin ist. Kümmer dich lieber um deinen eigenen Ruf, ich kümmre mich um meinen. Über dich reden die Leute viel mehr als über mich.«

Das brachte Tante Lois offenbar zum Schweigen; jedenfalls war sie danach verschlossen, benahm sich sonderbar und war unfreundlich zu den Kindern. Mr. Hartwell kam nicht mehr ins Haus, doch von ihren allwöchentlichen Fahrten nach Cleveland brachte sie jedesmal eine Schachtel Eugenia-Süßigkeiten und eine Ausgabe seiner Lieblingszeitschrift *Cosmopolitan* mit. Sie behauptete zwar, sie fahre nach Cleveland, um ihre Mutter zu besuchen, doch ihre Berichte von der Hodge Street blieben vage, und oft war sie lange Zeit geistesabwesend. Sie mochte es nicht, wenn Lena nach der Schule Mary Evelyn mitbrachte, und verbot es ihr schließlich rundweg, weil Mary Evelyns Mutter eine Klatschbase und Unruhestifterin sei. Lena ließ sich ihr gesellschaftliches Leben jedoch nicht nehmen und ging statt dessen zu Mary Evelyn nach Hause, das habe Papa ihr erlaubt. Und als Papa ihr verbot, ihre Sonntagsschuhe in die Schule anzuziehen, entgegnete sie, Tante Lois habe es ihr erlaubt. Auf diese Weise schuf sie sich eine angenehme Unabhängigkeit.

Es war Lenas Schuld, daß Mary Evelyn da war, als Mr. Hartwells Mabel zu Tante Lois kam, und daß auf diese Weise die ganze Stadt davon erfuhr. Lena hatte Mary Evelyn verbotenerweise zum Plätzchenessen hereingelassen, weil Tante Lois erst um sechs aus Lesterville zurück sein sollte. Marcia und Florrie spielten auf den Haustürstufen Jacks, als eine große blonde Frau in Samt und kunstvollem Federputz den Gartenweg heraufkam. Marcia freute sich, als sie Mabel erkannte, die damals bei den lustigen Abenden im Hotel dabeigewesen war. Doch Mabel war nicht zu Freundlichkeiten aufgelegt.

»Wo ist eure Tante?« fragte sie.

Sie sei nicht da, antworteten Marcia und Florrie wie aus

einem Munde. Da wartete Mabel. Fast eine Stunde saß sie im Wohnzimmer, kerzengerade und ohne ihre Glacéhandschuhe oder den Hut abzulegen. Lena und Mary Evelyn lugten von Zeit zu Zeit neugierig durch die Tür. Um kurz nach sechs fuhr ein Taxi vor, dem Tante Lois entstieg, mit Paketen beladen und in Begleitung von Mr. Sweeney. Kaum hatten sie das Haus betreten, fing die Besucherin an zu schreien. Auch Tante Lois stieß einen Schrei aus, dann hörte man zu Boden fallende Pakete, japsende Stimmen und Mr. Sweeneys leisen Ruf: »Aber meine Damen!« Schließlich kam Mabel herausgestürmt, puterrot, zerzaust und tränenüberströmt. »Ogottogottogott!« murmelte sie.

Mr. Sweeney tröstete Tante Lois, die leichenblaß und zitternd auf dem Sofa lag.

»Ich glaube allen Ernstes, sie hatte einen Revolver bei sich«, sagte Mr. Sweeney. »Was wollte sie denn bloß von Ihnen? Was hat sie da von ihrem Mann geschrien, und wer ist sie überhaupt? Ich rufe wohl besser die Polizei.«

»Nein«, sagte Tante Lois kurz angebunden. Nervös entzog sie ihre Hand seinem besänftigenden Griff. »Eine Verrückte war das. Sie muß mich mit irgend jemandem verwechselt haben.«

»Ich bleibe besser hier, für den Fall, daß sie wiederkommt«, sagte Mr. Sweeney ernst und tätschelte von neuem ihre Hand.

»Lassen Sie mich um Gottes willen in Ruhe!« rief Tante Lois außer sich und schob ihn beiseite. »Sehen Sie denn nicht, in welchem Zustand ich bin?«

Diese undankbaren Worte kränkten Mr. Sweeney so tief, daß er aufstand, sich höchst würdevoll das Jackett über der breiten Weste zuknöpfte und majestätisch aus dem Haus schritt.

»Es geht mich natürlich nichts an«, sagte er an der Tür, »aber ich muß sagen, ich verstehe diesen Vorfall nicht. Nicht im mindesten, Mrs. Blair.«

Andere Leute in London Junction waren gewitzter und zogen ohne Schwierigkeiten interessante Schlußfolgerungen aus Mary Evelyns zum Glück recht ausführlichem Bericht. In der

Schule teilte Myrtle Chase, das neue Mädchen, Lena mit, daß sie nicht mehr mit ihr spielen dürfe, und die Mutter von Marcias Banknachbarin verlangte, daß ihre Tochter weggesetzt werde. Papa aber ergriff in öffentlichen Diskussionen überraschend Lois' Partei und ging sogar so weit, Ed Hartwell zu sagen, daß Mabel in keinster Weise eine Dame sei. Ed erwiderte bekümmert, so etwas merke man manchmal erst, wenn es zu spät sei. Wenn eine Frau wie Mabel ihr wahres Gesicht zeige und sich nicht wie eine Dame benehmen wolle, dann gehöre ihr der Allerwerteste versohlt. Sollte sie Tante Lois noch einmal anrühren, werde er genau das tun, obwohl er ja sonst der gutmütigste Mensch der Welt sei.

20

Mrs. Janes Pension lag in der West Park Street in Lesterville, und vielleicht das Beste, was man von ihr sagen konnte, war, daß die Märkte und die Stahlwerke nicht weit entfernt waren. Die eine Straßenseite war von Lagerhäusern gesäumt, von alten, in Bäckereien umgewandelten Wohnhäusern und von Läden, über denen Zimmer vermietet wurden, auf der anderen reihten sich die Büros und sonstigen Gebäude der Stahlwerke aneinander, bis dorthin, wo sich in der Ferne der rotleuchtende Himmel über den Werkhallen selbst spannte. Die Pension war Papa von einem Unbekannten am Bahnhof genannt worden, und so war die Familie Willard mit Sack und Pack in der West Park Street gelandet, ebenso plötzlich wie einst in der Hodge Street. Auch die Gründe des Umzugs waren ähnlich: vage Rachegefühle gegenüber Tante Lois, das Schicksal und all die anderen Dinge, die Papa fortwährend zum Handeln zwangen. Die Kinder platzten schier vor Stolz, weil Papa Anspruch auf sie erhob und sie ihm jetzt gewissermaßen den Haushalt führten. Er arbeitete in Lesterville bei einer Modewarenfirma, der High Class Novelty Company, und war nachts zu Hause – zumindest machte er keinen Außendienst mehr.

»Ich will mich jetzt mal ausruhen, nicht mehr herumreisen,

etwas für die Gesundheit tun«, hatte er Mrs. Jane anvertraut, als sie einzogen. »Diese kalten Hotelzimmer und diese zugigen Eisenbahnabteile – da holt man sich ja den Tod. Wie oft hab ich nachts in so einem elenden Hotelzimmer gesessen und am ganzen Leib gebibbert! Erst war mir heiß, dann kalt, und meine Hände haben so gezittert, daß ich kaum mein Glas halten konnte. Das einzige, was da hilft, ist ein kleiner Brandy, alle fünf Minuten ein Schluck, bis der Anfall vorbei ist.«

Mrs. Jane sagte, sie habe fürchterliche Schwindelanfälle, die gar nicht besser würden, und auch da sei Brandy das einzig wirksame Mittel. Und da Papa einen Schüttelfrost und Mrs. Jane einen Schwindelanfall nahen fühlten, tranken sie sogleich ein Glas Brandy, während sie den Mietpreis und die sonstigen Bedingungen für das neue Quartier aushandelten. Der Hauptvorteil des Arrangements bestand darin, daß Mrs. Jane, da sie drei Kinder verloren hatte – totgeboren, ein Unfall, »morbus Cholera« –, das nötige Rüstzeug besaß, um auf drei mutterlose kleine Mädchen aufzupassen. (An dieser Stelle wischten sich sowohl Papa als auch Mrs. Jane die Augen und blickten trübsinnig auf die Mädchen, die auf dem Bett gemütlich Karten spielten.) Mrs. Jane sagte, sie habe mit den Arbeitern, die bei ihr wohnten und zum Teil Nachtschicht machten, zwar sehr viel zu tun, aber sie werde sich um die drei Püppchen ganz besonders kümmern, ihnen mindestens einmal am Tag von ihrem eigenen Essen geben und dafür sorgen, daß sie sich die Ohren wüschen und nicht wie die Strolche herumliefen. So einigte man sich, und Papa meinte befriedigt, ein gewisses Maß an Kritik nehme er von gewissen Leuten ja hin, aber irgendwann müsse man sie doch in die Schranken weisen, auch wenn es ihnen peinlich sei.

»Schreibt eurer Oma und Tante Lois, sie sollen die Finger von euch lassen, euer Vater kümmert sich jetzt selbst um euch«, wies er die Kinder an, und mit dem Versprechen, sie am nächsten Tag in der Schule anzumelden, setzte er sich den Hut schräg auf den Kopf und verschwand ins Lesterville Hotel. Mr. Hartwell sei dort abgestiegen, und er treffe seinen alten Freund kaum noch.

Die Kinder sahen sich neugierig in den Räumen um, bereit, sie schön zu finden, aber auch ein wenig verstört. Das Zimmer, das ihnen als Schlafraum, Wohnraum und Küche dienen sollte, einst eine altmodische Familienküche, zeigte noch Spuren seiner ursprünglichen Zweckbestimmung, war aber für die Bedürfnisse der Mieter mit altem Wohn- und Schlafzimmermobiliar ausgestattet worden: einem Klappbett aus Vogelaugen-Ahorn mit bauchig gewölbter Front, in dem die Kinder schlafen sollten, einem abgewetzten Lehnstuhl, einem schwarzen Nußbaumarmstuhl mit reichen Schnitzereien (von denen sich ein Teil später als versteinerter Kaugummi entpuppte) und einem Kleiderständer in einer Nische, in der früher der Herd gestanden hatte. Der Boden war mit bräunlich gesprenkeltem, durchgescheuertem Linoleum getarnt, das an der mittleren Tür von grünlich gesprenkeltem, durchgescheuertem Linoleum abgelöst wurde. Einen Kartentisch mit bedenklich schiefen Beinen verhüllte eine quastengeschmückte pflaumenblaue Samtdecke mit einem Zinnteller darauf, der bunte mexikanische Tonfrüchte enthielt und den Fleck in der Mitte fast ganz verbarg. Eine hohe Rundbogenschiebetür führte in einen dunklen Alkoven, in dem sich Papas Messingbett und ein gewaltiger schwarzer Nußbaumschrank drängten. Hinter einer weiteren Schiebetür, die mit durchweichten Hartfaserplatten verkleidet war, lagen Mrs. Janes Räume. Die Vorhänge an dem hohen schmalen Fenster waren staubig und voll Fliegendreck, aber so neckisch gerüscht und gerafft, als hingen sie vor einer sonnigen Gänseblümchenwiese und nicht vor einem Luftschacht. Durch eine Öffnung knapp unter der Decke ragte rätselhafterweise ein schwarzes Ofenrohr ins Zimmer und beschrieb eine Biegung, um dann durch eine andere Öffnung wieder zu verschwinden. Den dazugehörigen Ofen gab es längst nicht mehr, so daß das Rohr rein dekorativen Zwecken diente, denn Mrs. Jane meinte, es sehe besser aus als die Löcher in der Wand.

Mrs. Jane war eine magere, schlaffe Person von fünfundvierzig Jahren, bleichgesichtig, den mürrischen Mund ständig zu einem aufmunternd gedachten Lächeln verzogen, das sich jederzeit zu einem fröhlichen Gegacker steigern konnte und dann in unaffektierter Ehrlichkeit Zahnprothesen, Gaumen und Mandeln sehen ließ. Eine Neigung zur Gelbsucht verlieh ihren Augäpfeln eine gelbliche Färbung und ihrem dünnen Hals Ansammlungen brauner Flecken. Sie hatte eine hohe Kleinmädchenstimme und pflegte beim Sprechen interessiert den Kopf schräg zu legen, was jedoch lediglich Mißtrauen zerstreuen und nicht etwa das andere Geschlecht anlocken sollte, denn weiß der Himmel, keiner ihrer männlichen Mieter, wie sie Papa eilig versicherte, brauche Angst zu haben, von ihr bedrängt zu werden. Sie habe ihre Chancen gehabt und habe sie noch immer, und daß ein gutaussehender junger Mann mit drei mutterlosen Kindern ihr leid tue, bedeute keineswegs, daß sie auf der Suche nach einem Ehemann sei. Papa sagte, eine Frau mit ihrer Figur brauche ja wohl nicht lange zu suchen, und sie meinte, da habe er allerdings recht. Mrs. Jane redete oft und mit Wohlgefallen von ihrer Figur, die sie freilich nur selten vorteilhaft präsentierte. Zum Einkaufen trug sie eine Schürze und eine Spitzenhaube, denn ihr Kopf war fast immer mit Metall-Lockenwicklern gepanzert. Bei der Hausarbeit verhüllte sie ihn mit einer Staubkappe, einem Handtuch oder einer Serviette, je nachdem, was gerade greifbar war, und schlurfte mit nackten Beinen in Hausschuhen umher, mit einem verschlissenen Kimono bekleidet, dessen geblümte Ärmel hochgeschlagen und an den Schultern festgesteckt waren. Diese Arbeitskleidung vermittelte einen Eindruck häuslicher Fron, bedeutete jedoch wie so manches um einen Frauenkopf geschlungene Tuch nichts weiter, als daß es viel Arbeit gab, die aber auch später erledigt werden konnte. Auf der Treppe stand gewöhnlich ein verlassener Putzeimer, an einer Tür lehnte ein Mop, ein Besen oder ein Teppichkehrer, der dem nichtsahnend Eintretenden einen Schlag versetzte, und auf einer Treppenstufe lag manchmal den ganzen Tag über eine Kehrichtschaufel voll Unrat. Halb gewaschene Wäsche im Garten, ein auf dem Herd anbrennender Eintopf –

ehrgeizige Projekte, die Mrs. Jane morgens in Angriff nahm und dann zugunsten anderer Projekte wieder fallenließ: der Säuberung des Dachbodens, einem Feilschrundgang über den Markt. Sprachen die Mieter sie beim Anblick ihrer überall herumstehenden Arbeitsgeräte auf ihren Fleiß an, erwiderte sie klagend und dennoch vergnügt: »Jaja, die Arbeit einer Frau ist nie getan« – ein spektakuläres Bonmot, das sie in schallendes Gelächter ausbrechen ließ –, um dann womöglich alles stehen- und liegenzulassen und im Schaukelstuhl auf der Veranda die Zeitung zu lesen.

Einen großen Teil ihrer Zeit verbrachte Mrs. Jane mit der Suche nach ihrem Haustier, einem mächtigen getigerten Kater namens Tommy. Von morgens bis Mitternacht hörte man ihre weinerlichen Rufe: »Tommy! Tommy! Wo bist du denn, Tommy, mein Schatz? Hierher, Tommy!«, und es verging kaum ein Tag, an dem sie nicht mehrere Stunden in der quälenden Gewißheit verbrachte, daß Tommy gestohlen oder überfahren worden sei. Dem Kater schien es größtes Vergnügen zu bereiten, seiner ergebenen Herrin dieses tägliche Drama zu verschaffen. Während sie ihn verzweifelt suchte und, oft unter Schluchzen, nach ihm rief, lag Tommy blinzelnd unter der Veranda oder auf dem Dach und verfolgte ihr aufgeregtes Treiben mit einer Art männlich-sardonischem Lächeln. Hatte er sich hinlänglich am Anblick seiner lieben Madam geweidet, die sich seinetwegen lächerlich machte, reckte und streckte er sich und spazierte gemächlich zu seinem Polster auf der Hintertreppe, wo sie ihn zu gegebener Zeit dabei antraf, wie er sich die Nägel manikürte und die Schnurrhaare putzte, als wenn nichts gewesen wäre.

»Die verstehen alles!« verkündete Mrs. Jane stolz und zeigte auf das kluge Tier. »Man glaubt nicht, was die alles verstehen!«

Für Mrs. Jane waren die Willard-Kinder, wie sie sagte, fast wie ihre eigenen, was bedeutete, daß sie Besorgungen für sie machen und ihr im Haushalt helfen mußten. »Jetzt macht mal eure Betten, Kinder! Hast du deine Fußleisten gewischt, Marcia? Habt ihr eure Kommoden abgestaubt?«

Marcia haßte dieses »deine« und »eure«, denn sie wollte mit diesen Haushaltswidrigkeiten nichts zu tun haben. »Das sind nicht *meine* Fußleisten«, murrte sie. »Es sind *ihre*!«

Nach ihrer ersten freundschaftlichen Unterredung hatten Papa und Mrs. Jane ihre Beziehungen nicht weiter vertieft, obwohl Mrs. Jane sich redlich darum bemühte. Sie versuchte die Mädchen auszuhorchen: »Euer Vater hat doch bestimmt irgendwo einen Schatz, ein junges Ding wahrscheinlich, so jung, daß sie seine Tochter sein könnte. Er hat ja auch wirklich Schmiß, so wie er geht und wie er seinen Hut aufsetzt. Der läßt bestimmt was für die Mädchen springen. Irgendwann mach ich mich mal fein und zieh mir ein neues marineblaues Kostüm an. Da wird er Augen machen! Ich hab meine Figur gehalten, und meine Zähne sind noch komplett, das ist die Hauptsache.«

Eines Tages, so sagte Mrs. Jane, werde sie sich im sonnigen Kalifornien zur Ruhe setzen und den ganzen Tag vor ihrem Bungalow in der Hängematte liegen. Wenn sie den richtigen Mann fände, vielleicht einen Witwer mit ein bißchen Schmiß, würde sie ihm ihre Ersparnisse geben, und dann würden sie machen, daß sie fortkämen. Hätte der Witwer Kinder, würde sie ihnen eine zweite Mutter sein. Dergleichen Überlegungen machten die Kinder trübsinnig und Papa mißtrauisch, auch wenn er nach außen hin freundlich blieb. Als Mrs. Jane vorschlug, die Schiebetür zu ihren Räumen zu öffnen, erklärte er großmütig, das könne er nicht zulassen, was sollten denn die Leute denken, manche seien nun einmal so. Mrs. Jane erwiderte, sie sei alt genug, um nichts darauf zu geben, was die Leute sagten, schon gar nicht, wenn sie jemanden möge, doch Papa entgegnete, sie sei nicht ehrlich gegen sich selbst; eine Frau in ihrer gesellschaftlichen Position könne gar nicht vorsichtig genug sein, und er gedenke ihr dabei zu helfen, diese geachtete Position zu wahren.

Danach brachte er einige Zeit damit zu, den Kleiderschrank an die Schiebetür zu rücken, für den Fall, daß die Hartfaserplatten dem Ansturm der Ereignisse nicht standhalten würden.

21

Papa saß in dem geschnitzten Stuhl und zupfte auf der Gitarre, die Beine übereinandergeschlagen, den Blick träumerisch zur Decke gerichtet.

»Schneeweiß sind die Felder heut nacht«, sang er mit weicher Stimme. »Komm, Florrie, sing mir nach. Die anderen beiden können's schon.«

Florrie saß mit gefalteten Händen dicht vor ihm auf einem Schemel, und ihre großen, ernsten blauen Augen blickten verehrungsvoll zu ihm auf.

»Nee weiß in die fällt er Heu macht«, sang sie gehorsam.

»Als nächstes singen wir ›Vom fernen Irland komm ich her‹, ja?« drängte Marcia, und Lena sagte: »Und danach ›Armer kleiner Joe‹.«

»Wie würden die Alten sich freu'n«, sang Papa weiter, ohne zu antworten.

Fast nie mehr sang er ihre alten Lieblingslieder, und wenn die Mädchen sie sangen, unterbrach er sie und schickte sie fort, um irgend etwas zu besorgen, oder er selbst verließ mit gerunzelter Stirn das Haus. Es war, als seien die Lieder zusammen mit Mama auf dem Friedhof begraben, bedeckt von Immergrün und Friedhofsblumen. Manchmal schloß Marcia die Augen und sah

Mama hinter jenem letzten eisernen Friedhofstor verloren umherwandern, die Augen blind vom Tod, auf dem Rücken die schwere Last, und neben ihr gingen der heimatlose junge Ire und der arme kleine, in seinen Lumpen zitternde Joe. Schneeflocken tanzten und wirbelten um die drei Gestalten wie in der Schneekugel auf Mrs. Janes Kaminsims, bis der Schneesturm sie ganz verschlang, so wie die kleine Schäferin in der Kugel. Vielleicht, so überlegte Marcia, sah Papa auch die alten Lieder so und wollte sie vergessen.

»Wie wär's mal mit was Neuem?« fragte Mr. Taylor, Papas neuer Freund.

»Das hat man davon, wenn man nicht mehr reist«, klagte Papa. »Man ist überhaupt nicht mehr auf dem laufenden. Bis ein Schlager hierherkommt, ist er uralt.«

»Vorige Woche in Columbus, da hab ich einen guten gehört«, sagte Mr. Taylor. »›Wenn ich tausend Leben hätte‹, hieß der. Der Sänger kam im Galaanzug auf die Bühne und hat angefangen zu singen, und dann ist hinter ihm in so einer Art Rahmen ein Mädchen aufgetaucht wie ein Bild. Ganz verrückt hat einen das gemacht. Zum Schluß ist sie aus dem Rahmen rausgestiegen und zu ihm hin, und dann sind sie zusammen auf der Bühne hin und her, sie vor ihm, so in seinem Arm. Bestimmt fünf-, sechsmal haben sie's gesungen.«

»Und wie ging das?« fragte Papa interessiert.

Mr. Taylor kratzte sich die Nase.

»Wenn ich – nein, tiefer: wenn ich – damdidamdidam. Ach, zum Teufel, so ein Schlager eben, die sind doch alle gleich. Da hör ich nicht so genau hin.«

»Na, Detroit wär mir aber allemal lieber als Columbus«, sagte Papa und griff wieder nach der Gitarre. »In Detroit, Michigan, da hab ich ein paar von den besten Vorstellungen der Welt gesehen, das muß ich wirklich sagen.«

»Sie waren wohl noch nie in Detroit, was, Mr. Taylor?« fragte Marcia vergnügt.

Mr. Taylor sah sie mißmutig an.

»Wie wär's, wenn die Kinder draußen spielen würden?« schlug er vor, worauf alle drei Mädchen ihn mit einem vorwurfsvollen Stirnrunzeln bedachten.

Mr. Taylor war Papas neuer Freund in Lesterville, ein rotblondes, vertrocknetes Männchen mit einer langen spitzen Nase, die wie eine Rattenschnauze aussah und ihn selbst nicht weniger zu faszinieren schien als andere, denn er zupfte ständig daran und schielte dann auf sie hinab, um zu sehen, ob sich etwas an ihr verändert hatte. Zwischendurch zog er sie zu einem fortwährenden Schnüffeln kraus, begleitet von einem schnellen Zwinkern seiner Knopfaugen. Er beschnüffelte Worte ebenso wie Menschen, so als hätten seine Nasenflügel die Funktion aller anderen Sinnesorgane übernommen, und er konnte einen Gedanken und sogar die Vermögenslage eines Menschen schneller erschnüffeln, als ein Spürhund einen Fuchs wittert. Er lebte in einem Männerwohnheim in der West Park Street und war stolz darauf, denn es nannte sich The Hermits' Club – Eremitenclub – wie das gleichnamige Etablissement in Cleveland, nur daß die Lesterviller Eremiten durch keinerlei Bande der Geselligkeit miteinander verbunden waren, sondern nur durch den gemeinsamen Bedarf an einem billigen Zimmer. Mr. Taylor hatte sich Visitenkarten mit seinem Namen und dem des Clubs drucken lassen und verteilte sie an Fremde, die den Club nicht kannten. Dessen Vorzüge waren, abgesehen von einem Bett und der Benutzung des Aufzugs, so begrenzt, daß Mr. Taylor häufig zu den Willards kam, meist sonntags, weil er dort genug Platz hatte, um die Witzseiten der Zeitung auszubreiten. Am besten gefiel ihm »He, ho! Und ihr Name war Maud«, und er gebrauchte diese Worte oft, um einem Argument den entscheidenden Nachdruck zu verleihen.

Er trug eine Mütze, die er niemals abnahm, ein ausgebeultes, grünlich kariertes Gebilde mit einem langen, tief über die Nase herabgezogenen Schirm, und hinter seinem Ohr klemmte stets ein Zündholz als Sicherheitsvorkehrung gegen jegliche Verzögerung, wenn ihn das Bedürfnis nach sofortigem Rauchgenuß überkam. Zu seinem ziegelroten Norfolk trug er eine Fliege. Er besaß nur ein einziges Seidenhemd, das er laut Papa nie auszog, und dennoch blickte er in seiner Eitelkeit verächtlich auf Papas anderen Freund herab, Ed Hartwell, den bestangezogenen Mann, den Papa je gesehen hatte.

Als Papa Mr. Taylor zum ersten Mal mitbrachte, mußten die Kinder laut lachen, weil er so klein und drollig wirkte wie ein Affe. Doch wie so viele drollige, zwinkernde kleine Männer mit rauher, komisch näselnder Stimme war er alles andere als lustig. Er aß ihnen die besten, von Mr. Hartwell mitgebrachten Süßigkeiten weg, er kniff sie in die Wangen, zog sie an den Locken und kommandierte sie herum, als wäre er ihr Lehrer oder ein Verwandter und nicht bloß einer von Papas Arbeitskollegen bei der High Class Novelty Company.

»Eins kann ich dir sagen: Das Modewarengeschäft hat Zukunft«, sagte er weise nickend. »Das würde Charlie Taylor nicht einfallen, im ganzen Land herumzulatschen und Grabmäler zu verkaufen, wie du's getan hast, Willard. In einer aufstrebenden Stadt wie Lesterville bleiben und ins Modewarengeschäft einsteigen, das kann ich jedem nur raten.«

Papa pflichtete ihm herzhaft bei – ein wenig zu herzhaft vielleicht – und sagte, diese kluge Bemerkung habe viel für sich. Er beabsichtige zwar nicht, den Rest seines Lebens in Lesterville zu verbringen, aber es sei doch eine Erleichterung, nicht mehr von einem drittklassigen Laden wie der Mausoleum Company unter einem Gauner wie Colgate Custer herumgeschubst zu werden, der ja wohl Negerblut in den Adern habe wie alle Südstaatler; man sehe das an den Fingernägeln. Ein lebenslustiger Mensch, der, wie er selbst, überall herumgekommen sei, kenne natürlich vieles und vermisse die Vorzüge der Großstadt – die neuesten Schlager beispielsweise, ab und an einen Austerncocktail – versuch mal, in Lesterville einen zu kriegen! –, Hummer Newburg, Pfirsich Melba. Aber das sei schließlich nicht das einzige, was zähle. Bei der High Class Novelty Company werde man wie ein Gentleman behandelt, auch wenn man nicht soviel

Geld mache wie im Außendienst. Dafür habe man die Möglichkeit, ganz normale Leute kennenzulernen, und es gebe keinen besseren Mann im Geschäft als Troyan, der zwar Ausländer sei, ja, Böhme, aber die Böhmen seien großartige Leute, wenn man sie erst mal näher kennenlerne. Die machten einem keine Schwierigkeiten wegen der Spesenabrechnung, die wüßten, was sie an einem erstklassigen Verkäufer hätten. Mr. Taylor beäugte während Papas Loblied auf den Chef schweigend seine Nase, und alles, was er dazu sagte, war: »Der Mensch muß nun mal für jemanden arbeiten, also was soll's? Wer's nicht tut, der verhungert, also was soll's?«

Marcia und Lena mochten Mr. Taylor nicht, denn entweder störte er durch seine Anwesenheit ihre Spiele, oder aber er machte ihre Abende einsam, weil er ihnen Papa entführte, gewöhnlich in Stein's Saloon bei den Stahlwerken.

Papa verteidigte seinen neuen Freund und sagte, er sei ein Mann, der eine Menge Sorgen habe – seine Frau sei mit einem anderen durchgebrannt und habe den kleinen Sohn bei ihm zurückgelassen, den er jetzt aber nicht mehr oft sehe. Er sei so vernünftig gewesen, ihn bei der Mutter seiner abtrünnigen Frau unterzubringen, der man klargemacht habe, daß es ihre Pflicht sei, für den Skandal in der Familie zu büßen. Jetzt saß Mr. Taylor auf der Armlehne des ramponierten Lehnstuhls, wirbelte seine Uhr im Kreis und verdarb durch sein mißtönendes Pfeifen Papas Gesang. Marcia saß im Schneidersitz auf dem Boden und schrieb in ihr Aufsatzheft, Lena legte eine Patience und wartete darauf, daß sie mit Papa singen durfte.

In dem Spülbecken in der Ecke standen die Reste des Sonntagsessens – Dosenbohnen, Wiener Würstchen und Brötchen –, und auf dem Gaskocher dampfte der Teekessel mit dem Spülwasser, ein rostiges, unförmiges Gebilde mit einem zu großen Deckel, der bis über die Tülle reichte und dem Topf dadurch eine verblüffende Ähnlichkeit mit Mr. Taylor verlieh.

»Zum Teufel, Willard, willst du den ganzen Tag hier rumhängen?« fragte Mr. Taylor rastlos.

Florries Unterlippe begann zu zittern.

»Ich will aber das Lied lernen!« fing sie an zu schluchzen, und Papa setzte eilig seine Lektion fort, denn Florrie war sein Liebling.

Mr. Taylor nahm seine Kaffeetasse mit dem Löffel darin, kratzte unter geräuschvollem Rühren die letzten Zuckerreste aus den Sprüngen und betrachtete die Kinder nachdenklich, als ob er, wie Marcia ihrer Schwester erbittert zuflüsterte, vorhätte, sie zu verschlingen, wenn sich sonst keine Möglichkeit ergab, sie loszuwerden.

»Mach's dir doch noch einen Moment gemütlich, Charlie«, drängte Papa. »Ich muß erst noch die Kinder beruhigen.«

Mr. Taylor stellte die Kaffeetasse auf den Boden und rasselte mit seinen Schlüsseln. Wenn es nichts gab, womit er rasseln oder woran er kratzen konnte, trommelte er auf dem nächstbesten Gegenstand herum, oder er schnaubte, hustete, pfiff oder machte irgendwelche sonstigen Geräusche, um sich aufzumuntern oder seine Anwesenheit kundzutun. Jetzt stand er auf und nahm sich genau die kandierte Frucht, um die Marcia und Lena sich zuvor gestritten hatten. Dann schaute er in Marcias Aufsatzheft.

»Schreibst du was ab?« fragte er.

Marcia warf ihm einen eisigen Blick zu.

»Ich schreib nicht ab, ich denk mir selber was aus.«

Mr. Taylor quittierte diese Abfuhr mit einem munteren Pfeifen und begann gemächlich durch die Räume zu schlendern. Er warf einen Blick in den Kleiderschrank, klopfte gegen das Ofenrohr und schaute durch die Küchenvorhänge auf den hohen schwarzen Lattenzaun, der nur einen guten halben Meter entfernt war. Spärliche Mittagssonne erhellte diese bezaubernde Aussicht und tauchte einen blechernen Ascheimer, der gerade von Mrs. Janes Kater Tommy erkundet wurde, in ein sanftes Licht.

»Was zahlst du eigentlich für dieses Loch hier?« erkundigte sich Mr. Taylor und zog die Nase kraus.

Papa legte die Gitarre in ihren Kasten zurück, und die Mädchen warfen dem Eindringling vorwurfsvolle Blicke zu.

»Siebenfünfzig die Woche«, sagte Papa. »Wucher ist das, aber die alte Dame paßt auf die Kinder auf. In London Junction, als meine Frau noch lebte, da hatten wir ein wunderhübsches kleines Haus für zehn Dollar im Monat. Eins a möbliert. Tatsache ist: Ich hatte gerade ein nagelneues Speisezimmer bestellt, genau an dem Tag, als Daisy starb. Sie wollte alles nur vom Besten. Moment mal, ich hab da ein Bild von einer Schauspielerin, die sieht genauso aus wie sie. War letzte Woche im *Leader.*«

Er zog einen Zeitungsausschnittt aus seiner Westentasche, und die Kinder liefen zu Mr. Taylor, um über seine Arme hinweg das Bild zu betrachten. Die Frau darauf sah tatsächlich ein bißchen aus wie Mama. Sie hieß Mabel Taliaferro, doch Papa hatte auch noch andere Fotografien von Schauspielerinnen, die ihn mit ihren Ponyfransen, der Neigung ihres Kopfes oder einem gewissen Augenausdruck an Mama erinnerten. Die Kinder taten es ihm gleich und schnitten jede Zeitungsschönheit aus. Schüttelte Papa nach eingehender Betrachtung schweigend den Kopf, waren sie enttäuscht und rechtfertigten ihren Irrtum mit dem Hinweis, daß die Uhr der Betreffenden, ein Band oder ihre Ohrringe wie die von Mama aussähen. Mr. Taylor musterte oder vielmehr beschnüffelte den Zeitungsausschnitt desinteressiert und gab ihn Papa zurück.

»Sieht für mich nur aus wie diese Mabel Soundso, also was soll's?« war sein Kommentar, doch Papa besah sich das Bild noch einmal und hielt es mit strenger, forschender Miene ans Licht, als wollte er ihm befehlen, Daisy zu sein. Dann steckte er es vorsichtig wieder ein.

»Warum hast du die Kinder eigentlich nicht bei ihrer Tante in London Junction gelassen?« fragte Mr. Taylor. »Es geht mich ja nichts an, aber sag selber, das hier ist doch nicht der richtige Platz, um Kinder großzuziehen.«

»Ihre Großmutter in Cleveland hatte Schwierigkeiten, und Lois mußte für längere Zeit zu ihr«, sagte Papa, aber die Kinder wußten, daß es zwischen Tante Lois und Papa Streit gegeben hatte, gegenseitige Anschuldigungen, die dazu geführt hatten, daß Papa sie Hals über Kopf nach Lesterville verfrachtet hatte.

»Ein Mieter von ihrer Großmutter hat eine brennende Zigarre liegenlassen, und die halbe Straße ist abgebrannt – vierzehn Häuser«, schilderte Papa die Katastrophe, die Omas Hodge-Street-Abenteuer beendet hatte. »Jetzt hat die alte Dame auch noch einen Prozeß am Hals, nachdem sie ihr gesamtes Mobiliar verloren hat und die meisten Mieter in der Aufregung vergessen haben, ihre Rechnung zu bezahlen. Lois hat bestimmt alle Hände voll zu tun, und die alte Dame muß noch mal ganz von vorn anfangen. Steigt jetzt bei einer Freundin ins Putzmachergeschäft ein.«

»Da kriegen wir unsere Hüte umsonst«, prophezeite Lena.

Mr. Taylor zuckte bei diesen familiären Einzelheiten ungeduldig die Schultern.

»Komm, wir gehen zu Hartwell ins Hotel«, sagte er. »Vielleicht ergibt sich da ein Spielchen. Die Kinder sollen spielen gehen, ist sowieso nichts, wenn sie die ganze Zeit hier drin sitzen. Sind schließlich groß genug, um sich allein zu amüsieren, also was soll's?«

Marcia und Lena schauten ihn wieder böse an, und Marcia erkühnte sich sogar, ihn nachzuäffen und die Nase kraus zu ziehen, so daß Florrie einen Kicheranfall bekam, über den sich Mr. Taylor, der die Ursache ahnte, sehr ärgerte.

Das Problem war, daß sie nicht wußten, wo sie in Lesterville spielen sollten. In Cleveland war die Gegend um die Hodge Street wie ein kleines Dorf gewesen. Lesterville dagegen entwickelte sich rasant vom Dorf zur geschäftigen Industriestadt und war zu groß für ein einziges Zentrum und zu klein für mehrere. In der großen West-Park-Street-Schule bildeten die Kinder eine geschlossene Gruppe, mit Ausnahme der Ausländer, die für sich blieben. Neue wurden in keine der beiden Gruppen aufgenommen. Marcia und Lena fürchteten die Pausen, weil dann am deutlichsten wurde, daß sie nicht dazugehörten.

Fünftkläßler gaben sich nicht mit Viertkläßlern ab, und Lena dachte nicht im Traum daran, ihren eigenen Kummer dadurch zu lindern, daß sie ihn mit Marcia teilte. In Marcias Klasse diktierte ein großes, sportliches Mädchen namens Burnadetta Spiele, Moden und Redensarten (»Oh, das wird sagenhaft!« – »Ach, Mensch!« – »Wenn's dir nicht paßt – Pech gehabt!«). Der gepflasterte Schulhof hallte wider von den Rufen ihrer ergebenen Gefolgschaft: »Burnadetta, komm mal her! Schau mal, was ich kann, Burnadetta! Wo ist denn Burnadetta? Ach, Burnadetta, Burnadetta, Burnadetta!« Ein Name wie Burnadetta verschaffte seiner Trägerin ebensoviel Prestige wie ein Pony oder ein großer Spielplatz oder auch ein neckischer Spitzname wie Jerry, wie die wildeste Range in Lenas Klasse genannt wurde. Welche sonstigen Eigenschaften außer einem attraktiven Vornamen diese Mädchen für ihre Führerrolle qualifizierten, blieb Außenstehenden verborgen; sie waren nur faszinierte Zuschauer bei den Spielen des inneren Kreises und trotteten hinter den anderen her, während die beflissenen Sklaven einander beiseite schubsten, um neben dem Idol gehen zu dürfen. »Ich trag dir deine Bücher, Burnadetta! ... Ich zeichne die Karte für dich, Jerry! ... Du kannst meinen Aufsatz abschreiben, Burnadetta! ... Ach, Mensch! Burnadetta, Jerry, was spielen wir jetzt?«

Lena und Marcia träumten von unerhörten Abenteuern, in denen Burnadetta oder Jerry sie grüßten und sogar unter den neidischen Blicken der anderen mit ihnen durchs Schultor gingen. Aber sie wußten, daß so etwas nur hätte geschehen können, wenn plötzlich Tante Lois in all ihrer Schönheit und Tüchtigkeit in der Schule aufgetaucht wäre und diesen Kindern unscheinbarer Mütter gezeigt hätte, daß eine schöne Tante ungleich erstrebenswerter war. Doch das waren Träume, mit deren Erfüllung man nicht rechnen konnte.

Auch die Schulkleidung war hier anders. Man trug Matrosenkleider, die in der Kinderabteilung eines Geschäfts gekauft wurden, und keineswegs die abgelegten von Tante Isobel umgearbeiteten Erwachsenenkleider, die sie zweimal im Jahr bekamen. Die Schulkinder in Lesterville hatten Taschengeld, aßen in der Schulkantine und fuhren in Gruppen mit der Straßenbahn zur Schule, oder sie gingen in der Pause in die Eisdiele und aßen einen Bananensplit. Doch selbst wenn Marcia und Lena das Geld dazu gehabt hätten, wären sie nicht aufgefordert worden mitzukommen, und so versteckten sie sich während der Pause in der Toilette im Keller oder gaben vor, Nasenbluten zu haben, und mittags wanderten sie den ganzen Weg nach Hause, zu einem Imbiß aus Brot und Milch und Ingwerwaffeln. Florrie, noch ganz vertrauensvoll, ging in die erste Klasse und hatte das Glück, Lieblingsschülerin zu sein. Ihre Lehrerin sorgte dafür, daß man sie mitspielen ließ, und mittags durfte sie oft mit den Lehrkräften zusammen essen. Samstags und sonntags hatten die anderen Kinder geheimnisvolle Clubversammlungen, sie machten Picknicks, gingen ins Kino, in den Park oder in die Tierschau. Papa arbeitete samstags, und so konnte man nichts anderes tun, als vor Mrs. Janes Haus seilzuhüpfen oder einfach schweigend auf den Stufen zu sitzen. Die Mädchen hatten Angst vor der verkehrsreichen Straße, dem Lärm vorbeirumpelnder Straßenbahnen, dröhnender Fabrikglocken und ohrenbetäubender Sirenen, sie hatten Angst vor den Stahlarbeitern, die sich mit grimmig angespannten Mienen auf den Bürgersteigen drängten und manchmal schlimme Wörter riefen, die die Luft erzittern ließen.

So saßen sie auf der schmalen Vorderveranda, zwei Stufen oberhalb der Straße, neben Mrs. Janes farnbestücktem Erkerfenster. Sie erfanden Ratespiele und überlegten, was sie am liebsten auf der Welt gehabt hätten: Schuhe mit hohen Absätzen, ein Croquignolebrett, ein Halskettchen mit Anhänger, wie Burnadetta eines hatte, Besuch von jemandem aus der Verwandtschaft oder von Bonnie Purdy. Sonntags hatten sie Papa eine Weile für sich, es sei denn, er war die ganze Nacht mit Mr. Taylor unterwegs gewesen; dann blieb er den ganzen Tag im Bett und schrie sie an, sie sollten um Himmels willen still sein. In die großen Steinkirchen wagten sie sich nicht, denn dazu brauchte man Handschuhe, eine Bibel oder ein Gebetbuch und Lackschuhe. Lena nahm diese religiösen Vorschriften zur Kenntnis und verfügte, daß man nicht gegen sie verstoßen dürfe, auch wenn die presbyterianische Kirche gerade eine Kampagne zur Mitgliederwerbung durchführte und Burnadetta sie höchstpersönlich gebeten hatte, sich ihrer Gruppe (den »Blauen«) anzuschließen, damit sie einen Stern bekam.

»Da muß man ein Zehncentstück geben«, klärte Lena ihre Schwester mißmutig auf. »Nicht mal Kinder dürfen nur einen Penny geben.«

Doch wenigstens war Papa sonntags zu Hause, und sie konnten singen; das war ein Trost. Jetzt aber saß Mr. Taylor bei ihnen und verdarb ihnen diesen einen Tag. Er forderte Papa auf mitzukommen und sagte, sie sollten »spielen gehen«.

»Sie können doch in diesen neuen Sportclub am Stadtplatz«, drängte er. »Da gibt's ein Schwimmbecken, Sandkisten, Spiele. Ich hab da Kinder rein- und rauslaufen sehen. Und der Eintritt ist frei.«

Papa wußte noch nichts von dem Club und hörte interessiert zu. Die Kinder waren von der Idee so begeistert, daß sie Mr. Taylor etwas gnädiger ansahen und sich freuten, als Papa sie aufforderte, rasch ihre Straßenkleider anzuziehen. In Papas eindrucksvoller Begleitung konnten sie sich unmöglich eine Abfuhr holen. Er brachte sie geradewegs zu dem großen neuen Gebäude mit dem Fußballplatz dahinter und den Tennisplätzen davor. Am »Kindereingang« wünschte er ihnen viel Spaß und sagte, er werde sie um fünf Uhr wieder abholen und mit der Straßenbahn nach Hause bringen. Lena führte ihre Schwestern mit einer Miene größter Selbstgewißheit zu einer Treppe, an der »Schwimmbad« stand, doch eine dralle junge Frau im Badeanzug wies sie darauf hin, daß sie ebenfalls Badeanzüge bräuchten. Da sie keine hatten, ging Lena den beiden anderen in die Turnhalle voran. Hier strampelten Kinder auf Standfahrrädern, purzelten auf Matten herum, erstiegen Klettergerüste, machten

Klimmzüge und spielten Ball. Man brauchte Lena nicht erst zu sagen, daß auch hier eine bestimmte Kleidung vorgeschrieben war, denn alle Mädchen trugen Pumphosen und Matrosenblusen, die in der Willardschen Garderobe fehlten. Florrie stürzte sich freudig und nichtsahnend in einen doppelten Purzelbaum, bei dem man ihre Unterhose sah, und ein paar kleine Jungen brachen in Hohngelächter aus, worauf Lena ihre Schwester hastig fortzog. In einem anderen Raum lauschte eine Gruppe von Kindern einer Geschichtenerzählerin, doch ein Blick auf die farblosen, bebrillten, grämlichen Gestalten machte klar, daß dies die Verdammten waren, die Unbeliebten, die man sonst nirgendwo mitmachen ließ. Sich ihnen anzuschließen wäre das Eingeständnis einer Niederlage gewesen.

»Das ist doch eine uralte Geschichte!« rief Marcia im Hinausgehen verächtlich. »›Peter Pan‹ – das kennt doch jeder!«

»Ich aber nicht«, sagte Florrie und blieb störrisch stehen.

»Jetzt komm schon, ich erzähl's dir«, versprach Marcia, und da sie nur ganz entfernt von Peter Pan gehört hatte, erfand sie rasch eine Geschichte von einem Jungen mit Zauberkräften, der in einem Kochtopf wohnte und einem Küchenmädchen Wünsche erfüllte, wenn sie in dem Topf Dinge kochte, die mit einem B anfingen. Wurde aber durch irgendeinen verhängnisvollen Zufall Maismehlbrei darin bereitet, führte der Junge ein Erdbeben herbei.

Die Kinder wanderten durch die kahlen, weißgetünchten Korridore und schauten in mehrere Räume, in denen Turnstunden im Gange waren, sahen aber keine Möglichkeit, sich einer Gruppe anzuschließen. Die anderen Jungen und Mädchen schienen bereits in Gruppen zur Welt gekommen zu sein, sie wirkten zufrieden und komplett und sahen die drei Fremden mit gleichgültigen oder gar feindseligen Blicken an. In einem Raum stand eine leere Tischtennisplatte, die sie dazu animierte, das Spiel auszuprobieren, doch bald erschienen zwei junge Frauen und erklärten gelassen, sie hätten diese Stunde »reserviert«. Schließlich fanden sie ein Lesezimmer, in dem es zwar ein Schachbrett, aber noch keine Schachfiguren und auch noch nichts zum Lesen gab, nur leere Regale, einen langen Tisch und ein Schild mit der Aufschrift »Bitte Ruhe«.

»Wetten, Mr. Taylor hat genau gewußt, wie es hier ist«, sagte Marcia, als sie sich auf die Stühle setzten. Sie spielten eine Weile »Ich sehe was, was du nicht siehst« und schlenderten dann in die Vorhalle, wo eine Frau mit einem grünen Augenschirm an einem Schreibtisch saß.

»Habt ihr schon eure Schwimmzeiten eingetragen?« fragte sie mit energischer, metallisch klingender Stimme. »Kinder sind Dienstag nachmittags und sonntags dran.«

Mit einem gewichtigen Räuspern ergriff Lena sogleich den Bleistift und schrieb zur unendlichen Bewunderung ihrer Schwestern: »Sonntag, 14.00–16.00« und dann sauber untereinander ihre Namen, in der neuen, nach links geneigten Schrift, die unter den Mädchen ihrer Klasse üblich war.

»Willard«, sagte die Frau und fuhr mit dem Finger eine lange Liste entlang. »Heißt euer Vater George Willard?«

»Nein, Harry Willard.« Die Frau runzelte die Brauen.

»Wir haben hier nur einen einzigen Willard. Seit wann ist euer Vater denn Mitglied?«

Da Lena nur verständnislos dreinschaute, trat Marcia vor.

»Seit einem halben Jahr ungefähr«, sagte sie.

Die Frau sah einige Karteikarten durch und schüttelte den Kopf.

»Vielleicht ist er gestrichen worden, weil er den Mitgliedsbeitrag nicht bezahlt hat. Aber euch seh ich auch nicht bei den Juniormitgliedern. Habt ihr denn bezahlt?«

»Ich weiß nicht mehr«, stotterte Lena und wurde puterrot. »Wieviel war das noch mal?«

»Zehn Dollar der Jahresbeitrag und zwei Dollar die Monatsgebühr. Wenn euer Vater alles bezahlt hat, dann ist der Mitgliedsbeitrag für euch nur fünf Dollar pro Jahr. Andernfalls ...«

»Muß man denn unbedingt Mitglied sein?« fragte Lena.

Die Frau schob den Augenschirm hoch, fuhr sich mit der

Hand über die geplagte Stirn und sah die Mädchen nachdenklich an.

»Montags ist alles gratis«, sagte sie. »Am besten, ihr laßt euch von euren Lehrerinnen eine Bescheinigung geben, daß eure Eltern den Mitgliedsbeitrag nicht aufbringen können, dann könnt ihr montags kommen.«

»Wenn wir kommen, dann sonntags, weil unser Vater Mitglied ist«, sagte Lena laut. »Irgend jemand hat hier was falsch gemacht, und das muß er in Ordnung bringen. Wir wollen nicht montags kommen.«

Mit fest zusammengepreßten Lippen, um ihre Wut nicht hinauszuschreien, schob sie Marcia und Florrie zur Tür hinaus. Dann warteten sie draußen, bis es fünf Uhr war, doch Papa kam nicht, und um halb sechs trotteten sie schließlich heimwärts, wobei sie ein Dutzend Leute nach dem Weg fragen mußten. Es war alles Mr. Taylors Schuld. Um ihre Laune ein wenig zu heben, begannen sie ihn nachzuahmen und waren damit so erfolgreich, daß Papa sie, als er ebenfalls in höchst ausgelassener Stimmung nach Hause kam, dabei antraf, wie sie vor Lachen kreischten, die Nasen kraus zogen, blinzelten und im Chor »Was soll's?« riefen.

»Na, ihr scheint euch ja gut amüsiert zu haben«, sagte er, und sie lachten noch mehr.

22

»Ich hasse Lesterville! Ich hasse Lesterville!« Lena war die erste, die es offen aussprach, wenn auch ganz leise, so daß nur ihre Schwestern es hören konnten. Wenn sie doch nur in ihrem lieben London Junction hätten bleiben können, so klagten sie, und Lena ging sogar so weit, resolute Briefe an Tante Lois und Mrs. Friend zu schreiben, in denen sie klarstellte, daß eine Einladung zu einem längeren Besuch in London Junction höchst willkommen wäre.

»Es hat keinen Zweck, daß wir weiter in die Schule gehen, denn die anderen reden nur noch von dem neuen Sportclub, und wir können nicht hin, weil wir keine Mitglieder sind. Marcias Lehrerin nimmt Marcia nie dran, wenn sie sich meldet, und dann gibt sie ihr schlechte Noten. Florrie hat kein schönes Kleid und kann deshalb zu keiner Einladung. Marcia und mich lädt sowieso niemand ein, hahaha! In der Küche ist eine Ratte. Wenn nur Mama noch leben würde! Mrs. Jane ist ganz gemein zu uns. Wenn uns nicht jemand von hier wegholt, laufen wir fort, egal wie.«

Marcia beunruhigte dieser ehrliche Brief, denn sie selbst hatte gerade ein langes, weit romantischeres Schreiben abgeschickt, in dem sie ihre schönen neuen Kleider beschrieb (die sie in einem Versandhauskatalog gesehen hatte) und von lustigen Kindergesellschaften in den feinen Häusern von Jerry (Lenas Freundin) und Burnadetta (ihrer, Marcias, Freundin) berichtete, von Papas herausragender Stellung im Sportclub (»Er ist der Vorsitzende«) und ihren und Lenas Triumphen in der Epworth League, im Ballett und im Turnverein. Sie wagte nicht, Lena davon zu erzählen, und vertraute darauf, daß es wie üblich eine Weile dauern würde, bis Lena eine Briefmarke besorgte.

In Wirklichkeit war das Leben in Lesterville eine einzige Kette von Mißgeschicken. Marcias Lehrerin sprach davon, ihren Vater aufzusuchen, um mit ihm über Marcias Noten zu reden, und wollte wissen, wer ihre Hausaufgaben nachsehe. »Unsere Haushälterin«, war Marcias Antwort. Nachdem die Lehrerin tatsächlich dagewesen war, meldete sie der städtischen Wohlfahrtspflege, daß die Kinder verwahrlost seien, und zu deren äußerster Beschämung lud der Lastwagen der Wohlfahrtspflege einen Karton Lebensmittel bei ihnen ab.

Mrs. Jane schloß daraus, daß Papa seine Arbeit verloren habe, und setzte ihm von da an jeden Abend mit Forderungen nach rückständiger Miete und Vorauszahlungen zu. Die Kassiererin einer Imbißstube, die im dritten Stock wohnte, vermißte einen Ring mit einer Kamee und behauptete, eine dieser drei Gören habe ihn gestohlen. Lena gab eine freche Antwort und bezog eine Ohrfeige. Später fand Florrie den Ring im Flur, doch Lena erlaubte ihr nicht, ihn abzuliefern, weil die Frau sonst erst recht geglaubt hätte, sie hätten ihn gestohlen. In der Schule gewann Marcia den ersten Preis im Aufsatzwettbewerb, wurde dann aber unehrenhaft auf den dritten Platz verwiesen, weil die Rektorin und Schiedsrichterin erklärte, dem Aufsatz sei anzumerken, daß jemand ihr dabei geholfen habe. Und Florrie zerbrach Mrs. Janes Schneekugel, weil die Schäferin wie Mama aussah und Florrie sie retten wollte.

Papa von diesen Nöten zu erzählen war zwecklos, denn er wurde nur wütend, stürmte türenknallend aus dem Haus und spielte die ganze Nacht mit Mr. Taylor Poker. Er war bedrückt, wenn er zu Hause war, und noch bedrückter, wenn sein alter Freund Hartwell ihn besucht hatte, der jetzt auf Bewährung wieder mit Mabel zusammen war. Mr. Hartwell sagte, Papa sei ein viel zu guter Mann, um in einem billigen Laden wie der High Class Novelty Company zu versauern. Ein erstklassiger Vertreter gehe an ihm verloren, und das sei verdammt schade. Er überbrachte ihm Grüße von der Bedienung einer Imbißstube in Toledo, von Kitty in Detroit, von der Clark-Clique in Acron, und er beschrieb lustige Gesellschaften in eleganten Dachgärten (»aber sag Mabel nichts davon«), wo Papas Anekdotenschatz höchst willkommen gewesen wäre.

»Nein, nein, das ist nichts mehr für mich«, sagte Papa mit etwas mehr Nachdruck als nötig. »Ich hab hier was Gutes in Aussicht, was auch mehr einbringt. Troyan hat kürzlich angedeutet, daß er mich mit ins Geschäft nehmen will. Angebote für den Außendienst hatte ich jede Menge. Gerade heute kam ein Brief von meiner alten Firma, daß sie mich wiederhaben wollen. Nein, nein, kommt nicht in Frage.«

Später fand Lena den Brief und zeigte ihn erschrocken Marcia. Die Mausoleum Company wollte wissen, wann Mr. Willard die Gelder zurückzuzahlen gedenke, die er kassiert habe und über deren Verbleib er bei seiner Entlassung keine Auskunft habe geben können. Es handle sich um einen Betrag von einhundertvier Dollar, und man werde jetzt keine Zeit mehr mit Briefen vergeuden, sondern unverzüglich Klage erheben. Referenzen werde man ihm, sollte er anderweitig Arbeit suchen, bis auf weiteres nicht geben.

»Wären wir doch nur in London Junction geblieben!« seufzte Lena, als wäre dies das einzige, was es angesichts dieser neuen Katastrophe zu sagen gab. Sie dachten voll Sorge an den Tag, da die Polizei kommen und sie alle ins Gefängnis stecken würde. Papas Sorge äußerte sich darin, daß er mit ihnen schimpfte, bis Lena Widerworte gab und Florrie zu weinen anfing. Die Nachtschichtarbeiter der Stahlwerke, die über ihnen schliefen, klopften auf den Boden. »Stopf dem Balg endlich das Maul!«

Wie herrlich war es, als inmitten dieser Widrigkeiten eines Samstag nachmittags plötzlich Bonnie Purdy vor der Tür stand, ein wenig molliger als früher, aber munter wie eh und je. Sie stürzten auf sie zu wie auf den Retter in der Not, und Bonnie versprach ihnen bereitwillig alles, was sie nur wollten. Ob sie bei ihnen bleiben, ob sie mit ihnen ins Kino gehen, ob sie Mrs. Jane bitten würde, sie im Keller spielen zu lassen, ob sie sie wieder mit zurück ins London Junction Hotel nehmen würde? Papas Miene hellte sich auf, als er von der Arbeit nach Hause kam und Bonnie sah. »Ich bin zufällig vorbeigekommen«, sagte Bonnie, »und als ich die Hausnummer gesehen hab, da dachte ich, ich schau mal rein. Und wo ich schon mal da bin, könnte ich ja auch gleich ein bißchen Ordnung machen.«

»Wir brauchen niemanden, der bei uns Ordnung macht«, sagte Papa. »Wenn Sie zum Meckern gekommen sind, können Sie gleich wieder gehen.«

Bonnie wurde rot.

»Ich meckere ja nicht, Mr. Willard, aber die Kinder, die Wohnung – na ja, die ganzen Geschichten, die man in London Junction hört, die haben mich so geärgert, daß ich dachte, ich komm mal rüber und helf ein bißchen.«

»Soso, zufällig vorbeigekommen sind Sie«, sagte Papa unfreundlich. »Sagen Sie denen in London Junction, sie sollen sich verdammt noch mal um ihre eigenen Angelegenheiten kümmern, um meine kümmere ich mich schon selber.«

Bonnie biß sich auf die Unterlippe und beschloß dann, Papas schlechte Laune zu ignorieren. Sie lachte fröhlich.

»Wenn ich nicht wüßte, daß Sie immer Spaß machen, wär ich beleidigt, Harry Willard! Aber zu einer alten Freundin wie mir wären Sie ja nie so gemein, dazu haben Sie mich ja viel zu gern. Jetzt geb ich Ihnen einen dicken Kuß, gerade erst recht.«

Das geschah unter Papas verlegenem Protest, doch dann kapitulierte er plötzlich und tanzte zum Entzücken der Mädchen eng umschlungen mit Bonnie durchs Zimmer.

»Genau wie damals, als Mama noch gelebt hat!« riefen sie im Chor.

Papa blieb abrupt stehen, und Bonnie hielt sich atemlos lachend und schwindlig an einem Stuhl fest.

»Bonnie sieht auch aus wie Mama, findest du nicht, Papa?« fragte Marcia.

»Überhaupt nicht«, sagte Papa. »Eure Mama hat sich nicht geschminkt.«

Bonnie rieb sich die Wangen. »Die erste Mrs. Willard war bestimmt eine furchtbar hübsche Frau«, sagte sie.

»Die erste und die einzige Mrs. Willard«, verbesserte Papa. Nachdem er erreicht hatte, daß Bonnie sich mit einem Taschentuch die Augen tupfte, schien sich seine Stimmung zu heben.

»Ich hab gehört, Sie sind mit jedem von den Burschen in Big Four liiert«, sagte er lächelnd. »Scheinen sich gut zu amüsieren, was, Bonnie?«

»Ich mag halt nicht nur rumsitzen und mich nach jemandem sehnen.« Bonnie warf den Kopf zurück. »Apropos schminken: Ich schminke mich längst nicht so wie die Frauen in Lesterville, die Sie ja anscheinend ganz in Ordnung finden, sonst würden Sie ihnen nicht nachlaufen. Man hört ja da so allerhand.«

Papa lachte liebenswürdig.

»Ich lauf keiner nach. Und wenn ich einer Frau nachlaufen würde, dann bestimmt nicht einer, über die man sich in jedem Saloon zwischen hier und Cincinnati das Maul zerreißt.«

»Ich weiß nicht, von wem Sie reden, Mr. Willard.« Bonnies Stimme zitterte.

»Mit drei Männern verlobt sein und mit zehn anderen ausgehen ... Nicht, daß es mich was angeht, aber ich find's schlimm, wenn ein nettes Mädchen sich so seinen Ruf ruiniert.«

»Was kann ich dafür, wenn weiß Gott wer behauptet, er sei mit mir verlobt? Aber ich heirate nicht, nie, nicht für Geld!«

»Um so besser. Eine Frau, die so ins Gerede kommt, kann sowieso nicht erwarten, daß sie einen anständigen Mann abkriegt.«

»Und ein anständiger Mann hängt nicht mit diesen Mädchen in Stein's Café herum.« Bonnie versuchte die Tränen zurückzuhalten. »Ein anständiger Mann läßt auch nicht zu, daß ein Mädchen anfängt, sich für ihn zu interessieren, und ist dann eingeschnappt, wenn sie ihm zeigt, daß sie ihn gern hat. Wenn er ein bißchen netter zu ihr wäre, dann würde sie vielleicht nicht rumlaufen und sich das bißchen Spaß verschaffen, das sie kriegen kann.«

»Und zum Beispiel die ganze Nacht in Cedar Point bleiben«, sagte Papa gedankenvoll. »Sauber!«

Bonnie brach in Tränen aus.

»Wenn Sie das alles gewußt haben, warum haben Sie mich dann nicht dran gehindert, Harry Willard?« schluchzte sie. »Was haben Sie denn gegen mich? Was hab ich Ihnen denn getan, außer daß ich Ihnen immer eine Freundin war?«

Papa wußte nichts dazu zu sagen und schaute finster zu Boden.

»Daß Sie hierherkommen und an mir rummeckern, das ist es«, sagte er. »Das einzige, was ich, seit Daisy tot ist, zu hören kriege, ist Gemecker, egal, wohin ich komme. Das ist weiß Gott mehr, als ein Mann ertragen kann, der Tag und Nacht arbeitet, der tut, was er kann, der für seine Familie sorgt, ganz allein, ohne Freunde ...«

»Ed Hartwell ist im Moment bei Mabel«, sagte Bonnie. »Die sind doch Ihre Freunde, oder nicht? Ehrlich gesagt: Ich war gerade auf dem Weg zu ihnen.«

Ihre Lippen zitterten noch, und sie begann sich ihren Hut festzustecken.

Papa schwieg, und an der Tür drehte sie sich noch einmal um. »Soll ich Ed was ausrichten? Vielleicht, daß Sie später noch vorbeikommen? Nicht, daß ich Ihnen zureden würde ...«

»Ich kann nicht«, sagte Papa.

Die Mädchen sahen Bonnie resigniert nach. Kein Kino, keine Fahrt mit der Straßenbahn – niemand hielt, was er versprach, nicht einmal Bonnie. Und Papa war gemein zu ihr gewesen, so daß sie vielleicht nie wiederkommen würde. Er hatte nicht einmal auf Wiedersehen gesagt. Nach einer Weile aber nahm er seinen Hut und ging ebenfalls weg. Er kam in dieser Nacht nicht wieder und war auch am nächsten Tag noch nicht da, als wunderbarerweise Tante Lois erschien, wie Lena sie in ihrem Brief gebeten hatte.

»Soll das heißen, daß euer Vater seit gestern nachmittag nicht mehr zu Hause war?« rief sie nach der ersten freudigen Begrüßung. »Was habt ihr denn heute zu Mittag gegessen?«

»Wassersuppe«, sagte Lena. »Man kocht Wasser und tut Salz und Pfeffer rein und Butterkekse als Austern, dann schmeckt es wie Austernsuppe.«

Tante Lois sah sich nachdenklich in den Zimmern um und äußerte sich nicht, als die Kinder ihr in allen Einzelheiten und voll Bewunderung Bonnie Purdys Kostüm beschrieben und erzählten, daß Bonnie Mabel und Mr. Hartwell besucht habe. Im Flur sprach sie Mrs. Jane an, und es folgte eine leise Unterredung, die nach beiderseitigem mißbilligendem Zungenschnalzen, Kopfschütteln, Achselzucken und sorgenvollen Seitenblicken auf die Kinder damit endete, daß Mrs. Jane ihr dabei half, einen Koffer für die Kleider der Kinder zu suchen. Lena stieß Marcia an und sagte unhörbar: »Wir kommen wieder nach London Junction.«

»Aber das geht nicht«, wandte Marcia flüsternd ein. »Wenn wir nicht in die Schule gehen, kommt morgen der Schulinspektor und holt uns.«

»Wir gehen doch dort in die Schule«, sagte Lena begeistert. »Mit Mary Evelyn!«

»Zieht eure Mäntel an, ihr kommt mit mir nach Hause«, ordnete Tante Lois an und schnallte die Gurte des geflochtenen Koffers fest. Sie sah Mrs. Jane bedeutungsvoll an und schüttelte den Kopf. »Ich versteh das nicht. Ich kenne Harry Willard ja, aber das hätte ich doch nicht für möglich gehalten. Sehen Sie zu, daß Sie Ihr Geld kriegen, Mrs. Jane, bevor er verschwindet. So ist Harry nun mal. Ach, ihr armen Kinder!«

Bevor sie aufbrachen, gab es noch eine Verzögerung, dabei

konnten die beiden älteren Mädchen es kaum erwarten fortzukommen, irgendwohin, wo etwas passieren würde, egal was. Florrie saß schluchzend auf dem Boden: Sie werde nicht von Papa weggehen, sie werde nicht von Mrs. Janes Kater Tommy weggehen, und sie müsse sich um ihren lieben Papa kümmern, das habe er ihr aufgetragen. Marcia entsann sich plötzlich, daß sie noch zwei Bücher aus der Leihbücherei hatte; wenn sie die morgen nicht zurückbringe, müsse sie vier Cent zahlen oder die Polizei werde nach London Junction kommen und sie holen. Mrs. Jane versprach nicht nur, die Bücher zurückzubringen, sondern auch, der Polizei nicht ihre Adresse zu geben, falls es länger dauern sollte. Florrie blieb standhaft, bis die anderen drohten, ohne sie zu gehen, worauf sie ihnen weinend folgte. Die leise Sorge, wie Papa reagieren würde, ging gänzlich unter in dem unerwarteten Genuß, die ganze Strecke nach London Junction in Mr. Sweeneys neuem Auto fahren zu dürfen. Die drei saßen im Fond und sangen alle Lieder, die sie kannten, und als sie an Burnadettas Haus in der East Park Street vorbeikamen, sangen sie noch lauter. Tante Lois saß neben Mr. Sweeney und redete mit ernster Miene, leise und nachdrücklich, was immer hieß, daß »mit den Mädchen etwas geschehen müsse«.

DRITTER TEIL

Zum fernen Ort

23

Es gab verschiedene Arten von Glück, so hatte Marcia festgestellt. Die meisten Menschen strebten nach dem Glück, etwas zu besitzen, was andere sich wünschten. Kurze Augenblicke eines geringeren Glücks erlebte man, wenn man etwas bekam, was nur man selbst und niemand sonst sich wünschte. Doch das verdarb die Freude eher. Manche machten sich falsche Vorstellungen davon, was andere sich wünschten, doch solange sie es nicht merkten, gelang es ihnen, glücklich zu sein, auch wenn sie sich hin und wieder fragten, wozu die anderen das Gewünschte brauchten. Und es gab Menschen, die so viel Zeit damit vergeudeten, Dinge zu erlangen, die andere sich wünschten, daß sie manchmal gar nicht merkten, wie glücklich sie ohne diese Dinge waren. Die größte Erschütterung im Laufe des Erwachsenwerdens war die Entdeckung, daß man nicht die gleichen Vorlieben hatte wie die anderen und daß man deswegen für verrückt erklärt wurde.

Es gab für Marcia kein größeres Glück, als in Ruhe gelassen zu werden. Wenn andere in der Nähe waren, hielten sie sie vom Nachdenken oder vom Lesen ab, sie machten sich über ihr Tagebuch lustig, schlugen sie mit der Peitsche oder schimpften sie wegen irgend etwas aus. Lena wünschte sich alles, was auch andere Mädchen sich wünschten, egal, ob es ihr wirklich gefiel oder nicht, und da es sich stets um reale Gegenstände handelte, die Geld kosteten, war Lena die meiste Zeit unglücklich. Florries Glück bestand darin, geliebt und gehätschelt zu werden und über niemanden ein böses Wort zu sagen. Es gab sogar bestimmte Kennzeichen des Glücks. Bei Tante Lois waren es der plötzliche volle Klang ihres Lachens und die Art, wie ihre blonden Locken sich von ganz alleine ringelten. Omas Glück erkannte man daran, daß sie über ihrer Flickarbeit verstohlen in sich hineinlächelte, die Lippen bewegte und selbstzufrieden nickte, womit sie auszudrücken schien, daß sie in ihrem Alter nicht mehr so dumm sei, einer neidischen Vertrauten zu erzählen, was sie so freute, und sich damit den Spaß zu verderben. Und Papas Glück erkannte man am Neigungswinkel seines Hutes und an seinem Gang.

In diesem Sommer des Jahres 1911 schien Papa ziemlich glücklich zu sein, denn sein steifer Strohhut saß in flotter Schräglage auf dem gewellten braunen Haar oder war forsch über eine Augenbraue herabgezogen. Sein Hut reagierte auf die Stimmung seines Herrn wie Tante Lois' Haar auf ihre. Es war, als hätte er sein eigenes freudiges Geheimnis: Bei der leisesten Berührung richtete er sich auf, und nie sah man ihn ruhig und gerade auf dem Kopf sitzen wie zu den Zeiten, wenn Papa düsterer Stimmung war. Auch Papas Schuhe schienen wie von selbst zu tanzen, und in diesen glücklichen Augenblicken klangen seine Schritte auf dem Bürgersteig wie ein Steptanz. Er war jetzt wieder Handlungsreisender und arbeitete für die Cleveland Excelsior Cement Company, eine Zementfabrik, die von einem gewissen Mr. Balzer geleitet wurde, nach Papas Worten der Größte im Zementgeschäft und ein verdammt feiner Kerl. Mr. Balzer sei Deutscher, und die Deutschen seien ihm allemal lieber als diese Böhmen in der Modewarenbranche. Er habe es immer gesagt, und er bleibe dabei: Unter der Führung eines hervorragenden Mannes wie Oscar Balzer sei das Zementgeschäft so ziemlich die exklusivste und zukunftsträchtigste Branche, in die ein Mann nur einsteigen könne. Alle drei bis vier Wochen, wenn Papa nach London Junction kam, besuchte er seine Töchter und brachte ihnen meist gesalzene Mandeln, Pfefferminzherzen oder Witzbücher mit. Tante Lois' Voreingenommenheit schwand fast dahin, als er ihr eines Tages Mamas Schmuck überreichte: die Lilien-Ansteckuhr, die Granatnadel und die Granatohrringe. Beide weinten und sagten, wie sehr Daisy sich darüber freuen würde, und Tante Lois meinte, das sei bestimmt das Netteste, was Harry je getan habe.

»Irgendwann wirst du schon merken, was für ein Mensch ich bin, Lois«, sagte Papa und wischte sich die Augen. »Jede Wette, daß Daisy weiß, wieviel Mühe ich mir gebe, genauso, als wär sie noch am Leben. Du hast ja immer was zu kritisieren, aber du wirst schon noch merken, daß ich immer nach einer Möglichkeit suche, genau das zu tun, was Daisy von mir erwarten würde. Mehr will ich auch gar nicht. Tja, und jetzt im Moment hab ich die Chance, Daisy eine Freude zu machen, und wenn die Sache klappt, dann wird sie da oben ganz aus dem Häuschen sein, da kannst du Gift drauf nehmen.«

Tante Lois erwiderte vorsichtig, sie wisse zwar nicht, was er vorhabe, aber sie hoffe aufrichtig, daß es zum Guten sein werde. Was sie betreffe, so habe sie ja nie etwas gegen ihn gehabt, außer daß er seine Rechnungen nicht bezahle und die Kinder vernachlässige, aber sie habe immer gesagt, daß er es irgendwann zu etwas bringen werde. Das hoffe sie jedenfalls. Er sei Daisys ein und alles gewesen, und deshalb sei es eine Schande, daß er mit solchen Mädchen wie Bonnie Purdy herumziehe, die man schon gar nicht in einem Atemzug mit der lieben Daisy nennen könne.

»Du hast vollkommen recht, ganz ohne Frage«, pflichtete Papa feierlich bei. »Du weißt, wovon du redest, Lois, auch wenn du furchtbar stur bist. Jawohl, manchmal hab ich's vielleicht ein bißchen übertrieben, aber irgendwas hat mich doch immer davon abgehalten, daß ich zu tief da reinrutsche. So als ob Daisy mir zugeflüstert hätte: ›Moment mal, Harry, denk an die Kinder. Ist das, was du da machst, das richtige für sie?‹ Da hab ich's dann gelassen. So war das seit dem Tag, als sie gestorben ist. Tatsache!«

Tante Lois steckte sich die Liliennadel an ihr frisches rosafarbenes Popelinekleid, und Papa betrachtete sie mit feuchten, wehmütigen Augen. Plötzlich sagte er: »Weißt du was, Lois? Ich laß die Uhr lieber noch reinigen und reparieren, bevor ich sie dir gebe.«

»Das kann ich doch selbst machen lassen«, entgegnete Tante Lois.

»Nein, nein, ich kenn da jemanden in Cleveland, der macht's für mich umsonst. Dem hab ich öfter mal einen Gefallen getan, und er wird froh sein, wenn er sich revanchieren kann. Die Uhr ist dann wieder wie neu. Die Öse ist ein bißchen locker, und ich will nicht, daß du sie verlierst.«

»Ja, also ...«

Tante Lois gab ihm die Uhr widerstrebend zurück, und Papa steckte sie schnell wieder in das Lederetui und schob sie mit verdächtiger Entschiedenheit in die Tasche. Das setzte der Versöhnung einen leichten Dämpfer auf, zumal Papa gleich darauf das Haus verließ und munter pfeifend den Weg hinabging. Tante Lois sah ihm mißmutig nach.

»Ich möchte wissen, was er hat, daß er so verdammt mit sich zufrieden ist«, sagte sie, und später berichtete sie Mr. Sweeney von der Sache bei einem Teller Austern, die er aus Lesterville mitgebracht hatte.

»Eine Frau, gar keine Frage«, sagte Mr. Sweeney.

Das erwies sich als zutreffend. Papa stand im Begriff zu heiraten. Später prahlte er oft damit, daß man die Nachricht von der Heirat im ganzen Land habe lesen können, in drei verschiedenen Zeitungen, um genau zu sein, und zum Beweis hatte er die Meldungen ausgeschnitten. Tante Lois war der Meinung, die Mädchen müßten zur Hochzeit eingeladen werden, das Kind der Frau aus erster Ehe werde schließlich ebenfalls dabeisein. Das aber hätte Zugfahrkarten und neue Kleider bedeutet, und

Papa legte sein Veto ein. Außerdem meinte die Braut, es reiche, wenn bei einer Hochzeit ein Kind im Weg herumstehe. Später, wenn sie sich eingerichtet hätten, sei noch genug Zeit, die anderen zu holen. Dann solle wenigstens Florrie fahren, beharrte Tante Lois, sie sei schließlich Papas Liebling und eine Zierde jeder Gesellschaft, doch Papa, ganz unter dem Eindruck der Familie seiner neuen Frau, lehnte ab. In den Gesprächen über die bevorstehende Heirat hatte er voll Stolz nicht etwa mit der Schönheit oder anderen Vorzügen seiner Braut geprahlt, sondern mit deren Familie.

»Die feinsten Leute in Daleport. Echter alter Western-Reserve-Stamm, ganz was anderes als die Leute hier. Ursprünglich aus Vermont, vornehme alte Ostküstenfamilie.«

Tante Lois, beunruhigt über die Wendung, die die Dinge genommen hatten, erwiderte scharf, daß so gut wie jede Familie irgendwann von der Ostküste gekommen sei, woher hätte sie sonst schon kommen sollen, es sei denn, sie seien Einwanderer und nur deshalb hier, weil sie ganz üble Geizkrägen seien und ergattern wollten, was immer sie umsonst kriegen könnten, und weshalb sie nicht in Vermont geblieben seien, wenn sie so furchtbar fein seien. Papa verlor einen Moment die Fassung, wollte sich seinen Triumph jedoch nicht nehmen lassen und wies Tante Lois darauf hin, daß die neue Mrs. Willard eine Kusine zweiten Grades von J. B. Hawkins aus Ashtabula sei, einem ehemaligen Kongreßabgeordneten. Deswegen sei Mrs. Willard selbst noch lange nicht Kongreßabgeordnete, gab Tante Lois zurück, und sie sehe nicht, was an einer Verwandtschaft zwischen Vettern und Kusinen so großartig sei, noch dazu zweiten Grades, denn von denen erbe man nie etwas, und außerdem habe sie im *Literary Digest* gelesen, daß die gesamte weiße Rasse aus Vettern und Kusinen zweiunddreißigsten Grades bestehe. Davon, daß die Zwiebel mit der Lilie verwandt sei, werde sie noch lange keine Blume, und riechen tue sie deswegen auch nicht besser.

Papa hatte Tante Lois die Neuigkeit in milder, alles verzeihender Stimmung überbracht, in der Gewißheit, endlich das Richtige zu tun, und so beunruhigte ihre gereizte Reaktion ihn eher, als daß er sich darüber ärgerte. Sein stolzes, strahlendes Lächeln wich einem kummervollen, verstörten Ausdruck.

»Ich versteh dich nicht, Lois«, sagte er kopfschüttelnd. »Jahrelang machst du mir die Hölle heiß, weil ich mir immer die falschen Frauen aussuche, und jetzt tu ich, was ich kann, um eine richtige Dame zu kriegen, eine, von der Daisy garantiert sagen würde, sie wird eine gute, kultivierte Mutter für die Kinder, und schon machst du mir wieder eine Szene. Entweder sie sind dir zu ordinär, oder sie sind dir zu vornehm, so ist es doch, stimmt's? Ja, was denn nun, verdammt noch mal? Man strengt sich an, das Richtige zu tun, und jedesmal kriegt man einen Tritt in den Hintern!«

Er stolzierte finster hinaus, und Tante Lois setzte ihre wenig schmeichelhaften Betrachtungen vor den Ohren der Kinder fort. Ihre Empörung verwirrte die Mädchen nicht weniger als ihren Vater, denn oft genug hatte sie vage angedeutet, daß er sie eines Tages alle blamieren und Bonnie Purdy heiraten werde. Marcia und Florrie hatten auf diese Blamage gehofft, doch Lena, gesellschaftlich inzwischen weiter fortgeschritten, hatte Papa eines Tages steif davon in Kenntnis gesetzt, daß sie weglaufen werde, wenn er Bonnie Purdy heirate, denn Mary Evelyns Mutter habe gesagt, Bonnie sei kein anständiges Mädchen. Papa fürchtete sich ein wenig vor seiner ältesten Tochter, entgegnete jedoch, Bonnie Purdy sei mindestens so anständig wie Mary Evelyns Mutter, aber er beabsichtige weder die eine noch die andere zu heiraten. Als Lena von der bevorstehenden Heirat erfuhr, dankte sie ihm würdevoll dafür, daß er ihren Rat befolgt habe. Marcia freute sich über jede Veränderung, aber Florrie weinte und sagte, sie wolle keine neue Mama, sie habe nur eine Mama, und niemand könne ihr eine andere aufzwingen. Als nächstes bekamen sie Ansichtskarten von den Niagarafällen und die drei Zeitungsausschnitte von der Hochzeit.

»Harry Willards Freunde in London Junction«, so stand

im *London Junction Register* zu lesen, »werden mit Interesse vernehmen, daß Mr. Willard dieser Tage Mrs. Idah Hawkins Turner aus Daleport geehelicht hat. Mr. Willard, neuerdings Geschäftsführer des Möbelgeschäfts und Bestattungsinstituts der London Junction Furniture Company, ist der Schwager der seit langem in London Junction ansässigen Mrs. Lois Blair, die seine drei Kinder bei sich aufgenommen hat.«

Der *Daleport Sentinel* schrieb: »Im Rahmen einer kleinen, aber stilvollen Feier im Hause ihrer Mutter, Mrs. Minnie Hawkins, gab gestern Mrs. Idah Hawkins Turner, 36, Mr. Willard, 37, aus London Junction das Jawort. Die Braut war früher Krankenschwester in Columbus, gab ihren Beruf jedoch auf, als sie vor drei Jahren den bekannten Zahnarzt Dr. Ephraim Turner in Daleport heiratete, der vergangenes Jahr im Alter von 61 Jahren starb und eine Tochter, die kleine Minelda May, hinterließ. Trauzeuge war Mr. Ed Hartwell aus Lesterville, Brautjungfer die Schwester der Braut, Mrs. Burns, getraut wurde das Paar von Reverend Timothy Thompson. Die Gäste ließen sich die vorzüglichen Erfrischungen schmecken.«

Und im *Elmville Republican* hieß es: »Hiesige Freunde von Henry Willard, früher Peach Street und Busby Hotel, erhielten die Nachricht, daß Willard zum zweiten Mal geheiratet hat. Die erste Mrs. Willard, hier als Daisy Reed in liebevoller Erinnerung, starb vor sechs Jahren und hinterließ drei Töchter. Mr. Willards Braut hat seine erste Frau vor ihrem Tod als Krankenschwester gepflegt und lebt seit ihrer ersten Heirat in Daleport, wo auch die Trauung stattfand. Sie ist eine Kusine zweiten Grades des ehemaligen Kongreßabgeordneten J. B. Hawkins.«

Die große Neuigkeit, die zwei Wochen später in London Junction in der Zeitung stand, verschlug Tante Lois die Sprache. »Die Main-Street-Immobilienagentur gibt den Verkauf des seit langem leerstehenden Furness-Hauses an Mrs. Idah Hawkins Willard, seit kurzem Ehefrau von Harry Willard, bekannt. Dem Verkauf des Anwesens waren langwierige Verhandlungen vorausgegangen. Bei einem Blitzbesuch hat Mrs. Willard jetzt alles

Nötige für die Renovierungsarbeiten veranlaßt. Bis zur Rückkehr des Paares von seiner vierwöchigen Hochzeitsreise soll die Villa bezugsfertig sein.«

»Das Furness-Haus!« riefen alle, die davon erfuhren. »Harry hat also Geld geheiratet. Sieh einer an!«

Nach einiger Zeit fiel Tante Lois die passende Antwort darauf ein.

»Geld? Ja, natürlich hat sie Geld, weshalb hätte sie sonst einen Zahnarzt ins Netz locken sollen, der doppelt so alt war wie sie? Jeder in der Gegend weiß doch, daß er schon im Sterben lag, als sie ihn sich geangelt hat, und daß sie sich noch am Tag ihrer Hochzeit alles hat überschreiben lassen. Fast fünfzehntausend Dollar hat er ihr hinterlassen! Und das Furness-Haus hat sie billig gekriegt. Harry Willard landet doch immer wieder auf den Füßen!«

Das machte Tante Lois wütender als alles andere. Papa werde für seine Unfähigkeit und Verschwendungssucht auch noch belohnt, meinte sie, während ihr, die sich um die Familie dieses Rabenvaters gekümmert habe, das Wasser bis zum Hals stehe. Daisy, so sagte sie zu Mr. Sweeney, würde sich im Grab umdrehen, wenn sie das wüßte.

24

In London Junction war von nichts anderem mehr die Rede als von der Aussteuer der zweiten Mrs. Willard, und mehrere Damen hatten ihr eigens einen offiziellen Besuch abgestattet, um die Dinge in Augenschein nehmen zu können. Da waren das Brautkleid aus cremeweißem Satin mit einem kurzen, perlenbestickten Schleier, das beige, mit Soutachelitze besetzte Reisekostüm aus feinem Wollstoff mit einem um die Hüften weiten und nach unten enger werdenden Rock, einer dazu passenden braunen Roßhaartoque und gleichfarbigen Handschuhen, da waren ein Rüschenunterrock und ein Schirm aus violettem Taft, ein pfirsichfarbenes Abendkleid aus Crêpe de Chine mit einer Perlenapplikation an der Vorderseite und einem Volant aus hellblauen Samtvergißmeinnicht und schließlich der große, mit riesigen Rosen bestückte breitkrempige Hut. Für den täglichen Gebrauch hatte Mrs. Willard noch die Kleider aus der Trauerzeit nach Dr. Turners Ableben. Ihre ersten Wochen in London Junction waren von wundersamen Verwandlungen gekennzeichnet – die unscheinbare kleine Raupe, die sie am Morgen war, wurde bei Einbruch der Dunkelheit zum strahlenden Schmetterling, dessen Strahlen je nach Anlaß abgestuft wurden. Papa warf sich stolz in die Brust, wenn er die elegante Erscheinung Samstag abends durch die Main Street ins Kino oder sonntags in die First Methodist Church führte und die kleine Minelda May in einem hochmodernen Sportwagen aus dem Geschäft vor sich herschob. Marcia, Lena und Florrie folgten in bewunderndem Abstand, stolz auf die Blicke, die die städtische Kleidung ihrer neuen Mutter auf sich zog, später jedoch erschüttert, als sie erfuhren, daß über ihre eigene Schäbigkeit nicht weniger geredet wurde als über die Eleganz ihrer Stiefmutter.

Es war wie im Traum, nach der Schule geradewegs in das Furness-Haus hineinspazieren zu können. Nach einiger Zeit verfügte Mrs. Willard allerdings, daß sie durch die Gasse hinter dem Haus zu gehen und den Hintereingang zu benutzen hätten, weil sie sonst nur den neuen überbreiten Teppich schmutzig machten. Doch die Begeisterung der Kinder über die Wendung ihres Geschicks ließ sich nicht so leicht dämpfen. Zwar war das Furness-Haus nach Jahren der Verwahrlosung nicht mehr die Attraktion von London Junction, doch für die Kinder war es nach wie vor das Märchenschloß, das Papa damals Mama versprochen hatte und in dessen Garten sie gespielt und so getan hatten, als gehörte es ihnen. Da es viel zu groß war, um vollständig möbliert zu werden, wurden mehrere Räume abgeschlossen. Die drei Mädchen hatten ein großes Zimmer mit einem Alkoven für Florries Bettchen. Ihre neue Mutter war der Meinung, ein Kinderzimmer solle nicht mit zuviel Kram vollgestellt werden, und so war der Raum, um der Wahrheit die Ehre zu geben, kahler, als man angesichts der äußeren Pracht des Hauses vermutet hätte. Das große Wohnzimmer im Erdgeschoß war mit den allermodernsten Möbeln, Teppichen und Vorhängen aus Papas Geschäft ausgestattet worden (das Geld dafür würde die nächsten zweieinhalb Jahre von Papas Gehalt abgezogen werden), und in der Mitte des Raumes stand ein Flügel. Eine Zierdecke aus violettem Plüsch mit aufgemalten goldenen Rosen verlieh dem Instrument majestätischen Glanz, und als Krönung prangte darauf eine friedhofsartige Amphore mit goldenen Ähren. Der Flügel war der König des Wohnzimmers, und seine Herzöge waren zwei quastenverzierte hellblaue Plüschsessel, die am Kamin standen (den man mit Gas und Holzattrapen der Mode angepaßt hatte). Zwei steife handgestickte Sofakissen, jeweils eines am rechten Vorderfuß lehnend, vermehrten noch ihre Erhabenheit. Zwischen den Sesseln stand ein breites blaues Sofa, so prall gepolstert, daß die Sitzfläche sich hüfthoch wölbte. Das Wohnzimmer schien nicht für lebende Bewohner dazusein, sondern für diese königlichen Möbel, die jegliche Verletzung ihrer hoheitsvollen Privatsphäre übelnahmen und keine andere Berührung duldeten als das ehrfurchtsvoll ministrierende Abstauben durch ihre Priesterin, Mrs. Willard.

Auf dem langen Mahagoni-Eßtisch hinter dem Sofa stand eine Lampe in Form einer kopflastigen goldenen Pagode, flankiert von Whittiers *Snowbound* in einer schmalen Ausgabe mit Ledereinband und einer silbergerahmten Fotografie der Hochzeitsgesellschaft, auf der man Mineldas Windeln sah. Die Tapete, zwischen lila und rosa »changierend«, duldete nur zwei Kunstwerke, die ihre Vornehmheit noch »erhöhten«: eine kleine, schreiend bunte Ansicht des rosenüberwachsenen Eingangs zu einem Landhaus und einen großen goldgerahmten Druck mit einem braunen Bächlein, an dessen Ufer ein Reh durch braune Weidenzweige lugte. Auch Bildung war in bescheidenem Maße vertreten, in Gestalt eines alten eichenen Bücherschranks, den man vom Dachboden der Friends zurückgefordert und hinter zwei Topfpalmen versteckt hatte. Die alten Bücher standen noch wie zu Mamas Zeiten darin, wenn auch zur Vermeidung von Abnutzung hinter Schloß und Riegel. Auch Florries große Puppe war hier eingesperrt, damit Florrie sie nicht kaputtmachte, und ebenso die Goldschnitt-Tagebücher ihrer Schwestern, denn Mrs. Willard war eine vorsichtige Frau und meinte, Besitztümer sollten besser eingeschlossen werden, wenn man bedauerlicherweise schon nicht die Besitzer selbst einschließen konnte.

»Ich möchte den Mädchen beibringen, sorgsam mit den Dingen umzugehen«, sagte sie zu Papa. »Sie haben in einem solchen Durcheinander gelebt, daß sie erst einmal lernen müssen, sich anständig zu benehmen. Wenn jemand von meiner Verwandtschaft zu Besuch kommt, mein Vetter Jay aus Ashtabula zum Beispiel, muß er ja glauben, er hätte drei kleine Strolche vor sich.«

»Du sagst es«, pflichtete Papa mit Genugtuung bei. »Ich möchte, daß du Damen aus ihnen machst. Ich selber kann das ja beim besten Willen nicht, es muß schon eine Dame sein, die ihnen Benimm beibringt. Ihre Mutter würde das auch wollen.«

Die Mädchen waren von ihrem plötzlichen gesellschaftlichen Aufstieg ganz benommen. Im Furness-Haus zu wohnen, mit einem Flügel und mit Bildern an den Wänden, mit dicken Teppichen und mit Balkonen! Jeden Tag wurde dem Haushalt ein neuer Luxus hinzugefügt. Mrs. Willard fand es schick, eine Zeitschrift zu abonnieren, und nachdem sie das Thema mehrere Abende mit ihrem Mann und mit Besuchern erörtert hatte, entschied sie sich für *The Delineator.* Sogleich wurde ein Zeitschriftenständer angeschafft, in dem zur Gesellschaft auch noch der *Lesterville Weekly Courier* und der Katalog der London Junction Furniture Company untergebracht wurden. Die Mädchen durften diese Sammlung jedoch nicht berühren, sonst würden sie nur alles durcheinanderbringen. Anfangs waren sie noch zu sehr geblendet von ihrem neuen Glanz, als daß sie sich über die Regeln, die ihn schützten, geärgert hätten. In der Schule prahlten sie mit ihrer neuen Mutter und ihrem neuen Haus, dem Speisenaufzug, den großen, leeren Ställen, dem Springbrunnen, der nicht funktionierte, dem eisernen Hund. Lena, wie immer mutiger als ihre Schwestern, plante ein großes Fest (mit Girlanden, Spielen und Preisen wie bei Myrtle Chase) und verteilte auch gleich Einladungen an ihre Klassenkameradinnen und Lehrerinnen; der Zeitpunkt sollte später festgesetzt werden. Zum Glück zerstritt sie sich jedoch mit Mary Evelyn über die Gästeliste und hatte damit einen Vorwand, die ganze Sache ohne Gesichtsverlust wieder abzublasen. Ihre neue Mutter, so verkündeten die Mädchen, sei reicher als irgend jemand sonst in London Junction; sie habe eine ganze Zedernholzkommode voll gestickter philippinischer Unterwäsche; sie besitze ein Landhaus in Silver Lake, wo sie ab jetzt jeden Sommer verbringen, in Ruderbooten schaukeln und Muscheln sammeln würden; ihr Bruder Vance sei ein bedeutender Mann, der ein oder zwei Jahre die Militärakademie besucht habe und schon einmal in New York gewesen sei, und außer ihrem Vetter, dem ehemaligen Kongreßabgeordneten in Ashtabula, habe sie auch noch andere sehr einflußreiche Verwandte an der Ostküste. Als Papa diese primitiven Prahlereien hörte, wies er die Mädchen streng zurecht, obwohl er selbst in seiner Loge und im Geschäft reichlich auf diese Vorzüge anspielte.

Als Bewohner des Furness-Hauses und frischgebackener Inhaber des eindrucksvollen Titels eines Geschäftsführers ging Papa wie auf Wolken. Er ließ sich Visitenkarten drucken und fügte seinem Namen noch einen stilvollen mittleren Buchstaben hinzu: »Harry J. Willard, Hauptgeschäftsführer, LONDON FURNITURE STORE, LONDEN JUNCTION. TRAUTES HEIM, GLÜCK, GLÜCK ALLEIN – VON UNS MÖBLIERT. *Beerdigungsinstitut.*« Das Geschäft befand sich in einem nagelneuen Gebäude mit einer Glasfront; in den beiden Stockwerken über dem Möbelladen waren die Großhandels- und die Katalogabteilung untergebracht. Auf dem Dach ragte eine große Reklametafel auf und erweckte bei den staunenden Insassen vorbeifahrender Züge den Eindruck eines vierstöckigen Gebäudes. Kurz nachdem er sein neues Hauptquartier bezogen hatte, nahm Papa seine Töchter mit, um es ihnen zu zeigen, gebot ihnen jedoch später auf Anraten seiner Frau, ihn nur im äußersten Notfall dort aufzusuchen. Das war schade, denn alle drei hatten in dem großen Ausstellungsraum die schönsten Spielecken entdeckt. Sobald man eintrat, nahm man einen Geruch nach Möbelpolitur und frischem Holz wahr, und es bot sich ein eindrucksvoller Anblick: schimmernde Eßtische und Büfetts, Windsorstühle, Sofas, Scharen von üppigen Polstersesseln mit Quasten, Fransen und Tapisserieeinsätzen, so neu und dick gepolstert und dadurch so pompös, daß es bestimmt viel Mut erforderte, einem von ihnen einen Platz in einem einfachen, bescheidener möblierten Wohnzimmer anzubieten. Steh- und Tischlampen aller Größen und Formen brannten den ganzen Tag, um ihre Reize zur Geltung zu bringen, und manche von ihnen waren sinnreich mit der Armlehne eines Sessels oder einem Standaschenbecher verbunden oder auch in einen Tisch mit Mittelfuß eingebaut. In einem Zwischengeschoß prangten hinter einer eleganten goldverzierten Brüstung Betten aller Art, von bronzefarbenem Ahornfurnier bis hin zu Nußbaumholz mit Wurzelmaserung. Seine elegante Note aber verliehen dem Geschäft nicht nur die geschmackvollen Möbel, sondern vor allem ein chinesisches Räuchergefäß in der Wohnzimmerabteilung, dessen Sen-Sen- und Gewürzstrauchduft sich mit dem Geruch nach Möbelpolitur und Leim vermischte, sowie ein riesiges Grammophon, aus dessen Lautsprecher ununterbrochen der Schlager »Komm, o komm, ich will nur dich« durch die Räume und auf die Straße hinaus schallte. Es sei ein Vergnügen, in einem solchen Geschäft zu arbeiten, sagte Papa glücklich, und dazu noch das Grammophon – da könne er sich vor Kunden kaum retten. Eines Tages schaute Mr. Taylor herein, sein alter Freund von der High Class Novelty Company in Lesterville. Nach einem Rundgang durch die Räume schüttelte er den Kopf und sagte, das alles sei eine Nummer zu groß für ihn. Papas Anblick, wie er sich in schwarzem Anzug, weißem Kragen und glänzenden schwarzen Schuhen elegant zwischen all dem Luxus bewegte, die Grammophonnadel auswechselte, das Räuchergefäß neu entzündete und mit dem Leichenbestatter routiniert über Sargauskleidungen verhandelte, schüchterte Mr. Taylor dermaßen ein, daß er, während Papa sich noch produzierte, unauffällig verschwand und sich nie wieder im Geschäft blicken ließ.

Alles in allem fühlten sich die Willard-Mädchen in eine Märchenwelt versetzt, und auch in der Stadt war man beeindruckt.

Papa legte sich ein energisches, aber äußerst gesetztes Auftreten zu, er hielt sich vom Elks' Club und vom London Junction Hotel fern und redete mit seinen früheren Kumpanen aus der Zeit seiner Außendiensttätigkeit in einem angemessen freundlich-reservierten Ton. Es kam ihm vor, als würde jeder, mit dem er im Laufe eines Tages zu tun hatte, ihn mit größtem Respekt ansehen und innerlich ausrufen: »Harry Willard – nicht zu fassen! Ein Selfmademan, wie er im Buche steht, eine lebende Erfolgsgeschichte. Sagt, er schafft's und schafft's dann auch tatsächlich. Angesehener Bürger, erstklassiger Geschäftsmann, hm, hm, hm!« Seine Töchter schauten angesichts des Wunders, das er vollbracht hatte, voll Verehrung zu ihm auf. In der Schule gaben sie damit an, und abends im Bett sonnten sie sich gemeinsam in ihrem Glück.

Doch es kann ebenso schwer sein, mit dem Glück zurechtzukommen wie mit dem Unglück. Sosehr sie sich auch anstrengten, sich ihrem neuen Stand entsprechend zu verhalten, so wenig schienen sie es ihrer neuen Mutter jemals recht machen zu können. Sie wußten nicht einmal, was sie falsch machten, denn Mrs. Willard schüttelte nur verzweifelt den Kopf, und manchmal warf sie die Hände hoch, als sei gegen so viel Dummheit einfach kein Kraut gewachsen. Sie öffneten und schlossen die Türen nicht so, wie es sich gehörte, sie gingen auf den Fersen statt auf den Zehenspitzen, sie wischten sich die Hände an ihren Servietten ab oder aber sie unterließen es, sie saßen auf dem Bett, sie saßen in den Sesseln, sie sangen, daß man hätte meinen können, man sei in einem Irrenhaus, in ihren alten Kleidern sahen sie zur Schande ihrer Eltern wie Vagabunden aus, oder aber sie wollten ihre besten Kleider anziehen, um sie zu ruinieren. Angesichts so widersprüchlicher Beanstandungen schien jeder Versuch, das Richtige zu tun, von vornherein zum Scheitern verurteilt. Selbst Papa verhielt sich abweisend. Kam er abends strahlend vor Stolz über seine jüngsten Triumphe nach Hause, packte ihn gerechter Zorn, wenn seine Frau ihn mit ihren Klagen über seine Kinder auf den Boden der Tatsachen zurückholte.

»Was soll denn das, Kinder?« schimpfte er. »Ich geb euch ein schönes neues Zuhause, wie eure Mutter es sich immer für euch gewünscht hat, und ihr könnt euch nicht anständig benehmen. Kein ›Danke‹ bekommt man von euch zu hören, nichts, das alles scheint euch nicht zu interessieren. Wenn das so weitergeht, schick ich euch fort, das garantier ich euch. Ihr wißt gar nicht zu schätzen, was man für euch tut. Lena, du bist die Älteste, du sorgst dafür, daß die anderen beiden spuren; ich verlaß mich auf dich. Ihr werdet älter, und es wird Zeit, daß ihr lernt, euch wie Damen zu benehmen.«

Doch ausgerechnet Lena machte den ersten großen Fehler. Sie wollte der Liebling ihrer neuen Mama sein und setzte alles daran, sich bei ihr einzuschmeicheln, indem sie sie über die Missetaten ihrer jüngeren Schwestern informierte, gefolgt von düsteren Prophezeiungen, was aus ihnen werden würde, wenn sie nicht ihrem Beispiel folgten. Marcia ziehe auf dem Schulweg ihre Überschuhe und Fäustlinge aus und verstecke sie in einem hohlen Baum, und in der Schule färbe sie sich im Garderobenraum die Wangen mit Kreppapier rot. Und Florrie schleppe ständig eine total verdreckte junge Katze namens Schneeball mit sich herum und verstecke sie im Kinderzimmer, so daß sie, Lena, Angst habe, sie könnten sich die Krätze holen. Und von dem kranken Küken, das Florrie aufgelesen und ein paar Tage bei sich behalten habe, hätten sie die Darrsucht bekommen können. Die neue Mrs. Willard äußerte sich befriedigt über Lenas hilfreiche Mitteilungen und wies sie an, ihre Schwestern zu bestrafen, wenn so etwas wieder vorkomme. So viel Macht stieg Lena zu Kopf, und eines Tages brachte sie Mary Evelyn mit, um mit ihrem Zuhause zu prahlen. Den Zeitpunkt wählte sie so, daß sie allein waren, wie sie glaubte, und den Vordereingang benutzen konnten.

»Das ist das Wohnzimmer«, sagte sie mit großartiger Gebärde. »Sieben auf zehn.«

Mary Evelyn konnte ihre Bewunderung und ihren Neid einen Moment lang nicht verhehlen. Dann fragte sie hämisch grinsend, weshalb der Flügel verschlossen sei und ob denn niemand darauf spielen dürfe. Der Hohn in dieser Frage verleitete Lena dazu, im Küchenschrank nach dem Schlüssel zu suchen, den sie in der zerbrochenen Zuckerdose unglücklicherweise auch fand. Überheblich forderte sie Mary Evelyn auf, ein Duett mit ihr zu spielen, doch mitten in »Chopsticks« tauchte plötzlich eine Gestalt in der Tür auf. Es war die neue Mrs. Willard in ihrem beigen Kostüm. Ihr Gesicht war bleich und wie versteinert, und ihre Marmoraugen sprühten zornige Funken. Dieses Inbild der Empörung ließ die Mädchen erstarren, auch wenn sie nicht recht wußten, was sie verbrochen hatten. Die Dame kam heranstolziert und schlug den Deckel zu, und um ein Haar hätte sie ihnen die Finger eingeklemmt.

»Gib den Schlüssel her«, stieß sie zwischen den Zähnen hervor. »Der Flügel wird nicht angerührt, verstanden?«

»Ich wollte doch nur ...«

»Werd bloß nicht unverschämt!« fauchte Mrs. Willard. »Wer hat dir überhaupt erlaubt, hier reinzukommen? Ich verbitte mir, daß ihr Gören hier dauernd rein- und rauslauft und eure Dreckfinger an meine schönen Möbel schmiert! Das werd ich deinem Vater sagen!«

Mary Evelyn war wie der Blitz zur Tür hinaus und die Straße hinunter, doch Lena blieb nach dem ersten Schrecken störrisch stehen.

»Mein Vater hat mir versprochen, daß ich Klavierstunden kriege«, sagte sie hochmütig. »Wo soll ich denn dann üben?«

»Das weiß ich nicht, und das interessiert mich auch nicht«, murrte Mrs. Willard. »Jedenfalls kommst du mir hier mit deinen dreckigen Schuhen nicht rein.«

Minelda stand noch im Kinderwagen vor der Haustür und begehrte schreiend Einlaß.

»Soll sie doch schreien«, sagte Lena laut und lief hinter Mary Evelyn her.

Die einstige Miss Hawkins stand noch eine Weile da, sah sich prüfend um und überlegte, wie die Verwüstung, die die zwanzigminütige Invasion angerichtet hatte, am besten zu beheben sei. Ohne auch nur ihren Hut abzunehmen – es war der große mit den Rosen –, lief sie nach einem Staubtuch und begann fieberhaft, imaginäre Flecke auf dem Flügel fortzupolieren. Sie schlug ein paar Töne an, um zu sehen, wie sehr das empfindliche Instrument durch den Mißbrauch verstimmt worden war, und nahm dann Platz, um zur letzten Vergewisserung mit einer Hand »Wenn es Nacht wird« zu spielen, das einzige Stück, das sie konnte. Der Klang schien unverändert, aber sie schüttelte den Kopf, überzeugt, daß das Instrument inwendig Schaden genommen habe, und schloß es liebevoll ab. Dann ließ sie sich auf die Knie nieder, um vermeintliche Schmutzspuren von einer knallroten Rose auf dem Teppich wegzuwischen. Mehrere Minuten brachte sie damit zu, Whittiers *Snowbound* wieder im richtigen Winkel an die Pagodenuhr auf dem Eßtisch zu lehnen, und selbst dann konnte ihre gewissenhafte Inspektion ihr nicht verraten, ob nicht der Inhalt des Buches durch die Blicke der Eindringlinge entweiht worden war. Mitten in diesen Aufräumungsarbeiten merkte sie plötzlich, daß Lena eine der weißen Jalousien hochgezogen hatte, und diese Ungeheuerlichkeit entlockte ihr ein Stöhnen tiefster Qual. Ihre Augen waren rotgerändert, als Papa nach Hause kam, und auf seine Frage, was passiert sei, legte sie ihm die Hand auf die Schulter und schluchzte: »O Harry, Harry, was soll ich bloß tun? Ich kann's nicht mehr mit ansehen, wie diese Kinder unser Heim zerstören. Du mußt mit ihnen reden, Schatz, sonst demolieren sie noch das ganze Haus!«

25

Nach diesem ersten Zusammenstoß mit ihrer Stiefmutter weigerte sich Lena, von jemand anderem als von Papa Befehle entgegenzunehmen. Sie sagte, sie sei zu groß, um auf anderer Leute Kinder aufzupassen, und wenn jemand Minelda nach der Schule spazierenfahren solle, dann müsse es eben Marcia tun. Marcia übernahm diese Aufgabe nicht ungern, denn zum einen blieb es ihr auf diese Weise erspart, mit ihren Klassenkameraden zu spielen, und zum anderen war es ohnehin zwecklos zu protestieren. Sie holte sich jeden Tag ein neues Buch aus der Leihbücherei, und während sie den Wagen schob, las sie darin. Schrie Minelda zu laut, konnte es vorkommen, daß Marcia die Nerven verlor und sie kräftig kniff. Minelda war zweieinhalb Jahre alt. Sie war kränklich und quengelig, eine Folge der gründlichen Vermummung, die ihre aufopfernde Mutter ihr auch im Sommer angedeihen ließ. In ihren meist nassen Wollsachen drehte und wand sie sich, sie litt an Hitzepocken und warf sich hin und her, und ihr verzerrtes Gesichtchen war so bleich, daß es fast bläulich wirkte. Ihre junge Hüterin aber war so in ihr Buch vertieft, daß Mineldas ständiges Ziehen und Zerren an ihren Haltegurten gar nicht in ihr Bewußtsein drang. Nicht einmal, wenn Minelda sich halb aus dem Wagen wand und sich mit den

Lederriemen schier erdrosselte, bemerkte Marcia es, denn dann ließ das Schluchzen nach, und es kamen nur noch gurgelnde, erstickte Laute. Manchmal war das Buch, das Marcia auf dem Handgriff abstützte, so spannend, daß sie den Wagen mehrere Minuten friedlich vor sich herschob, ohne zu merken, daß er leer war. Aus ihrem Tagtraum erwachend, hörte sie jetzt auch fernes Geschrei und entdeckte Minelda weit hinten im Straßengraben, in den ein plötzlicher Ruck des Wagens sie befördert hatte. Sobald sie sich wieder dem Furness-Haus näherten, stimmte Minelda ein herausforderndes Gebrüll an, mit dem sie die erlittenen Demütigungen kundtat, bis ihre Mutter aus der Küche gestürzt kam und sie in ihre schützenden Arme schloß.

»Mein armes, armes Kind, was hat die böse Marcia dir getan?« rief sie aus, worauf Minelda erneut in Schluchzen ausbrach und Marcia empörte Blicke zuwarf. »Woher kommt denn der blaue Fleck da? Und sieh nur, wie schmutzig sie dein schönes, sauberes Kissen gemacht hat! Hol einen Lappen, Marcia Willard, und wisch die Räder ab, auf der Stelle! So was Ekelhaftes habe ich ja noch nie gesehen. Kein Wunder, daß das arme Kind weint!«

Erst jetzt richtete Marcia ihr Augenmerk auf den am Wagen und an Minelda entstandenen Schaden und entdeckte ein wenig erstaunt, daß der Wagen dort, wo sie geistesabwesend gegen einen Baum oder eine Mauer gefahren war, eine Delle hatte. Reste von Zweigen und Kies auf Mineldas Lätzchen deuteten auf ein mißverstandenes Festmahl mit nicht eßbaren Speisen hin.

»Wenn sie jetzt krank wird!« stöhnte ihre Mutter. »Was hast du nur mit ihr gemacht?«

»Was kann ich dafür, wenn sie unbedingt Raupen essen will?« verteidigte sich Marcia. »Wenn sie so wild drauf ist, kann ich sie nicht dran hindern.«

»Ab sofort schiebst du sie nur noch auf gepflasterten Straßen«, befahl Mineldas Mutter. »Wieso gehst du auch immer durch diese kleinen Gassen?«

»Weil mein Kleid zerrissen ist, deswegen.«

»Ich würde mich schämen, so eitel zu sein. Ein häßliches Mädchen wie dich schaut sowieso keiner an. Moment mal, was hast du denn da unter deiner Jacke? Ein Buch etwa?«

Das Verbrechen kam ans Licht, sosehr Marcia auch versucht hatte, das Buch zu verstecken. Mrs. Willard griff danach.

»Daher also diese Unachtsamheit! Nichts als Unsinn und alberne Geschichten im Kopf, und für alles andere blind und taub! Kein Wunder! Na warte, ich werde deine Lesekarte sperren lassen!«

Langsam verblaßte der Glanz des neuen Lebens, und die unschöne Realität trat zutage. Da waren sie nun in einem schönen großen Haus, mit einer neuen Mutter, die feine Kleider und einen Flügel besaß, und ihrem Vater, der jetzt eine angesehene Persönlichkeit des öffentlichen Lebens und endlich »aus dem Schneider« war, wie er selbst es stolz ausdrückte. Mindestens einmal in der Woche wurden Mr. und Mrs. Willard im *Register* erwähnt, als Teilnehmer des Banketts der Freimaurer, als Gäste bei Mr. Carsons Dinner zum Memorial Day oder als Schirmherren von Varietéveranstaltungen, weil man sie aufgefordert hatte, dem Bridgeclub beizutreten, oder weil Mrs. Willard zur stellvertretenden Vizepräsidentin des Frauenlesekreises gewählt worden war. Diese herausragende gesellschaftliche Stellung war mehr, als die Familie sich je hätte träumen lassen, und wurde in der gesamten Verwandtschaft neidvoll kommentiert. Doch die Mädchen mochten sich noch so anstrengen – in diesem verzauberten Leben schien für niemand anderen Platz zu sein als für Papa, Idah Hawkins Willard und allenfalls noch Minelda. An dem Abend, als die Willards an der Reihe waren, den Bridgeclub zu sich einzuladen (es gab Bier und Brezeln, Eiscreme und Kuchen und als Preise ein handgesticktes Tuch zum Warmhalten von Muffins und eine lederne Brieftasche mit eingebrannten Ornamenten), wurden die Kinder angewiesen, sich unter keinen Umständen im Erdgeschoß blicken zu lassen. Marcia und Lena wechselten einen bestürzten Blick, denn sie hatten tagelang vor ihren Klassenkameraden mit dem großen Ereignis geprahlt.

»Aber wenn bei Mrs. Carson Bridge gespielt wird, darf Barbara Sachen herumreichen«, sagte Lena.

»Sie könnten ja herunterkommen und etwas vorsingen«, schlug Papa vor.

»Und was sollen sie dazu anziehen?« wollte seine Frau wissen. »Sie würden doch wie Strolche aussehen, und außerdem will niemand bei einer netten Gesellschaft Kinder herumrennen sehen.«

Der Bridgeabend wurde ein einziges Fiasko. Lena und Florrie hatten sich ihre besten Freunde zum Spielen eingeladen und überlegten krampfhaft, wie sie sie wieder ausladen sollten. Lena schlich sich die Hintertreppe hinunter und kam mit niederschmetternden Neuigkeiten wieder herauf. Zwei der geladenen Paare hatten ihre Kinder mitgebracht, Mitschülerinnen von Florrie, die mit Florrie spielen sollten, und Lena hatte gesehen, wie sie Eiscreme und Kuchen aßen. Dann hatte sie ihre Stiefmutter auch noch sagen hören, Florrie sei krank und könne nicht herunterkommen. Und noch schlimmer: Eines der Kinder – man drängte es förmlich dazu – durfte die »Engelsserenade« auf dem Flügel vortragen, und dabei hätte Lena, wenn man sie nur gelassen hätte, das Stück viel schneller spielen können. Diese erschütternde Nachricht verbreitete Düsterkeit im Kinderzimmer.

»Hat Papa nichts gesagt?« fragte Marcia.

»Geklatscht hat er. Und dann haben er und Mr. Chase gesagt, sie gehen noch Bier holen, und bis jetzt sind sie noch nicht wieder da, und sie ist fuchsteufelswild. Dauernd steht sie vom Spieltisch auf und leert die Aschenbecher aus, auch wenn nichts drin ist.«

»Ich bin überhaupt nicht krank.« Florrie saß aufrecht im Bett und brütete vor sich hin. »Die soll nicht einfach Lügen über mich erzählen. Sie hat gesagt, wir sollen sie ›Mama‹ nennen, aber das probier ich gar nicht erst.«

Von da an nannten sie die neue Mutter nur noch »sie«.

26

Das Schlafzimmer lag im ersten Stock und war so schön, daß es stets abgesperrt blieb. Sooft Mrs. Willard dort auch ein und aus ging – jedesmal holte sie sorgsam ihre Schlüssel aus der Tasche und verschloß dieses Paradies vor neugierigen Kinderaugen. Und so wie der Bücherschrank, das Wohnzimmer, der Flügel, der Kühlschrank, die Kommoden und Schränke abgeschlossen waren, mußten die Kinder sich auch damit abfinden, daß ihnen die Schönheiten des Schlafzimmers vorenthalten blieben. Nur einmal, als Tante Lois das Haus besichtigte, hatten sie einen Blick hineingeworfen, und ein andermal war Florrie mit einer farbigen kleinen Freundin auf das Verandadach geklettert und hatte durch das Fenster gespäht, weil sie nach so viel Heimlichtuerei davon überzeugt war, daß sich in dem Zimmer Feen und fliegende Teppiche verbargen. Aber da waren nur das Himmelbett aus dem Furness-Besitz mit seinen rosafarbenen, seidig glänzenden Behängen, Mrs. Willards neue goldene Frisiergarnitur und allerlei Nippes. Die Tür wurde auch nachts zugesperrt, und was man dann dahinter hörte, klang wie ein Streit: »Halt, Harry! Hör auf, Harry, halt! Harry, hör sofort auf, das verzeih ich dir nie! Halt, Harry, halt, halt!«

Die zweite Mrs. Willard hatte sich kaum verändert, seit sie, damals noch als Idah Hawkins, das erste Mal in London Junction gewesen war und die erste Mrs. Willard bis zu ihrem Tod gepflegt hatte. Die Mutterschaft hatte ihrer zierlichen Figur keine weiteren Rundungen hinzugefügt, und aus Gründen der Eleganz behalf sie sich mit einer leichten Polsterung da und dort. Das Kostüm der Dame wiege mit seinen Polstern und Gewichten mehr als sie selbst, berichtete Lena nach einem Erkundungsgang. Wenn sie sich fein machte, griff sie zu einer Dose Hygienic Vegetable Rouge, das sie in zwei kreisrunden Flecken sorgfältig auf ihre Wangen rieb. Ihr farbloses dünnes Haar war mit falschen Zöpfen, Löckchen und anderen Haarteilen in einem üppigeren Goldton aufgeputzt, und wenn die anderen Damen ihre Frisur bewunderten, rühmte sie sich bescheiden, daß sie jedesmal eine Dreiviertelstunde darauf verwende. Die meisten Frauen hätten nicht die Geduld dazu, doch sie selbst mache sich mit ihrem Äußeren viel Mühe und finde, für eine wahre Dame könne es keinen Grund geben, sich gehenzulassen. Sie lege Wert darauf, daß auch ihr Töchterchen hübsch aussehe; das arme Kind weine doch tatsächlich, wenn die älteren Mädchen es schmutzig machten. Kam das Gespräch auf ihre erste Begegnung mit Harry Willard, blitzten ihre blassen Marmoraugen schalkhaft auf, und sie kicherte: »Ich hatte gleich ein Auge auf ihn geworfen, schon damals.« Unmittelbar nach dem Ableben ihres ersten Mannes hatte sie Aktien der London Furniture Company erworben und sich dann bei Mr. Carson, dem Leiter der Firma, nach Harry Willard erkundigt. Mr. Carson hatte gemeint, einen Mann wie Willard könne er weiß Gott wieder gebrauchen, und so hatte alles angefangen. Sie war hin und wieder geschäftlich nach London Junction gekommen, und Mr. Carson hatte die alten Differenzen vergessen und versucht, Harry ausfindig zu machen.

»Man braucht schon allerhand Mut, um einen Witwer mit drei Kindern zu heiraten«, sagte Mary Evelyns Mutter während ihres Besuchs, für den sie sich eigens fünfzig neue Visitenkarten hatte drucken lassen. Außerdem hatte sie sich ein blaugraues

Kostüm mit roten Knöpfen und rotem Besatz gekauft, um zu demonstrieren, daß es in London Junction außer der neuen Mrs. Willard auch noch andere modebewußte Damen gab. Mrs. Willard nahm das Kompliment mit einem würdevollen Nicken entgegen.

»Man muß natürlich aufpassen, daß sie die Situation nicht ausnützen«, erklärte sie. »Sie sind schrecklich verwöhnt, da wird noch viel Arbeit nötig sein. Aber es ist wie mit Dr. Turner: Als ich gemerkt habe, wie verwöhnt er war, hab ich zu ihm gesagt: ›Bei deiner Mutter konntest du die Asche ja vielleicht überall herumstreuen, aber jetzt ist sie tot, und wenn du unbedingt rauchen mußt, dann tu's in der Garage, das ist der richtige Platz dafür.‹ Man muß ihnen von vornherein seinen Standpunkt klarmachen.«

Ungeachtet dieser Erklärung war Mrs. Idah Willards »Standpunkt« so kompliziert und mit so vielen Unwägbarkeiten verbunden, daß ihre neue Familie alle Hoffnung aufgab, es ihr je recht machen zu können. Erst sollten sie sich nur zum Essen und zum Schlafen im Haus aufhalten, dann wieder sollten sie nicht draußen, wo alle Welt sie sehen könne, auf dem Rasen sitzen und träumen. Verwandte oder Schulfreundinnen durften weder ins Haus kommen, noch durften sie zu ihnen. Ihr Schulpapier durften sie nicht zum Spielen verwenden, weil es Geld koste, und in ihren Schulbüchern durften sie, wenn die Hausaufgaben gemacht waren, nicht einfach zum Spaß lesen. Sie sollten nicht herumstehen, sondern sich im Haushalt nützlich machen, andererseits aber machte sie die ganze Arbeit lieber selbst, als sich anhören zu müssen, wie sie beim Bettenmachen oder beim Geschirrspülen sangen. Ihre Pflichten bestanden darin, im Vorgarten Abfälle vom Rasen aufzulesen, auf Minelda aufzupassen und Botengänge zu machen. Wo man über ihre abgerissenen Kleider hätte reden können, durften sie sich nicht blicken lassen, aber ihr Nähzeug durften sie auch nicht benutzen, denn Nadel und Faden kosteten Geld. In der alten Remise durften sie sich zwar aufhalten, mehr aber auch nicht. Sie durften dort weder Kutsche fahren noch irgend etwas anderes spielen, und wenn sie zum Essen ins Haus kamen, wurden sie von ihrer Stiefmutter erst einmal »in Ordnung« gebracht. Das war unangenehm, denn da sie so klein war, mußte sie Tricks zu Hilfe nehmen: Sie kniff sie oder gab ihnen mit ihrem Diamantring Kopfnüsse. Nach der Zirkusparade fand Marcia auf der Straße eine hübsche kleine Peitsche mit silbernen Quasten, die Mrs. Willard beschlagnahmte und wegschloß. »Du kriegst die Peitsche schon, wenn du sie brauchst«, sagte sie. Da Marcia sich standhaft weigerte, irgendeine Reaktion zu zeigen, wenn sie damit geschlagen wurde, beklagte sich ihre Stiefmutter bei Papa und forderte ihn auf, die Mädchen selbst zu bestrafen; sie seien so widerspenstig, daß sie nicht einmal weinten. Als Florrie Kehlkopfdiphtherie bekam, machte sie ihr einen Petroleum-Halswickel, der so fürchterlich brannte, daß Marcia und Lena die ganze Nacht wachlagen und glaubten, Florrie werde vor Schmerzen sterben. Sie wagten jedoch nicht zu schreien oder Papa zu rufen, weil sie dachten, ihre Stiefmutter habe es so gewollt. Als sich am nächsten Morgen beim Abnehmen des Wikkels die Haut ablöste, kicherte sie: »Ach, du liebe Güte, ich hatte ja ganz vergessen, Vaseline draufzuschmieren.« Papa so etwas zu erzählen war zwecklos, denn sie kam ihnen jedesmal mit ihrer eigenen Version der Geschichte zuvor, und außerdem sagte er oft, er habe den Eindruck, seine Schwägerin Lois stifte die Kinder zu allerlei Unfug an, nur um ihm die erste ruhige Zeit seines Lebens zu verderben. Lena zu schlagen wagte Mr. Willard nicht, weil Lena damit drohte, es Mr. Carsons Tochter Barbara zu erzählen. Lena führte ihr eigenes Leben, sie machte, was sie wollte, und ihre Stiefmutter konnte dabei nur zähneknirschend zuschauen. Nach der Schule kam Lena nicht gleich nach Hause, denn sie war dabei, einen aus drei Mädchen bestehenden exklusiven Club zu gründen, der sich nach dem Unterricht traf. Die Gruppe nannte sich Mädchen-Näh- und Geheimgesellschaft Roßkastanie, doch da sie nichts zu nähen hatten, tauften sie sich in »RJC« (Roßkastanien-Jux-Club) um, ein reiner Vergnügungsverein, und als ein paar Jungen herausbekamen, was RJC bedeutete, wurde der Name in WSW (Wir Sind Wir) umgeändert.

Nach diesem letzten kolossalen Fortschritt versank der Club in Untätigkeit, bis Myrtle Chases Mutter ein wohlwollendes Interesse für ihn faßte. Sie schlug vor, ihn in einen netten kleinen Lesekreis wie ihren eigenen umzuwandeln, und damit es mehr Spaß mache und wie bei den Erwachsenen zugehe, sollten die Mädchen bei ihren Versammlungen bestimmte Regeln einhalten, die sie *Roberts' Regelbuch* entnehmen könnten. Nach einer trübsinnigen Sitzung mit Mr. Roberts und Mrs. Chases Exemplar von Longfellows *Tales of a Wayside Inn* erklärte Lena, wenn sich die Mütter einmischten, werde sie das ganze Projekt fallenlassen. Da aber bekam Mrs. Willard Wind von der Geheimgesellschaft und erzählte Papa, Lena gehöre einem Club an, in dem unanständige Bücher gelesen würden. Papa, von den Reibereien in seiner Familie schon völlig entnervt, verlor die Beherrschung und befahl Lena, nach der Schule sofort nach Hause zu kommen, statt sich mit ihren unanständigen Büchern ins Gerede zu bringen. Das vertraute Lena empört ihrer Freundin Mary Evelyn an, die sie begierig fragte, wo es denn solche »unanständigen Bücher« gebe. Das sei doch eine gute Idee für ihren Club, meinte sie, viel besser als Mrs. Chases Vorschlag, und nach reiflicher Überlegung kamen sie zu dem Schluß, daß Lenas Mutter, da sie ja so viel über unanständige Bücher wisse, selbst welche besitzen müsse. Lena, dadurch zu neuer Kühnheit angespornt, stahl abermals die Schlüssel ihrer Stiefmutter, und nach ausgiebigem Stöbern fand sie in deren Schreibtischschublade ein Buch mit dem Titel *Liebe ohne Furcht*. Sie nahm es klopfenden Herzens an sich, und bald hatte sie einen weit größeren Lesekreis zusammen, als Mrs. Chase sich vorgestellt hatte. Da aber für dessen Mitglieder jegliche Lektüre eine harte Fron bedeutete und das Buch von komplizierten Wörtern nur so wimmelte, blieben sie nur deshalb bei der Stange, weil sie überzeugt waren, daß alles, was verboten war, der Mühe wert sei. Außerdem hatten sie jetzt endlich ein Geheimnis. Schließlich aber kam Mrs. Willard hinter das Geheimnis und setzte Papa so lange zu, bis er Lena widerstrebend auspeitschte. Hinterher war er wütend auf seine Frau, und am Abend ging er türenknallend aus dem Haus. Als er zurückkam, hörten die Mädchen, wie er auf allen vieren die Treppe hinaufkroch und wie Mrs. Willard ausrief: »Aber Harry, du hast ja getrunken! Du kommst ja nicht mal mehr die Treppe rauf!«

»Natürlich komm ich rauf, ich muß nur wollen, verflucht noch mal!« rief Papa. »Da kommt doch jeder rauf, aber ich will nun mal auf meine Art rauf, und wenn ich das so will, dann mach ich das auch so.«

Die häuslichen Querelen bekümmerten Papa.

»Man kann sich noch soviel Mühe geben«, sagte er, »irgendwas geht immer schief.« Sehr lange grämte er sich jedoch nicht, dazu war er zu sehr geblendet von seiner neuen Wichtigkeit als grundsolider Bürger, jetzt auch Mitglied der Handelskammer und des kirchlichen Vergnügungskomitees sowie Geschäftsführer des neu gestalteten Möbelgeschäfts der London Furniture Company mit angeschlossenem Beerdigungsinstitut. Die Funktion des Geschäftsführers war traditionell mit der des stellvertretenden Leichenbestatters gekoppelt – wie die des Juweliers mit der des Optikers. Die Aufgaben des Einbalsamierens, der Sargauswahl und der Organisation der gesamten Bestattung waren von seinem Vorgänger auf Papa übergegangen, und es gefiel ihm über die Maßen, als allseits respektierter Fachmann aufzutreten, besonders bei jenen traurigen Anlässen, bei denen er in seinem neuen schwarzen Beerdigungsanzug und mit weißen Handschuhen auf Zehenspitzen herumging und den Hinterbliebenen Trost zuraunte. »Ein fröhlicheres Naturell als Fanzer«, so fand auch Mr. Carson (Fanzer war der hauptamtliche Leichenbestatter). Papa war von seinen beruflichen Erfolgen so berauscht, daß es ihn wütend machte, wenn jemand daran zweifelte, ob es so klug gewesen sei, Idah Hawkins zu heiraten. Mrs. Friend sagte ihm, alte Freunde von Daisy seien der Meinung, seine neue Frau ziehe ihr eigenes Kind vor und benachteilige die anderen drei. Papa schwor, eine solche Unverschämtheit werde er nie verzeihen. Außerdem stifte Lois die Kinder zu allerlei Unfug an, nur weil sie neidisch sei, daß er das Furness-Haus bewohne, und er verbot ihnen, ihre Tante zu besuchen. Doch es half alles nichts: Die Mädchen schafften es einfach nicht, seiner gesellschaftlichen Stellung Rechnung zu tragen. Sonntags, wenn er mit seiner eleganten Frau zusammen Minelda in ihrem Sonntagsstaat den Main Boulevard entlangschob, konnte er sicher sein, daß ihm seine drei abgerissenen, trübsinnigen Töchter über den Weg liefen und ihn fragten, ob er ihnen Geld geben könne, damit sie ins Kino oder zu Kandy Kitchen könnten. Er sei doch kein Goldesel, zum Donnerwetter, fuhr er auf, und sie sollten nach Hause gehen und für die Schule lernen, statt sich herumzutreiben.

»Können wir dann den Schlüssel haben?« fragte Lena frech. »Wie sollen wir nach Hause, wenn wir nicht reinkönnen?«

Mrs. Willard flüsterte Papa zu, sie wollten den Schlüssel nur haben, um den Flügel zu zerkratzen und die Sonntagszeitung durcheinanderzuwerfen. Außerdem achteten sie so wenig auf ihre Kleidung, daß sie sich schäme, wenn jemand am Haus vorbeigehe und sie auf der Vorderveranda sehe; hinter dem Haus seien sie besser aufgehoben. Papa haßte seine Kinder geradezu, wenn sie so stumm und düster dastanden und ihm seinen gerechten Lohn vergällten, weil sie ihn, ohne es zu wollen, daran erinnerten, wie ungesund sein neuer Wohlstand war. Er hatte nicht mehr Geld zur Verfügung als früher, denn das Haus, das seine Frau führte, kostete dreimal soviel wie erwartet, und sie selbst war der Ansicht, man könne nicht von ihr verlangen, daß sie den Nachlaß des verstorbenen Mr. Turner und ihre eigenen bescheidenen Ersparnisse an diese drei verzogenen Kinder verschwende. Irgendwann, so erklärte sie, sei auch ihre Geduld zu Ende.

27

Oma wohnte wieder in London Junction, »und zwar allein«, wie sie frohlockte, nicht etwa bei Verwandten. Nach ihrem Cleveland-Desaster, für das sie aus unerfindlichen Gründen der Politik die Schuld gab, hatte sie gezwungenermaßen reihum ihre Kinder besucht, eine höchst unangenehme Sache für eine Frau, die ausgezogen war, sich selbständig zu machen.

»Keins von meinen Kindern hat jemals Rücksicht auf mich genommen«, beklagte sie sich. »Ich seh nicht ein, wieso ich jetzt Rücksicht auf sie nehmen sollte.«

Sie erwarteten von ihr, daß sie bei ihnen einzog und sich um ihre Kinder kümmerte.

»Eine Großmutter liebt Kinder auch nicht mehr als eine Mutter«, erklärte sie. »Manche Großmütter sind einfach zu alt, um noch mal aus dem Kinderhüten rauszukommen, aber ich nicht. Ich hab mich in meinem ganzen Leben noch nie so wohl gefühlt.«

Mr. Sweeney, dieser wunderbare Mann, hatte ihr, wie schon einmal, mit einem Darlehen aus der Klemme geholfen. Nach seiner ersten Hilfsaktion hatte Tante Lois ihm das Geld zurückgezahlt, und dieser neuerliche Handel hatte sie so in Rage gebracht, daß sie nach Kalifornien abgedampft war, wo Tante Betts sich ihres Asthmas wegen aufhielt. Wenn Oma sich unbedingt von neuem in Schwierigkeiten bringen wolle, hatte sie gesagt, dann müsse sie diesmal selbst sehen, wie sie wieder herauskomme. Und Mr. Sweeney werde sie nie verzeihen, daß er Omas riskante Geschäfte auch noch unterstütze.

Diesmal handelte es sich um eine Kooperation zwischen Mrs. Carmel und Oma. Mrs. Carmels Rheumatismus hatte ihrem putzmacherischen Talent Fesseln angelegt, und die Untätigkeit hatte sie unruhig gemacht. Sie hatten beschlossen, in London Junction einen Kramladen zu eröffnen; mit Mrs. Carmels Ersparnissen und Omas Darlehen von Mr. Sweeney würden sie ein Vermögen machen. Über dem Fair Store hatten sie eine Wohnung gemietet, und das Wohnzimmer war ihr Laden. Die Ware bestand aus allem möglichen Krimskrams aus Mrs. Carmels Taschen: alte, ein wenig vergilbte Taschentücher, nicht minder ausgebleichte Seidenreste, Postkarten, staubige Marzipanfrüchte mit scharfem Mottenkugelgeschmack, Schnittmuster, Zeitungsabonnements, Haarnadeln, aufpolierte Andenkenlöffel, die – von ein, zwei Kinderzahndellen abgesehen – wie neu aussahen, Babylätzchen und Notenblätter. Letztere waren zwar alles andere als das Neueste vom Neuen, und zudem hatten Mäuse und Motten davon gekostet, so daß sie bei der leisesten Berührung zu Staub zerfielen, aber für einen Vollblutmusiker fand sich hier so mancher Leckerbissen, vokal und auch instrumental: »Der kleine Wildfang-Quickstep«, »Vater ist tot, und Mutter ist so arm«, »Veloziped-Galopp«, »Bleib heut abend bei mir daheim, Tom« und »Mama, warum weint das Baby nicht?«. Das sehe doch wenigstens nach was aus, meinte Oma. Als Spezialitäten verkauften sie Konfekt, Buttertoffee, Erdnußkrokant und Meringen aus eigener Herstellung. Die Konfektproduktion war durch einen Fund unter Mrs. Carmels Schätzen angeregt worden, eine Broschüre mit dem Titel *Kurzweil und Konfekt für kleine Leute*. Die Rezepte waren auf die wissenschaftlich nicht vorgebildete Köchin zugeschnitten und lauteten etwa folgendermaßen: »Etwas Wasser und, falls zu dünn, noch ein wenig Zucker zugeben, umrühren nur wenn nötig und nicht zu lange, mit einer Prise Würzextrakt abschmekken, nach dem Abkühlen in Vierecke schneiden.« War das Resultat zufriedenstellend, griff Oma hinein und nahm so viel heraus, daß es für drei Schachteln zu je fünfundzwanzig Cent knapp reichte; bei sorgfältiger Verpackung – einzeln in Wachspapier gewickelt, mit einem kleinen Pappestück als Boden – konnte man dieselbe Menge auch auf fünf Schachteln verteilen.

Der Fair Store lag in der belebtesten Gegend der Stadt, in nächster Nähe der Eisenbahn und direkt gegenüber dem Musikpavillon. Aus dem vorderen Erkerfenster konnte man das Konzertpublikum und aus den Seitenfenstern die vorbeifahrenden Züge sehen. Bei entsprechender Beleuchtung konnte man sogar beobachten, was sich in den Räumen an der Rückseite des London Junction Hotels abspielte. Auf der anderen Seite des Flurs lag die Odd Fellows Hall, in der Tanzveranstaltungen und Bankette stattfanden. Manchmal wetteiferte ein Tanzorchester mit dem Platzkonzert, und Oma lehnte sich im Banne dieser Klangfülle wohlig zurück und summte ein Arrangement der »Wilhelm-Tell«-Ouvertüre, gemischt mit »Grüß mir den Broadway«. Sie liebte es, eine schöne Melodie mitzusummen, und es bekümmerte sie, daß sie nie über die ersten Takte von »Ach, mein hübsches Püppchen« hinausgelangte, weil der Rest des Liedes jedesmal im Dröhnen des Achtuhreinundvierzig-Zuges nach Cincinnati unterging.

Die Wohnung hatte ein großes quadratisches Vorderzimmer mit viel Holz und einer hellen Tapete mit einem komplizierten, abscheulichen Purpurwindenmuster. An einer Wand waren Regale für die Waren angebracht worden, und davor stand ein Ladentisch, auf dem ein Wachskopf mit einer blonden Damenperücke prangte, die eher aus Schnüren als aus Haaren zu bestehen schien. Als Registrierkasse diente eine Zigarrenkiste. Ein dunkler Wandschrank entpuppte sich als Küche, aus der Gerüche nach ausströmendem Gas und verbranntem Zucker ins

Zimmer drangen. Eine weitere Tür führte in zwei Alkoven, die sogenannten Schlafzimmer, die auch als Umkleidekabine beim Anprobieren von Korsetts dienten. Der Inhaber des Fair Store, Mr. Brady, überließ den beiden Damen fehlerhafte Stücke aus seinen eigenen Beständen. Oma vertrat den Standpunkt, daß die meisten Frauen, da sie ohnehin fehlerhafte Figuren hätten, doch das Geld sparen und fehlerhafte Korsetts kaufen könnten. Die Strumpfbänder hatte man ja im Nu abgetrennt und an der richtigen Stelle wieder angenäht.

Omas Rückkehr nach London Junction hatte auf die Willard-Mädchen eine verheerende Wirkung. Wir gehen durchs Leben und nehmen unser Schicksal mit Gleichmut hin, so lange, bis ein Augenblick vollkommenen Glücks uns bewußtmacht, daß wir bis dahin ein erbärmliches Dasein gefristet haben. Marcia, Lena und Florrie hatten sich widerstrebend dem Regiment ihrer Stiefmutter unterworfen und Strategien entwickelt, ihrem Unwillen zu entgehen. Doch jetzt war plötzlich Oma da, Hoffnung blitzte auf und ließ ihnen ihr Leben im Furness-Haus als eine unerträgliche Qual erscheinen. Die Möglichkeit der Flucht zu Oma und zu einer Neuauflage der unbeschwerten Tage in der Hodge Street weckte in ihnen rebellische Empörung über ihr Geschick. Wieso sollten sie sich ständig wie Verbrecher fühlen? Wieso sollten sie Tag für Tag mit bleischwerem Herzen aufwachen, auf Zehenspitzen trübsinnig zum Frühstück hinuntergehen und sich den fast unvermeidlichen Morgengruß ihrer Stiefmutter anhören: »Drückt die Fersen nicht so in meine frisch gewachsten Böden! Nehmt eure dreckigen Hände von meiner sauberen Tischdecke! Hört auf zu husten, eure Erkältung ist längst vorbei!« Hatte Minelda einen Ausschlag, Halsschmerzen oder Bauchweh, wurde Marcia dafür verantwortlich gemacht, weil sie in ihrer Schlechtigkeit zugelassen hatte, daß ihre Stiefschwester Bananen aß, durchs Gras ging oder ihre Mütze auf die Straße warf.

»Das sag ich Oma«, flüsterten Lena und Marcia sich im Dunkeln zu. Aber wie hätten sie es ihr sagen sollen, da sie nicht zu ihr durften? Und wenn, dann hätte Papa Schwierigkeiten bekommen. So saßen sie im Dunkeln in ihrem Zimmer und durften nicht lesen, weil das Licht Geld kostete, durften nicht singen, durften keine Spiele machen, weil sonst der Boden zitterte, durften nicht aus dem Haus, weil sie bei ihrer Rückkehr Schmutz hätten hineintragen können. Wagte Lena sich mutig nach unten, um Papa zu fragen, ob sie in der Küche sitzen oder die große Puppe aus dem Bauernschrank haben dürften, bekam er einen Wutanfall.

»Laßt mich mit euren dummen Fragen in Ruhe!« rief er, und so behielt wie immer ihre Stiefmutter die Oberhand und schaute mit schiefem Lächeln auf ihre Näharbeit hinab, wenn Lena den Rückzug antrat.

»Jetzt ist unsere Oma in der Stadt, und wir dürfen nicht zu ihr«, murrten Marcia und Lena wütend. Doch Omas Rückkehr stärkte Marcias Selbstvertrauen so weit, daß sie sich nach unten schlich und, ohne um Erlaubnis zu fragen, die *Gedichtvorträge für die Jugend* aus dem Bücherschrank nahm. Beim Auswendiglernen von »Vater nennt mich William« auf frischer Tat ertappt, wurde sie am Arm in die Küche gezerrt, wo ihre eigene Silberquastenpeitsche kräftig in Aktion trat. Reglos und mit steinerner Miene ließ sie die Züchtigung über sich ergehen und sah die frühere Miss Hawkins, als sie schließlich hochrot und zitternd auf einen Stuhl sank, nur voll Verachtung an.

»Nächstes Mal weinst du«, ächzte ihre Stiefmutter. »Ich besorg eine größere Peitsche.«

»Ist mir egal, wie groß die Peitsche ist«, gab Marcia kühl zurück. »Aber faß mich nicht an, wenn ich bitten darf.«

Triumphierend stolzierte sie wieder nach oben. Die roten Striemen an Wangen und Armen machten ihr nichts aus, denn jetzt würden alle in der Schule sehen, daß sie, ein großes Mädchen von fast zwölf Jahren, noch mit der Peitsche geschlagen wurde. Alle würden sich über sie lustig machen.

Die Mädchen fragten ihren Vater immer wieder, wann sie zu Oma dürften, achteten aber darauf, ihn nicht allzusehr zu bestürmen, sonst hätte seine Frau endgültig einen Riegel vorgeschoben. Wenn ihre Mutter es erlaube, lautete Papas schroffe Antwort.

Mrs. Willard preßte die Lippen zusammen und ließ ihre kalten, blassen Augen befriedigt über die Gesichter der drei Mädchen wandern.

»Da würden sie sich nur wieder schlechte Manieren angewöhnen«, sagte sie. »Es hat mich genug Mühe gekostet, ihnen die Unarten auszutreiben, die sie bei ihrer Großmutter und ihrer Tante Lois und weiß Gott wem gelernt haben. Sie wollen doch nur tratschen. Wenn ihre Großmutter sie sehen wollte, hätte sie sich längst gemeldet. Aber wer will schon drei Kinder im Haus haben? Nein, nein, die Dreckarbeit darf ich machen.«

Papa, im Zwiespalt zwischen den Klagen seiner Frau und den unverwandten, vorwurfsvollen Blicken seiner Töchter, war nervös.

»Sie müßte mir als erste einen Besuch machen«, fuhr sie mit dünner, nörgelnder Stimme fort. »Harry, ich muß mich über dich wundern. Findest du's nicht beleidigend, daß sie sich noch nicht gemeldet hat?«

»Stimmt«, pflichtete Papa bei, froh, einen vernünftigen Standpunkt einnehmen zu können. »Sie müßte uns als erste besuchen.«

»Wieso?« fragte Marcia.

Ihre Stiefmutter warf die Arme hoch.

»Da hörst du's! Solche Frechheiten bekomme ich von diesen Kindern den ganzen Tag zu hören!«

Papa sagte, er müsse den Rasen mähen, und ging erleichtert hinaus. Doch auch auf ihn blieb Omas Rückkehr nicht ohne Wirkung. Jeden Abend gab er Anekdoten aus der Hodge Street zum besten, sorgfältig ausgewählte Episoden aus Omas Leben, Ausdrücke, die sie gebrauchte, Beispiele ihrer Großzügigkeit und Gutherzigkeit, begleitet von Kopfschütteln über ihre Blauäugigkeit in geschäftlichen Dingen und Berichten darüber, wie oft sein guter Rat ihr aus der Klemme geholfen habe. Seine Frau hörte schweigend zu und biß grimmig die Zähne zusammen, als er schließlich zu niemandes als seiner eigenen Überraschung verkündete, er sei es der alten Dame schuldig, ihr bei ihren derzeitigen geschäftlichen Aktivitäten mit seinem Rat zur Seite zu stehen, so unangenehm es ihm auch sei.

»Ich kann ja nach dem Essen mal bei ihr vorbeischauen, dann hab ich's hinter mir«, sagte er und senkte den Blick, um das begierige Funkeln in seinen Augen zu verbergen. »Die alte Dame wundert sich bestimmt schon, daß ich noch gar nicht auf ein Schwätzchen bei ihr aufgekreuzt bin. Niemand versteht es so gut mit ihr wie ich.« Dann kam ihm eine Idee. »Und außerdem«, sagte er, »werd ich mal einiges von ihr erben. Sie hat immer gesagt, sie hinterläßt alles mir.«

»Wieviel hat sie denn?« fragte seine Frau interessiert. »Vielleicht könnten wir uns ein Automobil davon kaufen und eine Reise machen. Erkundige dich doch mal.«

»Ich werd mal vorfühlen«, versprach Papa, froh, das Thema gütlich abschließen zu können. »Gleich nach dem Essen geh ich mit den Mädchen rüber, wenn sie sich anständig benehmen.«

Wie sich zeigte, zog es Papa an diesem Abend auch aus einem anderen Grund mit Macht aus dem Haus. Er nahm Florrie bei der Hand und eilte mit ihr strahlend die Straße entlang, und Marcia und Lena liefen atemlos hinterher. Vor Jake's Saloon in der Nähe des Hotels blieb er stehen und warf einen Blick durch die Tür.

»Donnerwetter, da ist ja Ed Hartwell drin!« rief er aufs höchste überrascht. »Ihr wartet hier, ich geh mal eben rein und sag ihm guten Tag. London Junction gehört, scheint's, jetzt zu seiner Route. Na, so was!«

Schon war er in der Tür verschwunden, und wie in alten Zeiten brach drinnen augenblicklich Gelächter aus. Marcia und Lena wechselten einen wissenden Blick.

»Er hat gewußt, daß Ed hier ist«, sagte Lena. »Er hat sich nur nicht getraut, ihn nach Hause einzuladen, deswegen hat er sich die Ausrede mit Oma ausgedacht.«

Das Gutentagsagen dauerte einige Zeit, und die drei Mädchen wanderten ungeduldig vor dem Saloon auf und ab.

Schwaden von Bierdunst drangen nach draußen, und das elektrische Klavier klimperte »Zuviel Senf«. Ein paar Jungen aus Lenas Klasse kamen vorbei und riefen ihr »Na, Süße« zu, worauf sie empört den Kopf zurückwarf. Marcia wünschte, sie würden auch ihr etwas zurufen, aber Jungen hatten immer nur Augen für Lena. Hätten sie ein Zuhause gehabt wie andere Mädchen, dann hätten sie abends Einladungen geben, Fudge machen und Postamt spielen können. Marcia war gerade dabei, Lena diese Perspektive einer potentiellen Zukunft bei Oma zu schildern, als Lena plötzlich einen Schritt zurücktrat und mit fernem Blick sagte: »Vielleicht kann nur eine von uns bei Oma wohnen, und das bin ich, weil ich die Älteste bin.«

Eine halbe Stunde verging, bis Papa wieder aus Jake's Saloon auftauchte, Arm in Arm mit Ed Hartwell, kichernd und in bester Stimmung. Mr. Hartwell sah noch eleganter aus als früher, denn seine Koteletten und sein Schnurrbart waren jetzt leicht graumeliert, und seine Figur hatte eindrucksvoll an Umfang gewonnen. Er war der Meinung, daß auch er Oma einen Besuch abstatten müsse.

»Harry, deine Schwiegermutter ist eine von den Besten«, verkündete er mit Wärme. Er schüttelte den Mädchen die Hand und hob Florrie hoch, um sie zu tragen, doch bald ging ihm die Luft aus und er setzte sie wieder ab. Er gab jeder von ihnen einen Vierteldollar, kniff Lena in die rosige Wange und rief: »Donnerwetter! Das wird ja eine richtige Schönheit!« Marcia tätschelte er den Kopf und meinte, sie sehe blitzgescheit aus.

Die beiden Männer machten noch ein paar schmeichelhafte Bemerkungen über Oma – wieviel Mumm sie habe und daß sie es kaum erwarten könnten, sie zu sehen –, schoben den Besuch bei ihr aber noch ein wenig auf, weil sie sich einer privaten Angelegenheit entsannen, die ihre Anwesenheit im Elks Club erforderte. Trotz ihrer Ungeduld wegen dieser weiteren Verzögerung waren die Mädchen glücklich, daß Papa wieder aus vollem

Halse lachte und Dinge sagte, die Mr. Hartwell veranlaßten, seine tiefempfundene Wertschätzung hinauszudröhnen.

»Donnerwetter, du bist doch wirklich unbezahlbar, Willard!« rief er und schlug ihm auf den Rücken. »Weiß deine Frau überhaupt, was für ein Glück sie hat? Das kannst du ihr ruhig sagen!«

»Wie geht's denn Mabel, Mr. Hartwell?« fragte Marcia höflich. »Sind Sie inzwischen verheiratet?«

Mr. Hartwell und Papa brachen mitten auf der Straße von neuem in Gelächter aus.

»Die Kleine trifft doch immer den Nagel auf den Kopf, was, Harry?«

Diese vergnügte Reaktion auf ihre Frage freute Marcia und verwirrte sie zugleich, und beim Anblick ihrer gerunzelten Stirn versicherte Mr. Hartwell ihr eilig, daß Mabel sich bester Gesundheit erfreue, stetig zunehme – einhundertachtzig Pfund seien es zuletzt gewesen – und sich wie ein Fisch im Wasser fühle.

»Wie ein Walfisch«, sagte Papa, und wieder bog sich sein Freund vor Lachen.

Es war fast acht Uhr, als sie am Fair Store ankamen. Durch einen dunklen Eingang gelangte man zu den Wohnungen und dem Tanzsaal im ersten Stock. Eine kleine blaue Lampe auf dem Treppenabsatz verbreitete ein unheimliches Licht, in dem sich das zerbrochene Geländer und ein verrottetes Dielenbrett schwach hervorhoben. Schadhafte Rohre und der Umstand, daß streunende Katzen den Hausflur als Bedürfnisanstalt benutzten, verliehen dem Ort ein sehr persönliches Aroma, das auch durch den Hamamelisduft aus der Damentoilette des Tanzsaales nicht wesentlich gemildert wurde. Im ersten Stock verkündete ein Schild an der ersten Tür: Odd-Fellows-Tanzsaal. Eintritt fünfzig Cent, Damen gratis«, und dahinter stimmte ein Orchester die Instrumente. Weitere Türen führten zum Lager des Fair Store, einem Leseraum der Christian Scientists und einer Zahnarztpraxis. Am Ende des Flurs lag der

Novelty Shop, Omas neues Hauptquartier. Marcia umklammerte Lenas Arm, als sie auf ihr Klopfen die wohlbekannten Pantoffeln herantappen hörten. Lena riß sich los.

»Denk dran, was ich dir gesagt hab«, zischte sie Marcia zu. »Wenn jemand hierbleibt, dann ich.«

Es war immer wieder ernüchternd, wie ruhig andere blieben, wenn das eigene Herz in wilder Freude hämmerte, und Oma blieb so ruhig wie eh und je, als sie ihre Besucher sah.

»Oma! Ach, Oma!« rief Marcia, und kaum ging die Tür auf, warf sie sich zitternd vor Wonne der alten Frau in die Arme. Doch Omas Wiedersehensfreude stand in keinem Verhältnis zu dem, was ihre Besucher erwartet hatten. Sie nahm ihre Umarmungen mäßig begeistert hin und führte sie dann in ihr Wohnzimmer, stolzer auf diesen Raum als auf ihre Gäste.

»Meine Unabhängigkeit kann mir niemand nehmen«, sagte sie und tätschelte Mr. Hartwell liebevoll den Arm. »Solange ich Freunde wie Mr. Sweeney und Mrs. Carmel habe, brauch ich von meiner Familie nichts.«

Mrs. Carmel stand in der Küche, rührte in einem großen eisernen Topf Fondantmasse um und murmelte dabei wie eine Hexe vor sich hin. Sie nähmen es ihr hoffentlich nicht übel, wenn sie weitermache, aber ihr Schokoladenfondant habe wie eine Bombe eingeschlagen, und sie seien ununterbrochen auf Trab, um die Nachfrage zu befriedigen. In anderen Dingen sei London Junction ja ziemlich rückständig, aber nicht, was seinen Süßwarengeschmack anbelange.

»Unterhaltet ihr euch mal schön«, sagte sie huldvoll und setzte dann kichernd und zischend hinzu: »Und die beiden Herren sollten sich mal meine Teilhaberin genauer ansehen, vielleicht fällt ihnen ja was auf.«

Bei diesen Worten strich Oma sich errötend übers Haar, und alles brach gleichzeitig in Rufe des Erstaunens über die verblüffende Veränderung aus, die mit ihr vorgegangen war. Ja, sagte sie, es sei wahr, sie trage eine Perücke. Freunde hätten ihr schon vor Jahren dazu geraten, weil sie sich wunderten, daß eine Frau mit ihrem jugendlichen Aussehen graue Haare habe. Die Perücke stamme aus einem Restposten brandgeschädigter Bestände, und da niemand sie habe kaufen wollen, habe sie sie für ihre eigenen Zwecke in Besitz genommen. In dieser so modeabhängigen Branche müsse eine Frau ja auf gutes Aussehen achten. Die Perücke war nußbraun und türmte sich in üppigen Etagen zu einer Krone dichter Locken, die dann geordnet über einen hohen Bernsteinkamm herabfielen.

»Donnerwetter, du siehst keinen Tag älter aus als fünfunddreißig!« rief Papa.

Oma sagte, sie getraue sich nicht, das Stück ständig zu tragen, aus Angst, ihre Tochter Lois könnte sie damit sehen und vor Neid wütend werden. Und wenn eine Kundin es unbedingt haben wolle, müsse sie sich womöglich ganz davon trennen. Von einem herausragenden Experten in Cleveland habe sie zufällig erfahren, daß ebendiese Perücke ein Stück Handwerkskunst vom Allerfeinsten außerhalb New Yorks sei. Kleine Erlebnisse, die sie damit gehabt habe, hätten diese Theorie bestätigt. In Cleveland beispielsweise hätten Wildfremde sie in der Straßenbahn angestarrt und schließlich angesprochen.

»Entschuldigen Sie, Madam«, habe man mehr als einmal zu ihr gesagt, »aber das ist eine der schönsten Perücken, die ich je gesehen habe.« Manchmal habe jemand eigens die Straße überquert und zu ihr gesagt: »Wir kennen uns zwar nicht, aber ich muß Sie einfach fragen, wo Sie diese phantastische Perücke herhaben. Ich bin ja weit herumgekommen, aber so was hab ich noch nie gesehen.«

»Ich fühl mich jünger damit«, bekannte Oma. »Mrs. Carmel redet mir zu, ich soll mir auch noch die Zähne ziehen und ein Gebiß machen lassen, aber das ist natürlich eine Geldfrage.«

»Ich sag ihr immer, wenn sie sich schon verschönern will, dann soll sie gleich Nägel mit Köpfen machen«, zischte Mrs. Carmel und mußte so kichern, daß die Samtschleife, die sie im Haar trug, in den Topf mit der kochenden Masse fiel und mit einem Schöpflöffel wieder herausgefischt werden mußte.

Orchesterklänge drangen durch die Wand, und ein Trommelwirbel ließ den Fußboden erzittern.

»Nebenan wird getanzt«, stellte Oma befriedigt fest. »Hier ist immer was los, manchmal zwei Sachen auf einmal.«

Sie nahm eine Kanne Kaffee vom Herd, stellte sie mit einem Kuchen aus der Bäckerei auf den Tisch und bot ihren Gästen davon an.

»Es geht doch nichts über Kuchen aus der Bäckerei«, sagte sie, »und über Brot aus der Bäckerei. Ich geh gern mit der Zeit und hör nicht auf dieses altmodische Gerede von selbstgebackenem Brot. Was hab ich schon matschiges selbstgebackenes Brot gegessen!«

Mr. Hartwell und Papa inspizierten mit professionellem Interesse die Ware und empfahlen hier und dort kleine Ergänzungen. Dann entsann sich Mr. Hartwell, daß er zufällig eine Flasche Whisky bei sich hatte, die er beim Weggehen ganz in Gedanken eingesteckt habe. Er bat um die Erlaubnis, sich und seinem Freund Willard ein Glas einschenken zu dürfen, und die Erlaubnis wurde auch sogleich erteilt.

»Ein Mensch, der trinkt, fühlt sich nicht wohl, wenn er nicht trinkt«, erklärte Oma. »Deswegen hat Wally sich nie wohl gefühlt.«

»Wo ist Onkel Wally eigentlich?« fragte Marcia.

»Nach dem Brand ist er zu seiner Tochter nach Elmville«, sagte Oma. »Hat da in der Scheune geschlafen, und als er ein paar Tage nicht zum Essen kam, haben sie nachgeschaut, und da lag er im Heu, mausetot. Martha sagt, die Pferde haben das Heu tagelang nicht angerührt.«

Marcia dachte an den armen alten Onkel Wally, wie er so still und kalt auf dem Heuboden lag und tagelang von niemandem vermißt wurde. So sprangen die Menschen mit alten Männern um, vielleicht auch mit alten Frauen, nur waren Frauen stärker.

»Nun ja, irgendwann müssen wir alle dran glauben«, sagte Oma gemütlich.

Lena sang zu den Orchesterklängen von nebenan »Pack mich

ein, mein Schatz, und nimm mich mit nach Haus«. Sie und Marcia tanzten zu der Musik und zählten gewissenhaft den Takt mit. Florrie saß auf einem Hocker in der Küche und fettete Töpfe für Mrs. Carmel ein. Sie liebte es, im Haushalt mitzuhelfen, aber zu Hause war es ihr verboten. Als sie ein paar Haarnadeln vom Boden aufheben wollte, ließ Oma es nicht zu und sagte, wenn sie Haarnadeln brauche, dann wisse sie genau, wo sie zu finden seien, nämlich eine unter dem Ladentisch, eine unter dem großen Schaukelstuhl und eine unter dem Waschbecken. Fange man erst einmal an, die Dinge dahin zu tun, wo sie hingehörten, finde man überhaupt nichts mehr.

Mr. Hartwell sagte, Oma habe mehr gesunden Menschenverstand im kleinen Finger als die meisten anderen Frauen im ganzen Leib. Er klatschte den beiden Mädchen Beifall und stieß Papa an.

»Ich nehm deine Tochter mit rüber in den Tanzsaal«, sagte er. »Na, wie wär's, Lena?«

»Aber das kostet was«, protestierte Lena.

»Geschenkt kriegt man im Leben nichts«, erwiderte Mr. Hartwell vergnügt und führte Lena durch den Flur zum Odd-Fellows-Tanzsaal. Von quälendem Neid erfüllt sah Marcia ihnen nach. Ein Trost war nur die Vorstellung, wie sehr ihre Stiefmutter sich aufregen würde, wenn sie davon erfuhr. Marcia ging auf den Flur hinaus, um zuzuschauen, und sah Bonnie Purdy mit einem hochgewachsenen Mann von auswärts tanzen. Auswärtige erkannte man daran, daß sie besser aussahen und einen geheimnisvoll wiegenden Gang hatten. Vielleicht sahen außerhalb der Stadt ja alle Leute besser aus. Mr. Hartwell hielt Lena wie ein Püppchen stolz auf Abstand, und Lena warf den Kopf zurück, setzte sorgfältig die Füße und tat so, als würde sie nicht merken, daß Marcia sie beobachtete.

Als der Tanz zu Ende war, brachte Mr. Hartwell Lena nicht gleich nach nebenan zurück, sondern blieb mitten auf der Tanzfläche stehen, klopfte mit dem Fuß auf den Boden und klatschte um eine Zugabe. Marcia ging wieder zu Oma. Papa saß neben ihr auf einem Hocker und hielt ihre Hand, und beide schienen den Tränen nah.

»Nein, Harry, eine Frau wie Daisy gibt's nicht noch mal«, sagte Oma. »Ich weiß noch, wie ich bei ihr saß, als sie ihr drittes Kind zur Welt brachte. Als sie wieder zu sich kam, hab ich zu ihr gesagt: ›Tja, Daisy, jetzt sind's drei.‹ Und sie hat gesagt – sie hat mich ja immer auf den Arm genommen: ›Na, Mama, dann wird's aber Zeit, daß du mich aufklärst.‹«

»Jaja, wir hatten immer was zu lachen«, sagte Papa und wischte sich die Augen. »Manchmal denk ich, wir hätten nie aus der Peach Street wegdürfen.«

»Ja, das hättet ihr wohl besser bleibenlassen«, erwiderte Oma und schüttelte feierlich ihr Lockenmonument. »Alles wär anders gekommen, wenn ihr dortgeblieben wärt. Tja, und jetzt hast du eine neue Frau. Scheint ja recht hübsch zu sein, was man so hört.«

»Und wir haben das Furness-Haus. Ich hab Daisy doch immer gesagt, daß wir's irgendwann kriegen, aber sie hat's nicht geglaubt. Vielleicht hab ich zuviel für sie erreichen wollen.«

»Ja, vielleicht, Harry«, pflichtete Oma bei. »Alles, was Daisy je gewollt hat, warst du. Aber du wolltest sie eben verwöhnen.«

»Genau.« Papa schneuzte sich. »Es sollte ihr an nichts fehlen, aber sie hat keine feinen Kleider gebraucht, um gut auszusehen. Sie hat auch noch in irgendwelchen alten Fetzen gut ausgesehen.«

Mr. Hartwell brachte Lena zurück, verbeugte sich tief vor ihr und sagte, sie werde ihrer Tante Lois immer ähnlicher. Dann war es Zeit zu gehen, und Mrs. Carmel gab jedem der Kinder eine Tüte Süßigkeiten, mit gesalzenen Erdnüssen vermischt. Mr. Hartwell und Papa nahmen noch einen letzten Schluck aus der Whiskyflasche, und beide teilten Oma mit, daß sie die netteste Frau sei, deren Bekanntschaft zu machen sie je das Vergnügen gehabt hätten. Mr. Hartwell sagte, er würde tausend Dollar dafür geben, wenn seine eigene Mutter, die ebenfalls eine wunderbare Frau sei, sie kennenlernen könnte. Er habe seine Mutter seit fünf Jahren nicht mehr gesehen, und es sei ziemlich schlimm, wenn man seine Mutter fünf Jahre lang nicht sehe. Oma fand es schade, daß sie nicht näher bei ihm wohne, doch er meinte, das sei nicht das Problem, nur stecke er jedesmal, wenn er in seine Heimatstadt Chicago komme, bis über die Ohren in Arbeit und habe einfach keine Zeit, sie zu besuchen.

Marcia und Lena warteten auf eine Gelegenheit, Oma von ihren eigenen Problemen zu erzählen, doch es erwies sich als unmöglich, ihre Aufmerksamkeit auf sich zu lenken, ohne daß Papa es mitbekam. Sie wurden immer niedergeschlagener, und Marcia fragte sich, ob Oma ihnen überhaupt helfen würde. Alle interessierten sich nur für sich selbst, und vielleicht würde Oma für ihre Stiefmutter Partei ergreifen.

»In den nächsten Tagen besuch ich deine Frau«, sagte Oma zu Papa. »Sobald das Geschäft mir mehr Zeit läßt, schau ich bei ihr vorbei. Ich war noch nie im Furness-Haus.«

Am Elks House verabschiedeten sie sich von Mr. Hartwell, und fast im selben Augenblick verflog die ausgelassene Stimmung. Marcia ging hinter den anderen her und glaubte, das Herz würde ihr brechen. Mr. Hartwell hatte nur mit Lena getanzt, und wenn jemand bei Oma wohnen durfte, dann war es Lena. Nie gab es eine Hoffnung, nirgends. Auch Papas Schritte wurden langsamer, als sie sich dem Haus näherten, und über der Sorge, was sie erwarten mochte, vergaßen sie den Spaß, den sie gehabt hatten. Es war bereits nach zehn, und im Haus war es dunkel. Die Mädchen wollten zur Hintertür, doch Papa befahl ihnen barsch, ihm zu folgen, und steuerte auf den Vordereingang zu. Er holte den Schlüssel hervor, und als er aufschloß, ging im Flur das Licht an. Vor ihm stand seine Frau in einem blauen Flanellmorgenrock und mit einem Haarnetz auf dem Kopf. »Du wirst sie doch nicht vorn reinlassen, Harry!« rief sie. »Warte, ich mach die Hintertür auf.«

»Ich komm rein, wo ich will, verdammt noch mal!« rief Papa. »Ich komm auch durch den Schornstein, wenn's mir paßt, verdammt noch mal!«

Er schob sie unsanft beiseite und polterte die Treppe hinauf. Die Mädchen gingen auf Zehenspitzen hinter ihm her und gaben acht, daß Treppe und Geländer keine Kratzer abbekamen, doch ihre Stiefmutter folgte ihnen auf Knien und wischte jede Stufe einzeln ab. Papa verschwand im Schlafzimmer und schlug die Tür zu.

»Ist euer Vater auf dem Weg zu eurer Großmutter irgendwo eingekehrt?« fragte sie Lena scharf.

»Nein«, sagte Lena.

»Nein«, sagte Marcia.

»Nein, Ma'am«, sagte Florrie mit zitternden Lippen. »Nicht Papa peitschen, bitte nicht!«

28

Sie tut mir leid«, sagte Florrie eines Tages bekümmert. Ihre älteren Schwestern starrten sie an. Sie durften nicht aus dem Haus gehen und auch nicht Karten spielen, weil Sonntag war, und sie durften nicht mehr zu den Versammlungen der Epworth League, die angeblich mit Kußspielen auf der Chorempore endeten. (Lena hatte bei diesen Aktivitäten eine maßgebliche Rolle gespielt, während Marcia zu ihrem Bedauern nicht dazu eingeladen worden war.) Wenn sie wollten, durften sie auf der Veranda sitzen, aber sie wollten nicht, um nicht in den geflickten blauen Kattunkleidern gesehen zu werden, die sie gegen ihre Sonntagskleider hatten tauschen müssen und die ihre Stiefmutter, wie sie finster argwöhnten, mit extra großen Flicken ausbesserte. So saßen sie schmollend im Halbdunkel ihres Zimmers.

»Wieso tut sie dir leid?« wollte Marcia wissen. »Sie hat dir doch auf die Finger geschlagen, weil du gehäkelt hast.«

Das mußte Florrie zugeben.

»Aber sie weint die ganze Zeit.«

»Soll sie doch«, sagte Lena und sah ihre weichherzige kleine Schwester böse an. Dann wurde sie neugierig und fragte: »Wieso weint sie denn?«

»Wegen Geld, und Papa weint, glaube ich, auch«, erwiderte Florrie. »Sie hat dauernd rote Augen, und sie tut sich nie mehr die Haarteile in die Haare. Sie hat sogar mit Minelda geschimpft.«

»Seit Oma wieder da ist, wird sie immer gemeiner«, sagte Marcia. »Heute nacht hat sie dich doch durchgerüttelt, weil du gehustet hast, und dann hat sie gesagt, du hustest nur, damit Papa sich Sorgen macht. Da versteh ich nicht, wieso sie dir leid tut.«

»Sie tut mir leid, weil sie nichts dafür kann, daß sie so gemein ist«, sagte Florrie schuldbewußt. Sie wußte, daß dieses Eingeständnis der Schwäche ihren Schwestern nicht gefallen würde. »Marcia kann nichts dafür, wenn sie was verschüttet oder Sachen kaputtmacht, Papa kann nichts für seine Wutanfälle, und sie kann nichts dafür, daß sie gemein ist. Bestimmt ist Papa ihr deswegen nie böse – weil er weiß, daß sie nichts dafür kann.«

Lena und Marcia sahen mit gerunzelten Brauen ins Leere und stellten Vermutungen darüber an, wie groß eine Katastrophe sein mußte, um ihrer Stiefmutter Tränen zu entlocken. Aus dem Schlafzimmer drangen gedämpfte Stimmen, und Lena schlich den Flur entlang, um an der Tür zu lauschen. Als sie zurückkam, nickte sie befriedigt.

»Florrie hat recht, es geht um Geld«, berichtete sie. »Sie sagt die ganze Zeit: ›O Harry, warum hast du mir das nicht früher gesagt? Ich hab dir vertraut, das weißt du doch.‹ Und Papa regt sich furchtbar auf und sagt immer wieder: ›Geht das denn nicht in deinen Kopf, daß ich keinen Penny von deinem verdammten Geld angerührt hätte, wenn ich mir nicht sicher gewesen wäre, daß ich's zurückgeben kann? Wie oft muß ich dir das denn noch sagen?‹ Sie sagt, sie kann's nicht fassen, daß er sie über sein Gehalt belogen hat, und jetzt, wo ihr ganzes Geld aufgebraucht ist, kann sie mit dem bißchen, was er verdient, unmöglich das Haus finanzieren und auch noch die Steuern und seine alten Rechnungen bezahlen. Und er sagt, kein Mensch würde ihm mit den alten Rechnungen kommen, wenn er nicht in diesem großen Haus wohnen würde, und das sei ganz allein ihre Schuld.«

»Vielleicht schicken sie uns jetzt ins Waisenhaus«, sagte Marcia hoffnungsvoll.

»Höchstens Florrie, wir beide sind zu alt dafür«, entgegnete Lena.

Als nächstes lauschte Marcia an der Tür und konnte berichten, daß die Rede davon sei, Opa Willard ins Haus zu nehmen, seine Pension komme sehr gelegen. Das waren gute Nachrichten, denn die Kinder hegten die kühne Hoffnung, ein Gast im Haus werde ihre Stiefmutter davon abhalten, ständig an ihnen herumzunörgeln. Vielleicht wurden dann auch die Zimmer im zweiten Stock aufgesperrt, und in Gegenwart eines Verwandten würde sie es bestimmt nicht wagen, ihnen Bücher und Zeitschriften vorzuenthalten. Jedenfalls würde alles anders werden.

Am nächsten Tag holte Papa eine Matratze vom Dachboden, um sie auszulüften, ein Hinweis darauf, daß ein Gast erwartet wurde. Unter Mißachtung des Gebots, Oma nur mit besonderer Erlaubnis zu besuchen, schwänzte Marcia nach der Pause die Schule, um ihr von den rosigen Aussichten zu berichten. Seltsamerweise aber tat Oma die Neuigkeit mit einem Achselzucken ab und meinte nur herablassend, im Soldatenheim wäre der alte Mann besser aufgehoben. Später, als Opa Willard in nagelneuer Zivilkleidung bei ihnen eintraf, hörte Marcia, wie er sich bei Papa gönnerhaft nach der »alten Dame« erkundigte.

»Sie lebt noch? Na, so was!« rief er und schüttelte erstaunt den Kopf. »Und ihre fünf Sinne hat sie auch noch beisammen? Verflucht noch mal, als ich sie vor zehn, zwanzig Jahren das letztemal gesehen hab, kam's mir vor, als hätte ihr Gedächtnis schon ein bißchen nachgelassen. Na ja, ein Glück, daß meins noch so gut funktioniert.«

Alte Männer mochten alte Frauen ebensowenig wie alte Frauen alte Männer. Weit davon entfernt, sich durch gemeinsame Erfahrung verbunden zu fühlen, freuten sie sich diebisch über die Gebrechen ihrer Altersgenossen, so als wäre das Leben eine Wippe, auf der es mit dem einen automatisch aufwärts ging, wenn es mit dem anderen abwärts ging. Marcia ärgerte sich über die Geringschätzung, die ihre Großeltern füreinander hegten, und ertappte ihren Großvater nach seiner abfälligen Bemerkung über Oma Reeds Gedächtnisschwäche bei einer eigenen Gedächtnislücke. Opa erwog ihren Vorwurf ernsthaft.

»Nein, mein Gedächtnis ist völlig in Ordnung«, erklärte er dann. »Ich hab nur vieles von Anfang an nicht so genau gewußt, das ist es.«

Nach dem Essen fand auf den Stufen vor der Hintertür ein Gespräch zwischen Opa und Papa statt. Papa sagte, es müsse doch recht einsam sein, seinen Lebensabend in einem Heim zu verbringen, wenn man Kinder habe, die willens und bereit seien, einen bei sich aufzunehmen. Daisy habe immer gewollt, daß er bei ihnen wohne, aber irgendwie habe es nie geklappt. Doch jetzt hätten sie das große Haus, und Daisy würde sich bestimmt freuen, wenn sie wüßte, daß er doch noch gekommen sei. Er könne ja den Rasen mähen, bei der Gartenarbeit helfen und es sich in der kurzen Zeit, die ihm noch bleibe, gutgehen lassen. Seine Pension werde dann nicht mehr zum größten Teil von dem Heim einbehalten, sondern in voller Höhe ausbezahlt, so daß er etwas zu seinem Unterhalt beisteuern könne. Opa sagte, Geld sei ihm noch nie wichtig gewesen, er könne Harry auch die ganze Summe überlassen, für sich selbst brauche er nur so viel, daß es für Tabak, Lesestoff und vielleicht ab und an ein Bierchen reiche. Er wolle niemandem zur Last fallen, das solle Harry auch gleich seiner Frau sagen. Er werde sein Bett selbst machen, sein Zimmer selbst sauberhalten und für sich selbst kochen. Papa sagte, er werde der übrigen Familie Bescheid geben, daß sie ihn hier besuchen könnten, doch Opa meinte, das würde seiner Frau nur Ungelegenheiten bereiten, und er solle sich nicht bemühen.

Opa hatte die Lage sehr bald erfaßt, vor allem nachdem seine neue Schwiegertochter seinen Pfeifentabak versteckt, seinen Stapel *Home Weekly* weggeworfen und den Boden seines Zimmers mit Zeitungspapier ausgelegt hatte, damit er nicht auf das Parkett trat. Ohne ein Wort darüber zu verlieren, schlug er sein

Lager im Keller auf und richtete sich in einer Ecke neben der Kegelbahn ein. Papa äußerte sich nicht zu seinem Umzug, als er am Abend nach Hause kam, aber er ging auf den Dachboden und kramte ein Waschgestell und ein paar Stühle für den Kellerraum hervor. Auch seine Frau enthielt sich eines Kommentars und machte sich wortlos daran, das kleine Zimmer, das Opa geräumt hatte, zu schrubben und auszuräuchern. Jeden Tag ließ sie sich etwas anderes einfallen, um Opa daran zu erinnern, daß ein Raum im Keller noch lange nicht zur Schlamperei berechtige. Er müsse die Fenster geschlossen halten, sonst kämen Einbrecher herein, er solle sich von den Kartoffelkisten und den Schränken mit Eingemachtem fernhalten, denn Eßwaren könnten durch den Atem kranker alter Leute schlecht werden, und er dürfe im Keller nicht rauchen, weil er mit seiner qualmenden Pfeife und seinem Stapel schmutziger alter Zeitungen das ganze Haus in Brand setzen könnte, so daß sie alle im Schlaf verbrennen würden. Opa versprach, zum Rauchen nach draußen zu gehen und seinen Teil des Kellers tadellos sauberzuhalten. Er stand frühmorgens auf und ging fort, niemand wußte, wohin, und zur Abendessenszeit kam er zurück und rauchte im Garten draußen eine Pfeife. Die Mädchen – Marcia und Lena neben ihm, Florrie auf seinem Schoß – baten ihn, Geschichten aus seiner Zeit als Trommler zu erzählen, und wenn die Luft rein war, erzählten sie ihm Geschichten über ihre Stiefmutter. Opa hörte sich diese vertraulichen Mitteilungen diskret an und bot weder Rat noch Trost. Er sei überhaupt keine Hilfe, fanden sie, ebensowenig wie Oma Reed. Alte Leute seien genauso ängstlich wie Kinder, und es sei überhaupt kein Verlaß auf sie. Marcia dachte darüber nach und wurde plötzlich von einer Welle der Furcht erfaßt. Wenn sie nun alt wurde – vorausgesetzt, diese schreckliche, endlose Kindheit ging überhaupt jemals zu Ende – und eine Tochter hatte, die wie ihre Stiefmutter war und sie im Keller schlafen ließ, wie Onkel Wally und Opa es tun mußten!

»Ich will später mal keine Töchter haben«, entschied sie. »Ich will überhaupt keine Familie; das ist das einzig Sichere.«

Während sie mit Lena und Opa das Gras im Garten zusammenrechte, redete sie mit ihnen darüber. Das Rechen machte Spaß, aber man mußte so tun, als machte es keinen Spaß, sonst wurde man nicht mehr dazu aufgefordert. Ihre Stiefmutter ahnte ohnehin bereits, daß diese Arbeit zuwenig von einer Strafe an sich hatte, denn sie schaute aus dem Küchenfenster und rief: »Um Himmels willen, ihr ruiniert mir ja den Rechen! Und stampft doch nicht so auf! Der Rasen sieht ja aus, als wäre eine Büffelherde darübergaloppiert!«

»Irgendwo müssen wir doch gehen – wir können ja nicht fliegen!« sagte Marcia so laut, daß Lena sie mutig finden, aber nicht laut genug, daß man es in der Küche hören würde.

Opa bekam einen steifen Rücken und machte eine Pause, um einen Priem zu kauen.

»Wenn du keine Familie hast, dann wirst du eine alte Jungfer«, war Lenas vernichtender Kommentar. »Na, wie fändest du das, du Schlaumeier?«

»Dagegen hätt ich nichts«, erwiderte Marcia kühn und hoffte, Gott möge sie nicht beim Wort nehmen. »Wieso soll ich heiraten, wenn meine Verwandten dann so gemein zu mir sind?«

»Da gewöhnt man sich dran«, sagte Opa gemütlich. »Wenn's nicht die eigene Verwandtschaft ist, sind's andere. Da kann auch gleich das eigene Fleisch und Blut auf einem rumhacken.«

»Marcia wird sowieso eine alte Jungfer, ob sie will oder nicht«, sagte Lena selbstgefällig. »Die Jungen wollen nichts von ihr wissen, weil sie so verrückt ist.«

Diese Worte wurden mit solcher Autorität vorgebracht, daß Marcia verdrossen schwieg. Tatsächlich schickten ständig irgendwelche Jungen Lena Zettel und liefen ihr auf dem Heimweg so weit nach, wie sie sich getrauten. Der einzige Junge, der Marcia Zettel schickte, war David Gross, aber er war erst elf und klein für sein Alter, und in der Klasse nannte man ihn einen Waschlappen. Sogar die Jungen von der High-School und die Eisenbahner im Billardraum der Elks pfiffen hinter Lena her, wenn sie vorbeiging, doch hinter Marcia, die doch viel langsamer und häufiger vorbeiging, pfiff niemand her. Hätte sie einen Pfiff gehört, hätte sie ihre Freude lauthals hinausgeschrien: »Oh, danke, danke, danke!« Es waren Lenas blonde Locken und ihre roten Wangen, die diese Wirkung hervorriefen. Farbloses und noch dazu glattes Haar wie Marcias fand niemand schön. So sah die Zukunft, was die Liebe anbelangte, düster für sie aus, und wahrscheinlich würde ihr nichts anderes übrigbleiben, als reich und berühmt zu werden. Aber auch berühmte Leute, ob verheiratet oder nicht, hatten oft grausame Vermieter und gemeine Onkel, die sie in Heime steckten, auf Dachböden einsperrten oder vor die Tür setzten. Marcia war überzeugt, daß Lena diejenige sein würde, die sich in der Stunde der Not von ihr abwandte und sie auf ein Feldbett im Keller verbannte. Manchmal war Lena fast genauso schlimm wie ihre Stiefmutter. Auf dem Schulweg ging sie auf der anderen Straßenseite, und wenn Marcia ihr irgend etwas erzählte, rief sie nur kühl: »Ach, du bist ja verrückt.« War es etwas, was Marcia in einem Buch gelesen hatte, sagte Lena, das sei doch Blödsinn, denn die einzigen, denen sie traute, waren Mary Evelyn und Myrtle Chase.

Opa war ein großer Leser und diskutierte mit Marcia über Bücher. Die Frau seines Sohnes bekam fast einen Tobsuchtsanfall, als sie entdeckte, daß er einen Karton mit Romanheften aus dem Soldatenheim mitgebracht hatte. Aber sie konnte ihm nicht verbieten, Marcia die Hefte zu leihen, denn zu ihm wagte sie nicht alles zu sagen, was sie gern gesagt hätte – zumindest vorerst nicht. So las Marcia zahllose Romane von E. P. Roe, Charlotte Braeme, Edward Bulwer-Lytton, Mary J. Holmes und anderen, doch die Lektüre ärgerte und verwirrte sie.

»Immer heiratet der Lord die Gouvernante«, beklagte sie sich ernsthaft bei Opa, »und zum Schluß kommt heraus, daß sie in Wirklichkeit eine Prinzessin ist. Das beweist doch gar nichts. Hätte er nicht schon vorher gewußt, daß sie eigentlich reich und vornehm ist, dann hätte er sie bestimmt nicht geheiratet. In keiner einzigen Geschichte bleibt die Gouvernante einfach Gouvernante, denn dann würde sie nie jemand heiraten.«

»Nun sei mal nicht so kritisch«, tadelte Opa. »Lies, was du willst, aber mecker nicht dauernd dran rum.«

»Ich versteh eben nicht, was für einen Sinn das hat, was die in den Büchern tun. Jede Frau würde doch einen Lord heiraten, wenn sie könnte. Wieso machen sie dann so viel Wirbel darum?«

»Das verstehst du nicht«, erklärte Opa lapidar. »Wer so eine Geschichte aufschreibt, der wird schon wissen, wovon er redet. Wenn er will, daß die Personen sich so verhalten, dann ist es auch sein gutes Recht, daß er's so schreibt.«

»Marcia spinnt mal wieder«, sagte Lena.

Es hatte keinen Zweck, mit anderen zu reden, weil niemand sie verstand, außer vielleicht Florrie, die so ängstlich darauf bedacht war, es jedermann recht zu machen, daß sie zu allem ja und amen sagte. Wenn man rundheraus sagte, was man dachte, wurde man neugierig angestarrt, so als wären Gedanken etwas, was man besser für sich behielt.

Aber es gab immerhin noch David Gross, auch wenn er ein Waschlappen war. Marcia hoffte nur, ihre Stiefmutter würde nicht dahinterkommen, daß sie mit der Familie Gross heimlich einen vertrauten Umgang pflegte. Womöglich würde Lena es ihr erzählen. Florrie wußte davon, weil sie oft mitkam. Die Familie wohnte in einem Backsteinhaus hinter der Schule, so daß Marcia und Florrie während der Pause oder wann immer sich sonst eine Gelegenheit bot, dort ein und aus gehen konnten (und zwar auf Mrs. Gross' ausdrücklichen Wunsch durch die Vordertür und ohne anzuklopfen). David und Marcia spielten Geschichten, die sie gelesen oder sich gemeinsam ausgedacht hatten, und Davids Mutter brachte Florrie das Häkeln und Klavierspielen bei. Vor ihrer Stiefmutter mußte Florrie diese Künste allerdings geheimhalten, sonst hätte sie mit ihr geschimpft, weil sie befürchtete, daß Florrie eines Tages den Flügel, der nur zum Ansehen da war, beschädigen könnte. Davids Mutter las ihnen vor, und sie durften im Wohnzimmer sitzen und auch sonst überall im Haus spielen, in der Küche Fudge machen, die

Treppen hinauf- und hinunterrennen und jedes beliebige Buch aus dem Bücherschrank nehmen. Im ganzen Haus gab es nichts, was eingeschlossen war. Mrs. Gross hatte ein Grammophon, und wenn sie Opernplatten hörten, erklärte sie ihnen die Handlung. Sie war eine unscheinbare, sanfte Frau mit leiser Stimme, gelocktem grauem Haar und Rüschenkleidern. Florrie verehrte sie, weil sie sie umarmen und küssen durfte, ein Privileg, das ihr von ihren peinlich berührten Schwestern verwehrt wurde und das jetzt auch von Papa nicht mehr geduldet wurde, weil seine Frau sich darüber ärgerte. Mrs. Gross war anders als andere Mütter in London Junction, eher wie eine Schwester oder wie Kusine Isobel. Sie war gewiß nicht im gleichen Sinne schön wie Tante Lois oder Isobel, doch ihre Art zu reden und unter den ungewöhnlich langen, dichten Wimpern mit den Augen zu lächeln, vermittelte einen neuen Begriff von Schönheit. Eine Ostküstenschönheit nannte Marcia es für sich und beschloß, später einmal nach Philadelphia oder Washington zu gehen und sich ebenso feine Manieren zuzulegen wie Mrs. Gross.

Die Familie war von Washington nach London Junction gezogen, und nach dem ersten Wirbel um die Neuankömmlinge – die Damen der Stadt hatten ihre Karten abgegeben, die diversen Pfarrersfrauen hatten Besuche gemacht, Einladungen zur Teilnahme an öffentlichen Aktivitäten waren ergangen – hatte man sie wieder sich selbst überlassen. Mrs. Gross hatte auf diese Willkommensgesten nicht reagiert und ihre Familie in aller Stille als eine autarke Einheit etabliert. David machte bei den Spielen in der Schule nicht mit, und er war ein so guter Schüler, daß die anderen ihm nur Argwohn und Geringschätzung entgegenbringen konnten. Außerdem war er fast zwei Jahre jünger als seine Klassenkameraden und einen Kopf kleiner als Marcia. Er trug eine dicke Brille und eine Zahnspange, und er sprach mit britischem Akzent. Was seine Beliebtheit anbelangte, so war sein Schicksal an dem Tag besiegelt, als er zu spät in die Klasse gestürzt kam und sich mit dem Satz »Verzeihen Sie, daß ich so zerzaust aussehe, aber ich war noch im Wald und habe botanisiert« bei der Lehrerin entschuldigte. Ein leises Zischen lief durch die Reihen, in das auch Marcia einstimmte, obwohl sie insgeheim von seinen kühnen Worten beeindruckt war. Ein paar Tage später setzte sie sich selbst in die Nesseln, als ein Aufsatz von ihr, in dem sie den Ausdruck »weibliches Prärogativ« verwendet hatte, vorgelesen und mit dem gleichen Zischen bedacht wurde. Die Schüler sollten sich ihre Arbeiten gegenseitig benoten, und David schrieb unter Marcias Aufsatz »100% plus«. Damit wurden sie zwangsläufig und stillschweigend Freunde. Sie halfen sich gegenseitig bei ihren Aufsätzen, David erklärte Marcia, daß »Helas« kein Mädchenname sei, und Marcia erklärte David, daß die sieben Schwestern in seiner Geschichte altersmäßig nicht nur drei oder vier Monate auseinander sein konnten. Es war eine anregende, hilfreiche Freundschaft, auch wenn Lena sich darüber lustig machte.

Es gab in der Familie Gross auch eine ältere Schwester namens Fannie, die einen Buckel hatte und in ihrem Zimmer – von ihr das »Atelier« genannt – Werke berühmter Maler kopierte (sie schenkte Marcia das Rosa-Bonheur-Bild, das in dem Haus in Elmville gehangen hatte), und eine kleine alte Dame mit einem dichten Gewirr krauser weißer Locken, Tante Rachel, die in ihrem Rollstuhl in einer fremden Sprache vor sich hin murmelte. Ein Buckel, eine fremde Sprache und ein Waschlappen in ein und derselben Familie – das waren gesellschaftliche Hürden, die nicht einmal eine adelige Romanfigur ohne Peinlichkeit hätte nehmen können, und so bemühten sich Marcia und Florrie, ihren freundschaftlichen Umgang mit der neuen Familie geheimzuhalten. Mr. Gross sah man nie. Seine Familie, so erläuterte David, habe ihm mit Ausnahme von Tante Rachel, die ein bißchen verrückt sei, nie verziehen, daß er eine Nichtjüdin geheiratet habe, und so sei er, um seine alten Eltern zu versöhnen, wieder zu ihnen an die Ostküste gezogen.

»Aber Fannie und ich, wir sind keine Nichtjuden«, sagte David stolz. »Tante Rachel liest mit uns unsere Bibel, und einmal im Monat fährt Mutter mit uns nach Cleveland in die Synagoge, weil sie weiß, daß Vater sich darüber freut. Wenn er zurückkommt, kann er stolz auf uns sein.«

Florrie wollte wissen, was Nichtjuden seien, und Marcia erklärte ihr ungeduldig, das seien bestimmte Leute in der Bibel.

Doch Mrs. Gross sah, obwohl sie Nichtjüdin war, ganz normal aus, und außer ihrer leisen Stimme, die anders klang als die näselnden, schrillen Stimmen der Frauen in London Junction, wies sie keine fremdartigen biblischen Merkmale auf. Marcia war verwirrt, als David sagte, auch sie selbst sei Nichtjüdin, und sie beeilte sich, ihm zu versichern, daß sie der First Church of Christ angehöre und walisischer, englischer und holländischer Abstammung sei. Später sprach sie mit Opa darüber, und nach einiger Überlegung meinte er, wenn man's recht bedenke, seien sie in der Tat Nichtjuden. Zum Geburtstag schenkte er ihr ein kleines Wörterbuch zum Nachschlagen, und damit niemand es ihr wegnehmen konnte, versteckte sie es im Kutschensitz in der Scheune, zusammen mit ihren Aufsatzheften, in die sie Dinge schrieb, über die sie mit niemandem reden wollte, nicht einmal mit Opa. Mrs. Gross lieh ihr neue Romane für Opa, *The Calling of Dan Matthews* zum Beispiel, *The Beloved Vagabond* und *The Girl from the Limberlost*. Manchmal tauchte Marcia so tief in diese Welten ein, daß sie es kaum wahrnahm, wenn sie zur Strafe dafür, daß sie wieder einmal keine Antwort gegeben hatte, mit der Peitsche geschlagen wurde. Das Weinen übernahm Florrie für sie. Davids Familie erzählten sie nichts von ihrer Stiefmutter, weil sie sich zu sehr schämten. Es wäre schrecklich gewesen, wenn man sie bemitleidet hätte wie die barfüßigen Kinder, die in den Hütten entlang der Eisenbahnlinie wohnten. Und es wäre schrecklich gewesen, wenn man sich darüber gewundert hätte, daß Papa nichts von allem merkte. Lena vertrat die Theorie, daß er sehr wohl etwas merkte, aber nicht wußte, was er tun sollte, vor allem seit ihre Stiefmutter endlich wieder freundlich zu ihm war. Wenn die Mädchen zu Bett gegangen waren, kam sie auf Zehenspitzen in ihr Zimmer, und während sie sich schlafend stellten, durchsuchte sie sämtliche Kommodenschubladen und nahm alles heraus, was in ihren Augen unnützer Firlefanz war, Lenas Gesichtspuder zum Beispiel und die Kosmetikproben, die Lena anforderte. Sie fand Florries Häkelarbeit und nahm sie ihr weg, und schließlich zog sie sogar Marcias Romane unter der Matratze hervor und gab sie erst zurück, als Marcia behauptete, sie gehörten der Kirchenbücherei.

»Dabei les ich schon lange keine Bücher aus der Kirchenbücherei mehr«, sagte Marcia später zu ihrem Großvater. »Die haben doch alle die gleiche Moral: Der arme Junge kommt schneller in den Himmel als der reiche, aber dann wird der arme noch viel reicher als der reiche, und zum Schluß gibt es überhaupt keine Moral mehr, außer daß man am besten möglichst reich wird, für alle Fälle.«

»Tja, so ist das mit den Büchern nun mal – man muß sie nehmen, wie sie sind«, riet Opa. »Wenn sie so wären wie im wirklichen Leben, würde kein Mensch seine Zeit damit vertun.«

Florrie wachte davon auf, daß zwei Hände unter ihr Kopfkissen krochen, sie bekam Alpträume und wurde dafür bestraft. Manchmal schlafwandelte sie und machte alles nur noch schlimmer, wenn sie ausrief: »Nein! Die Hexe soll mich nicht fangen! Nein!« Sie wagte nicht, Mrs. Gross zu sagen, daß ihre Stiefmutter ihr das Häkelzeug weggenommen hatte, und behauptete, das Häkeln machte ihr keinen Spaß mehr. Heimlich besorgte sie sich ein Stück Garn und eine umgebogene Haarnadel, um einen Tintenwischer für Marcia zu häkeln, und versteckte die Sachen bei Marcias Heften im Kutschensitz. Eines Abends aber konnte sie nicht widerstehen, nahm sie mit ins Haus und legte sie unter ihr Kopfkissen. Am nächsten Morgen waren sie verschwunden. Abends weinte Florrie sich in den Schlaf, schlafwandelte dann in Papas Zimmer und rief mit schauerlicher Stimme: »Gib mir den Faden und die Nadel wieder, ich will häkeln! Gib her, oder ich sag's dem Teufel!«

Papa fuhr zu Tode erschrocken aus dem Schlaf hoch und nahm Florrie in die Arme. Minelda fing in ihrem Bettchen an zu schreien, und Florrie, von Papas Stimme geweckt, bekam einen hysterischen Anfall und rückte mit der ganzen Geschichte von der Häkelnadel und dem Garn heraus. Papa hörte ganz still zu und wollte dann von seiner Frau wissen, was das alles zu bedeuten habe.

»Natürlich hab ich's ihr weggenommen«, sagte sie entschieden. »Florrie ist auch so schon zappelig genug, da muß sie nicht noch mehr Sachen haben, an denen sie rumfingern kann. Nächstens kriegt sie noch den Veitstanz.«

Papa trug Florrie ins Bett zurück, wo sie noch stundenlang schluchzte und zitterte. Lena und Marcia fürchteten, ihretwegen bestraft zu werden, doch nebenan hörten sie Papa noch lange schimpfen, und am nächsten Morgen waren die Augen ihrer Stiefmutter ebenso gerötet wie Florries, und sie war so still, wie sie sie noch nie erlebt hatten. Später aber fand Marcia ihre Hefte und ihr Wörterbuch nicht mehr, und Mrs. Willard traf sie dabei an, wie sie die ganze Scheune danach absuchte.

»Falls du diesen Plunder von dir suchst – den hab ich verbrannt«, sagte sie schrill. »Um eine Verrückte kann ich mich nicht auch noch kümmern.«

Marcias Brust füllte sich mit mörderischer Wut. Ihr wurde ganz schwach, so heftig war ihr Wunsch, ihre Stiefmutter umzubringen. Sie schaute über die Schulter zurück, um zu sehen, ob Opa und Lena gehört hatten, daß sie ihre Schätze »Plunder« genannt und verbrannt hatte, aber sie stellten sich taub. Das war das Problem, wenn man mit allen anderen im gleichen Boot saß: Sie rührten keinen Finger, um einem zu helfen, aus Angst, selbst in die Schußlinie zu geraten.

»Das war ein Fünfundzwanzig-Cent-Heft«, sagte Marcia eisig. »Mein Vater hat es mir geschenkt.«

»Da kannst du lange warten, bis du wieder fünfundzwanzig Cent kriegst, wenn du das Geld für solchen Kram ausgibst, statt Schulhefte davon zu kaufen.« Ihre Augen glitzerten. Sie wandte sich zum Gehen, beschloß dann aber, ihre Strafaktion noch abzurunden.

»Mr. Willard, Sie müssen hier nicht vor der Haustür herumsitzen und mit den Mädchen quatschen, so daß man's noch zehn Häuser weiter hört. Wer uns die Haare vom Kopf frißt, sollte sich wenigstens nützlich machen.«

»So kannst du mit Opa nicht reden!« schrie Marcia und schüttelte die Faust.

»Schsch«, machte Opa ruhig. Er wandte den Blick ab, als sie die Fliegentür verriegelte, damit niemand ohne Erlaubnis ins Haus konnte, und kratzte sich nachdenklich den Kopf. Dann ging er den Gartenweg hinunter, sehr aufrecht, wie es einem Trommler anstand. Marcia und Lena sahen sich nicht an. Marcia preßte die Lippen zusammen. Mach dich gefühllos, sagte sie zu sich selbst, hol tief Luft. Stell dich tot. Wenn du tot bist, ist nichts mehr wichtig, keine Hefte und keine Wörterbücher, kein Häkelzeug und auch kein Opa. Einem Toten kann niemand weh tun.

Es war ein schwacher Trost, daß Papa sich Sorgen machte, als Opa nicht zum Abendessen erschien, und daß seine Frau mißmutig dasaß und sich unbehaglich fühlte. Papa ging in den Keller, um nach Opa zu suchen, und atmete erleichtert auf, als endlich die vertrauten Schritte den Gartenweg heraufkamen.

»Dein Vater hat getrunken«, sagte Mrs. Willard laut. »Hör doch nur, wie er geht. Mein Gott, noch eine Last auf meinen Schultern!«

29

Das Wunder, das ausgeblieben war, als Oma nach London Junction zurückgekehrt und Opa Willard zu ihnen gekommen war, geschah, als Vance Hawkins bei ihnen einzog. Außer Minelda lobte Mrs. Willard auch ihren jüngeren Bruder über den grünen Klee und redete so viel von ihm, daß Papa oft eifersüchtig wurde. Vance sei überall herumgekommen (»Das sind andere Leute auch«, war Papas Kommentar), er sei ein Jahr auf der Militärakademie gewesen und habe aus dieser Zeit viele reiche Freunde (»Wieso quartiert er sich dann nicht bei seinen reichen Freunden ein, wenn sie so wild auf ihn sind?« wollte Papa wissen). Bruder Vance sei ein ausgezeichneter Telegraphist und werde in London Junction für fünfundsechzig Dollar im Monat bei der Western Union arbeiten, natürlich nur vorübergehend, denn durch seine reichen Freunde stünden ihm unbegrenzte Möglichkeiten offen. Er habe die Telegraphie aufgegeben, um in Dayton für National Cash Register zu arbeiten, doch als ihm dort ein Mädchen namens Mildred nachgelaufen sei und ihm Dinge in die Schuhe geschoben habe, mit denen er nichts zu tun hatte, da habe er verschwinden müssen. In Detroit habe er bei Ford gearbeitet, für fünfunddreißig Dollar im Monat, man stelle sich vor, aber er habe das Glück gehabt, mit dem großen Zeh in eine Maschine zu geraten, und habe dreitausend Dollar Schadenersatz bekommen. »Nicht gerade ein Vermögen«, hatte er nach seinem Triumph bescheiden geschrieben, »aber immerhin ein Anfang. Den großen Zeh braucht man beim Gehen sowieso nicht.« Den Posten in London Junction, so schrieb er, nehme er deshalb an, weil er das Geld so geschickt und so fest angelegt habe, daß er nicht herankönne. Er schrieb ganz freimütig, daß er lieber einen längeren Besuch bei seiner Schwester mache, als bei fremden Leuten zu logieren, denn er wolle sein Gehalt auf die hohe Kante legen, um sich später in Kalifornien niederlassen zu können.

Papa wandte ein, daß die Familie auch so schon groß genug sei.

»Aber das ist alles deine Familie und nicht meine«, jammerte seine Frau. »Wenn du's für nötig hältst, daß dein Vater in diesem Haus wohnt, das von meinem Geld gekauft worden ist, dann ist es mein gutes Recht, auch meinen einzigen Bruder hier wohnen zu lassen. Es wird weiß Gott Zeit, daß ich zu meinem Schutz jemanden von meinen eigenen Leuten um mich habe. Es sieht doch ganz so aus, Harry, als wolltest du nicht nur deine eigene, sondern auch noch die Familie deiner ersten Frau mit durchfüttern. Wenn ich da nicht einen Riegel vorschieben würde, dann würdest du bestimmt auch noch die alte Mrs. Reed bei uns aufnehmen.«

Sie redete gern in dieser Weise von Oma, weil es Papa ärgerte und den Kindern weh tat.

»Wohnt Vance dann bei Opa im Keller?« fragte Florrie in aller Unschuld.

»In der Kartoffelkiste ist eine alte Matratze, da kann er's sich gemütlich machen«, kicherte Opa und tätschelte Florrie liebevoll den Kopf.

Doch Vance sollte nicht nur das größte Zimmer im zweiten Stock bekommen, sondern sich auch im übrigen Haus freibewegen dürfen. Das Wunder wurde offenbar, als die Mädchen eines Tages aus der Schule nach Hause kamen und auf dem

Wohnzimmersofa einen jungen Mann liegen sahen, der die Füße über die Armlehne baumeln ließ. Da sie das Zimmer nicht betreten durften, lugten sie nur durch die Tür, doch zu ihrem Schrecken forderte er sie liebenswürdig auf hereinzukommen, damit er sie kennenlernen könne. Ihre Stiefmutter stimmte mit einem ungeduldigen Nicken zu. Ihr Gesicht war gerötet, sie lächelte voll Stolz auf ihren Gast und vergaß vor lauter Aufregung, den Mädchen einen finster warnenden Blick zuzuwerfen, als sie vorsichtig über den Teppich schritten. Sogar der Flügel war aufgeschlossen worden, und auf der Notenablage standen drei Notenblätter, so daß es aussah, als könnte jeder, der wollte, sich hinsetzen und diese musikalischen Kostbarkeiten spielen: »Wenn einst der Wüstensand erkaltet«, »Setz deine alte graue Mütze auf« und »Komm mit mir, Josephine, in meine fliegende Maschine«.

Zum Glück sah Vance seiner Schwester Idah nicht ähnlich; das war immerhin etwas. Er war groß und schlank und bewegte sich, als wäre er aus Gummi. Er hatte eine Hakennase und graue Fischaugen, die erstaunlich eng beieinanderstanden, aus dem einfachen Grund, daß in dem schmalen Gesicht nicht mehr Platz für sie war. Sein langer Kopf sah aus, als würde ihm eine Dimension fehlen, denn er schien nur aus Profil zu bestehen, von dem hüpfenden Adamsapfel über den Nasenhöcker bis hinauf zur Schädelspitze, von der das fettige blonde Haar nach allen Seiten sproß. Leider war er nicht mit dem makellosen Teint seiner Schwester ausgestattet, denn ein rosa Ausschlag zierte seine Haut, der ihm, wie Mrs. Willard Papa erklärte, seit seiner frühen Kindheit treu geblieben sei.

»Er hat zu dickes Blut«, erläuterte sie stolz. »Alle Hawkins haben dickes Blut.«

Als sei es mit diesen Reizen noch nicht genug, hatte er außerdem die Angewohnheit, den Mund in einem halben Lächeln offenstehen zu lassen und dabei sein blaß-lachsfarbenes, mit nikotingelben Zahnstummeln besetztes Zahnfleisch zu entblößen. Er tat es jedoch nicht etwa aus Stolz auf den bemerkenswerten

Umfang dieses Zahnfleisches, sondern aus rein praktischen Erwägungen, denn auf diese Weise konnte er sich ohne Zeitverlust in jedes Gespräch einschalten. Schweigend zuzuhören war ihm eine Qual, und er konnte es kaum erwarten, selbst zu Wort zu kommen, gewöhnlich mit einer Anekdote, der er die Einleitung »Der Bursche in dem Film neulich ...« vorausschickte. Seine Worte gingen in haltlosem Gelächter unter, in das Papa, als er früher als sonst nach Hause kam, um seinen Schwager zu begrüßen, nur halbherzig einstimmte. Vance hatte eine verwirrende Art, seine Blicke links und rechts neben und über den Kopf seines Gegenübers hinwegschießen zu lassen, so daß man ihnen unbehaglich folgte und fast erwartete, von einem exotischen Vogel umschwirrt zu werden oder mit einem übersinnlichen Phänomen konfrontiert zu sein. Seine Schwester platzte fast vor Stolz auf ihn, nickte zu allem, was er sagte, und schaute triumphierend in die Runde. Da hört ihr's, schien sie zu sagen, so redet einer, der was davon versteht.

Papa bemühte sich höflich, den Neuankömmling amüsant zu finden, doch da es nicht seiner Natur entsprach, von jemand anderem als sich selbst beeindruckt zu sein, machte sich seine Gereiztheit nach einiger Zeit Luft.

»Es dürfte nicht viele größere Städte in diesem Land geben, die Vance noch nicht gesehen hat«, sagte Mrs. Willard. »Es bildet ungemein, ihm zuzuhören.«

»Ich bin auch weit herumgekommen«, erinnerte Papa. »Ich hab bestimmt nicht weniger gesehen als Vance.«

Spaß beiseite, sagte Vance, er sei mehr oder weniger entschlossen, sich für immer in Kalifornien niederzulassen. Von seinem Schadenersatz könne er ganz gut leben, er könne arbeiten, wenn er Lust dazu habe, und wieder aufhören, wann immer es ihm passe. Sollte sich der Zustand seines Fußes verschlechtern, werde er vielleicht sogar noch mehr Schadenersatz bekommen. Er habe sich genau erkundigt, dazu brauche er keinen Anwalt. Papa sagte, er persönlich mache sich nicht das mindeste aus Kalifornien, ebensowenig wie aus Dayton oder Detroit.

Eine richtige Stadt wie Cleveland oder auch Atlantic City oder Buffalo, das sei doch was ganz anderes. Und wenn man ein gutes Klima und viel Sonne suche, dann brauche man nur in einen kleinen Ort wie Elmville zu gehen, da scheine die Sonne immer, ein Mann könne dort mit seiner Familie für fünfzehn Dollar pro Woche wie Gott in Frankreich leben, Eier kosteten zwölf Cent das Dutzend, und alle Arten von Beeren gebe es dort gratis.

Am Abend hörte Opa eine Weile schweigend zu und verschwand dann. Die Mädchen freuten sich über das Leben im Haus und die Veränderung, die mit ihrer Stiefmutter vorgegangen war. Vance beäugte Lena mit offener Bewunderung, nannte sie »Blondie« und kniff sie in die Wangen. Minelda hielt er einmal so lange auf dem Schoß, bis seine Hosenbeine feucht wurden, ein Malheur, das ihm einen wütenden Fluch entlockte und damit endete, daß Minelda unter Protestgeschrei auf den Boden gesetzt wurde.

»Mein bester grauer Anzug«, sagte Vance vorwurfsvoll und schüttelte den Kopf. »Ich hab zwar noch zwei andere, aber der hier ist mein bester. Ich trag immer Grau, da sieht man die Schuppen nicht so wie auf Blau.«

Der Zwischenfall beendete den Galaabend und erinnerte Mrs. Willard daran, daß die Mädchen schon viel zu lange ungeschoren davongekommen waren. Sie wurden ins Bett geschickt und ermahnt, nicht mehr herumzutoben und das ganze Haus zu demolieren.

»Wie wär's, wenn ich und Lena vorher noch einen Spaziergang machen würden?« fragte Vance, doch seine Schwester erwiderte mit einer gewissen Schärfe, daß Lena noch zu jung sei, um mit Jungen spazierenzugehen, geschweige denn mit einem erwachsenen Mann von sechsundzwanzig Jahren.

Nach der ersten Aufregung um den neuen Mitbewohner ging das Leben in der Familie wieder seinen gewohnten Gang, das heißt, Mrs. Willard stellte klar, daß die Freiheit, die Vance im Haus zugestanden wurde, für die anderen noch lange kein Grund sei, seinem Beispiel zu folgen. Er hatte einen Haustürschlüssel, und manchmal, wenn er spätabends nach Hause kam, brachte er sogar Freunde mit und aß noch eine Kleinigkeit mit ihnen. Wenn Papa sie in der Küche rumoren hörte, ging er im Nachthemd an die Treppe und brüllte hinunter: »Was ist denn da unten los? Bist du das, Vance? Wie soll man denn bei dem Lärm schlafen, verdammt noch mal!«, wovon dann auch der Rest des Hauses aufwachte. Minelda fing an zu schreien und verlangte nach einem Glas Wasser, nach ihrem Teddy oder nach dem Waschlappen, an dem sie immer kaute, um wieder einschlafen zu können. Ihre Mutter protestierte und sagte, Harry solle nicht so streng mit Vance sein, er sei doch noch ein Kind. Von wegen Kind, gab Papa zurück, er selbst habe mit sechsundzwanzig bereits Familie gehabt. Die Mädchen saßen im Bett und stellten flüsternd Vermutungen darüber an, was Vance wohl mache, und am nächsten Morgen waren alle mißmutig und gereizt.

Vance machte Lena Geschenke und konnte die Hände nicht von ihr lassen, wie er lachend zugab. Er brachte ihr Andenken vom Tanzen in Lesterville mit und kaufte ihr herzförmige Pralinenschachteln mit großen blauen Satinschleifen. Er wollte sogar mit ihr tanzen gehen, was Papa zu Lenas Leidwesen jedoch nicht erlaubte. In Schwierigkeiten brachte er die Mädchen, wenn er sie aufforderte, ihm ins Wohnzimmer zu folgen. Eines Tages, als Florrie gerade »Glühwürmchen« spielte, ein Stück, das Mrs. Gross ihr beigebracht hatte, und Vance und Lena den Teppich aufgerollt hatten und Schottischen übten, kam ihre Stiefmutter herein. Wie nicht anders zu erwarten, wies Vance jede Verantwortung für diese Ungeheuerlichkeit weit von sich und schaute achselzuckend zu, wie seine Schwester Florrie am Ohr zog und die Mädchen hinausscheuchte.

»Du nimmst das alles viel zu ernst, Idah«, sagte er zu ihr und ließ sich mit seiner Flottenzeitschrift auf das Sofa fallen. »Du lebst völlig hinterm Mond.«

Papa redete nicht viel, wenn Vance zum Abendessen da war, denn Vance führte das große Wort, begleitet von den zustimmenden Kommentaren seiner Schwester. Opa erschien nicht einmal mehr zum Essen. Papa sagte, er ernähre sich von dem Gratisessen in Jake's Saloon und von den Gummibonbons, die er in seiner Kommodenschublade aufbewahre. Doch es war nur gut, daß er nicht mehr zum Essen kam, denn die Mahlzeiten wurden immer spärlicher. Zum Abendessen gab es in Schweineschmalz gebratene halbgare Kartoffeln, kleine graue Würstchen und ein paar Bohnen oder Erbsen, die aus unerfindlichen Gründen ebenfalls grau und fettig waren. Der Nachtisch bestand aus verbrannten Plätzchen oder Ahornsirup und Zwieback, der mit solcher Regelmäßigkeit zuviel Natron enthielt, daß die Mädchen Absicht dahinter vermuteten. Papa aß wenig, weil er, wie seine Töchter herausgefunden hatten, jeden Tag auf dem Nachhauseweg bei Oma Reed vorbeischaute und dort einen Happen zu sich nahm. Sie wußten, daß ihm Vances Position als Hauptperson im Haus nicht behagte, aber er stritt sich nicht mit seinem Schwager. Seine düstere Stimmung brachte ihn den Mädchen näher, und sein Ärger über Mineldas Gequengel schien sich zu ihren Gunsten auszuwirken.

Marcia besuchte Vance, wenn er Dienst hatte, in seinem Büro, und er ließ sie sämtliche Telegramme lesen und brachte ihr bei, den Schreibtelegraphen zu bedienen. Neben dem Telegraphenbüro lag Chase's Musikalienhandlung, und nach kürzester Zeit war Vance eng befreundet mit Gertrude Chase, der jungen Frau, die den Kunden die Notenblätter vorspielte. Er ließ das Telegraphenamt in Marcias Obhut, ging in den Klavierausstellungsraum hinüber und sang mit näselnder Stimme »Schenk mir noch einmal den Sonnenschein deines Lächelns«, während Gertrude mit ernster Miene die Begleitung herunterhämmerte. Ungeduldigen Kunden sollte Marcia sagen, der Telegraphist sei kurz ins Telegraphenbüro der Eisenbahn gegangen, um eine Störung zu beheben, doch jeder wußte, daß das eine Lüge war, denn von nebenan tönte Vances nasales Trällern herüber. Niemand sonst in London Junction hatte so viel Zeit, in einer Musikalienhandlung herumzulungern und die neuesten Schlager zu singen. Da viele der Telegramme mit Papas Geschäft zu tun hatten – »Tante Sadie sehr schwach, sofort kommen«, »Beerdigung Dienstag sechzehn Uhr« oder »Bei Carson Sarg für Vater bestellen« –, hatte Papa noch mehr Grund, sich über seinen Hausgast zu ärgern.

»Ein Vermögen kostet der mich!« beklagte er sich. »Nie ist er in seinem Büro, ständig hängt er in dem Musikgeschäft herum! Zu jeder Tageszeit sieht man ihn durch die Schaufensterscheibe am Klavier stehen!«

»Wenn das so schlimm wäre, hätte der Inspektor es ihm längst gesagt«, meinte Mrs. Willard. »Er ist eben schneller als die meisten anderen, deswegen macht er auch seine Arbeit sehr viel schneller.«

Doch sie bekannte freimütig, daß sie sich Sorgen mache, weil in der Stadt alle Mädchen hinter ihm her seien. Sie ließen ihm einfach keine Ruhe, und irgendwann werde er sich von einer einfangen lassen, er sei ja so gutmütig. Papa sagte, Vance könne sich ja wohl wehren, wenn sie anfingen, ihm die Kleider vom Leib zu reißen, und Vance selbst erklärte, die Mädchen in London Junction seien nicht eben die schnellsten. In Toledo, da wüßten sie, was einem Mann gefalle, und wenn man in Erie, Pennsylvania, die richtigen Leute kennenlerne, dann könne man den Spaß seines Lebens haben. Überall, wo er hinkomme, versuche er gleich zu Anfang die richtigen Leute kennenzulernen, das sei das wichtigste überhaupt. Aber in London Junction gebe es keine richtigen Leute, das sei das Problem. Bei den Odd-Fellows-Tanzabenden, den Sonntagsschulpicknicks, den Bällen des Cosmopolitan Club – überall treffe man dieselben Leute, und deswegen sei es für jemanden, der neu in der Stadt sei, schwierig, Anschluß zu finden. Ganz so schwierig könne es ja wohl nicht sein, erwiderte Papa sarkastisch, da er es immerhin geschafft habe, mit Sadie Murphy hinter dem Lagerhaus zu verschwinden und sie mit zwei Pokerchips zu bezahlen, wie sie empört in der ganzen Stadt herumerzählt habe.

Je mehr Vance in der Stadt umschwärmt wurde, desto bedrückter wurde Papa. Oma Reed sagte zu den Mädchen, sie habe Harry seit dem Abend, als er sie mit Ed Hartwell besucht habe, nicht mehr lachen hören, doch Papa meinte, es stehe dem Geschäftsführer eines Möbelgeschäfts und Beerdigungsinstituts nicht an, wegen jeder Kleinigkeit loszulachen. Tatsache sei doch, daß Lachen vom Geschäft ablenke und daß ein Mann, der auf die Vierzig zugehe, ohnehin nicht besonders zum Lachen aufgelegt sei. In seinem Alter und in seiner verantwortungsvollen Position müsse man vorsichtig sein. Diese Schwachköpfe, die ständig mit Mädchen von außerhalb herumzögen oder mit alles andere als ehrbaren Frauen Ausflüge nach Cedar Point machten, widerten ihn an. Es sei doch wirklich eine Schande, wie manche Männer in seinem Alter im London Junction Hotel die ganze Nacht saufen und Poker spielen würden. Daran merke man eben, daß sie nicht die richtige Frau und das richtige Zuhause hätten. Und die jungen Frauen würden auch immer schlimmer. Samstag abends, wenn sie draußen auf der Straße am Geschäft vorbeigingen, da sehe er, wie sie sich von irgendeinem Kerl an ihrem runden, nackten Arm anfassen ließen, dabei wüßten sie doch verdammt genau, was er als nächstes wolle, aber diese modernen jungen Mädchen scheine das wohl nicht zu kümmern. Wenn er dann spätabends nach Hause gehe, höre er die Paare vor den Häusern auf der dunklen Veranda turteln und kichern, und manchmal lägen sie sogar zu zweit in einer Hängematte. Da höre man kein »Halt, hör auf! Laß das! Hör auf, hab ich gesagt!«, mit dem jede anständige Frau die vulgären Übergriffe eines Mannes abwehre. Er sei entsetzt, daß es in der Stadt so viele Mädchen gebe, bei denen diese jungen Burschen sich alles erlauben dürften. Die Familie in dem Doppelhaus in der Fourth Street zum Beispiel, in dem er und Daisy früher gewohnt hätten: Die Tochter sei kaum älter als Lena, aber sie habe bereits einen Freund, der sie auf der Veranda küsse und jeden Abend Banjo spiele. Wenn er ihr Vater wäre, dann würde er den Burschen hinauswerfen, bevor er sie in Schwierigkeiten bringe.

So tat sich Papas neue moralische Haltung kund, eine Folge dessen, daß Vance im Haus war und alles tat, was Papa früher selbst gern getan hatte. Den Gipfel erreichte seine Empörung jedoch an dem Abend, als er mit Frau und vier Töchtern von Mineldas Taufe aus der Kirche nach Hause kam und Vance mit Bonnie Purdy und einem anderen Paar auf der Vorderveranda antraf. Papa wurde blaß und fand auf Bonnies neckendes »Guten Abend, Fremder« eine ganze Weile keine Antwort. Die Mädchen warfen sich begeistert in Bonnies Arme, doch Papa befahl ihnen barsch, ins Haus zu gehen.

»Dürfen wir im Wohnzimmer sitzen, solange Bonnie hier ist?« fragte Florrie begierig. Diese unschuldige Preisgabe der Regeln ihrer Stiefmutter erregte sowohl deren als auch Papas Zorn, besonders als Bonnie lachend sagte: »Ist sie nicht süß? Als wär sie hier gar nicht zu Hause!«

Daraufhin blieb nichts anderes übrig, als alle ins Wohnzimmer einzuladen, wo Bonnie sich vergnügt an den Flügel setzte und Vances Gesang begleitete, während die Mädchen, um nur ja keinen Schaden anzurichten, reglos auf dem Sofa saßen. Papa sah Bonnie nicht an, denn neben ihr saß Vance auf der Klavierbank und hatte den Arm um sie gelegt.

»Komm, Harry, hol deine Gitarre«, drängte Bonnie. »Kinder, könnt ihr euren Vater nicht überreden, daß er mal wieder spielt wie in alten Zeiten? Ich komm jetzt nicht mehr oft nach London Junction und würde ihn so gern mal wieder hören als Erinnerung an die alten Zeiten.«

Papa sagte schroff, er habe jetzt keine Zeit mehr für das Geklimper, und seine Frau saß steif auf einem Stuhl und schaute zu, welche Freiheiten Bonnie sich mit dem Flügel erlaubte. Kaum hatte Bonnie die Finger von den Tasten genommen, konnte Mrs. Willard nicht länger widerstehen und wischte mit einem Tuch darüber. Das andere Mädchen saß auf dem Schoß ihres Begleiters, doch es sah aus, als sei das eher eine Formsache als ein Vergnügen. Sie und Bonnie waren mit dem Automobil des jungen Mannes aus Lesterville gekommen, wo Bonnie jetzt arbeitete, und wollten spätabends noch zurückfahren. Bonnie war noch immer hübsch, hatte sich aber städtische Manieren zugelegt: Sie schlug die drallen Beine so weit übereinander, daß man ihre schwarzen Seidenstrümpfe mit den eingewebten Verzierungen und eine gefältelte Rüsche ihres violetten Taftunterrocks sah. Sie trug ein rosa Kostüm aus Seidenjersey, und um den Kopf hatte sie sich für die Autofahrt ein violettes Seidentuch gebunden, aus dem sich schwarze Locken über ihre rosigen Wangen ringelten.

»Na, gehst du schon mit Jungen?« wandte sie sich an Lena, die ihrer Stiefmutter einen schnellen, besorgten Blick zuwarf.

»Ja!« antwortete Marcia voll Neid an ihrer Stelle.

»Gar nicht wahr!« fuhr Lena auf und ließ ihre Augen zwischen ihrem Vater und ihrer Stiefmutter hin- und herwandern.

»Lena ist mein Mädchen«, sagte Vance. »Das hübscheste in London Junction, wenn ihr mich fragt.«

»Und mein Liebling ist Florrie«, sagte Bonnie und nahm Florrie zärtlich auf den Arm. »Weißt du noch, wie ich früher immer auf dich aufgepaßt hab, Florrie? Und wieviel Spaß wir im Hotel hatten, ihr Kinder und euer Vater und ...«

»Florrie war damals noch so klein, da kann sie sich nicht mehr erinnern«, warf Papa barsch ein.

»Doch, ganz genau weiß ich's noch!« rief Florrie. »Ich erinnere mich genau an Bonnie, weil sie immer so lieb zu uns war, immer, immer!«

»Na, Gott sei Dank, wenigstens eine, die sich an mich erinnert«, sagte Bonnie. Vance kniff sie in die Wange, und Papa stand plötzlich auf und ging hinaus.

»Na, Harry, wie steht's, bietest du uns nichts an?« rief Vance ihm nach. »Wenn ich schon Gäste mitbringe, könntest du wenigstens was auf den Tisch stellen.«

Minelda, die es genossen hatte, bei ihrer Taufe im Mittelpunkt zu stehen, begann zu quengeln, und ihre Mutter ging mit ihr hinaus, um sie ins Bett zu bringen. An der Tür drehte sie sich noch einmal um und versuchte Marcias oder Lenas Blick aufzufangen, um ihnen eine stumme Warnung zukommen zu lassen. Die Mädchen aber wollten noch bei Bonnie bleiben und sahen wohlweislich nicht zu ihr hin.

»Ich glaub, wir sind hier nicht willkommen, Vance«, sagte Bonnies Freundin. »Deine Schwester schaut mich an, als wollte sie mich bei lebendigem Leibe auffressen.«

»Das macht sie immer so«, beruhigte Marcia.

»Tatsächlich?« fragte Bonnie mit hochgezogenen Brauen.

»Komm, wir singen ›In der Mobile Bay‹«, sagte Vance und zog Bonnie wieder auf die Klavierbank, diesmal jedoch auf seinen Schoß.

Papa kam mit einer Platte Ingwerwaffeln zurück, gerade als Vance seine Nase an Bonnies Hals drückte. Papa blieb abrupt stehen.

»Na, hör mal, behandelt man so vielleicht eine Dame?« rief er mit bebender Stimme.

Bonnie kicherte.

»Mach dir um Bonnie mal keine Sorgen, die ist schon oft genug geküßt worden«, sagte Vance leichthin und drehte Bonnies Gesicht zu einem richtigen Kuß zu sich herum. Im nächsten Augenblick riß Papa ihn am Kragen von der Klavierbank und stieß ihn zu Boden. Die Kinder schrien auf, Bonnie und ihre Freundin schlugen entsetzt die Hände zusammen, und Mrs. Willard kam die Treppe herunter und ins Zimmer gelaufen, wo ihr geliebter Bruder auf dem Boden saß und sich mit törichter Miene entgeistert das Kinn hielt. Papa stand schwer atmend neben ihm.

»In meinem Haus dulde ich so etwas nicht!« rief er mit erstickter Stimme. »So etwas gibt es hier nicht!«

»In deinem Haus?« schrie seine Frau schrill. »In deinem Haus? Du solltest dich schämen, Harry Willard! Oh, mein armer Vance, hat er dir weh getan?«

»Der und mir weh tun?« sagte Vance beleidigt. »Der doch nicht!« Er stand auf und strich sich die Haare glatt. »Der ist verrückt geworden, das ist alles. Aber das laß ich mir nicht bieten.«

»Raus hier!« rief Papa, und seine Augen glühten. »Raus, ein für allemal!«

»Harry, bitte!« sagte Bonnie leise und zog ihn am Arm. »Er hat's doch nicht so gemeint. Das Ganze hat nichts zu bedeuten, das weißt du doch.«

»Wer's glaubt, wird selig«, sagte Papa.

»Was geht es dich überhaupt an, was Vance mit seiner Freundin macht?« fragte Vances Schwester.

»Das möcht ich auch gern wissen«, ergänzte Vance.

»Ich will's nicht haben, und damit basta!« rief Papa. »Und jetzt verschwinde, oder ich schmeiß dich raus.«

»Das muß man mir nicht zweimal sagen«, sagte Vance. »Kommt, Leute, wir gehen.«

Er zog Bonnie und ihre Freundin zur Tür, Bonnie mit abgewandtem Blick, das andere Mädchen mit vorquellenden Augen. Florrie fing an zu weinen, doch Lena und Marcia waren hoch erfreut, Zeugen dieses Schauspiels geworden zu sein, auch wenn der Wutausbruch ihres Vaters ihnen angst gemacht hatte. Er stand da, und man sah, wie er zitterte, während Vance und seine Freunde gingen, und als seine Frau zurückkam, rührte er sich noch immer nicht.

»Du wirfst also meinen kleinen Bruder hinaus«, sagte sie in kalter Wut. »Gut, das Spiel kann ich auch spielen. Ich hab deinem Vater gesagt, wenn er das nächste Mal zu spät nach Hause kommt, sperr ich ihn aus, und diesmal tu ich's. Das wird dir noch leid tun, wie du mit Vance umgesprungen bist, Harry Willard!«

Sie lief hinaus, und ihre Schritte klapperten die Kellertreppe hinunter. Papa achtete nicht darauf. Er wischte sich nur die Stirn und murmelte: »Ab ins Bett jetzt, alle drei.«

In dieser Nacht kam Opa bei strömendem Regen nach Hause und fand die Türen verschlossen. Er sei wohl betrunken gewesen, hieß es später, sonst wäre er nicht über den ganzen Rangierbahnhof gewandert. Am nächsten Morgen rief vor dem Frühstück Mr. Purdy an und sagte ihnen, daß der alte Mann durch eine Stromschiene getötet worden sei.

»Sie hat ihn umgebracht«, flüsterten Lena und Marcia einander zu. »Am liebsten würde sie uns alle umbringen.«

Vances Umzug ins Hotel ging in der Erschütterung über Opas Tod unter, der immerhin den Effekt hatte, daß Mrs. Willard nicht mehr an Papa herumzunörgeln wagte, weil er Vance hinausgeworfen hatte, denn alle hatten ja gehört, wie sie gesagt hatte, sie werde Opa aussperren. Auch die vierhundertsechzehn Dollar, die Opa seinen Kindern hinterlassen hatte, erwähnte sie nicht allzuoft, aber sie stellte klar, daß von dem Geld das Dach repariert und ein neuer Heizkessel und eine Waschmaschine angeschafft werden müßten. Papa sagte nur, er habe an seine weit verstreut lebenden Geschwister geschrieben, daß er Opas Vermögen dafür verwenden werde, ihm den besten Sarg zu besorgen, den Carsons Möbelgeschäft und Beerdigungsinstitut liefern könne. Das sei das mindeste, was sie noch für den alten Mann tun könnten. Einige in der Verwandtschaft würden sich zwar beklagen, aber es sei zu spät. Papa kaufte sich für die Beerdigung einen neuen Anzug und leistete eine Anzahlung für einen Ford, bestand jedoch darauf, daß der Wagen erst später geliefert werde, denn es mache sich nicht gut, wenn er so kurz nach dem Tod seines Vaters damit herumfahre. Trotzdem schrieben ihm seine Geschwister noch jahrelang böse Briefe.

»Seiner Verwandtschaft kann man's einfach nicht recht machen«, sagte Papa kopfschüttelnd. »Man legt sich krumm für sie, aber sie kriegen nie genug.«

30

Marcia wollte weglaufen. Florrie wußte Bescheid, aber Lena sagten sie nichts davon, denn sie würde es mit Sicherheit Mary Evelyn erzählen, und dann würde Papa es erfahren. Marcia hatte ihren Entschluß nach der Sache mit dem Gedichtvortragspreis gefaßt. Am Ende jedes Schuljahres wurde ein Preis in Form einer Messingmedaille an einem roten Satinband für den besten Gedichtvortrag verliehen. Marcia hatte ihn für »Der Rabe« bekommen (Ausdruck und Gesten hatte Fannie Gross mit ihr einstudiert). Die Gewinnerin der Medaille durfte ihre Stadt bei der Pädagogischen Sommertagung in Lesterville vertreten, wo der Bezirkssieger eine noch größere Medaille und außerdem zehn Dollar bekommen sollte. Für die bloße Teilnahme gab es eine schöne Urkunde. Schiedsrichter waren der Herausgeber des *Courier*, der Methodistenpfarrer und der Rektor der High-School. Was Marcia am meisten Kopfzerbrechen machte, war die Bedingung, daß die Mädchen weiße Kleider und weiße Schuhe und Strümpfe tragen sollten.

Da Marcia weder ein weißes Kleid noch weiße Schuhe hatte, bat sie Papa, ihr welche zu kaufen. Papa wurde wütend und sagte, er habe gerade seine Steuern bezahlt, und wenn er für eine von ihnen etwas kaufe, müsse er für die beiden anderen auch etwas kaufen. Das Geschäft gehe schlecht, weil die jungen Männer heutzutage, wenn sie ein Mädchen in Schwierigkeiten gebracht hätten, schleunigst die Stadt verließen, statt zu heiraten und Möbel zu kaufen. Und was das Beerdigungsinstitut betreffe, so liefen die Leute jetzt alle zu diesem neuen Quacksalber und würden wieder gesund, anstatt den alten Doc Franks aufzusuchen, der sein Handwerk verstehe. Außerdem würden die Fahrt und der Tag in Lesterville allein schon zwei oder drei Dollar kosten, so daß er nicht sehe, was sie von den zehn Dollar habe, vorausgesetzt, sie bekomme sie überhaupt, was unwahrscheinlich sei. Es war ein schwerer Schlag für Marcia. Selbst Lena war großzügigerweise empört und machte Papa Vorwürfe, tat der Sache jedoch keinen Dienst, als sie erklärte, daß ohnehin alle drei weiße Schuhe und Strümpfe bräuchten und daß sie Marcia besser auf dieser wichtigen Mission begleite. Sie hätte selbst an dem Wettbewerb teilgenommen, sagte sie, denn sie spreche den Text genauso gut wie Marcia, aber ihre Lehrerin sei so dumm, daß sie die Schüler nicht dazu bringen könne, sich etwas zu merken, und so sei sie, Lena, mitten in ihrem Vortrag steckengeblieben. Papa machte zu diesen flehentlichen Bitten nur ein böses Gesicht und lehnte endgültig ab, als seine Frau ihm zurief, daß er, wenn er den Mädchen weiße Sachen kaufe, auch die Wäschereirechnungen bezahlen müsse; eben sei der Mann von der Wäscherei wegen der letzten Rechnung dagewesen. So war Marcias große Chance von Papa selbst im Keim erstickt worden, und sie beschloß wegzulaufen. Irgendwie würde sie es schon schaffen, an dem Wettbewerb teilzunehmen und den Geldpreis zu gewinnen, von dem sie dann in einer weit entfernten Stadt bequem leben konnte, bis sie Arbeit fand. Andere Mädchen in ihrem Alter arbeiteten schließlich auch, und es mußte eine feine Sache sein, wenn man Dollarscheine in der Tasche hatte und niemand einem vorschreiben konnte, wofür man sie ausgab. Nach eingehender Betrachtung ihres Spiegelbildes kam sie zu dem Schluß, daß sie mit um den Kopf gewundenen Zöpfen und hochhackigen Schuhen wie sechzehn aussehen würde; auch eine Brille konnte von Nutzen sein. Sie war überzeugt, daß sie genug Wissen besaß, um Lehrerin zu werden, daß sie mehr wußte als alle Erwachsenen, die sie bisher kennengelernt hatte. Man mußte ihr nur die Chance geben, es auch zu zeigen. David Gross riet ihr, doch gleich zu seinem Vater nach Washington zu gehen, der würde sie sofort einstellen, doch Marcia wollte lieber nicht zu irgendwelchen Eltern, denn Eltern machten zwangsläufig Schwierigkeiten, egal, was man tat. Sie konnte ja Adressen schreiben, wie es immer in den Zeitungsinseraten stand, oder sie konnte Zeitschriftenabonnements verkaufen oder mit irgendwelchen anderen Tätigkeiten Geld verdienen. Mrs. Friend gegenüber deutete sie an, daß sie sich mit dem Gedanken trage, eine Stelle anzunehmen. Mrs. Friend wollte wissen, was für eine Stelle, und Marcia erwiderte, sie habe daran gedacht, Sekretärin eines berühmten Schriftstellers oder Gesellschafterin einer reichen alten Dame zu werden, mit der sie dann auf Reisen gehen und der sie Decken bringen würde, wenn es abends auf dem Schiff zu kühl würde. Mrs. Friend gab ihr für das Abschreiben einiger Briefe einen Vierteldollar, den Marcia in einem besonderen Beutel für die Fahrt nach Lesterville aufbewahrte. Um für den Fall, daß sie die zehn Dollar nicht bekam, nichts unversucht zu lassen, was ihrer künftigen Karriere dienen konnte, folgte sie der Aufforderung einer Zeitungsannonce, in der es hieß: »Zeichnen Sie diese Karikatur ab und gewinnen Sie ein Stipendium für das Internationale Karikaturinstitut in St. Louis. Spätere Anstellung der Absolventen garantiert.« Das verschlang eine Menge Papier, für das sie fast den ganzen Vierteldollar verbrauchte, denn das viele Radieren riß Löcher in die Zeichnung, und selbst Florrie, die Marcias Genie normalerweise mit sklavischem Optimismus gegenüberstand, meinte, die vielen Schmierer könnten sich zu ihrem Nachteil auswirken.

»Kommst du dann überhaupt noch mal nach London Junction?« fragte Florrie ängstlich.

Marcia schüttelte entschieden den Kopf, und Florrie begann

wegen der bevorstehenden Trennung zu schluchzen, bis Marcia ihr versprach, sie irgendwann nachzuholen. Wenn sie den Preis für den Gedichtvortrag gewinne, werde sie Schauspielerin statt Malerin, und dann bekomme Florrie Freikarten für alle ihre Vorstellungen.

Während Marcia verzweifelt auf Fluchtmöglichkeiten sann und sich den Kopf darüber zerbrach, wie sie an dem großen Tag, der ihr alle Türen öffnen würde, nach Lesterville gelangen konnte, kam das Chautauqua-Sommertheater in die Stadt. Mrs. Gross nahm David und Marcia zu einer dramatischen Lesung mit, bei der eine Frau beide Rollen in Äsops »Der Löwe und die Maus« spielte. Sie verstellte ihre Stimme, sprang auf der ganzen Bühne umher, kauerte sich hierhin und dorthin und beschwor auf diese Weise unsichtbare Kulissen, bis Marcia vor Aufregung ganz benommen war und den Beschluß faßte, sich dieser Kunst zuzuwenden. Sie besorgte sich das Stück aus der Leihbücherei und las es ganz leise auf der Toilette (sie konnte wunderbar ihre Stimme verstellen, und wenn jemand hereinkam, verstummte sie schlagartig). Gern hätte sie noch mehr von den Künsten der Dame miterlebt, doch die nächste Veranstaltung hatte »Dichtung von Rabindranath Tagore« zum Gegenstand, und da der Century-Frauenlesekreis geschlossen hinging, konnte es wohl nichts Großartiges sein. Die Jungen der High-School verrichteten rings um das Chautauqua-Zelt alle möglichen Helferdienste, und es gab auch ein paar Collegestudenten, die sogar mit der Truppe reisten. Das war das einzige, was Lena und Mary Evelyn interessierte. Sie trieben sich in der Nähe des Zeltes herum und schafften es auch tatsächlich, etliche von den fremden Jungen kennenzulernen, indem sie in gepflegter Unterhaltung vor ihnen hergingen, hin und wieder stehenblieben und die Jungen, die ihnen »nachliefen«, stirnrunzelnd ansahen, bis es zu einem Austausch schlagfertiger Bemerkungen kam. Danach ging Lena mit einem der Jungen weiter, Mary Evelyn mit einem anderen. An diesen Abenden übernachtete Lena bei Mary Evelyn, und aus irgendeinem Grund wagte Papa nicht, es ihr zu verbieten, obwohl seine Frau dagegen protestierte, daß Lena sich mit Jungen traf. Ihr Bruder Vance, der jetzt im Hotel wohne, habe ihr erzählt, daß er und ein schicker Freund von ihm aus Lesterville sich einmal abends mit Lena und Myrtle Chase verabredet hätten und mit ihnen in der ganzen Gegend herumgefahren seien. Papa sagte nur, er glaube Vance Hawkins kein Wort, und die Sache verlief im Sande. Zum Ausgleich für so viel Nachsicht verbot er Marcia und Florrie, abends zum Zelt zu gehen und zuzuschauen, wie die Leute ein und aus gingen.

Marcia las begierig die Plakate, auf denen die täglichen Angebote internationaler Unterhaltung angekündigt wurden: das Trouville-Opernensemble mit Szenen aus *Cavalleria Rusticana*; Abner Snively, der weltbekannte Humorist, mit Monologen, begleitet von der Geigerin Consuela Chapman; Okkulte Wissenschaft und Philosophie des Orients mit Dr. Cass Bittner, University of Virginia; ein Diavortrag über Italien und die dalmatinische Küste von dem Forscher, Naturwissenschaftler und Weltreisenden Sir Wade Frisbee. Mrs. Gross ging mit David und Fannie jeden Abend zu den Veranstaltungen, und Marcia lauschte voll Neid ihren Berichten. Lena sagte, das Ganze sehe ihr zu sehr nach Kirche aus, und keine zehn Pferde brächten sie in das Zelt. Papa meinte, es mache keinen guten Eindruck, wenn er als einer der Honoratioren der Stadt diesem öffentlichen Spektakel fernbleibe, und entschied sich für Abner Snively, den weltbekannten Humoristen. Am nächsten Tag sagte Mary Evelyns Mutter zu Lena, sie habe noch nie jemanden so lachen hören wie Papa. Wieder und wieder erzählte er beim Essen Abner Snivelys Witze, und die Tränen liefen ihm über die Wangen, wenn er die Geschichten von Pat und Mike, Rastus und dem Oberst, Hans und Fritz oder dem Eingeborenen und der Missionarin zum besten gab. Einen so genialen Komiker wie Snively habe er noch nie miterlebt, und dabei habe er doch wirklich das Beste vom Besten zu sehen bekommen, früher natürlich, bevor er sich etabliert habe. Wenn man sie frage, wandte seine Frau ein, bewege sich dieser Mr. Snively manchmal hart an der

Grenze zur Schlüpfrigkeit, aber vielleicht möge Harry so etwas ja. Marcia sagte, wenn sie den Preis für den Gedichtvortrag gewinne, werde sie höchstwahrscheinlich mit einem Chautauqua-Sommertheater herumreisen und Witze erzählen und dramatische Lesungen veranstalten. Das ernüchterte Papa, und er erklärte, keine seiner Töchter werde in der Gegend herumziehen und auf einer Bühne auftreten, und das mit dem Gedichtvortrag könne sie sich aus dem Kopf schlagen, denn er habe die Sache mit Idah besprochen, und es habe keinen Sinn, Marcia weiße Kleider zu kaufen; bis sie in Lesterville angekommen sei, wären sie ohnehin schmutzig und zerrissen.

Marcia hätte wegen des weißen Kleides, ohne das kein Talent zu Gehör kam, gern an Tante Lois in Kalifornien geschrieben, aber das hätte zu lange gedauert. Schließlich erfuhr Mrs. Gross von ihren Sorgen und sagte, sie könne zwar nicht sehr gut nähen, aber sie werde ein Kleid von Fannie für Marcia umarbeiten und Marcia ihre weißen Schuhe leihen, die sie ja vorn mit Watte ausstopfen könne. Marcia machte einen heimlichen Besuch bei Oma und schilderte ihr die Lage. Wenn sie das Geld für die Fahrt hätte, sagte Oma, würde sie es ihr sofort geben, aber sie und Mrs. Carmel bräuchten jeden Penny, um das Geschäft in Schwung zu bringen. Es sehe zwar wohlgemerkt alles sehr gut aus, und sie seien auf dem besten Wege, Hunderte, vielleicht sogar Tausende von Dollar zu verdienen, aber das werde noch etwas dauern, und bis dahin könne sie für ihre Enkelkinder leider nicht das tun, was sie gern tun würde. Sie habe nicht einmal das Geld für eine Chautauqua-Eintrittskarte; wegen des Women's-Relief-Corps-Picknicks letzte Woche habe sie bereits Mr. Sweeney anpumpen müssen. Das Picknick sei eine ziemlich schicke Angelegenheit gewesen, eine gemeinsame Veranstaltung mit der Grand Army of the Republic in Elmville (ein Jammer, daß Opa Willard es nicht mehr miterlebt habe; die alten Herren, viele von ihnen über siebzig, hätten sich dort prächtig amüsiert). Nach diesem Fehlschlag wanderte Marcia schwermütig zum Chautauqua-Zelt und studierte das Nachmittagsprogramm. Durch eine Klappe in der Zeltwand sah sie, daß das Zelt zur Hälfte leer war. Eigentlich hätte man einfach hineingehen und sich setzen können, aber Marcia getraute sich nicht. Ein Plakat zeigte den Redner dieses Nachmittags, einen ausdruckslos strahlenden Mann mittleren Alters mit langen, dünnen, in der Mitte gescheitelten Haaren, einem Kneifer, von dem ein schwarzes Band elegant über das Gesicht herabhing, einem bis zu dem eckigen Kragen hinauf geknöpften Chesterfield und einem vornehmen Zylinder, den er in der weiß behandschuhten Hand über dem Herzen hielt. Der Name des Mannes war Thorburne Putney, Mitglied der Königlichen Geographischen Gesellschaft, B.A., Internationaler Experte für Lebenskunst.

»Thorburne Putney«, sagte Marcia vor sich hin und kostete den Wohlklang der Silben aus. Plötzlich mußte sie an das Haus in der Fourth Street denken, und sie erinnerte sich, wie Tante Lois einmal zu Mama gesagt hatte, sie hätte Thorburne Putney heiraten sollen. »Thorburne Putney«, wiederholte Marcia, zutiefst befriedigt über diesen Zufall, und verspürte sogleich den Impuls, Nutzen daraus zu ziehen. Sie würde am Eingangstor des Geländes warten, bis Thorburne Putney herauskam, und plötzlich würde er sie ansehen und ausrufen: »Nanu, wer bist denn du? Ja, ist das denn die Möglichkeit? Du bist meiner verlorenen, einzigen Liebe Daisy Reed wie aus dem Gesicht geschnitten!« Alles weitere übersprang Marcia und sah sich bereits von dem großen Mann adoptiert und in einem riesigen Automobil davonbrausen. Als seine verhätschelte Tochter würde sie mit der Chautauqua-Truppe von Stadt zu Stadt ziehen und ab und zu mit einem Sondervortrag von »Der Rabe« neben ihm auf der Bühne stehen. Visionen einer glänzenden Zukunft beschäftigten sie auf höchst angenehme Weise, während sie vor dem Tor auf und ab schlenderte, und sie war so in ihre Phantasien versunken, daß sie Mr. Putney erst bemerkte, als er in Begleitung einer massigen rothaarigen Frau schon fast vor ihr stand. Sie riß sich von einem rauschenden Ball im Weißen Haus los, bei dem sie als umschwärmte Tochter Präsident Putneys den Vorsitz führte, sah auf und stieß einen Schrei aus. Der große Mann blieb stehen und beugte sich besorgt zu ihr herab.

»Was hast du denn? Hast du dir weh getan?«

»Ich – ich hab mir den Knöchel verstaucht«, stöhnte Marcia und vergaß ihre sorgfältig vorbereitete Ansprache. »Das passiert mir dauernd. Meine Mutter hat Sie gekannt.«

Mr. Putney und seine Begleiterin sahen sich verständnislos an.

»Meine Mutter, Daisy Reed, ich seh ihr ziemlich ähnlich«, sprudelte Marcia hervor. »Papa hat wieder geheiratet, und wir wohnen im größten Haus in der Stadt, und wenn ich den Gedichtvortragspreis gewinne, dann geh ich mit der Chautauqua-Truppe auf Tour, so wie Sie.«

Der große Thorburne Putney schüttelte verwundert den Kopf und fing an zu lachen. Es war kein schönes Lachen, denn er stieß es mit gebleckten Zähnen krächzend hervor, und es klang, als würde ein rostiger Eimer an einer rostigen Kette aus einem ausgetrockneten Brunnen hochgezogen. Aber es war immerhin ein Lachen, und Marcia wertete es als eine große Ermutigung. Sie war enttäuscht, daß Mr. Putney bei dem romantischen Namen Daisy Reed nicht überrascht zusammengezuckt war, sondern sich nur nachdenklich über die Stirn gestrichen hatte. Die Frau neben ihm – sie hatte die rötesten Haare, die je ein Mensch gesehen hatte, und einen Busen, auf dem alle möglichen Klunker ruhten, ohne daß sie sie hätte festzustecken brauchen – war sehr viel freundlicher.

»Du gewinnst also Gedichtvortragspreise, das ist ja sehr schön«, sagte sie. »So hast du auch mal angefangen, nicht wahr, Thorburne?«

»Und so werde ich wohl auch enden«, sagte Mr. Putney verdrießlich. »Zwölf Leute im Zelt heute nachmittag, und alles Idioten. Was hast du gesagt, wie deine Mutter hieß?«

»Daisy Reed. Sie ist tot.«

Sie fühlte Tränen aufsteigen, also hatte sie doch Gefühle, auch wenn Lena es bestritt.

»Arme Kleine«, sagte die Frau.

»Vielleicht wär sie nicht gestorben, wenn sie Sie geheiratet hätte«, sagte Marcia feierlich zu Mr. Putney.

Er starrte sie an. »Daisy Reed – natürlich! Ein Schatz war Daisy. In irgendeiner Kleinstadt hier in der Gegend wurde ich mal krank, vor fünfzehn Jahren ungefähr, und da hat Daisys Familie mich bei sich aufgenommen. Arme Daisy – tot ist sie, sagst du?«

»So ein liebes Kind«, sagte die Frau und tätschelte Marcia den Kopf, als sei sie Florrie und nicht schon so gut wie erwachsen. »Du weißt, was du mal machen willst, das ist schon eine ganze Menge. Wenn meine Tochter noch leben würde, dann wär sie jetzt ungefähr in deinem Alter und hätte deine Gesichtsfarbe. Wie alt bist du denn?«

»Dreizehn. Morgen hab ich Geburtstag, aber ich krieg nie was Gescheites, nur Unterwäsche und Schuhe und solchen Kram.«

Mr. Putney hatte sein Lachen inzwischen geölt, so daß es etwas angenehmer klang, und das Gelächter der Frau ließ alle ihre Klunker hüpfen.

»Ist das nicht köstlich, Burnie?« sagte sie. Marcia war ganz schwindlig, und sie fürchtete schon ein böses Ende, als die Frau in ihre Handtasche faßte und eine Münze hervorholte, die so klein war, daß es nicht einmal ein Zehn-Cent-Stück sein konnte.

»Da hast du ein Geburtstagsgeschenk«, sagte sie.

Niedergeschlagen sah Marcia, daß die Münze nur eine Art Medaille war.

»Was ist das?« fragte sie und versuchte ihre Enttäuschung zu verbergen.

»Ein Fünf-Dollar-Goldstück«, antwortete Mr. Putney. »Hast du noch nie eins gesehen?«

»Doch, doch, ich verwechsle sie nur immer mit den Zehn-Dollar-Goldstücken«, stotterte Marcia, und jetzt wallte wieder Freude in ihr auf. »Danke, vielen, vielen Dank!«

»Schreib mir, was du damit machst«, sagte die Frau und gab ihr eine Karte. »Hier ist unsere Adresse.«

Sie gingen mit Marcia bis zu den Eisenbahnschienen vor dem Hotel, Mr. Putney halb amüsiert, halb sarkastisch, weil die Frau steif und fest behauptete, ihre Dorothea wäre genau wie Marcia, wenn sie noch leben würde.

»Daß Dorothea eine Schönheit werden würde, hab ich nie erwartet«, sagte sie ernst. »Dafür sah sie ihrem Vater viel zu ähnlich. Aber blitzgescheit war sie, als sie dann sprechen gelernt hatte, genau wie die Kleine hier.«

Marcia war es leid, blitzgescheit zu sein, doch wenn es das einzige Kompliment war, das sie je bekommen würde, mußte sie sich eben damit abfinden.

»Es gibt solche und solche Blitze.« Mr. Putney sprach wie ein Schauspieler jedes einzelne Wort klar und deutlich aus. Wenn er etwas scherzhaft meinte, merkte man es daran, daß er den Finger an die Nase legte. »Kugelblitze zum Beispiel. Nicht, daß Daisys Tochter die Art von Blitz wäre; ich will damit nur sagen, daß du aufpassen mußt, wie du deine Worte wählst. Aufpassen wie ein Luchs, meine liebe Beverly.«

»Es gibt auch solche und solche Luchse«, entgegnete die Frau etwas schroff, und Marcia schloß daraus, daß die beiden verheiratet sein mußten. Sie war von diesem wunderbaren Abenteuer so benommen, daß sie gar nicht wußte, was sie sagte. Weltläufiges Geplauder, wie sie es sich durchaus zutraute, war es jedenfalls nicht gewesen, dachte sie hinterher, sonst hätte Beverly nicht soviel gelacht. Auch Beverly redete viel, und später kamen Marcia einzelne Sätze wieder in den Sinn, doch im Moment dröhnte nur ein Wort in ihrem Kopf und löschte alle anderen Eindrücke aus: Fünf-Dollar-Goldmünze, Fünf-Dollar-Goldmünze, Fünf-Dollar-Goldmünze. Am liebsten wäre sie mitten auf der Straße durch die Stadt gerannt und hätte das Wunder lauthals hinausgeschrien, doch bei so viel schmeichelhaftem Interesse von seiten Mr. und Mrs. Putneys konnte sie nicht einfach davonlaufen. Nur gut, daß Lena nicht dabei war, denn wenn die beiden gesehen hätten, wieviel hübscher sie war, hätten sie ihr das Goldstück wahrscheinlich wieder abgenommen und es Lena gegeben. Noch nie war so viel Aufhebens um Marcia gemacht worden, noch dazu von zwei so berühmten Persönlichkeiten. Sie hatten ein Haus in Cleveland, und wie im Traum hörte Marcia, wie Mr. und Mrs. Putney sie einluden, sie dort zu besuchen, denn sie seien sehr einsam, wenn sie nicht unterwegs seien. Mr. Putney erkundigte sich nach Oma Reed und sagte, er würde gern bei ihr vorbeischauen, wenn er Zeit hätte, aber sie müßten morgen weiter. Er überreichte Marcia seine Schrift *Die Kunst erfüllten Lebens*, mit seinem Autogramm und der Widmung »Für einen sehr gescheiten kleinen Blitz«, was Marcia die Freude fast verdarb.

Den ganzen Weg nach Hause rannte sie, und als sie Lena und Mary Evelyn auf der anderen Straßenseite sah, rief sie ihnen die Neuigkeit zu.

»Sag zu Hause lieber nichts davon, sonst nimmt sie dir das Geld weg«, warnte Lena und setzte nachdenklich hinzu: »Am besten, ich heb's für dich auf.«

»Du kannst ja selber zu den Leuten gehen, dann kriegst du auch was«, schlug Mary Evelyn vor, und die Idee schien Lena so einleuchtend, daß sie sofort zustimmte. Marcia sah ihnen nach, wie sie ein wenig unbehaglich auf das Hotel zusteuerten. Immer verdarb Lena alles. Bestimmt würde sie Mrs. Putney sagen, daß Marcia gar nicht morgen, sondern erst in einem halben Jahr Geburtstag hatte, denn Lena war raffiniert und verpetzte alles. Am Hoteleingang liefen die beiden Freundinnen jedoch Vance Hawkins in die Arme, der sie in eine Eisdiele einlud, so daß der Besuch bei den Putneys ausfiel.

Schwierigkeiten machte dann jedoch Florrie. Bei der Vorstellung, daß Marcia für immer fortgehen würde, hatte sie jede Nacht geweint, und als sie von den fünf Dollar hörte, glaubte sie, das Geld werde Marcias Weggang noch beschleunigen. Sie ging zu Papa und flehte ihn an, Marcia an dem Wettbewerb in Lesterville teilnehmen zu lassen, sie werde ganz bestimmt gewinnen, und wenn sie nicht hindürfe, werde sie vielleicht weglaufen und wie Opa Willard umkommen. Papa ging sofort an die Decke und sagte, er dulde keinerlei Kritik an seinen Erziehungsmethoden, auch nicht von seiten seiner Kinder. Er und Mama seien schließlich auch nicht durch die Gegend gezogen, um Gedichte aufzusagen, und hätten ein Vermögen für weiße Kleider und Fahrkarten und so weiter ausgegeben. Sollte er Marcia an dem betreffenden Nachmittag außer Haus erwischen, könne sie sich auf die schlimmsten Prügel ihres Lebens gefaßt machen. Marcia ging schmollend nach oben, doch Florrie versuchte sie zu besänftigen und sagte, in Wirklichkeit sei Papa gar nicht gemein, er sei nur wütend, weil er nicht das Geld für das weiße Kleid und die Fahrt habe. Daß er sich nicht getraue, seine Frau darum zu bitten, mache ihn noch wütender, und an irgend jemandem müsse er seine Wut eben auslassen. Marcia erzählte David Gross davon, der ihr für den Fall, daß sie jetzt gleich weglaufen wollte, seine Hilfe versprach. Der Himmel habe Thorburne Putney an diesem entscheidenden Punkt ihrer Karriere nach London Junction geschickt, es sei fast, als hätte ihre tote Mutter es so gewollt, und wenn man zulasse, daß jemand sich ihr in den Weg stelle, dann sei das ein Sakrileg. In dieser Nacht schlief Marcia kaum. Ununterbrochen entwarf sie Fluchtpläne, und als sie schließlich eindöste, träumte sie von Mama, die mit der schweren Last auf dem Rücken die Straße überquerte. Marcia spannte alle ihre Willenskraft an, aber sie konnte sie nicht dazu bewegen, sich umzudrehen und zu lächeln. Dann verwandelte sich Mamas Gesicht in Bonnie Purdys, Kusine Isobels und schließlich Mrs. Gross' Gesicht, und Marcia war ganz bestürzt, weil sie glaubte, sie hätte Mamas Gesicht vergessen und würde es nie wiederfinden.

Am Tag vor dem Wettbewerb kam Marcia die zündende Idee, von David Gross und Florrie gutgeheißen, für alle anderen ein streng gehütetes Geheimnis. Obwohl Papas Warnung ihr keine Hoffnung ließ, an dem Wettbewerb teilnehmen zu können, würde sie am nächsten Morgen, wenn er und seine Frau im Geschäft Vorbereitungen für die Beerdigung von Mr. Carsons Mutter trafen, mit der Straßenbahn nach Lesterville fahren. Auf

Minelda würde Florrie aufpassen, die sich zutraute, mit ihr fertig zu werden. Das wichtigste an dem Wettbewerb war, daß man in einem weißen Kleid vor den drei Schiedsrichtern erschien und seinen Text aufsagte. Marcia wollte deshalb in ihrem weißen Kleid, das noch bei Mrs. Gross hing, geradewegs zu einem der drei Schiedsrichter gehen, das Gedicht aufsagen, den Preis entgegennehmen und mit der nächsten Bahn wieder zurückfahren, bevor jemand ihre Abwesenheit bemerkte. Mit dem Preisgeld würde sie dann weglaufen. Florries ehrfürchtige Zweifel, ob sie es wirklich wagen würde, gaben ihr nur noch mehr Mut. Am nächsten Morgen wollte sie Lena ins Vertrauen ziehen, doch zum Glück zerstritten sie sich über eine Bonbonschachtel in Kakteenform, die Tante Lois aus Kalifornien geschickt hatte, und redeten nicht mehr miteinander. Marcia schlüpfte in Fannie Gross' umgearbeitetes weißes Kleid, das Mrs. Gross' Bemühungen zum Trotz immer noch stark zipfelte, doch die mit Watte ausgestopften Schuhe schlackerten nicht allzusehr, und auf alle Fälle waren sie weiß, was ja die Hauptsache war. David hielt Wache und sah sich um, ob irgend jemand in der Nähe sei, der sie verraten konnte, und dann stieg Marcia mit ihrem Fünf-Dollar-Goldstück in der Hand in die Straßenbahn.

Der Schaffner konnte nicht herausgeben und ließ sie umsonst fahren. Es war herrlich, Geld zu haben und ganz allein in die Welt hinauszuziehen. Alle lächelten ihr zu. Ein Mann gab ihr eine Tafel Schokolade, ein anderer erklärte ihr den Weg zur Redaktion des *Courier*. Die Welt war voll von wunderbaren Fremden, die ihr alle treu ergeben waren und jederzeit gegen ihre Verwandten für sie Partei ergreifen würden. Als sie an den Stahlwerken und Mrs. Janes Haus vorbeifuhren, sah Marcia aus dem Fenster und glaubte Mrs. Jane zu erkennen, wie sie, ein Handtuch um die Lockenwickler, die Haustürstufen fegte. Marcia winkte und sah, daß es tatsächlich Mrs. Jane war, die jedoch ausdruckslos zu der Straßenbahn aufblickte und Marcia in dem weißen Kleid nicht erkannte. Am Stadtplatz stieg Marcia aus. Da war auch schon das kleine Redaktionsbüro des *Courier*, wie der Mann es beschrieben hatte. Es war jedoch noch nicht geöffnet, und der Hausmeister sagte, bis Mr. Andrews komme, könne es noch dauern, die Zeitung sei am Tag zuvor erschienen, und den Rest der Woche lasse Mr. Andrews sich Zeit. Marcia wartete im Flur, und um sich gegen das Lampenfieber zu wappnen, murmelte sie wieder und wieder den »Raben« vor sich hin. Um kurz vor zehn fuhr ein Ford vor, und Mr. Andrews stieg aus. Er war ein düster wirkender, graugesichtiger kleiner Mann mit einem überraschenden kleinen Spitzbauch, den er unentwegt tätschelte, als könnte er ihm sonst wegrutschen. Sein Anzug war verknittert und sah aus, als wäre er eine Nummer zu groß. Die Hosenbeine warfen um die Knöchel Falten, aber dann faßte er den Gürtel und zog die Hose hoch. Er schien sich über sein Aussehen keine Illusionen zu machen, denn kaum war er ausgestiegen, sah er sich herausfordernd um, bereit, jegliche Kritik abzuschmettern. Als er nur Marcia sah, holte er seine Schlüssel hervor und klimperte unschlüssig damit.

»Ich kann nicht zu dem Wettbewerb, aber ich hab mein Gedicht gelernt und will es schon vorher vor den Schiedsrichtern aufsagen«, sagte Marcia. »Man bekommt ja eine Urkunde, und der Gewinner kriegt zehn Dollar. Hier ist meine Medaille.«

Mr. Andrews war so verblüfft, daß er seinen unförmigen grauen Hut abnahm und sich über den kahlen Kopf strich. Er setzte sich auf den Drehstuhl an seinem Schreibtisch und sah Marcia stirnrunzelnd an.

»Da du extra hergefahren bist, denke ich, kann ich dir eine Urkunde geben«, sagte er. »Aber das Gedicht brauchst du nicht aufzusagen. Für mich allein nicht.«

»Das muß ich aber«, korrigierte Marcia ihn eilig. »In den Regeln steht, daß man die Urkunde nur bekommt, wenn man sein Gedicht vor den Schiedsrichtern aufsagt und ein weißes Kleid und weiße Schuhe anhat. Also, dann fang ich mal an.«

Mr. Andrews schüttelte unbehaglich den Kopf und öffnete den Mund, um erneut zu protestieren, doch Marcia hatte sich bereits entschlossen vor ihm aufgebaut. Der Hausmeister kam herein und begann in den modrigen Schatten hinter dem Aktenschrank zu fegen, und Mr. Andrews sah Marcia hoffnungsvoll an, weil er glaubte, die Unterbrechung würde sie ablenken. Sie war jedoch bereits in voller Fahrt und trug in bester Bühnenmanier den »Raben« vor, schwenkte bei diesem Wort die Hand, deutete bei jenem aufwärts und senkte bei der Zeile »Sprach der Rabe: ›Nimmermehr‹« die Stimme zu einem Krächzen. Mr. Andrews schaute unverwandt auf seine Hand, die auf seinem Knie lag, so daß ihm die Glanzpunkte von Mimik und Gestik entgingen. Am Ende jeder Strophe machte er Anstalten aufzustehen, um sich dann, wenn Marcia schwungvoll weiterdeklamierte, resigniert wieder zurückzulehnen. Sie vergaß nicht ein einziges Wort, nicht eine einzige Geste, und ganz am Schluß machte sie einen Buckel und zog wie ein Rabe den Kopf ein. Der Hausmeister unterbrach seine Arbeit und klatschte kurz Beifall, und Marcia stand vor Mr. Andrews und streckte die Hand aus, um die Urkunde entgegenzunehmen.

»Muß ich jetzt zum Rektor und das Gedicht noch mal aufsagen, damit ich die Urkunde kriege?« fragte sie nach einer Pause, in der Mr. Andrews verdrossen mit den Fingern auf den Tisch getrommelt hatte, ohne sie anzusehen.

»Nein, nein, auf keinen Fall«, sagte er hastig und streckte die Hand aus, um sie zurückzuhalten, falls sie zur Tür hinaus und diesem ehrgeizigen Ziel entgegenstürmen wollte. »Das ist gegen alle Regeln, ich weiß gar nicht, wie du auf so eine Idee kommst. Aber da du wirklich gut sprichst und eigens hierhergefahren bist, werde ich telefonisch beim Rektor und bei Dr. Bosley anfragen, ob sie damit einverstanden sind, daß ich dir die Urkunde jetzt gleich gebe.«

Marcia wollte nach den zehn Dollar fragen, traute sich aber nicht. Klopfenden Herzens hörte sie zu, wie Mr. Andrews ins Telefon sprach: In seinem Büro sei ein Mädchen, das wie ein Weltmeister Gedichte aufsage, aber seine Eltern ließen sie nicht zu der offiziellen Veranstaltung, und ob er ihr die Urkunde geben könne. Das schien in Ordnung zu gehen, denn er nahm seinen Füllfederhalter und begann ihn über einem imposanten Dokument zu schütteln.

»Wieso willst du die Urkunde eigentlich unbedingt haben?« fragte er und warf ihr verstohlen einen neugierigen Blick zu.

»Weil ich Arbeit suche und weil da draufsteht, was ich kann«, erklärte Marcia. »Ich bin ja noch nicht in der High-School.«

Mr. Andrews meinte, das sei natürlich richtig, und nachdem er abermals eine Weile auf den Tisch getrommelt hatte, fügte er hinzu, daß er ohne die beiden anderen Schiedsrichter nicht über den Preis entscheiden könne, daß sie sich aber bestimmt gern an einem privaten Preis für ihren Eifer beteiligen würden, und hier seien fünf Dollar.

Er riet ihr, das Geld auf die Bank zu bringen, als Grundstein für ein Studium, vielleicht sogar für eine große Karriere, sie möge nur an Edison denken, der aus einer Kleinstadt stamme, keine hundert Meilen von Lesterville entfernt. Mr. Andrews begann Gefallen an seinem Thema zu finden, das ihm offensichtlich wohlvertraut war. Vielleicht hatte er die gleiche Ansprache bei den Prüfungen zum Schuljahresende gehalten. Jetzt schaute Marcia als einzige Adressatin dieser aufbauenden Rede ihrerseits verlegen drein. Als Mr. Andrews auf die Regierung zu sprechen kam, die nie wieder das sein werde, was sie einmal gewesen sei, wenn nicht Teddy Roosevelt wieder ins Amt komme, stand er sogar auf und schlug mit der Faust auf den Tisch. Marcia trat ungeduldig von einem Fuß auf den anderen und fragte sich, was sie sich noch alles würde anhören müssen, bis sie ihre fünf Dollar bekam. Plötzlich hielt Mr. Andrews mitten im Satz inne, setzte sich wieder und wischte sich die Stirn. Da Marcia nicht recht wußte, was sie tun sollte, klatschte sie Beifall, was den Redakteur so in Verlegenheit brachte, daß er ihr schnell die fünf Dollar gab und in seinen Bart murmelte, er habe zu arbeiten.

Auf der Rückfahrt nach London Junction überlegte Marcia, daß sie noch mehr Geld hätte bekommen können, wenn sie auch noch zu den beiden anderen Schiedsrichtern gegangen wäre. Aber es war zu spät, und außerdem mußte sie bis zwölf wieder zu Hause sein. Es war ein herrlicher Tag. Nur schade, daß sie Lena nicht ihr weißes Kleid vorführen konnte, aber es war doch besser, sie ließ es bei Mrs. Gross und ging in ihrem karierten Baumwollkleid nach Hause, für den Fall, daß ihre Stiefmutter schon da war. In ihrer freudigen Erregung traf es sie wie ein Hammerschlag, als sie beim Betreten der Küche sah, daß Minelda und Florrie eine Schüssel Plätzchenteig auf den Boden gekippt und den Teig auch noch in die verbotenen Räume getragen hatten. Verärgert machte sie sich daran, die Bescherung zu beseitigen. Sie würde nicht nur dafür ausgeschimpft werden, daß das Malheur überhaupt passiert war, sondern auch dafür, daß sie nicht ordentlich saubergemacht hatte. Es war schrecklich, wie einem das eigene Zuhause und die eigene Familie jede Freude im Leben nahmen.

31

Wie alt mußte man werden, bis man lernte, sein Innerstes vollständig zu verbergen und sich dadurch zu schützen? Als Mrs. Gross erklärte, sie werde Mr. Willard selbst fragen, ob Marcia nicht im nächsten Herbst zusammen mit David Französischunterricht nehmen dürfe, brannte Marcia darauf, ihr zu sagen: »Aber im Herbst bin ich nicht mehr hier. Bis dahin arbeite ich schon, irgendwo weit weg, denn bei der erstbesten Gelegenheit laufe ich fort.« Doch sie wagte sich nicht einmal Mrs. Gross anzuvertrauen, die womöglich sagen würde, anständige Kinder liefen nicht weg, und sie solle doch nur daran denken, wie sehr sie ihre Eltern damit kränken würde. Und dann würde Marcia damit herausplatzen, daß ihre Stiefmutter sie mit der Peitsche schlug, und auch alles andere würde sie sagen, was niemand wissen durfte, weil man sonst Mitleid mit ihr haben würde, und das Schlimmste, was einem Menschen passieren konnte, war öffentliches Mitleid. Mrs. Gross würde Papa womöglich von ihrem Plan erzählen, »zu ihrem eigenen Besten«, und Oma ebenso. Entweder machten die Leute einem aus purer Gemeinheit einen Strich durch die Rechnung oder weil sie »nur das Beste« wollten. Manchmal brannte ihr Geheimnis ihr so auf der Zunge, daß sie es kaum noch aushielt, und dann fing sie an, übermütige Rätselfragen zu stellen, von einem Buch zu reden, das sie gelesen hatte, oder von weit zurückliegenden Ereignissen zu erzählen. Ihre Stiefmutter sagte, sie habe noch nie solchen Unsinn gehört, und Marcia sei durch und durch verlogen. Bei solchen Worten bebte Marcia nicht mehr wie früher innerlich vor Wut, denn sie hatte ihre zehn Dollar in einem Beutel an ihrem Unterhemd befestigt, und zehn Dollar waren ein besseres Mittel als die Bibel, um ruhig zu bleiben und sich unverwundbar zu fühlen. Oft fuhr sie nachts in Panik aus dem Schlaf hoch und dachte daran, daß sie etwas Ungeheuerliches tun würde, etwas, was nur sie betraf, sie allein, nicht Florrie und nicht Lena. Und es geschah nicht zum Schein. Es war, als wäre sie verhext, von jenem anderen Ich in ihr, das sie dazu brachte, etwas tatsächlich und nicht nur zum Schein zu tun. Sie wußte noch nicht, wie und wann sie es tun würde, aber schon jetzt war es, als wäre jeder Tag der letzte. Jeder Augenblick schärfte ihre Sinne. Das ist das letzte Mal, daß ich an der abgebrannten Holly-Roller-Kirche vorbeigehe, dachte sie jeden Tag; das ist das letzte Mal, daß ich bei der Gross-Scheune warte, bis der Wind Holzäpfel vom Baum weht; das ist das letzte Mal, daß ich mich gefühllos mache, wenn ich durch die Haustür ins Haus gehe, für den Fall, daß meine Stiefmutter schon mit der Peitsche oder mit einer Standpauke auf mich wartet; das ist das letzte Mal, daß ich an Mary Evelyns Tür vorbeigehe, in der Hoffnung, daß sie und Lena mich heranwinken und fragen, ob ich mit ihnen spielen will. Es war seltsam, zu wissen, daß man schon fort war, aber nicht zu wissen, wo, und von den anderen so behandelt zu werden, als sei man noch da. Es war seltsam, dieses andere Ich in sich zu spüren, stark und unbesiegbar wie Lena, während man sich nach außen hin mit allem abfand. Sogar der Wind, gesättigt vom Duft des welkenden Flieders und von immerwährendem Lokomotivenqualm, vom Geruch faulender Äpfel im Straßengraben und von der schweren Süße überkochender Marmeladentöpfe in heißen Küchen, brachte Marcia die ernste Mahnung, daß dies der letzte Sommer sei, das letzte Mal, das allerletzte. Jedes vertraute Gesicht, jeden vertrauten Ort sah sie mit der verzweifelten Deutlichkeit des Abschieds, und diesmal wußte sie, daß es nicht Schein war. Sie versuchte sich zu erinnern, wann ihr klargeworden war, daß es nicht gut war, Dinge zum Schein zu tun. War es damals gewesen, als sie die Hoffnung aufgegeben hatte, daß Tante Lois, Oma oder Kusine Isobel kommen und sie und ihre Schwestern retten würden, oder war es an dem Tag gewesen, als sie die Putneys kennengelernt und gemerkt hatte, daß Wirklichkeit ebensogut oder besser sein konnte als Schein?

Als eines Tages ein detaillierter Bericht über die neue High-School in der Zeitung erschien und Papas Zorn erregte, wußte Marcia, daß der entscheidende Augenblick kurz bevorstand. Die Stadtväter hatten beschlossen, Gebühren für den Unterricht zu erheben, und beim Essen wütete Papa dagegen und erklärte, das Schulgeld für Lena und Marcia würde ihn ruinieren, die besten Leute in London Junction seien schließlich auch ohne teure neue Schulen ausgekommen (mit Turnhallen, Unterricht in Hauswirtschaft und Handarbeit, in Wirtschaftskunde und all dem neumodischen Firlefanz), also bräuchten seine Töchter so etwas auch nicht.

»Soll das heißen, wir müssen von der Schule?« fragte Lena mit weit aufgerissenen Augen. Nur schlimme Mädchen und arme Kinder, die in den Stahlwerken arbeiten mußten, gingen von der Schule. »Dann denken alle, wir wären zu arm, um das Schulgeld zu bezahlen. Die anderen bestellen alle schon Turnanzüge und Hauswirtschaftsschürzen im Fair Store. Wir *müssen* einfach in die Schule, Papa!«

»Schürzen! Turnanzüge! Wenn ich das schon höre!« stöhnte Mrs. Willard. Ihr Blick schoß zwischen Marcia und Lena hin und her und blieb schließlich mitfühlend an Papa hängen. »Harry, ich glaube, du mußt denen bei der Handelskammer mal gründlich die Meinung sagen! Unmöglich, wie die Kinder heute verwöhnt werden! Zu meiner Zeit war das ganz anders. Und was kommt dabei raus? Eine Bande von Taugenichtsen, die von einem erwarten, daß man sich ihr Leben lang für sie krummlegt.

Das Haus muß gestrichen werden, eine Zahlung für den Wagen muß geleistet werden, bevor er geliefert wird, die Logenbeiträge sind fällig, und wir brauchen Geld für unseren Urlaub nächsten Monat am Silver Lake und für die neue Waschmaschine. Aber nein, der letzte Penny soll geopfert werden, damit die Mädchen diesen Schulkram kaufen können!«

»Aber das tun alle in der Stadt!« jammerte Lena.

Marcia sah mit steinerner Miene ins Leere.

»Lena hat sowieso nichts anderes im Kopf als Jungen und Verabredungen hinter dem Schulhaus – ja, glaub nur nicht, ich erfahr so was nicht! –, und Marcia hat nichts anderes im Kopf als verrückte Ideen; die meiste Zeit schwebt sie in den Wolken und merkt es gar nicht, wenn man mit ihr redet. Nein, nein, Harry Willard, du brauchst mich gar nicht erst um Geld zu bitten, und vom Haushaltsgeld wird auch nichts abgezweigt. Kommt nicht in Frage! Sie sind schließlich nicht mein eigen Fleisch und Blut. Sollen sie doch zu ihrer Tante Lois gehen oder zu ihrer Großmutter oder zu den anderen Verwandten, von denen sie dauernd reden. Wenn hier immer noch mehr Geld ausgegeben wird, dann will ich nichts damit zu tun haben.«

Da mit diesem Ausbruch alles gesagt war, was auch Papa dachte, und sogar noch mehr, konnte er nur noch grimmig auf seinen Teller hinabschauen.

»Wozu brauchen wir dann gute Noten, wenn wir sowieso nicht auf die High-School dürfen?« wollte Lena wissen. »Unsere richtige Mutter würde nie zulassen, daß wir von der Schule gehen! Bestimmt dürfen wir auch nicht in dem neuen Automobil mitfahren. Aber Minelda schon!«

Mineldas Mutter ließ ihre knochige Hand vorschnellen und versetzte Lena eine kräftige Ohrfeige. Lena sprang auf, scharlachrot vor Empörung.

»Das laß ich mir nicht gefallen! Ich geh weg und komm nie mehr zurück! Ich sag's Tante Lois und allen anderen auch!« Sie lief aus der Küche und knallte die Tür hinter sich zu. Papa erhob sich und ging ihr langsam nach, ohne seine Frau anzusehen, die nervös an ihren Fingernägeln kaute. Florrie stand ebenfalls auf, lief zu Papa und schob ihre Hand in seine. Minelda verzog das bleiche Gesichtchen zum Weinen und verlangte wimmernd danach, in die Heia gebracht zu werden. Aus dem Fenster sah Marcia ihre Schwester die Straße hinunterrennen, zu Mary Evelyn oder vielleicht auch zu Oma. Jetzt würde Lena weglaufen, und das bedeutete, daß sie, Marcia, bleiben mußte, noch eine Weile jedenfalls. Immer kam Lena ihr zuvor.

»Weiß Gott, was sie jetzt wieder herumerzählt«, murmelte Mrs. Willard. »Ich kann mich ja nirgends mehr blicken lassen, wenn sie anfängt, ihre Lügen zu verbreiten.«

Doch Marcia glaubte nicht, daß Lena etwas sagen würde, denn Lena wollte ebensowenig wie sie, daß man in der Stadt Mitleid mit ihnen hatte. Plötzlich fiel ihr ein, daß Lena sich am Nachmittag ihr Fünf-Dollar-Goldstück ausgeliehen hatte, um es Myrtle Chase zu zeigen, und ihr wurde ganz schwach. Jetzt würde Lena es behalten und damit weglaufen. Das sah ihr ähnlich, dachte Marcia mit wachsendem Zorn. Lena hatte sogar geahnt, daß Marcia es für ihre Flucht benutzen wollte, doch Marcia hatte sich nicht zu einem Geständnis provozieren lassen. Und jetzt würde Lena damit weglaufen. Keinem konnte man trauen. Aber sie würde ihr schon zeigen, daß zwei genausogut weglaufen konnten wie eine.

»Keine Angst, Harry, die kommt schon wieder«, sagte Mrs. Willard. »Komm, iß deinen Teller leer.«

Papa setzte sich wieder, und niemand sagte etwas. Marcia hoffte, Papa würde sich dazu äußern, daß der Reis angebrannt und das Brot schimmelig war, aber entweder er merkte es nicht oder die schlechte Küche seiner Frau war ihm diesmal keinen Kommentar wert. Plötzlich begann Florrie leise zu weinen.

»Hoffentlich stirbt Lena jetzt nicht, so wie Opa Willard«, klagte sie. »Kannst du nicht irgendwas tun, Papa?«

Aber Papa zündete sich nur eine Zigarette an, rauchte verdrossen und sah kein einziges Mal auf, um nicht dem wachsamen Blick seiner Frau zu begegnen. Als es dunkel wurde, verließ er das Haus. Marcia und Florrie gingen nach oben, unterhielten sich flüsternd und warteten am Fenster auf seine Rückkehr.

»Vielleicht geht sie nach Kalifornien zu Tante Lois«, sagte Florrie. »Oder meinst du, sie bleibt jetzt für immer bei Mary Evelyn? Vielleicht läßt Oma sie auch bei sich wohnen.«

Als Papa nach Hause kam, hörten sie, wie er seiner Frau im Schlafzimmer eine Predigt hielt, in deren Verlauf davon die Rede war, daß Mary Evelyns Mutter ihm mitgeteilt habe, Lena werde bei ihr übernachten. Mrs. Stewart habe die Frechheit besessen, seine Kinder verwahrlost zu nennen, vor allem Lena, und daran müsse er erst einmal etwas ändern, bevor sie, Mrs. Stewart, dem Kind auch nur nahelegen werde, wieder nach Hause zu gehen. Papa war ziemlich wütend auf Mrs. Stewart, die schon immer ihre Nase in anderer Leute Angelegenheit gesteckt habe, aber er war auch wütend auf seine Frau. Die Mädchen hörten sie protestieren: »Aber Harry...«, und schließlich rief Papa: »Wieso läßt du eigentlich jedesmal den Reis anbrennen, verflucht noch mal? Ich verlange ja kein Essen wie im Waldorf Astoria; alles, was ich verlange, ist ab und zu ein bißchen Reis, der nicht angebrannt ist!«

Florrie machte sich schreckliche Sorgen um Lena, doch Marcia dachte mehr an ihr Fünf-Dollar-Goldstück und daran, daß Lena immer die schnellere war, daß sie niemals Wirklichkeit und Schein verwechselte, sondern geradewegs auf ihr Ziel zusteuerte. Marcia und Florrie konnten kaum schlafen vor Angst, daß Lena nicht zurückkäme und sie ihre Schwester nie wiedersehen würden. Vielleicht war sie ja in die Welt hinausgezogen, so wie der tüchtige Gesell aus Irland oder der arme kleine Joe. Marcia dachte an die Zeit, als ihnen bei diesen traurigen Liedern das Herz so schwer geworden war; aber vielleicht waren es gar nicht die Lieder gewesen, sondern vielmehr eine dunkle Ahnung, daß auf sie selbst das gleiche Schicksal wartete.

Lena kam auch am nächsten Tag nicht zurück, und Papa sagte, er werde Mrs. Stewart nicht den Gefallen tun und sie nach seiner Tochter fragen. Mittags kam er früher als sonst nach Hause, um zu sehen, ob Nachricht von Lena da sei, aber sie hatte nichts von sich hören lassen. Mrs. Willard schwirrte unbehaglich um ihn herum und sagte, Lena sei in letzter Zeit ohnehin kaum noch zu bändigen gewesen und Papa werde mit ihr noch seine blauen Wunder erleben. Soundso oft habe sie Lena und eine Freundin abends mit irgendwelchen Jungen durch dunkle Straßen spazieren sehen, und zu Hause habe sie gesagt, sie gehe zu den Versammlungen der Epworth League oder mache mit Mary Evelyn Hausaufgaben. Ihr Bruder Vance habe ihr erzählt, jeder in der Stadt wisse, daß Lena, wenn sie aus dem Haus gehe, nicht links und rechts schaue, so wie es sich für ein Schulmädchen gehöre, aber kaum komme sie zu Mary Evelyn, schminke sie sich, stecke sich das Haar hoch und ziehe hochhackige Schuhe an. Sie habe es ihm nicht sagen wollen, denn mit Kritik an seinen Kindern dürfe man ihm ja nicht kommen, aber ob er wisse, daß Lena sich im Fair Store auf seine Rechnung Kleider gekauft habe? Er solle nur Mrs. Stewart fragen, bitte sehr, dann werde er's schon hören. Vielleicht sei es ganz gut, daß die junge Dame sich davongemacht habe. Vielleicht habe sie es ja aus ganz anderen Gründen getan und ihre Eltern absichtlich provoziert, um ihnen die Schuld zuzuschieben. Wenn Papa wissen wolle, was Lena dieses letzte Jahr so getrieben habe, dann brauche er nur einen Blick in ihr Tagebuch zu werfen, das sie aus dem Bücherschrank im Wohnzimmer gestohlen und in der Tasche ihres Wintermantels versteckt habe – zumindest habe sie geglaubt, es sei dort gut versteckt. Papa hörte kommentarlos zu und sah mit finsterer Miene ins Leere. Marcia und Florrie staunten über die Raffiniertheit ihrer älteren Schwester, als sie diesen Bericht hörten, und Marcia war gekränkt, daß Lena ihr nichts von ihren Machenschaften gesagt und sie wieder einmal von allem ausgeschlossen hatte. Sie lief eilig nach oben und holte Lenas Tagebuch hervor, doch bevor sie damit durch war, stand Papa neben ihr.

Lenas Tagebucheinträge, in roter Tinte geschrieben, gaben

nicht allzuviel Aufschluß über ihre kriminellen Neigungen. Sie reihten sich ziemlich eintönig aneinander: »9. Mai: Ab heute schreibe ich alles auf, was ich erlebe. 10. Mai: Nichts Neues. 11. Mai: Dito. 12. Mai: Nichts Neues. 13. Mai: Dito. 14. Mai: Coras Geburtstagsfest. Nicht eingeladen. 15. Mai: Nichts Neues. 16. Mai: Zirkus. Durfte nicht hin. 17. Mai: Nichts Neues. 18 Mai: B. G. nach der Versammlung mit mir nach Hause gegangen. 19. Mai: B. G. und L. F. bei Myrtle. 20. Mai: Streit mit B. G. 21. Mai: Nichts Neues. 22. Mai: Dito. 23. Mai: Bei Mary Evelyn Fudge gemacht. Riesenradau. 24. Mai: N. D. 25. Mai: Dito: 26. Mai: Mit B. G. wieder vertragen. 27. Mai: wsw-Treffen bei Myrtle C. Riesenradau. Pinocchio. Wir haben ausgemacht, daß wir unser ganzes Leben lang Tagebuch führen müssen, damit wir es später unseren Kindern zeigen können. 28. Mai: Nichts Neues.« Familienmitglieder wurden kein einziges Mal erwähnt; dieses notwendige Übel blieb aus Lenas Privatleben bewußt ausgespart. Papa stand in der Tür und runzelte über dem kleinen Buch die Brauen, dann warf er es auf die Kommode.

»Woher hat sie das Buch«, fragte er.

»Kusine Isobel hat jeder von uns eins zu Weihnachten geschenkt, aber sie – Mutter, mein ich – hat die Bücher weggeschlossen und uns verboten, was reinzuschreiben«, erwiderte Marcia. »Lena hat ihres anscheinend wieder rausgeholt.«

»Wo ist eure Tante Lois jetzt?« fragte Papa.

»Ich glaub, sie kommt bald zurück.«

Als es dunkel wurde, hatten sie von Lena noch immer nichts gehört. Papa kam zum Essen nicht nach Hause, sondern ging zu Oma und auch in den Fair Store, wo Mrs. Stewart ihm einen Pappkarton übergab.

»Die alten Lumpen können Sie Mrs. Willard geben«, sagte sie. »Das sind die Kleider, die Lena tragen mußte, während ihre Stiefmutter in ihren besten Sachen herumgelaufen ist. Ich hab Lena anständig ausstaffiert, so wie ich's mit meiner Mary Evelyn auch gemacht hätte, das können Sie Ihrer Frau sagen. Die Rechnung kriegen Sie dann noch.«

Papa war so außer sich vor Zorn, daß er schwor, Lena nicht ins Haus zu lassen, wenn sie zurückkomme und ihn zum Gespött der ganzen Stadt mache. Ein solcher Skandal könne ihn seine Stelle kosten. Seine Frau war sichtlich erfreut, ihn in dieser Gemütsverfassung zu sehen, und teilte Florrie mit, daß ihr Kinderbett auf dem Dachboden sei, denn von jetzt an könne sie mit in Marcias Bett schlafen. So als sei Lena für immer fortgegangen.

32

Die Neuigkeit stand in der Zeitung, und alle in der Stadt, besonders Oma Reed und Mrs. Carmel, sagten, das sei das Romantischste, was sie je gehört hätten. »Ein Vöglein hat uns gezwitschert«, hieß es in dem Bericht, »daß Mrs. Lois Blairs langer Aufenthalt im Westen nicht allein dem Zweck diente, im dortigen Immobiliengeschäft Fuß zu fassen. Nein, auch Cupido hat seine Hand im Spiel gehabt und ihre Rückkehr hinausgezögert. Vor einigen Monaten beschloß Mr. R. L. Sweeney, ein bekannter Grundstücksmakler aus London Junction, gleichfalls in den Westen zu gehen, weil ihm das Klima guttun würde. Kurz und gut: Er ließ sich in Pasadena nieder, wo auch Mrs. Blair sich aufhielt, und vor vier Monaten haben die beiden heimlich geheiratet. Freunde und Verwandte des Paares wurden erst heute von der Verbindung unterrichtet, da Mr. und Mrs. Sweeney jeden Moment zurückerwartet werden, um sich in Mrs. Blairs hiesigem Haus einzurichten. In Cleveland traf das Paar mit Miss Lena Willard zusammen, Mrs. Sweeneys Nichte, die dem Vernehmen nach bei den beiden wohnen wird. Unsere Glückwünsche, Mr. und Mrs. Sweeney, mögen Sie in Ihrem künftigen Heim in London Junction die Sonne Kaliforniens nicht vermissen.«

»Das Gesicht von Ed Hartwell möcht ich sehen, wenn er das

hört«, kicherte Papa bei Oma Reed. Unmittelbar nach dem Abendessen hatte er Marcia und Florrie mit einer Geste aufgefordert, ihm zu folgen. Seiner Frau hatte er gesagt, das sei eine Familienangelegenheit, und bevor er zu Lois gehe, um Lena nach Hause zu holen, wolle er erst einmal mit Oma reden, da könnten die Mädchen ruhig mitkommen. Kaum hatten sie das Furness-Grundstück verlassen, begann er wie üblich zu pfeifen und rasch auszuschreiten, so daß es fast aussah, als wehte ihn ein kräftiger, frischer Wind ohne jeden Widerstand von seinem Zuhause fort. Er war heilfroh, daß Lena nicht bei Mary Evelyns Mutter Zuflucht gesucht hatte, und an der Ecke zögerte er einen Moment und murmelte etwas davon, daß er bei Mrs. Stewart vorbeischauen und ihr die Meinung sagen wolle.

»So bleibt die Sache wenigstens in der Familie«, sagte er mehrmals, nachdem sie bei Oma angekommen waren.

Oma saß in einem Schürzenkleid an ihrem Erkerfenster und fächelte sich mit einem großen Palmblattfächer, einem Andenken mit einer lebensechten Darstellung Teddy Roosevelts als Anführer der Rough Riders, Kühlung zu. Sie trug nicht ihre Perücke, sondern hatte ihr graues Haar auf Papierlockenwickler gedreht, und als Zierde prangte in der Mitte eine schwarze Samtschleife. Auf ihrem Schoß lag die Zeitung ausgebreitet, und sie schaute kopfschüttelnd darauf hinab.

»Lena muß direkt nach Cleveland gefahren sein und sie vom Zug abgeholt haben«, sagte Papa. »Wie hat das kleine Biest nur rausgekriegt, wann sie ankommen? Es hat doch sonst niemand davon gewußt.«

»Vielleicht ist sie ins Telegraphenamt und hat sich von Vance Hawkins die Telegramme zeigen lassen«, mutmaßte Oma. »Ich kann's einfach nicht fassen, daß die beiden geheiratet haben, ohne mir was davon zu sagen. Ich hab doch weiß Gott jahrelang versucht, sie zusammenzubringen, und irgendwann hab ich's dann aufgegeben. Aber Mr. Sweeney war immer furchtbar nett zu mir, wirklich furchtbar nett. Ich weiß nicht, wo ich ohne ihn jetzt wäre.«

Mrs. Carmel streckte den Kopf aus der Schlafzimmertür. Sie nahm gerade ein »Vogelbad«, wie sie es nannte, und fuhr sich beim Reden mit einem Waschlappen über das scharfgeschnittene faltige Gesicht.

»Ich hab's Mrs. Reed gesagt: Sie hätte Mr. Sweeney jederzeit kriegen können, sie hätte nur den kleinen Finger auszustrecken brauchen«, sagte sie. »Was hat der Mann nicht alles für sie getan!«

»Na, na«, versetzte Oma errötend. »Mr. Sweeney hat mir zwar allerhand gesagt, was mir manchmal ganz schön zu denken gegeben hat, aber Lois hat das Leben noch vor sich, und wenn sie jemanden partout haben will, dann müssen alle anderen zurückstehen.«

»Mir fällt ein Stein vom Herzen wegen Lena«, bekannte Papa. »Das Mädchen ist genauso stur wie ihre Tante Lois. Weiß der Teufel, wozu sie imstande ist, wenn sie sich mal was in den Kopf gesetzt hat. Ich hab kein Auge mehr zugetan, bis ich das in der Zeitung gelesen hab.«

»Kinder tauchen immer wieder auf«, sagte Oma gemütlich. »Meine sind dauernd weggelaufen, und eins davon ist auch weggeblieben, aber es sind immer noch genug um mich herumgeschwirrt und haben nach Plätzchen verlangt.«

»Um die, die weglaufen, muß man sich keine Sorgen machen«, warf Mrs. Carmel ein und streckte von neuem den Kopf ins Zimmer. »Eher um die, die zu Hause bleiben. Die sind das Problem. Die Mädchen heiraten nicht, die Jungen halten's bei keiner Arbeit lange aus. Nein, nein, die, die weglaufen, die machen schon ihren Weg.«

Papa fragte Oma, ob Ed Hartwell in letzter Zeit bei ihr gewesen sei. Wenn er auftauche, solle sie ihm unbedingt erzählen, daß Lois Sweeney geheiratet habe. Der werde Augen machen!

»Ed war ganz schön verknallt in Lois«, sagte Papa. »Und Lois hatte auch viel für ihn übrig, aber gegen Mabel kam sie nicht an. Die hätte ihnen beiden glatt eine Schrotladung verpaßt. Ein Mann muß eben an die Zukunft denken, wenn er sich mit einer Frau wie Mabel einläßt. Wenn man sie heiratet, sind sie gar nicht übel – Mabel zum Beispiel –, aber wenn nicht, dann kann man sich auf was gefaßt machen. Ich glaub nicht, daß Sweeney Lois je so viel bedeutet hat wie Ed. Wahrscheinlich hat sie's einfach aufgegeben, sie ist ja nun schon sechs-, siebenunddreißig, und Sweeney hat jede Menge Kies.«

»Lena wird's gut haben bei Tante Lois«, sagte Florrie nachdenklich.

»Wer sagt denn, daß sie dableiben darf?« rief Papa zornig.

»Jetzt kann sie wahrscheinlich auf die High-School«, sagte Marcia.

»Ich würde sie bei Lois lassen, Harry«, riet Oma. »Man zieht ja doch den kürzeren, wenn man sich um die Kinder streitet. Wenn du Krach schlägst und sie zwingst zurückzukommen, dann passiert irgendwas, und hinterher tut's allen leid.«

»Das gäbe nur Gerede, jetzt, wo schon in der Zeitung steht, daß sie dort bleibt«, sekundierte Mrs. Carmel. »Und daß die Leute reden, das werden Sie ja wohl nicht wollen.«

»Vielleicht dürfen wir alle drei wieder bei Tante Lois wohnen«, sagte Florrie hoffnungsvoll.

Papa sah seine Jüngste traurig an und schüttelte den Kopf. »So wenden sich die eigenen Kinder von einem ab«, sagte er, aber er war über Lenas Rückkehr so erleichtert, daß er nicht wirklich wütend wurde. »Und ich dachte, auf Florrie ist Verlaß. Sie ist Daisy am ähnlichsten. Du hast Tante Lois also lieber als Papa, hm, Florrie? Hatten wir denn nicht immer viel Spaß miteinander, Florrie?«

Das versetzte Florrie in einen quälenden Zwiespalt, und sie zog die Stirn kraus.

»Früher schon«, erwiderte sie wahrheitsgemäß. »Aber jetzt spielst du nie mehr Gitarre, und du singst auch nie mehr.«

Papa lachte. Er schnippte die Asche von seiner Zigarette auf den Boden und lehnte sich in seinem Sessel zurück. Seltsam war das mit den Menschen und den Orten, dachte Marcia. Bestimmte Orte ließen ihre besten, lustigsten Seiten hervortreten, andere machten grimmige Fremde aus ihnen. Bei Oma wurde Papa wieder jung und fröhlich, er scherzte über seine Sorgen und entspannte sich unter dem Einfluß von Omas verständnisvoller Gelassenheit. Bei seiner Frau dagegen mußte er fortwährend auf der Hut sein und sich ständig vorsagen, daß seine neue Art zu leben die richtige sei: Anständige Leute machten keine Witze und pfiffen nicht, anständige Leute machten sich Sorgen um Geld, Auftreten, Besitz, und natürlich wollte man dazugehören. Nur schade, daß man nicht gleichzeitig das Leben genießen und nicht mit den Leuten verkehren konnte, die man sich eigentlich als Freunde wünschte. Papa hatte ein schlechtes Gewissen, weil er sich bei Oma so wohl fühlte, doch solange er dort war, erhöhten seine Schuldgefühle das Vergnügen noch. Später war noch genug Zeit, sich deswegen graue Haare wachsen zu lassen.

Mrs. Carmel, erfrischt von ihrer Toilette und darauf bedacht, sich keinen Leckerbissen entgehen zu lassen, tauchte jetzt zur Gänze aus dem Schlafzimmer auf. Sie trug ein verschossenes, hochgeschlossenes schwarzes Popelinekleid, das, von Omas Fächer unterstützt, einen modrigen Dachbodengeruch im Zimmer verbreitete. Das biesenbesetzte Oberteil zierten diverse Broschen und allerlei baumelnder Schnickschnack, und Mrs. Carmel erklärte Papa, daß die Leute in London Junction zu borniert seien, um echten Modeschmuck zu kaufen, daß aber wenigstens sie selbst genug guten Geschmack und gesunden Menschenverstand besitze, um solchen Schmuck nicht verkommen zu lassen. Wenn Papa jedoch an ihrer Brust etwas entdecke, was er gern an seiner Frau sähe, dann werde sie es ihm mit Vergnügen zum niedrigstmöglichen Preis überlassen, denn er sei ihrer Geschäftspartnerin wie der eigene Sohn. Sie führte gerade aus, daß ihre Geschäftspartnerin ganz gewiß mehr von ihm halte als selbst von ihrem neuen Schwiegersohn, Mr. Sweeney, als sie einen Niesanfall bekam, der erst nach einigem geheimnisvollen Hantieren mit einem aus ihrem Oberteil hervorgezauberten großen blauen Schnupftuch und einem Fläschchen Lavendelriechsalz, das mit geschlossenen Augen und andächtiger Miene eingeatmet wurde, bezwungen werden konnte.

»Das Klima hier bekommt ihr nicht so wie das in der Hodge Street«, erläuterte Oma. »Ich sag ihr immer, wir können jederzeit unsere Sachen packen und wieder nach Cleveland gehen, sie braucht es nur zu sagen. Ich selber hätte auch nichts dagegen, jetzt, wo Lois hierher zurückkommt. Da wird dann nur wieder herumgekrittelt, vom Morgen bis zum Abend, an jeder Kleinigkeit. Es würde mich auch nicht wundern, wenn sie Mr. Sweeney so lange zusetzt, bis er mir nicht mehr hilft.«

»Ich sag ja, Sie hätten ihn sich selbst angeln sollen«, ächzte Mrs. Carmel und schwenkte elegant ihr Schnupftuch, bevor sie es wieder in ihr Mieder schob. »Sagen Sie selbst, Mr. Willard, diese Frau könnte doch jeden Mann in der Stadt haben, wenn sie nur ihre Perücke tragen würde. Warum haben Sie sie heute abend denn nicht aufgesetzt?«

»Ich trag sie nicht mehr«, erwiderte Oma nur betrübt und ergriff wieder die Zeitung mit dem Bild von Mr. Sweeney.

Papa zog seine Uhr hervor und sagte, er habe gute Lust, zum Bahnhof zu gehen, für den Fall, daß Braut und Bräutigam mit dem Siebenuhrdreißig-Expreß einträfen. Die Mädchen könnten ja noch eine Weile bleiben, er werde sie dann auf dem Rückweg abholen. Vielleicht werde er Lena mitbringen. Mrs. Carmel, die sich für den Schwiegersohn ihrer Freundin eigens feingemacht hatte, drängte ihn, noch zu bleiben und mit ihnen übers Geschäft zu reden und darüber, was es in der Stadt Neues gebe. Sie und Oma seien ein wenig enttäuscht, weil es in London Junction so gemächlich zugehe. Die Sache mit Bonnie Purdy habe zwar für ein bißchen Leben gesorgt, aber da sie den ganzen Tag im Geschäft eingesperrt seien, bekämen sie natürlich nicht soviel mit wie Papa in seinem Bestattungsinstitut. Papa hatte bereits den Hut schräg aufgesetzt und die Hand am Türknauf, hielt aber noch einmal inne und sah Oma und Mrs. Carmel fragend an.

»Was ist denn mit Bonnie Purdy? Ist sie nicht mehr bei der Gasgesellschaft in Lesterville?«

»Nein. Der Mann, mit dem sie gegangen ist – ich will ja keine Namen nennen –, ist zu ihrem Chef und hat erreicht, daß sie rausgeschmissen wurde, nachdem dieser andere Mann aufgetaucht war. Hat ihm die ganze Geschichte erzählt, und schon saß Bonnie auf der Straße.« Mrs. Carmel zischte die Neuigkeit genüßlich hervor und brach dann ab, um über ihrem Riechsalz gewaltig schnaubend die Luft einzuziehen, wobei sie das Fläschchen bedenklich weit in das eine Nasenloch schob und das andere, um die größtmögliche Wirkung zu erzielen, mit ihrem knochigen Finger zuhielt. »Sagen Sie's nicht weiter, aber Mrs. Stewart vom Fair Store meint, da sind noch mehr Männer im Spiel. Was diesen Mädchen heute einfällt! Wie ich zu meiner Geschäftspartnerin immer sage: Wenn ich solche Geschichten höre, bin ich nicht traurig, daß meine eigenen Töchter schon unter der Erde sind. Mrs. Reed, bitten Sie Ihre Gäste doch, zu bleiben und eine Schüssel eingelegte Schweinsfüße mit uns zu essen.«

Papa sagte, sie hätten gerade zu Abend gegessen, aber er könne ja auf dem Rückweg noch einen Happen essen, ein Vorschlag, der die beiden alten Damen zufriedenstellte. Oma redete oft davon, wie sehr sie ihr früheres Leben auf der Farm gehaßt habe, nahm aber ihre damaligen Gewohnheiten in kleinerem Maßstab überallhin mit. Jede ihrer Wohnungen war von Küchendüften erfüllt: Beeren wurden eingemacht oder rote Bete eingelegt, aus einem Seihtuch mit Sauerrahm tropfte Flüssigkeit in einen Topf unter dem Spülbecken, um später in Form einer Schale Hüttenkäse wieder aufzutauchen, Fleischreste in Steinguttöpfen wurden eingepökelt oder zu Brotaufstrich verarbeitet. Von diesen Zeugnissen hausfraulicher Betriebsamkeit war der Raum so mit Beschlag belegt, daß seine eigentliche kommerzielle Bestimmung ganz in den Hintergrund trat. Zwar wurde die Zigarrenkisten-Registrierkasse nach wie vor von der Büste mit der Schnurperücke bewacht, und neben ihr türmte sich nach wie vor ein Stapel alter Notenblätter, aber darauf stand Mrs. Carmels großer Nähkorb, angefüllt mit Schnittmustern und halbfertigen Kleidungsstücken aus längst vergangenen Jahren. Sie kramte ihr jüngstes Machwerk daraus hervor, um an diesem Abend daran zu arbeiten, einen Kindermantel aus außerordentlich steifem, teppichartigem Material. Es sei ein Rest, sagte sie, aus dem Räumungsverkauf eines großen Geschäfts in Paris; sie habe zwar kein bestimmtes Kind im Sinn, doch wenn der Winter komme, werde schon eines auftauchen.

Papa stand in der Tür und wischte sich ruhig den Ärmel ab.

»Ich hab gar nichts davon gehört«, sagte er schließlich. »Was ist denn jetzt mit Bonnie? Ist sie wieder hier?«

»Die einzigen, zu denen sie immer konnte, waren ihre Verwandten im Hotel. Wahrscheinlich wissen sie noch gar nichts davon. Tja, man lernt nie aus, sag ich immer.«

Oma schaukelte in ihrem Stuhl vor und zurück, fächelte sich Kühlung zu und sah mißmutig aus dem Fenster. Florrie und Marcia spielten auf dem Boden eine Streitpatience, lauschten dabei aber höchst interessiert Mrs. Carmels ausweichenden Worten. Papa wollte ihr anscheinend nicht den Gefallen tun und noch weitere Fragen stellen, denn plötzlich stürmte er hinaus.

»Das ist mal ein feiner Mann«, stellte Mrs. Carmel fest und nickte eifrig der großen Nadel zu, die sie zum Einfädeln in der Hand hielt. »Erinnert mich an Mr. Carmel, immer voll Schwung, auch noch mit fünfzig. Gut, daß er jetzt eine nette Frau hat; eine adrette kleine Person, wenn man sie so auf der anderen Straßenseite sieht.«

»Ich mag Frauen mit kleinen Füßen nicht«, sagte Oma und wedelte verträumt die Rough Riders vor ihrem Gesicht hin und her. »Irgendwie haben Frauen mit kleinen Füßen was Gemeines an sich, das bestätigt sich immer wieder. Nicht, daß Frauen mit großen Füßen nicht auch gemein wären, aber Kleinfüßige sind es in kleinen Dingen.«

Florrie und Marcia hielten am Fenster Wache, um einen Blick auf Lena und Tante Lois zu erhaschen, wenn der Siebenuhrdreißig-Zug vorbeifuhr. Florrie schwor, sie sehe Papa im Hinterzimmer des Hotels, sie erkenne ihn an seinem Hut, doch Marcia meinte, das könne nicht sein, denn er schulde Mr. Purdy noch Geld. Sie fragten sich, ob er Lena würde bewegen können, nach Hause zurückzukommen, und ob er und Tante Lois nicht schon am Bahnhof in Streit geraten würden. Tante Lois vielleicht, meinten sie, aber Papa sei viel zu sehr auf seinen Ruf bedacht. Er würde so tun, als sei es seine Idee gewesen, daß Lena bei Tante Lois wohne, und überall herumerzählen, er habe Sweeney und Tante Lois dazu überredet, da sie wohl keine eigenen Kinder mehr bekommen würden und Lena ja Lois' Liebling sei. Als Marcia und Florrie den Zug kommen hörten, bestürmten sie Oma, sie zum Bahnhof zu lassen.

»Na gut«, sagte sie, »aber mich kriegt da keiner hin. Ich bin ein bißchen böse auf Lois, weil sie mir das angetan hat. Das ging denn doch zu weit.«

Und da war auch schon Mr. Sweeney, strahlend, in einem schneeweißen Anzug, auf dem Kopf einen Panamahut. Er hielt die Taxitür für Tante Lois auf, und Tante Lois, auch sie ganz in weißem Leinen, mit einem großen Panamahut und weißen Halbschuhen, zeigte dem Gepäckträger das Gepäck. Lena stand gelassen neben Mr. Sweeney, und es versetzte Marcia einen Schlag, als sie sah, daß auch sie nagelneue Kleider hatte, rosa Leinen und dazu passend einen rosafarbenen Hut und ein gleichfarbiges Häkeltäschchen. Florrie lief zu ihr und umarmte sie stürmisch, doch Lena machte sich von ihr los.

»Du machst mich ja ganz schmutzig, Florrie«, sagte sie.

»Tag, Lena«, begrüßte Marcia sie voll Neid.

»Tag«, sagte Lena und wandte finster den Blick ab, als hätte Marcia schreckliche Erinnerungen an eine schlimme Vergangenheit in ihr wachgerufen.

»Wo ist mein Fünf-Dollar-Goldstück?« fragte Marcia etwas lauter.

»Mein Gott, mußt du denn bis an mein Lebensende darauf herumreiten?« rief Lena mißmutig. »Du siehst doch, daß Tante Lois und Mr. Sweeney nach Hause wollen.«

Papa war nirgends zu sehen. Tante Lois umarmte die Mädchen und sagte, sie werde, sobald sie ausgepackt hätten, vorbeikommen und ihnen Geschenke aus Kalifornien bringen, und Oma sollten sie sagen, sie werde gleich morgen früh bei ihr hereinschauen und sich um ihre Angelegenheiten kümmern. Florrie und Marcia standen da und sahen der vornehmen kleinen Gesellschaft nach. Tante Lois warf ihnen Kußhände zu, Mr. Sweeney versuchte nicht allzu stolzgeschwellt auszusehen, und Lena verzog verächtlich den Mund und faltete geziert die Hände im Schoß.

»Wenn ich weglaufe, nehm ich dich mit«, sagte Marcia nach langem Schweigen zu Florrie. »Willst du?«

»Dann müßte ich ja von Papa weg«, erwiderte Florrie zweifelnd. »Aber wenn du willst, daß ich mitkomme, Marcia, dann komm ich mit. Und wenn wir angekommen sind, kann ich dann wieder zurück?«

Marcia betrachtete Florrie zum erstenmal mit kritischem Blick und sah, daß Lena wie immer guten Grund gehabt hatte, ihnen die kalte Schulter zu zeigen. Das seidige blonde Haar hing Florrie in wirren Strähnen ins Gesicht, und auf ihrem Trägerkleid prangte eine Portion Himbeermarmelade. Im Bahnhofsfenster sah Marcia, daß auch ihr eigener Unterrock an einer Seite ein ganzes Stück hervorsah und daß an ihrer Bluse zwei Knöpfe fehlten.

»Man kann schließlich nicht an jede Kleinigkeit denken«, murrte sie.

Sie gingen zu Oma zurück und wollten durch die Hintertür ins Haus, aber das war ein Fehler, denn im Schatten der Stufen saßen Papa und Bonnie Purdy in ein leises Gespräch vertieft. Bonnie redete, und Papa hörte zu und nickte ernst. Die Mädchen schlichen unbemerkt zur Vordertür und mußten dann lange warten, bis Papa sie holen kam. In der Zwischenzeit beschrieben sie Oma und Mrs. Carmel wieder und wieder Tante Lois' Kostüm, und die alten Damen konnten sich vor Verwunderung kaum fassen.

»In Weiß zu reisen – das wär mir ja nie eingefallen!« rief Mrs. Carmel mehrmals aus. »Ich käm gar nicht auf die Idee, nicht mal, als ich noch jung war.«

33

Marcia und Florrie durften Lena bei Tante Lois nicht besuchen; wenn Lena sie sehen wolle, sagte ihre Stiefmutter, könne sie ja zu ihnen kommen. Das Fräulein solle sich nur blikken lassen! Die ganze Stadt hetze sie gegen ihre eigene Familie auf, es gebe Gerede, den Ruf des eigenen Vaters ruiniere sie: Erst heute habe Mr. Friend nach dem Tod seiner Schwester ein Bestattungsunternehmen in Lesterville beauftragt. So etwas täten unabhängige junge Damen heutzutage ihren eigenen Vätern an. Welchen Schaden ihr eigener guter Name dabei nehme, sagte Mrs. Willard, davon wolle sie gar nicht erst reden, das sei sie ja gewohnt. Sie höre so mancherlei und wisse genau, wem sie es zu verdanken habe, daß man sie nicht aufgefordert habe, dem neuen Sozialverein beizutreten. Wie ihr Bruder Vance ihr netterweise erzählt habe, werde in der ganzen Stadt darüber geklatscht, daß die Willards zwar überall eingeladen werden wollten, diese Gastfreundschaft aber nicht erwiderten aus Angst, man könnte ihr Geschirr und ihre Polstermöbel schmutzig machen. Aber es sei ja sonnenklar, wer so etwas in die Welt setze, und diejenige sei auch noch ein Mitglied der Familie, sei es zumindest so lange gewesen, bis sie es vorgezogen habe wegzulaufen, zu einer Tante, die doch habe durchblicken lassen, daß sie es satt habe, auf anderer Leute Kinder aufzupassen. Nein, erklärte Mrs. Willard, sie werde keinen Finger rühren, um Lena wieder dahin zurückzuholen, wo sie hingehöre, und wenn ihr Vater es versuche, dann werde sie, Idah Hawkins Willard, auf der Stelle ihre Sachen packen und nach Daleport zurückgehen; Minelda werde sie mitnehmen und die Tisch- und Bettwäsche ebenso, die ja, wie ihre Initialen bewiesen, ihr persönlicher Besitz sei. Lenas Abenteuer und ihre siegreiche Rückkehr unter der Flagge des Feindes schienen einen Sturm gehässiger Gedanken in ihrer Stiefmutter entfesselt zu haben, denn bei Tisch ließ sie eine Schimpfkanonade los und fixierte mit ihren glasigen, austernfarbenen Augen erst Florrie und dann Marcia, und bei der Hausarbeit führte sie zornige Selbstgespräche, um die Last ihrer Verbitterung zu mindern, und erging sich in bissigen Bemerkungen über Familieneigenschaften – Marcias sarkastisches Schweigen, Florries beleidigtes Gesicht und Lenas Unverschämtheit.

»Es würde mich nicht wundern«, sagte sie und drohte Marcia mit ihrem knotigen roten Finger, »wenn ein Mitglied dieser Familie überall herumerzählen würde, was für eine schlechte Hausfrau ich sei. Jawohl, wetten, hier in der Straße wird hinter meinem Rücken über mich gelästert: ›Da geht eine, die kippt den Dreck ins Klo.‹ Sollen sie doch reinkommen, dann zeig ich ihnen jeden Winkel, dann werden sie schon sehen, daß man hier vom Fußboden essen kann, wenn ihr Kinder nicht da seid.«

Über Papa äußerte sie sich wohlweislich nicht, denn vor seinem Zorn hatte sie Respekt, und ihre Angst, er könnte für immer aus ihrem Leben verschwinden, war nicht gering. Stellte er ihre Geduld zu sehr auf die Probe, preßte sie die Lippen zusammen, bis sie weiß wurden, und war tief gekränkt, daß dieser deutlich sichtbare Versuch der Selbstbeherrschung Papa eher verärgerte als erfreute. Ständig redete sie davon, wie sehr Lena ihren eigenen Vater beleidige, weil sie ihn nicht besuche, und schließlich mußte Papa widerstrebend eingestehen, daß Tante Lois und Lena bei ihm im Geschäft gewesen seien und daß sie alles besprochen hätten. Wie nicht anders zu erwarten, tat er so, als sei das Ganze seine Idee gewesen.

»Ich hab Lois ins Gesicht hinein gesagt, daß sie ruhig ein bißchen Verantwortung übernehmen kann, jetzt wo sie sich mit Sweeney zusammengetan hat«, sagte er. »Ich würde meine Tochter natürlich nicht bei Fremden wohnen lassen oder bei Leuten, die ihr nicht das geben können, was ich ihr selber nicht geben kann. Aber Sweeney hat Geld wie Heu, zum Teufel, und das kann er genausogut für meine Tochter ausgeben wie für irgendein Waisenkind aus dem Heim, das womöglich schlechtes Blut in den Adern hat und am Ende nur Schwierigkeiten macht. Ich bin im Moment ziemlich knapp bei Kasse, und deswegen hab ich zu Lois gesagt, mir wär's ganz recht, wenn vorerst jemand anderer aus der Familie einen Teil der Belastung übernehmen würde, vorausgesetzt, Lena ist damit einverstanden. Es wird dort zwar nicht wie zu Hause für sie sein, aber es wird ihr guttun. Als ich in Lenas Alter war, hat mein Vater mich zu Onkel Bill geschickt. Das war das Beste, was mir je passiert ist.«

»Sie wird die ganzen guten Manieren vergessen, die ich ihr beigebracht hab«, sagte seine Frau mißmutig. »Ich hör schon, wie sie über mich reden und Lügen verbreiten und die Leute gegen mich aufhetzen. Bei Mrs. Chase war gestern eine Teegesellschaft, und kein Mensch hat mir was davon gesagt. Jedesmal, wenn ich auf den Markt gehe, macht irgend jemand eine Bemerkung, die zeigt, daß über mich getratscht wird. Ich trau mich kaum noch in die Stadt.«

Ihre Schwester war also für immer fort, dachten Marcia und Florrie bestürzt. Nach der Sonntagsschule trafen sie bei Oma mit ihr zusammen. Oma gab für das Brautpaar ein Festessen, und die Mädchen schauten auf dem Nachhauseweg heimlich bei ihr vorbei. Diesmal war Lena sehr gnädig. Sie ließ Marcia die ganze Zeit über ihre neue Korallenkette tragen und schenkte Florrie ein rotes Taschentuch, auf dem in Gelb die Worte »Zieh Leine« aufgedruckt waren. Sie gestand, daß sie bei Vance Hawkins im Telegraphenamt von Tante Lois' Ankunft erfahren habe, und legte ihren beiden Schwestern großmütig nahe, so bald wie möglich ebenfalls wegzulaufen, »aber nicht zu Tante Lois«. Keine Sekunde würde sie es mehr aushalten, sagte sie, von Papas Frau herumkommandiert zu werden, sie seien schön dumm, daß sie sich das gefallen ließen, und Papa ebenso. Was sie angehe, so sei sie mit ihm fertig, ein für allemal. Tante Lois habe ganz recht: Er sei ein Windbeutel, er mache nur große Sprüche, aber heraus komme dabei gar nichts. Marcia und Florrie wechselten angesichts solch schockierender Respektlosigkeit einen kummervollen Blick.

»Nicht, Lena«, bat Florrie mit Tränen in den Augen. »Bitte sprich nicht so von Papa. Das würde Mama nicht mögen.«

Marcia hätte Lena nur allzugern anvertraut, daß auch sie weglaufen wollte, aber sie wußte nicht, ob Lena zu ihr halten oder sich plötzlich auf die Seite der Erwachsenen schlagen und alles ausplaudern würde. Dann würde Tante Lois Papa deswegen Vorwürfe machen und sie, Marcia, würde eingesperrt werden. Ein Jammer, daß man niemandem trauen konnte.

Mr. Sweeney, jetzt Hauptfigur in den Familien Reed und Willard, trat mit der Würde eines Mannes auf, der in ein öffentliches Amt gewählt worden ist, das seine kühnsten Träume übersteigt, für das er sich aber bei aller Bescheidenheit doch bestens gerüstet weiß. Besprachen Tante Lois und Oma Familienangelegenheiten, nickte er nachdenklich, tat mit eindrucksvollen Paraphrasen seine Sicht der Dinge kund und stellte sich den Aufgaben, die ihm aus seinem Aufstieg vom Berater der Familie zu deren Oberhaupt erwuchsen, alles in allem mit dem gebührenden Ernst. Zu dumm, daß ein Mann von solch gravitätischem Gebaren wie ein ganz gewöhnlicher Mensch schwitzen mußte, bis Tante Lois ihn schließlich anflehte, doch seinen Rock abzulegen, auch wenn er darunter altmodische Hosenträger trug. Die Damen baten ihn um seine Meinung zum Würzen bestimmter Speisen, zur allgemeinen Lage des Staates, zum Programm der Platzkonzerte und zu allen privaten Problemen und zollten seinen volltönenden Stellungnahmen schmeichelhaften

Respekt. Man hörte zwar kein Gelächter wie bei den Familienfesten, bei denen Papa dabei war, doch Mr. Sweeney ließ es nicht an der gebührenden Würdigung – »Doch, sehr amüsant« – dessen, was andere sagten, fehlen. Er redete Tante Lois mit »Mrs. Sweeney« oder »meine Liebe« an, nannte die erste Mrs. Sweeney »die arme Ivy« und verärgerte Oma beträchtlich, als er mehrmals das Wort »Mutter« an ihr ausprobierte, bis sie ihn darauf hinwies, daß der geringe Altersunterschied diese Form der Anrede doch etwas lächerlich erscheinen lasse. Mit sechzig, so meinte sie, könne sie ja wohl beim besten Willen keinen dreiundfünfzigjährigen Sohn haben.

Die Ehe hatte Tante Lois' hoheitsvolle Haltung Mr. Sweeney gegenüber vollständig verändert. Sie flatterte ängstlich besorgt um ihn herum, tätschelte seine rote Hand auf dem Tisch, zündete ihm die Zigarre an, brachte ihm, sobald er sich die breite Stirn wischte, ein Glas Limonade, füllte beim Essen seinen Teller nach, ehe Oma ihn überhaupt fragen konnte, ob er noch etwas wolle, schob alles magere Fleisch von ihrem Teller auf seinen und betrachtete stirnrunzelnd die der anderen, so als würde sie die besten Stücke am liebsten sämtlich für ihren Herrn und Meister reservieren. Sie bestrich ihm die Brötchen mit Butter und schob ihm ihren eigenen Kaffee hin, sobald Oma sagte, die zweite Kanne werde noch einen Moment auf sich warten lassen. Kurzum, sie benahm sich so, wie es einer Ehefrau anstand, die die Autorität ihres Herrn und Meisters und den Vorrang seiner Bedürfnisse respektiert. Die Ehe schien alles Tyrannische an ihr zum Verschwinden gebracht zu haben. Tante Lois ordnete sich ihrem Gatten vollständig unter und erzählte, daß ihn überall, wohin sie im Westen gekommen seien, irgend jemand für einen Senator, einen General oder ein anderes hohes Tier gehalten und sie beide entsprechend behandelt habe, so daß das Reisen ein Vergnügen gewesen sei. Sowohl die Braut als auch der Bräutigam waren etwas in die Breite gegangen und schwärmten von zahlreichen leckeren Speisen, die sie im Westen kennengelernt hatten. Die Leute in Kalifornien seien sehr nett, sagten sie, überhaupt nicht so hochnäsig, wie man glaube.

Zwar äßen sie den Salat als erstes, also noch vor der Suppe, und machten ihn mit Mayonnaise statt mit Zucker und Essig an, aber jeder Staat habe nun mal seine besonderen Bräuche, die den Bewohnern anderer Staaten seltsam vorkämen. Die Sweeneys wollten ab jetzt jedes Jahr zwei Monate im Westen Ferien machen und Lena vielleicht sogar auf ein dortiges Internat schicken.

»Vielleicht besuch ich euch dann«, sagte Oma. »Nach Kalifornien wollte ich schon immer mal.« Und Mrs. Carmel meinte: »Das Klima dort soll gut gegen Arthritis sein.«

Doch Tante Lois wollte nichts davon wissen.

»Du würdest Ohio doch nie verlassen, Mutter«, sagte sie. »Jedesmal, wenn sie in Indiana oder in Kentucky war, Mr. Sweeney, hat sie sich schrecklich unwohl gefühlt. Sie merkt es genau, wenn sie die Grenze zu Ohio überquert; dann lebt sie wieder auf. Außerdem kostet so eine Reise Geld, Mutter, und der Laden hier sieht nicht so aus, als würde er viel abwerfen.«

Oma wollte etwas gereizt entgegnen, sie könne jederzeit an Bargeld kommen, wenn sie es brauche, doch dann fiel ihr ein, daß ihre Tochter wahrscheinlich Mr. Sweeneys Scheckbuch kontrollierte, und sie schwieg lieber.

Viel wurde auch von Papa geredet, und Tante Lois erklärte, wenn er versuche, Lena zurückzuholen, werde sie ihn anzeigen, weil er seine Kinder verwahrlosen lasse. Oma sagte, man könne Harry keinen Vorwurf machen, er habe immer nur Pech gehabt, und an allem, was schiefgegangen sei, trage seine Frau die Schuld. Tante Lois gab zurück, er habe sich seine Frau schließlich sehenden Auges ausgesucht, und sie wisse noch ganz genau, wie er an dem Tag, als die arme Daisy gestorben sei, diese Krankenschwester ins Haus gebracht und gesagt habe: »Darf ich euch mit der zweiten Mrs. Willard bekannt machen?« So etwas könne man nicht vergessen, wenn die eigene Schwester auf dem Sterbebett gelegen habe und ihre drei Kinder völlig verängstigt danebengestanden hätten. Es würde sie nicht wundern, wenn die zweite Mrs. Willard etwas mit Daisys Medizin angestellt hätte, um Harry zu bekommen.

»Sie meinen, diese Person hat sie vergiftet?« rief Mrs. Carmel, und ihre Knopfaugen glühten vor Lust.

»Na, na, Mrs. Sweeney«, widersprach Mr. Sweeney und drohte seiner Frau liebevoll mit dem Finger, »nun übertreib mal nicht.«

Tante Lois warf schmollend den Kopf zurück, lenkte dann aber ein und sagte, Harry hätte genug Mädchen haben können, die die besten Mütter für seine Kinder geworden wären, gutherzige, fleißige Mädchen wie zum Beispiel Bonnie Purdy. Und zum Erstaunen ihrer Nichten fügte sie hinzu, sie habe nie verstanden, weshalb Papa nicht Bonnie geheiratet habe, denn Bonnie habe die Kinder gern und sei alles andere als dumm.

»Aber du hast doch immer gesagt, er soll sie nicht heiraten«, sagte Florrie mit großen Augen.

»Du lieber Himmel, vielleicht hab ich ab und zu ja mal so was gesagt, aber ich hab nie versucht, ihn zu irgendwas zu zwingen«, erwiderte Tante Lois. »Ein richtiger Mann, der seine fünf Sinne beisammenhat, läßt sich sowieso von niemandem beeinflussen. Nein, nein, Harry hätte Bonnie heiraten sollen, dann wär die ganze Familie besser dran, und Bonnie würde jetzt nicht in der Patsche sitzen.«

Marcia fragte, ob es stimme, daß Lena auf die neue High-School komme, und Mr. Sweeney sagte, selbstverständlich, so sei es beabsichtigt. Marcia grübelte eine Weile über seine Antwort nach und verkündete dann, sie selbst werde eine Stelle annehmen und eine Menge Geld verdienen, und zwar, so deutete sie an, nicht in London Junction. Als Mr. Sweeney sie milde fragte, was sie denn könne, erwiderte sie, im Telegraphenamt habe Vance Hawkins sie auf der Schreibmaschine schreiben lassen, und dabei habe sie das Zehnfingersystem gelernt. Tante Lois wollte wissen, was das Zehnfingersystem sei, und Marcia erklärte ihr, das sei »wenn man was tut, ohne hinzuschauen«.

»Da macht man doch bestimmt viele Fehler«, sagte Tante Lois.

Marcia gab zu, daß die Buchstaben etwas durcheinandergerieten, aber so gehe das nun mal: Man schaue zur Decke hinauf und tippe drauflos, und das sei dann das Zehnfingersystem, das erste, was von einer Schreibkraft verlangt werde. Es könne ja niemand erwarten, daß das Ergebnis perfekt sei, wenn man nicht auf die Tasten sehen dürfe. Ebensowenig könne man von ihr erwarten, daß sie das System fehlerfrei beherrsche, denn nach einiger Zeit habe ihre Stiefmutter ihr verboten, zu Vance ins Telegraphenamt zu gehen, weil sie Vance in Schwierigkeiten bringe, wenn sie den Kunden sage, Vance singe im Musikgeschäft oder gehe mit Bonnie Purdy spazieren. Man habe ihm schon mit Entlassung gedroht, und das sei allein die Schuld von Fräulein Naseweis.

Marcia wollte gemütlich weiterplaudern, doch da ratterte der Zwölfuhrfünfzig-Expreß aus Cincinnati heran und erinnerte sie daran, daß sie und Florrie zu spät zum Mittagessen kommen würden und sich eine Entschuldigung ausdenken mußten. Sie ergriff Florries Sonntagsschulhut und drückte ihn hastig auf die zerzausten Locken, zerrte Florrie aus der Tür und rannte mit ihr die Straße hinunter. Lena stand auf, trat ans Erkerfenster und sah ihnen nach, bis sie um die Ecke bogen. Als Tante Lois sie darauf aufmerksam machte, daß Marcia vergessen habe, ihr die Korallenkette zurückzugeben, sagte sie, Marcia könne sie behalten, ihre blaue Perlenkette gefalle ihr sowieso besser. Sie setzte sich wieder an den Tisch und versank für den Rest des Tages in Düsterkeit. Tante Lois mochte Mary Evelyn nicht und mißbilligte Lenas Umgang mit ihr, denn Mary Evelyn male sich an und laufe den Jungen nach, beides Beschäftigungen, die auch Lena ungeheuer reizten. Doch wenn sie nicht mit ihrer Busenfreundin spielen durfte, hätte sie ja mit ihren Schwestern spielen können. Nur war sie jetzt ein Einzelkind. Das hatte sie sich immer gewünscht, aber so schön war es gar nicht, außer was Kleider und Geschenke anbelangte, und auch über die freute man sich erst richtig, wenn man vor seinen Schwestern damit prahlen konnte. Es war eben nichts vollkommen.

34

In einer Woche sollte die Schule wieder anfangen. David Gross erzählte Marcia von den neuen Fächern in der High-School und von den Dingen, die er dort lernen würde.

»Geschichte«, sagte er und starrte durch seine dicken Brillengläser träumerisch ins Leere. »Von Nebukadnezar und den Hängenden Gärten. Das nehm ich, und du würdest es auch nehmen, Marcia. Wir beide wären wahrscheinlich die einzigen, die sich dafür interessieren.«

»Ich weiß«, sagte Marcia düster.

»Englische Literatur«, fuhr David fort. Er holte einen Stift hervor und schrieb alle Fächer auf das Päckchen, das er für seinen Vater zur Post brachte (es enthielt Fudge, von seiner Schwester frisch hergestellt).

»Das hab ich sowieso alles gelesen«, sagte Marcia. »Jedenfalls hab ich mehr gelesen als Miss Burlington.«

»Ja, aber die geht weg, und wir kriegen eine neue Lehrerin, von der Ohio State University. Alles wird jetzt verbessert, haben sie auf dem Elternabend gesagt. Aber ohne dich wird es überhaupt keinen Spaß mehr machen, was Neues zu lernen. Preise und Stipendien gibt's auch.«

»Vielleicht kriegt Lena welche.«

David schüttelte den Kopf.

»Bestimmt nicht, die interessiert sich doch nur für Jungen. Die ist nicht so wie du.«

Marcia schwieg, teils froh darüber, daß man ihr selbst ihr brennendes Interesse für Jungen nicht anmerkte, denn es beruhte nicht auf Gegenseitigkeit, teils empört über David, weil er so dumm war und nichts merkte. Lena hatte ganz recht: David war ein kleiner alter Mann. Er mochte ja sehr intelligent sein, aber Marcia hatte das Gefühl, daß mit einem Jungen, der sie für das schönste Mädchen der Stadt hielt, etwas nicht stimmen konnte. Sie hoffte nur, er würde diese Meinung nie anderen gegenüber äußern, denn dann würde man sich über sie beide lustig machen. Zu dumm, daß er einen halben Kopf kleiner war als sie. Außerdem redete er ständig wie ein Buch und lief in Knickerbockern herum, während die anderen Jungen lange Hosen trugen, und das war schlimmer, als wenn sie gar keinen Freund gehabt hätte, auch wenn sie sich zusammen spannende Geschichten ausdachten. Aber das war jetzt vorbei, und daß David so traurig darüber war, ließ Marcia die Dinge etwas gelassener sehen. Vielleicht hätte sie ja, wenn sie auf die neue High-School gegangen wäre, irgendwann gemein zu ihm sein müssen, denn dann hätte sie Einladungen und Tanzveranstaltungen besuchen wollen, bei denen er völlig fehl am Platze gewesen wäre. Wenn man sich selbst als Außenseiterin fühlte, mußte man sich ja nicht unbedingt mit einem anderen Außenseiter zusammentun. Aber was dachte sie denn da? Sie hätte ja doch nicht zu den High-School-Festen gedurft, rief sie sich selbst zur Ordnung. Sie hätte nicht das Schulgeld gehabt, nicht das passende Kleid, nicht die Erlaubnis, mit einem Jungen auszugehen. Selbst wenn sie bei einem Botengang für ihre Stiefmutter David zufällig auf dem Postamt traf, mußten sie sich, um sich unterhalten zu können, an das Schreibpult stellen und so tun, als würden sie auf Briefmarken warten, damit man zu Hause nichts davon erfuhr. Ein Glück, daß sie heute auf der Post war, denn nach einer Weile streckte der Beamte den Kopf durch das Fenster und rief sie heran.

»Da ist eine Karte für eins von euch Willard-Mädchen«, sagte er. Die Karte war für sie, eine Fotografie des Edgewater Parks in Cleveland und auf der Rückseite ein paar Zeilen von Mrs. Putney: »In diesem Park machen wir Picknick, wenn du uns im Sommer besuchen kommst. Bring deinen Badeanzug mit.«

Die aufregende Neuigkeit wurde sogleich David mitgeteilt, und dann wurden atemlos alle Möglichkeiten durchgespielt. Sie würde nach Cleveland gehen, wenn sie weglief, und es mußte jetzt bald sein, bevor die Schule wieder anfing. Sie würde zu den Putneys gehen und sich von dort aus Arbeit suchen. Wie wunderbar, daß die Postkarte nicht zu Hause angelangt war, denn dann hätte sie sie vielleicht nie bekommen, oder, noch schlimmer, ihre Stiefmutter hätte Erkundigungen über die Putneys eingezogen. Marcia war so aufgeregt, daß sie am liebsten Papa, Oma und allen anderen davon erzählt hätte, doch David meinte, damit würde sie alle ihre Pläne zunichte machen.

Vor der Bar des London Junction Hotels sah sie Papa stehen, lachend, im Gespräch mit einem großen Mann, vermutlich Mr. Hartwell. Es war der Papa, den sie jetzt nie mehr zu Gesicht bekamen, der fröhliche, lachende Papa mit dem Hut schräg auf dem Kopf und einer halb gerauchten Zigarre zwischen den Fingern. Marcia betrachtete ihn lange und sehnte sich nach ihm, als hätte sie ihn eine Ewigkeit nicht mehr gesehen. Doch jetzt verabschiedeten sich die beiden Männer. Papa sah auf die Uhr, rückte seinen Hut gerade und winkte, und als Mr. Hartwell mit seinem Musterkoffer im Hotel verschwand, ging eine Veränderung mit Papa vor: seine Schultern sanken herab, und er trottete mit schleppenden Schritten und gesenktem Blick dahin.

Als Marcia nach Hause kam, klopfte sie an die Hintertür, und ihre Stiefmutter ließ sie schweigend ein. Sie gab ihr die abgestempelten Umschläge, die sie für sie besorgt hatte, und ging auf Zehenspitzen vorsichtig die Treppe hinauf, darauf bedacht, nicht das Geländer zu berühren oder mit den Fersen aufzutreten. Vor dem Essen sollte sie sich die Hände und dann Minelda waschen, eine heikle Aufgabe, denn Minelda schrie, und ihre

Mutter rief in höchster Erregung von unten herauf, Marcia solle aufhören, das Kind zu quälen. Manchmal kam sie auch heraufgestürmt, gab Marcia eine Ohrfeige und führte die Arbeit selbst zu Ende, wobei sie ihren Irrtum auch dann nicht einsah, wenn Minelda nach diesem Wechsel nur um so lauter brüllte. Während Marcia Mineldas dünne Locken bürstete, dachte sie an die Hängenden Gärten des Nebukadnezar, und sie verschmolzen mit dem Pausenhof der neuen High-School und dem Springbrunnen, der in seiner Mitte stand. Eines von Opas Büchern, die jetzt im Bücherschrank des Wohnzimmers eingeschlossen waren, enthielt Abbildungen des alten Babylon und anderer historischer Stätten. Opa hatte ihr das Buch geschenkt, doch nach seinem Tod hatte ihre Stiefmutter es ihr weggenommen und eingeschlossen, obwohl er »Marcias Buch« auf das Vorsatzblatt geschrieben hatte. Marcia verspürte den unwiderstehlichen Drang, das Buch an sich zu nehmen, es zu verstecken und mitzunehmen, wenn sie weglief, damit sie eines Tages zu David Gross sagen konnte: »Das weiß ich alles.« Minelda war heute friedlich und erhob kein Geschrei, als Marcia das Zimmer verließ und die Treppe hinunterschlich. Im dunklen Wohnzimmer faßte sie mit zitternden Fingern in die Vase, in der, wie Florrie ihr gesagt hatte, der Schlüssel aufbewahrt wurde. Sie fand ihn auch und wollte gerade klopfenden Herzens den Bücherschrank aufschließen, als sie aus dem hinteren Flur Vances Stimme hörte. In Panik schlüpfte sie hinter den riesigen Sessel, der zum Glück in der Ecke stand, und ihr wurde ganz schwach, als sie Vance und ihre Stiefmutter ins Zimmer treten hörte.

»Ich möchte nicht, daß Harry dich hier sieht, Vance, du weißt ja, wie er ist«, murmelte Mrs. Willard besorgt. »Ich hab weiß Gott genug zu tun, da kann ich nicht schon wieder Streit gebrauchen. Also, was ist passiert? Sag schnell, er kommt gleich nach Hause.«

»Jetzt reg dich mal nicht auf«, sagte Vance gekränkt. Er zündete sich eine Zigarette an und warf das Streichholz ohne ein Wort des Vorwurfs von seiten seiner Schwester in den Kamin.

Marcia war froh, daß sie sich mit dem Rücken zu ihr setzten, aber sie fürchtete, husten zu müssen, und wenn man sie entdeckte, würde die Strafe praktisch der Todesstrafe gleichkommen.

»Ach, Vancie, das ist ja schrecklich, daß du schon wieder in Schwierigkeiten bist«, hörte sie ihre Stiefmutter seufzen.

»Ich kann doch nichts dafür, verdammt noch mal«, murrte Vance.

»Ich weiß ja, Vancie«, beschwichtigte seine Schwester eilig. »Aber ein Pech hast du immer! Bestimmt ist es wieder eine Frau. Ich könnte sie umbringen!«

Einen Moment herrschte Stille, dann begann Vance schnell und leise zu reden, nur von den erstickten Ausrufen seiner Schwester unterbrochen.

»Ich muß von hier verschwinden, und dazu brauch ich Geld. Ein Mädchen, mit dem ich gegangen bin, hat Probleme gekriegt, und vorhin ist ein Telegramm an ihre Verwandten durchgekommen, daß sie heute morgen in der Arztpraxis in Lesterville gestorben ist. Morgen weiß es die ganze Stadt. Ich fahr Richtung Osten, ein Freund leiht mir seinen Ford, aber ich brauch noch Zaster. Wieviel hast du im Haus?«

Man hörte ein weiteres gequältes Seufzen und dann die Frage: »Jetzt kannst du auch gleich alles sagen, Vancie. Wer ist es?«

»Bonnie Purdy, die frühere Freundin von deinem Mann. Und wenn du's unbedingt wissen willst: Er hat ihr auch die Moneten für den Eingriff gegeben. Zuerst war sie bei mir, aber mir kann man so nicht kommen.«

»Harry hat ihr das Geld gegeben? Harry Willard?« Ihre Stimme klang ungläubig. »Das muß das Geld für den Wagen gewesen sein. Deswegen ist er noch nicht geliefert worden! Das ist ja das letzte!«

»Ich hab ihr gesagt, sie soll zu ihm gehen, als sie bei mir aufgekreuzt ist«, fuhr Vance wütend fort. »Er war doch immer so verdammt besorgt um sie – konnte es gar nicht mit ansehen, wenn ein anderer Mann sie geküßt hat. Und da er so besorgt um sie war, konnte er ihr ruhig auch den Arzt bezahlen. Mich kriegt kein Mädchen dran, da kannst du Gift drauf nehmen. Aber jetzt hat sie ins Gras gebissen, und alle haben gewußt, daß ich mit ihr gehe, sie hat's ja überall rumerzählt. Jetzt sitz ich schön in der Tinte. Kaum hat man irgendwo Fuß gefaßt, fängt irgendein Mädchen an zu quatschen, und schon hat man den Salat!«

»Aber Harry – ich kann's nicht fassen, daß Harry ihr das Geld gegeben hat.«

»Ja, und die Beerdigung kann er auch bezahlen, er ist ja so ein Gentleman!« schnaubte Vance. »Soll er sie aufbahren, wenn's ihm Spaß macht, und dafür zahlen. Aber wie komm ich von hier weg?«

»Wenn Harry hinter meinem Rücken Bonnie Purdy Geld gibt«, sagte Mrs. Willard nervös, »dann kann ich auch meinem Bruder aus der Klemme helfen.«

»Na, wer sagt's denn!« rief Vance sehr erleichtert.

Man hörte Papier rascheln. Sie muß das Geld in ihrer Bluse haben, dachte Marcia. Sie wagte nicht, hinter dem Sessel hervorzulugen, und betete zu Gott, die beiden möchten hinausgehen, bevor sie ihr Atmen hörten.

»Und jetzt geh, schnell, durch die Vordertür«, drängte Mrs. Willard.

»Ich wußte doch, auf dich ist Verlaß«, hörte Marcia noch einmal Vances triumphierende Stimme. »Ich werde Mama schreiben, die kann dir dann sagen, wo ich bin. Mach's gut, altes Mädchen. Und nichts verraten. Du denkst eben, ich bin umgekommen, das ist doch die Idee!«

Die Tür schloß sich leise, und Marcia preßte die Hände ans Herz, damit es nicht so laut schlug. Sie machte die Augen zu und wartete darauf, ihre Stiefmutter durch den hinteren Flur zurückstöckeln zu hören. Eine Weile war es vollkommen still, dann machte sie die Augen wieder auf. Einen Moment lang wußte sie nicht, was los war, doch dann merkte sie, daß ein Augenpaar auf sie gerichtet war. Und noch ehe sie aufschaute, war ihr klar, was sie sehen würde: zwei Marmoraugen, die sie haßerfüllt anstarrten. Ihre Stiefmutter beugte sich über den Sessel und sah auf sie hinab.

»Ich hab nichts getan«, sagte Marcia mit erstickter Stimme.

»Spioniert hast du. Herumgeschnüffelt hast du«, sagte Mrs. Willard mit tödlicher Ruhe, und Marcia dachte, daß dies ihr Ende sei: Sterben vor Angst. »Sachen rauskriegen wollen, die dich nichts angehen, damit du überall Lügen verbreiten kannst. Aber diesmal wird dir das nicht gelingen. Komm da raus und geh in die Küche.«

Marcia konnte weder sprechen noch sich rühren. Da packten sie die erbarmungslosen Hände und zerrten sie in die Küche, öffneten die Fliegentür, schoben sie hinaus und schlossen wieder ab.

»Warte«, sagte ihre Stiefmutter, und Marcia hörte sie die Treppe hinaufhasten. Sie konnte nur warten, denn sie wußte ohnehin nicht, was sie tun und wie sie ihre Füße in Bewegung setzen sollte. Wäre Papa in diesem Moment den Weg heraufgekommen, sie hätte nicht gewagt, ihm zu erzählen, was passiert war, und auch sonst hätte sie es niemandem sagen können. Im Handumdrehen eilten die Stöckelschuhe die Treppe wieder hinab, und jetzt lag auf dem Gesicht ihrer Stiefmutter ein schiefes Lächeln. Sie stellte eine große viereckige Tasche vor die Tür: das Fernrohr, inzwischen mäusezerfressen und schäbig, das die Willards bei ihrem Umzug nach London Junction mitgenommen hatten, das Fernrohr, in dem Dr. Bird ihnen vor zehn Jahren Florrie gebracht hatte.

»Da sind deine Sachen«, sagte Mrs. Willard. »Laß dich hier nie wieder blicken. Ich werde erzählen, was passiert ist, und das wird eine andere Geschichte sein als deine; das beste ist also, du verschwindest. Und wag ja nicht, auch nur ein Sterbenswörtchen von dem zu sagen, was du heute gehört hast, oder deinem Vater irgendwas zu erzählen. Wenn du's tust, wirst du dafür büßen. Mach, daß du wegkommst!«

Marcia stand eine Weile wie benommen da, auch noch, nachdem die Tür wieder ins Schloß gefallen war. Sie wußte nicht, was tun, denn Myrtle Chase ging auf dem Bürgersteig vorbei und hätte sehen können, daß man sie aus dem Haus geworfen hatte. Als Myrtle um die Ecke bog, nahm Marcia das Fernrohr und rannte so schnell sie konnte über die unbebauten Grundstücke hinter dem Haus zur Bahnlinie. Dann lief sie die Güterzuggeleise entlang, die nicht durch die Hauptstraße, sondern durch eine kleine Seitenstraße zum Bahnhof führten. So schnell rannte sie, daß sie einmal stürzte und sich die Hand verletzte. Am Ende der Straßen sah sie Tante Lois' Haus und wünschte sich verzweifelt, sie brächte den Mut auf, hineinzugehen und Lena zu besuchen. Doch Lena konnte sie verpetzen, und dann würde man sie umbringen oder nach Hause zurückholen. Als sie am Bahnhof anlangte, fuhr gerade ein Personenzug ein, und Marcia wußte, daß sie ihn würde nehmen müssen, egal, wohin er fuhr. Vielleicht Richtung Elmville – dann würde sie zu Tante Betts gehen, obwohl Tante Betts krank war und im Moment ein halbes Dutzend Enkelkinder im Haus hatte. Aber wenn er nach Cleveland fuhr! Sie fragte den Schaffner – der Zug fuhr tatsächlich dorthin – und stolperte in einen Wagen. Als erstes schleppte sie ihre Tasche in die Damentoilette, damit niemand, der in London Junction zustieg, sie sehen und womöglich aufhalten konnte. So stand sie da, versuchte ihr Äußeres in Ordnung zu bringen und wischte sich die Tränen der Angst fort.

Nach kurzer Zeit kam sie wieder heraus und suchte sich einen Platz. Sie fühlte nach, ob ihre fünf Dollar noch an ihrer Unterhose festgesteckt waren, zusammen mit Mrs. Putneys Postkarte vom Edgewater Park. Die Karte und Lenas Korallenkette waren zwei Glückstreffer gewesen, dachte sie, und als der Zug in Fahrt kam, atmete sie ein wenig freier. Sie hatte zwar noch Angst, fühlte sich aber wie benommen und zugleich so vergnügt wie Papa, wenn er aus dem Haus ging. Wahrscheinlich war sie wie er, dachte sie, ein Mensch, der froh war, wenn er fortging, und nicht, wenn er nach Hause kam. Sie schaute aus dem Fenster und spürte, wie das andere Ich in ihrem Innern, jenes Ich ohne Gefühle, dem niemand weh tun konnte, immer stärker wurde. Ruhig und fast ohne Erinnerung blickte sie auf die letzten Häuser von London Junction und die ersten von Milltown hinaus. In einem Garten hinter Milltown Village hackte eine Frau einem Huhn den Kopf ab, und Marcia dachte, daß Florrie in Tränen ausgebrochen wäre, wenn sie es gesehen hätte. Und daß auch sie selbst ein wenig weinen sollte, aus Solidarität mit Florrie. Eines Tages würde sie zurückkommen und Florrie holen, so wie sie es ihr versprochen hatte. Aber vielleicht würde Florrie Papa niemals verlassen. Es war, als müßte Florrie Papa beschützen statt umgekehrt.

Der Schaffner kam und rief zum Mittagessen, und die Fahrgäste setzten sich in Bewegung. Das erinnerte Marcia daran, daß sie nichts zu essen bei sich hatte, aber sie wußte nicht, wie man sich in einem Speisewagen benahm. Als ein Junge mit Obst und Süßigkeiten kam, fragte sie ihn nach dem Preis jeder einzelnen seiner Waren, doch es war nichts dabei, was weniger als zehn Cent kostete. Da er etwa in ihrem Alter war und sie nicht den Eindruck erwecken wollte, als könnte sie sich nichts leisten, fragte sie ihn, wie teuer das Essen im Speisewagen sei.

»So viel willst du bestimmt nicht ausgeben«, sagte der Junge, ein dünnes, sommersprossiges Bürschchen, dem mehrere Zähne fehlten. »Da, nimm, aber sag's nicht weiter.«

Er gab ihr einen Apfel und eine Birne und verschwand blitzschnell den Gang hinunter, bevor der Schaffner ihn bei seinem wenig geschäftstüchtigen Tun ertappen konnte. Eine junge Dame kam herein, und Marcia erkannte auf den ersten Blick, daß sie genauso aussah, wie eine alleinreisende junge Dame auszusehen hatte. Sie war nicht so hübsch wie Lena, bot aber einen Anblick wie ein Illustriertenfoto. Ihr schwarzes, in der Mitte gescheiteltes Haar war glatt zurückgekämmt und ringelte sich im Nacken zu feinen Löckchen. Marcia studierte eingehend ihre Frisur, tat aber so, als läse sie die Stellenanzeigen im *Leader.* »Haushaltshilfe – auf keinen Fall! Sekretärin – vielleicht, warum nicht? Telegraphistin – das kann nicht schwer sein. Ausbildung zur Krankenschwester – vielleicht. Kassiererin in einem großen Kaufhaus – vielleicht ...« Marcia ging von neuem in die Damentoilette und löste ihre langen Zöpfe. Nach einem eindringlichen Klopfen an der Tür gelang es ihr endlich, ihr Haar zu einer ähnlichen Lockenfrisur hochzudrehen, wie die junge Frau sie hatte. So sah sie mindestens aus wie sechzehn, dachte sie erfreut. Sie rieb sich mit rotem Papier über die Wangen, so wie sie es bei Lena und Mary Evelyn gesehen hatte, doch als sie zu ihrem Platz zurückging, sah eine alte Dame sie mit so strenger Miene an, daß sie die Farbe schnell wieder abwischte.

Es war noch früh am Nachmittag, aber draußen war es dunkel, es regnete, und man sah nicht viel. Marcia überlegte, was sie tun würde, wenn sie in Cleveland ankam. Sie würde mit der Straßenbahn zu den Putneys fahren und sagen, sie suche ein Zimmer. Bestimmt würden sie freundlich zu ihr sein, denn das waren Fremde immer. Das leise Trommeln des Regens auf dem Wagendach machte sie schläfrig, und sie stellte sich vor, wie sie als Telegraphistin arbeiten würde, als Verkäuferin bei May's, als Sekretärin mit dem Zehnfingersystem. Schließlich trug sie im Halbschlaf Gedichte vor, zusammen mit Mr. Putney, der sich aber dann in einen Greis verwandelte, so daß sie die Bühne ganz für sich allein hatte und beide Rollen in einem Stück mit dem Titel »Der Löwe und die Maus« spielte. In der ersten Reihe saßen Lena, Florrie, Papa und Tante Lois und sahen voll Verehrung zu ihr auf.

Der Regen prasselte jetzt kräftiger gegen das Fenster. Marcia wischte sich ein Guckloch frei und sah, daß sie bereits in Union Falls waren, viele Meilen von London Junction entfernt. Der Regen deckte die freie Stelle wieder zu, und Marcia hob den Zeigefinger und schrieb an die beschlagene Scheibe: »MARCIA WILLARD«.

Nachwort

Leider hat das Fieber so viele kristallklare Kindheitserinnerungen wachgerufen, daß ich kaum anders kann, als einen Roman über die drei Schwestern zu schreiben, über die Stiefmutter, über Papa ... Von 3 bis 5 Uhr morgens einen Anfang geschrieben, mit Temperatur.«

Dawn Powell ist dreiundvierzig Jahre alt und steckt mitten in der Arbeit an *A Time to Be Born*, einer ihrer schönsten Satiren, als sie dies am 27. Januar 1941 in ihr Tagebuch schreibt. In einem undatierten Teil des Buches finden sich um die tausend hastig hingekritzelte Wörter, aller Wahrscheinlichkeit nach eben dieser fiebrige, frühmorgendliche »Anfang« – eine Flut von Erinnerungen: das kleinstädtische Ohio um die Jahrtausendwende, Kutschen und Dampfloks, Gemischtwarenläden mit Schokoladenpfefferminz und Geleebonbons hinter dem Ladentisch, eine geliebte Tante, die sich gegen die Familientyrannei behauptet, die verhaßte Stiefmutter mit ihrer silbernen Peitsche.

Dawn Powell erwog mehrere Titel für ihren neuen Roman (darunter »Once Upon a Time«, »There Were Three Children« und »There Was Another America«) und entschied sich dann – glücklicherweise – für *My Home Is Far Away*. Das Buch, Mitte

1944 fertiggestellt, erschien im November desselben Jahres bei Scribner.

Dawn Powells Werk ist fast immer auf irgendeiner Ebene autobiographisch, aber bei *My Home Is Far Away* verschwimmt die Grenze zwischen Dichtung und Wahrheit. Wie Marcia Willard, die Heldin des Buches, war auch Dawn Powell die mittlere von drei Schwestern, die in ihrem Wesen und ihrem Verhältnis zueinander stark denen des Romans glichen. Dawns Mutter, Hattie Sherman Powell, starb etwa um die gleiche Zeit und an der gleichen Krankheit wie die fiktive Daisy Willard, der Handelsreisende Harry Willard, ein Luftikus mit guten Absichten, ist unverkennbar dem Vater der Autorin, Roy Powell, nachgebildet. Die Figur der Idah Hawkins Willard ist ein vernichtendes, nach Aussagen noch lebender Verwandter jedoch alles in allem getreues Porträt von Dawns Stiefmutter Sabra Powell, während Tante Lois auf Orpha May Sherman Steinbrueck zurückgeht, Hattie Powells Schwester in Shelby/Ohio, bei der sowohl Dawn Powell als auch ihr Lieblingscousin Jack F. Sherman ihre spätere Kindheit zubrachten.

Die geliebte, ewig tränennahe kleine Schwester Florrie bietet ein so genaues Abbild von Dawn Powells jüngerer Schwester Phyllis, daß die Autorin ihr in ersten Skizzen und Entwürfen deren lebenslangen Kosenamen »Fuffy« gab. Von den Hauptfiguren in »Meine ferne Heimat« scheint lediglich Bonnie Purdy kein unmittelbares Gegenstück im Drama von Dawn Powells Kindheit zu haben. Doch auch hier liefern offenbar Dawn Powells Erinnerungen an ihre geliebte Tante Dawn Sherman, die nach einer verpfuschten Abtreibung in jungen Jahren starb, die Grundlage für Bonnies jugendlich-vertrauensvolle, zärtliche Charakterisierung.

Das Buch, zehn Jahre nach *The Story of a Country Boy* (1934) erschienen, war der letzte von Dawn Powells sechs Ohio-Romanen und muß auf ihre Bewunderer wie ein Schock gewirkt haben, denn in der Zwischenzeit hatte sie sich als Autorin humoristischer Stadtromane wie *Turn, Magic Wheel* (1936), *The*

Happy Island (1938) und *Angels on Toast* (1940) eine kleine, aber begeisterte Anhängerschaft erworben. Ländliche Bücher wie *She Walks in Beauty* (1928) und *Dance Night* (1930) wurden seit langem nicht mehr verlegt. Keiner dieser frühen Versuche war besonders erfolgreich gewesen, weder bei der Kritik noch finanziell (Dawn Powell selbst bezeichnete *Dance Night* allerdings noch 1957 als ihr Lieblingsbuch), und man hätte erwarten können, daß sie auf den schlichten Ernst und den melancholischen Grundton ihrer Ohio-Erzählungen verzichten würde, um sich ganz auf die flotten, alkoholseligen, derben, übermütigen und schlechterdings großartigen Burlesken über die Höhen und Tiefen des Lebens in Manhattan zu konzentrieren, das sie für sich entdeckt hatte.

Dieser seltsame Umweg mitten in ihrer schriftstellerischen Laufbahn stürzte ihre Agentin Carol Brandt und ihren Verleger, den berühmten Max Perkins, vermutlich in einige Verwirrung. »Carol hat angerufen. Das neue Buch gefällt ihr sehr gut, sagt sie«, schreibt die Autorin ironisch-resigniert in ihr Tagebuch, nachdem sie der Agentin den ersten Teil »Der Mann im Ballon« zu lesen gegeben hatte. »Vielleicht könne sie mehr sagen, wenn der zweite Teil schon fertig wäre – ›und dann könne der erste Teil gekürzt werden‹.«

Bis zu einem gewissen Grad war die Irritation verständlich. Zu Beginn der vierziger Jahre hatte Dawn Powell sich den Ruf einer mondänen Intellektuellen erworben (»Dawn Powell ist eine der geistreichsten Autorinnen weit und breit und unsere beste Antwort auf die oft gestellte Frage: ›Von wem stammen denn die witzigen Bemerkungen nun wirklich, für die Dorothy Parker die Lorbeeren einheimst?‹« schreibt Diana Trilling 1942), und nichts war weniger »mondän« – im Sinne des sprühenden, allwissenden, kompromißlos dem Präsens verhafteten Großstadtstils, den Dawn Powell zur Perfektion entwickelt hatte – als *My Home is Far Away.*

Es war der Monat der Kirschen und Pfirsiche, der grünen Äpfel hinter der Weinlaube, der kleinen Löwenzahngeister im Gras, des Sauerampfers und der vierblättrigen Kleeblätter, der unbewegten, trockenen Hitze, in der ein Duft von Kapuzinerkresse und verblühendem Flieder hing. Es war von allen Monaten der schönste und auch der schönste Tag. Es war nicht Ostern oder Weihnachten, kein Picknicktag und kein Geburtstag, es war alles zusammen und noch mehr, noch etwas anderes, Wunderbares, nie Gekanntes. Die beiden kleinen Mädchen in den gestickten weißen Sonntagskleidern wußten ihre geheime Freude nicht anders auszudrücken: Sie wirbelten einander über den Rasen, bis ihnen schwindlig wurde. Dazu riefen sie immer wieder: »Wir ziehen um! Wir ziehen um! Wir ziehen nach London Junction!«

»Am Anfang ist das Buch wie für ein Kind geschrieben – Worte, Bilder usw. befinden sich auf Augenhöhe eines Kindes«, schrieb Dawn Powell in ihr Tagebuch. »Alle sind nett zu den drei Schwestern, ihre Freuden sind einfach, ihre Eltern gut. Als sie älter werden, ändert sich der Stil – das Wissen um Grausamkeit, Trennung, Ernüchterung, Verrat kommt hinzu ...« *My Home Is Far Away* ist eines der ganz wenigen Bücher, die in Wortschatz und Diktion eines Erwachsenen für Erwachsene geschrieben sind und doch durchweg den Blickwinkel des ernsten, hungrigen Kindes beibehalten, vergleichbar etwa einer Autobiographie, die nicht aus der üblichen ruhigen Distanz entstanden ist, sondern in dem Gefühl, daß alles, was den Protagonisten widerfährt, in diesem Augenblick geschieht, ohne jede Aussicht auf ein Entkommen, ohne jede Gewähr dafür, daß auch die Kindheit einmal ein Ende haben wird.

Man darf auch nicht vergessen, daß *My Home Is Far Away* ein Kriegsbuch ist, konzipiert und begonnen in den Monaten von Pearl Harbour, vollendet unmittelbar nach dem Tag x, Dawn Powells Cousin Jack Sherman gewidmet, der zu diesem Zeitpunkt als Soldat in Europa stationiert war. In einem Tagebucheintrag von 1943 bezeichnet die Autorin das Buch denn auch als »Propaganda – Pflicht –, um zu zeigen, daß es einmal ein anderes Amerika gegeben hat, nicht nur das augenblickliche in Krieg und Leid. Und um zu zeigen, was es noch alles zu erfahren gibt – daß im begrenzten Umkreis von hundert Meilen im Norden Ohios ein halbes Dutzend verschiedener Kulturen zu finden sind: eine finnische Stadt, eine holländische Stadt, eine Gummi- und eine Stahlstadt, große Getreidefarmen, Obstfarmen, deutsche Städte usw.«

Die Reaktionen auf *My Home Is Far Away* – wie auf die meisten von Dawn Powells Ohio-Romanen – gehen weit auseinander. Bewußt verallgemeinernd würde ich sagen, daß die stärksten Reaktionen auf das Buch im allgemeinen von Frauen kommen, des weiteren von Lesern – männlichen wie weiblichen –, die die Landschaften des amerikanischen Mittelwestens kennen (und im Gefühl haben), und von jenen, die eine frustrierende Kindheit teilweise dadurch überstanden haben, daß sie sich ihre eigene Phantasiewelt schufen. (Welches andere Buch vermittelt so lebendig das unter begabten Kindern wohlbekannte Gefühl, sie seien menschliche Pfeile, über viele Jahre zurückgehalten, dann endlich losgelassen, um ihr Ziel zu finden?) Der Rang des Buches soll damit nicht geschmälert werden; es sei nur deutlich gemacht, daß es alles andere ist als ein »typischer« Powell-Roman und daß der Leser, der darin den turbulenten Humor der Autorin zu finden hofft, enttäuscht sein könnte.

Doch er wird reich entschädigt: durch die lyrisch-verschwenderische Schilderung erinnerter Landschaften, die Wiederbegegnung mit den Geheimnissen und Sehnsüchten der Kindheit, das seltene Gefühl, daß hier eine Künstlerin in gefährlicher Nachbarschaft zu ihrem Rohmaterial arbeitet, zu jenen Krisen, die den Verlauf ihres Lebens und ihres Künstlertums mitbestimmt haben. Die verhaltene und doch tief verstörende Beschreibung von Daisy Willards Sterben wurde von keinem geringeren als dem Kritiker Van Wyck Brooks bewundert, während die Darstellung der Sabra Powell/Idah Hawkins nur als ein ebenso gnadenloser wie grandioser Racheakt bezeichnet werden kann. (Sabra Powell lebte noch, als das Buch erschien; wie sie – wenn überhaupt – darauf reagiert hat, ist nicht überliefert.)

Es fiel Dawn Powell offenbar schwer, diese Mischung aus Fiktion und Autobiographie durchzuhalten, und sie wußte nie so ganz, was sie da überhaupt geschrieben hatte. »Ich wollte ein lückenloses Bild meiner Familie zeichnen, aber ich habe es gefärbt und – schlimmer noch – abgeschwächt, aus Angst, die Verwandten, die mir lieb sind, in Verlegenheit zu bringen«, schreibt sie 1943 in einem Moment der Frustration. Unmittelbar nach Erscheinen las sie das Buch noch einmal: »Mein erstes Gefühl war Unbehagen angesichts des deutlich autobiographischen Eindrucks, der zu Beginn vermittelt wird, aber nach einer Weile werden die Figuren ganz und gar fiktiv, runden sich immer mehr ab und gewinnen jene volle Realität, die nur erfundene Figuren haben. Nur wenige Fakten tauchen auf.« Vier Tage später aber war sie entsetzt, als ein unfreundlicher Kritiker an ihren »armseligen Nichtsnutzen« Anstoß nahm. »Es ist schrecklich, daß ich mich so der öffentlichen Kritik aussetze und auch die Familie bloßstelle. Alles krampfte sich in mir zusammen ...«

My Home Is Far Away wurde etwa 4000mal verkauft – an Dawn Powells bescheidenen Maßstäben gemessen ein beachtlicher Erfolg – und nur vereinzelt, aber mit Hochachtung besprochen. In England erschien das Buch 1953 bei W. H. Allen. Dawn Powell plante eine Fortsetzung – sie sollte schlicht »Marcia« heißen –, an der sie mit Unterbrechungen bis zu ihrem Tod arbeitete. Das etwa achtzig zweizeilig beschriebene Seiten umfassende Fragment beschert Marcia eine neues Leben in Cleveland und führt auch wieder Tante Lois und die Putneys ein, die für weitere Komplikationen sorgen.

Vielleicht ist es besser, daß *My Home Is Far Away* für sich allein steht. Auf diese Weise bleibt Marcia ewig jung, lebendig, leidgeprüft, aber ungebeugt, bereit, ihr wahres Leben zu beginnen, zu guter Letzt in einem Zug sitzend, der sie weit fort von ihrer Heimat bringt, zu einer neuen, fernen Heimat:

> Sie hatte zwar noch Angst, fühlte sich aber wie benommen und zugleich so vergnügt wie Papa, wenn er aus dem Haus ging. Wahrscheinlich war sie wie er, dachte sie, ein Mensch, der froh war, wenn er fortging, und nicht, wenn er nach Hause kam. Sie schaute aus dem Fenster und spürte, wie das andere Ich in ihrem Innern, jenes Ich ohne Gefühle, dem niemand weh tun konnte, immer stärker wurde. Ruhig und fast ohne Erinnerung blickte sie auf die letzten Häuser von London Junction und die ersten von Milltown hinaus ...

Ohne Erinnerung? Im Gegenteil – Dawn Powell erinnert sich an alles. Eugene O'Neill schrieb über sein Stück *Eines langes Tages Reise in die Nacht*, es sei »geboren aus frühem Schmerz, mit Blut und Tränen geschrieben«. Ähnliches könnte man auch von *My Home Is Far Away* sagen.

Der Kritiker Matthew Josephson, Autor der ersten umfassenderen Abhandlung über Dawn Powells Werk (erschienen in der Frühjahrsausgabe 1973 der *Southern Review*) bat Jack Sherman im August 1972 um Informationen über Dawn Powells Kindheit. »Ich fand ihre Romane herrlich witzig, aber unfertig«, schrieb er einleitend. »Jetzt mag ich sie so, wie sie sind. *My Home Is Far Away* ist zwar nicht lustig, aber es ist ein Meisterwerk.«

Tim Page
New York City
26. März 1995

Dawn Powell

Das Café an der Zehnten Straße

Roman. Aus dem Amerikanischen von Lilian Faschinger und Heimo Mitterer. Mit einem Nachwort von Gore Vidal. 303 Seiten. SP 1483

Mit Dawn Powell gilt es eine der scharfzüngigsten und ironischsten Vertreterinnen der New Yorker Gesellschaftskomödie wiederzuentdecken.

Jonathan Jaimison, der liebenswerte junge Mann aus dem Mittelwesten, taucht voll großer Erwartungen und mit herzerfrischender Naivität in den New Yorker Großstadtdschungel ein. Seiner provinziellen Herkunft überdrüssig, macht er sich auf die Suche nach seinem wirklichen Vater, und das ausgerechnet in der ausgeflippten Künstlerszene von Greenwich Village. Dort nämlich soll sich seine Mutter mit berühmten Schriftstellern amüsiert haben, bevor sie guter Hoffnung nach Ohio zurückkehrte. Jonathans Odyssee durch Downtown Manhattan mit der Künstlerkneipe The Golden Spur als Fixpunkt und seine Begegnungen mit skurrilen, exaltierten Existenzen beweist Powells umwerfendes Talent für komische Charaktere und Dialoge und ihre Liebe zu New York. »Vor langer Zeit einmal war New York City eine wundervolle Stadt, für ihre Bewohner ebenso wie für ihre Besucher.« Damit beginnt Gore Vidal seine Hommage an Dawn Powell im Nachwort. Ihr Roman ist eine Liebeserklärung an New York und seine Menschen.

»Dawn Powells Romane haben den Koffeinkick von Greenwich-Village-Capuccino.«
Vanity Fair

Downtown Ladies

Roman. Aus dem Amerikanischen von Heimo Mitterer. Mit einem Nachwort von Gore Vidal. 336 Seiten. SP 1481

Engel auf Toast

Roman. Aus dem Amerikanischen von Lilian Faschinger und Heimo Mitterer. Mit einem Nachwort von Gore Vidal. 290 Seiten. SP 1482

Alice McDermott

Die Hochzeit der Nonne

Roman. Aus dem Amerikanischen von Barbara Heller. 272 Seiten. SP 2942

Im Mittelpunkt dieser heiter-melancholischen Familiengeschichte steht die Lieblingstante May, eine ehemalige Nonne, die mit dem Briefträger Fred eine ebenso überraschende wie tragische Liebesromanze beginnt. Einfühlsam, aber keineswegs sentimental schildert Alice McDermott die kindliche Wahrnehmung der Welt und erschafft im Mikrokosmos der Familie ein ganzes Universum.

Aus dem Blickwinkel dreier Geschwister erzählt Alice McDermott die Geschichte einer irisch-katholischen Einwandererfamilie in Long Island. Jede Woche fahren die Kinder mit ihrer Mutter ins Familienhaus nach Brooklyn. Dort regiert die stoische Matriarchin Momma und leben die drei Tanten der Kinder: Agnes, die tüchtige Karrierefrau, die verletzliche Veronica, die sich mit Alkohol tröstet, und schließlich May, die sanfte und heitere Lieblingstante, eine ehemalige Nonne, die sich in den Briefträger Fred verliebt. Ihr plötzlicher Tod vier Tage nach der Hochzeit wirft einen tragischen Schatten auf diese Kindheitserinnerungen. – Mit ihrer feinen Beobachtungsgabe versetzt sich die Autorin in die Welt der Kinder, deren Gerüche, Geräusche und Farben sie in ihrer poetischen und bilderreichen, aber niemals sentimentalen Sprache schildert.

»Alice McDermott schreibt präzise in einem wunderbaren Stil, einer Komposition aus Harmonie, Feierlichkeit und Zartheit. Ein Buch, in das sich der Leser gern verliert.«
Berliner Morgenpost

SERIE PIPER

Shay Youngblood

Soul Kiss

Roman. Aus dem Amerikanischen von Astrid Arz. 330 Seiten. SP 2967

Die kleine Mariah und ihre schöne Mutter Coral verbindet eine enge und intensive Beziehung, die ein plötzliches Ende findet, als Coral von einer unglücklichen Liebesbeziehung aus der Bahn geworfen wird und ihre Tochter bei zwei Großtanten in Georgia in Pflege gibt. Die traurigen Rhythmen des Blues und eine große sprachliche Poesie prägen diesen fesselnden Roman, der das Erwachsenwerden eines jungen Mädchens in den Südstaaten schildert.

Für die siebenjährige Mariah, die ihren Vater nie kennengelernt hat, ist ihre schöne Mutter Coral der Dreh- und Angelpunkt ihres Lebens. Die Tage sind erfüllt von Geschichten, Zärtlichkeiten und von der Geborgenheit, die die Mutter dem kleinen Mädchen gibt. Doch eine gescheiterte Liebesbeziehung wirft Coral aus der Bahn: Sie bringt ihre kleine Tochter zu zwei Großtanten in Georgia – und verspricht ihrer Tochter, sie bald zu sich zurückzuholen. Mariah wartet jahrelang vergeblich und verbringt ihre Zeit mit ihrem Cello, mit Kirchgängen und mit ihrer besten Freundin Joy, die für sie bald mehr ist als nur eine Vertraute. Die Sehnsucht nach ihrer eigenen Familie verzehrt sie so sehr, daß sie sich als Vierzehnjährige zu ihrem Vater, einem Maler in Los Angeles, aufmacht... Shay Youngblood läßt Mariah selbst erzählen und gibt ihr eine ganz eigene zarte Sprache voller Magie.

»›Soul Kiss‹ ist eine bildgewaltige, sensible und spannende Kombination aus romantischem Künstlerroman und modernem Entwicklungsroman.«
Berliner Morgenpost

Jim Caroll

In den Straßen von New York

Roman. Aus dem Amerikanischen von Stephan Steeger. 239 Seiten. SP 2169

Zeit der Handlung sind die frühen sechziger Jahre in New York. Jim Carroll wächst mehr auf den Straßen der heruntergekommenen Lower East Side als zu Hause bei seiner Mutter auf. Trotz eines Schulstipendiums lebt Jim, der mit dreizehn Jahren begann, Tagebuch zu schreiben, weiter am liebsten mit seiner Gang mitten unter den Huren, Junkies und Dieben. Dreh- und Angelpunkt seines Lebens, das er schockierend, aber auch mitreißend beschreibt, sind Drogen, Sex und Basketball – der Absturz ist unvermeidlich, den der Sechzehnjährige am Schluß des Tagebuchs protokolliert. Jack Kerouac bescheinigte dem Autor, daß er mit dreizehn bereits bessere Prosa geschrieben habe als neunzig Prozent der schriftstellernden Zeitgenossen.

Bill Albert

Desert Blues

Roman. Aus dem Amerikanischen von Rainer Schmidt. 264 Seiten. SP 2456

Wenn Tante Enid, tief dekolletiert, durchs Haus stolziert, wird Harold, der fünfzehnjährige, pummelige Neffe, nervös. Wenn sie nachts im Schwimmbad auch die letzten Hüllen fallen läßt, nimmt er Reißaus ... Harolds Eltern sind bei einem Autounfall ums Leben gekommen, und so wächst er bei der exzentrischen Tante in der amerikanischen Provinz der fünfziger Jahre auf – weit weg von seiner Heimat Los Angeles, wo er sich am liebsten in verwilderten Plattenläden herumdrückte. Er kann sich nur schwer im spießigen Landleben zurechtfinden. Doch durch tragisch-komische Umstände gewinnt er schließlich Freunde, hört sogar Pat Boone und kann sich eine neue Welt aufbauen. Ein witziger, wahrhaftiger und zugleich rührender Roman, mit viel Humor und Liebe zu seinen Figuren und Orten geschrieben.

SERIE PIPER

Nancy Peacock

Willkommen in Two Moons

Roman. Aus dem Amerikanischen von Xenia Osthelder. Mit Vignetten von Moni Port. 177 Seiten. SP 2856

Sara bricht ihr Studium ab und zieht mit dem Hippie Sol auf den kleinen Bauernhof »Two Moons«, wo sie ihre Tochter Cedar zur Welt bringt. Zwanzig Jahre später erzählt uns Cedar ihre Geschichte aus der Perspektive des Kindes, das sie einmal war: lebensklug und nachsichtig, nie sentimental und dennoch anrührend. Sie erzählt vom kindlichen Glück in der ländlichen Einfachheit und dem nie versiegenden Schmerz der Mutter über den Tod ihres Bruders in Vietnam, vom bekifften, unzuverlässigen Sol, von der Trennung der Eltern, von einer neuen Kommune in »Two Moons« und schließlich einer neuen bürgerlichen Existenz der Mutter.

»Nancy Peacock hat ein sicheres Gespür für jene kleinen Momente in der Kindheit, die später den emotionalen Fluß der Wahrnehmung, des Verhaltens steuern.«
Süddeutsche Zeitung

Vilma Fuentes

Straßen der Wunder

Roman. Aus dem Spanischen von Michael Hofmann. 306 Seiten. SP 2595

Das Mädchen Pingo wächst wohlbehütet und sorglos in dem Moloch Mexiko-Stadt auf. Jeden Tag, wenn sie im Schulbus in die Nonnenschule fährt, erscheint ihr die Stadt wie das »größte Labyrinth der Welt, in dessen Straßen selbst die Tage ihre Stunden verlieren«. In der von Vilma Fuentes einfühlsam geschilderten Geschichte erlebt Pingo phantastische und geheimnisvolle Abenteuer, deren größtes wohl die Entdeckung der Bücher ist. Der Leser taucht dank einer präzisen und zugleich poetisch verdichtenden Sprache in sechzehn Orte einer bewegenden, glücklichen Kindheit – die »Straßen der Wunder« – ein, die es ihm erlauben, gebannt innezuhalten und sich seiner eigenen Kindheit zu erinnern.

SERIE PIPER

Marcel Pagnol

Marcel

Eine Kindheit in der Provence. Aus dem Französischen von Pamela Wedekind. 276 Seiten. SP 2426

Marseille um die Jahrhundertwende: Eine fünfköpfige Familie bricht auf zu Ferien in der Provence – und hier beginnt für den elfjährigen Marcel ein Sommer voller Schönheit und Abenteuer in den Wiesen und Hügeln der Estaque inmitten von Zikaden und dem Lavendel- und Rosmarinduft der Hochebene. Sein bester Freund, der Bauernjunge Lili, führt ihn zu den geheimen Höhlen und verborgenen Quellen und zeigt ihm die beste Methode, geflügelte Ameisen zu fangen. Der leichte und poetische Ton besticht durch den zärtlichen Blick, in dem Arglosigkeit und Ironie verschmelzen und der kindliche Kosmos wiederaufersteht.

Marcel und Isabelle

Die Zeit der Geheimnisse. Eine Kindheit in der Provence. Aus dem Französischen von Pamela Wedekind. 195 Seiten. SP 2427

Die paradiesische Ferienidylle des elfjährigen Stadtjungen Marcel, der den Sommer mit seiner Familie in der Provence verbringt, erfährt einen jähen Einbruch in Form eines blonden, verzogenen Geschöpfs, das sich vor Schlangen fürchtet: Die tyrannische Isabelle tritt in Marcels Leben und macht ihn zu ihrem Knappen. Nun eröffnet sich das ganze Spektrum kindlicher Liebe, die in ihrer Absolutheit und Grausamkeit Marcel in heillose Verwirrung stürzt, ihn aber zugleich auch die großen Dinge des Lebens erahnen läßt. Behutsam nähert sich Marcel Pagnol seiner eigenen Kindheit und bewahrt dadurch Distanz, aber auch Zärtlichkeit und Ironie.

Die Wasser der Hügel

Roman. Aus dem Französischen von Pamela Wedekind. 423 Seiten. SP 2428

Die Eiserne Maske

Der Sonnenkönig und das Geheimnis des großen Unbekannten. Aus dem Französischen von Pamela Wedekind. Vorwort von Kasimir Edschmid. 272 Seiten. SP 2775

Lesen bildet Meinung.
Mit uns garantiert.
Frankfurter Rundschau
Unabhängige Tageszeitung
Die Zeitung zwei Wochen zum Nulltarif.
☎ 08 00/8 666 8 66